푸코의 진자

푸코의 진자 상

Il pendolo di Foucault

움베르토 에코 장편소설　이윤기 옮김

IL PENDOLO DI FOUCAULT
by UMBERTO ECO

This Korean edition is published by arrangement with La nave di Teseo Editore Srl through Shinwon Agency.

이 책은 실로 꿰매어 제본하는 정통적인 사철 방식으로 만들어졌습니다.
사철 방식으로 제본된 책은 오랫동안 보관해도 손상되지 않습니다.

가르침과 배움에 충실한 이들이여, 우리는 오로지 그대들만을 위하여 이 책을 쓴다. 이 책을 고구(考究)하되 우리가 도처에 뿌려 두고 도처에 거두어 둔 의미를 되새기라. 우리가 한곳에서는 갈무리하고 다른 한곳에서 드러내는 뜻은 오로지 그대들의 지혜로써만 새길 수 있을 것이니.

—하인리히 코르넬리우스 폰 네테스하임, 『은비 철학(隱秘哲學)』, 3, 65

미신은 악운을 부르는 법.

—레이먼드 스뮬리얀, 『기원전 5000년』, 1.3.8

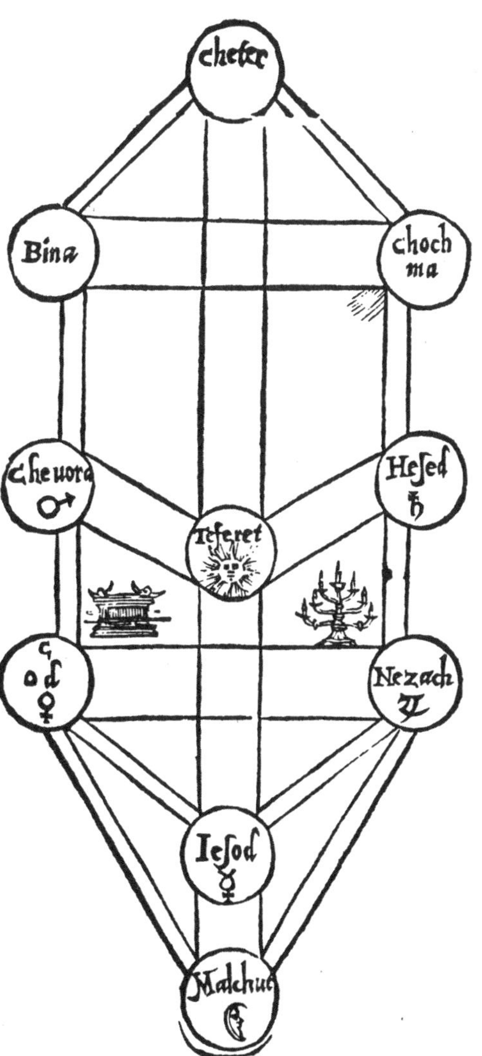
cheter
Bina
choch ma
Gheuora
Hesed
Teferet
Nezach
Iesod
Malchut

＊ 앞 페이지의 표는 〈세피로트 나무〉라고 불린다. 〈세피로트〉라는 말 자체는 〈수(數)〉 혹은 〈구체(球體)〉를 뜻한다(단수는 〈세피라〉). 세피로트, 즉 숫자는 하느님이 드러내고자 하는 열 가지 속성을 가리키는데, 각 숫자가 드러내는 속성은 다음과 같다.

1. 케테르……왕관
2. 호흐마……지혜
3. 비나……지성
4. 헤세드……사랑
5. 디인……정의
6. 라하밈……신심
7. 네차흐……영원
8. 호드……위엄
9. 예소드……토대
10. 말후트……왕국

세피로트 나무는 이 소설의 줄거리와 긴밀한 상징적인 관계가 있다. 유대교 신비주의의 전통에 따르면 세상은 지상계(地上界, 즉 지상의 왕국인 〈말후트〉)에서 시작되어 거룩한 원리인 〈케테르〉로 회귀한다. 그러나 이 소설은 반대로 〈케테르〉 장(章)에서 시작되어 〈말후트〉 장에서 끝날 뿐만 아니라 제5세피라 〈디인〉과 제6세피라 〈라하밈〉이 각각 〈게부라[惡]〉와 〈티페렛(아름다움과 조화)〉으로 바뀌어 있다.

차례

케테르

호흐마

비나

헤세드

케테르

1

ב) והנה בהיות אור הא״ס נמשך, בבחינת (ה) קו ישר תוך החלל הנ״ל, לא נמשך ונתפשט (ו) תיכף עד למטה, אמנם היה מתפשט לאט לאט, רצוני לומר, כי בתחילה הת־חיל קו האור להתפשט, ושם תיכף (ז) בתחילת התפשטותו בסוד קו, נתפשט ונמשך ונעשה, כעין (ח) גלגל אחד עגול מסביב.[1]

내가 진자(振子)[2]를 본 것은 그때였다.

교회 천장에 고정된, 긴 철선에 매달린 구체(球體)는 엄정한 등시성(等時性)의 위엄을 보이며 앞뒤로 흔들리고 있었다.

나는 그때, 진자가 흔들리는 주기는 철선 길이의 제곱근과 원주율에 따라 결정된다는 것을, 원주율이라는 것은 인간의 지력이 미치지 않는 무리수(無理數)임에도 그 고도의 합리성

1 〈보라, 영원한 조하르[光輝]는 앞에서 말한 허공 중의 일직선 배열로부터 비롯된 것이므로 비롯되자마자 직진하다가 급속하게 아래로 꺾이는 것이 아니라 매우 천천히 퍼져 나가는 것이다. 내가 이르고 싶은 태초의 광휘는, 말씀의 비밀이 그러하듯이 천천히 퍼져 나가다가 이윽고 바퀴 한가운데 난 둥그런 굴대 구멍같이 된다.〉 이하 모든 주는 옮긴이의 주이다.

2 프랑스의 물리학자 장 베르나르 레옹 푸코가, 지구가 자전한다는 것을 증명하기 위해 만든 〈푸코의 진자〉를 말한다. 그는 1851년 길이 67미터의 철선에 28킬로그램의 진동자(振動子), 즉 추를 단 저 유명한 〈푸코의 진자〉를 실험, 지구가 자전하기 때문에 흔들이의 진동면(振動面)은 자전의 방향과 반대되는 방향으로 회전한다는 사실을 알아냈다. 이 진자는 북극에서는 하루에 1회전, 파리에서는 4일 동안에 약 3회전 하나, 적도상에서는 회전하지 않는다고 한다.

이 구체가 그려 낼 수 있는 원주와 지름을 하나로 아우르고 있다는 것을 알았다(하기야, 그 고요한 호흡의 비밀을 접하고도 그걸 모를 사람이 있으랴). 그러니까 구체가 양극 간(兩極間)을 오가는 시간은, 구체를 매달고 있는 지점의 단원성(單元性), 평면의 차원이 지니는 이원성, 원주율이 지니는 삼원성, 제곱근이 은비(隱秘)하고 있는 사원성, 원 그 자체가 지니고 있는 완벽한 다원성 등속의, 척도 가운데서도 가장 무한한 척도 사이의 은밀한 음모에 따라 결정되는 것이었다.

나는 바닥의, 지점과 수직을 이루는 곳에 설치되어 있는 자력 장치가 구체의 중심부에 내장되어 있는 원통형 철주를 밀고 당김으로써 연속 동작을 가능하게 한다는 것도 알고 있었다. 그러니까 이 장치는 진자의 법칙을 깨뜨리기는커녕, 법칙 그 자체의 존재를 실증하고 있는 것이었다. 지점과의 마찰도 없고 공기 저항도 없는 진공의 공간에, 무게도 없고 신축성도 없는 끈에 매달린 물건은 영원히 규칙적인 진동을 계속하게 되는 것이다.

구체로 된 동추(銅錘)는 커다란 채색 유리를 통해 들어온 석양에 빛나면서, 흔들릴 때마다 그 빛을 되쏘았다. 동추가 되쏘는, 일렁이는 빛살은 창백했다. 옛날에 그러했듯 동추가 한 번씩 오고 갈 때마다 교회 바닥에 깔린 축축한 모래의 켜에 희미한 이랑이 만들어지는 모습을 상상했다. 이랑은 알아보기 어려울 정도로 조금씩 방향을 바꾸어 점차 퍼져 가다가 이윽고 좌우 대칭의 방사선 무늬가 되어 갈 터이고, 그 무늬는 만다라(曼陀羅)의 도상(圖像), 펜타쿨룸[五芒星], 별, 비교(秘教)의 장미와 흡사하리라. 아니, 그보다는 무수한 유목 대상(遊牧隊商)들이 막막한 사막 위에다 남겨 놓은 역사의 흔적, 혹은 뮤 대륙을 떠난 아틀란티스 백성들이 그랬듯이 태즈메이니아에서 그린란드까지, 전갈자리[南回歸線]에서 게자리[北回歸線]까지, 프린스에드워드 섬에서 스발바르 제도(諸島)까지 떼를 지어 천천히 그러나 끈질기게 수천 년 동안 이주를 계속한 백성들의 이야기와 흡사하다고 하는 것이 옳겠다. 동추는 우리에게, 한 빙하기에서 다음 빙하기까지 신들의 밀사들이 거쳐 온 여로를 되밟고, 어쩌면 지금도 계속되고 있을지도 모르는 그 여정을 아주 짧은 시간에 우리에게 되돌려 주는 것 같았다. 어쩌면 동추는 사모아 제도에서 노바야 제믈랴[新天地]로 가는 여로에서 세계의 중심인 아가르타[3]를 보았을지도 모르는 일이었다. 나는 그제야, 거기에 그려지는 단 하나의 무늬가 극북(極北)의 땅 아발론[4]과 남방의 사막에 수수께끼로 잠든 에이어스 바위를 하나로 아우른다는 것을 알았다.

3 사람들에게 알려져 있지 않을 뿐, 지하에 거대한 동굴이 있고 거기에 사는 민족이 있다는 이야기가 생티브 달베드르의 『유럽에서 인도의 사명』이라는 책에 나온다. 이 민족의 우두머리는 이른바 〈세계의 왕〉. 일설에 따르면 히틀러도 이 〈아가르타〉에 관심을 가지고 히말라야에 세 차례나 원정대를 보냈다고 한다. 사람의 눈에 보이지 않을 뿐, 지하의 권력이 존재한다는 이야기는 여러 문화권에 산재한다. 가령 지브롤터의 바위 밑, 페루의 쿠스코산 밑, 아파치족 거주 지역의 동굴, 혹은 폴리네시아, 이스터 제도, 중국의 고비사막, 티베트, 인도 북부의 아굴라, 캄보디아에서도 볼 수 있다. 그중에서도 가장 유명한 지하 세계가 삼발라에 있다는 지하 왕국의 수도 아가르타이다. 〈아가르타〉는 산스크리트어로, 〈접근할 수 없는 곳〉, 〈침범할 수 없는 곳〉이라는 뜻이다.

4 아서왕 등의 영웅들이 사후의 삶을 사는 것으로 믿어지는 켈트족 전설에 나오는 섬.

6월 23일 오후 4시, 진자는 한쪽에서 천천히 다가와 중심으로 게으르게 날아갔다가 진동의 중심에서 다시 힘을 얻을 운명인, 눈에 보이지 않는 힘의 평행 사변형을 자신 있게 통과했다.

만일에 시간이 가는 줄도 모르는 채 거기에서, 희미한 원호의 대극점을 응시하면서 허공 중에 대각선을 그리고 있는 저 새의 머리, 저 창 끝, 저 둔두형(鈍頭形) 투구가, 진동면으로 평평한 타원을 그리는 모습을 바라보고 있었더라면, 나는 틀림없이 환각에 사로잡혀 진자를 중심으로 한 진동면이, 위도의 정현에 대하여 균등한 속도로 회전하며 타원을 그린 끝에 32시간 만에 완전한 회전을 한 것으로 착각했을 것이다. 만일에 그 진자가 솔로몬 신전의 궁륭 천장에 매달려 있었다면 그 회전하는 모습은 어떠했을까. 어쩌면 성전 기사단(聖殿騎士團)도 저희들 성전의 천장에 그런 진자를 하나 매달고 싶어 했을지도 모르는 일이다. 그래 봐야 궁극적인 의미인 그 수치는 달라질 것이 없다. 모르기는 하지만 생마르탱데샹 수도원 교회야말로 바로 솔로몬의 신전일 테니까. 어쨌든 이 실험은 극점에서만 완벽하게 될 터이다. 극점은, 지축의 연장선상에 있는 또 하나의 축인 진자가 24시간 만에 일회전하는 곳이니까.

그러나 진자의 법칙이 일찍이 예견하고 있듯이, 이런 법칙이 잠시 깨어지거나, 정률(定律)을 일탈한다고 해서 진자가 지닌 경이로움이 감소되는 것은 아니다. 나는 지구가 자전하고 있다는 것, 내가 지구와 함께, 생마르탱데샹 교회와 온 파리가 나와 함께 돌고 있다는 것, 우리 모두가 그 진자 밑에서 돌고 있다는 것을 안다. 실제로 진자는 그 진동면을 바꾸지 않는다. 진자를 매달고 있는 교회 천장의 철선 위로, 저 먼 은하계 너머로 영원히 부동하는 〈고정점〉이 있을 것이므로.

따라서 내가 주목한 것은 지구가 아니라, 절대 부동의 신비에 싸여 있는 하늘이었다. 진자는 나에게, 모든 것(가령 지구, 태양계, 성운, 블랙홀, 광막한 우주의 무수한 식구들)은 움직여도 단 한 점만은 움직이지 않는다는 사실을 가르쳐 주었다. 이 한 점은 우주가 회전축으로 삼는 굴대, 빗장, 혹은 고리일 수도 있다. 그런데 내가 그 엄청난 궁극적인 체험에 가담하고 있는 것이었다. 나 역시 그 모든 것과 함께 움직이고 있는데도 내 눈에는 그 불멸의 존재, 그 흔들림, 그 확실한 약속이 보이는 것이었다. 물체도 아니고, 모양도, 무게도, 질량도, 질감도 없고, 보지도 듣지도 않으며, 만져지지도 않고, 차지하는 시공도 없고, 영혼도, 지성도, 상상력도, 의견도, 순서도, 질서도, 척도도 아닌, 찬란한 수수께끼가 보이는 것이었다. 그것은 어둠도 빛도, 오류도 진리도 아니었다.

나는, 안경을 쓴 청년과 유감스럽게도 안경을 쓰지 않은 처녀가 나누는 무신경한 이야기 소리에 정신을 차렸다.

「푸코의 진자라고 하는 것이야.」 청년의 말이었다. 「첫 실험은 1851년 지하실에서 있었고, 그다음에는 옵세르바투아[天文臺]에서 선보였다가 팡테옹의 궁륭 천장 밑에서 다시 공개되었지. 당시 실험에는 길이 67미터짜리 철선과 무게 28킬로그램짜리 구체가 쓰였대. 그러다 1855년부터는 축소형으로 제작해서 이렇게 늑재(肋材) 한가운데 구멍을 뚫고 거기에 매달아 놓은 거라.」

「이게 어쨌다는 거야? 그저 매달아 둔 거야?」

「지구가 자전하고 있다는 걸 증명하는 거지. 지점(支點)은 움직이지 않는데도.」

「왜 안 움직여?」

「응, 저 점…… 중심점 말이야, 그러니까 저기 보이는 저 중심에 있는 점이 바로…… 기하학적인 점이라는 건데 보이지는 않을 거야. 기하학적인 점에는 용적이 없으니까. 용적이 없는 것은 좌우로든 상하로든 움직이지 못해. 따라서 지구와 함께 돌지 않는 거지. 알아듣겠어? 자체가 공전할 수도 없어. 〈자체〉라는 게 아예 없으니까.」

「지구는 돌잖아?」

「지구는 돌지. 그러나 저 점은 안 돌아. 묘한 거지. 내 말 믿어도 돼.」

「그거야 진자의 사정일 테지.」

병신. 제 머리 위에 우주에서 하나밖에 없는 부동점, 판타레이[萬物流轉]의 신고(辛苦)로부터 유일한 피난처가 자리하고 있는데도, 그건 제 사정이 아니라 진자의 사정이란다. 잠시 후 두 젊은이, 즉 책권이나 읽는 바람에 희한한 것을 희한한 것으로 알아보는 능력이 마비된 청년과, 타성에 젖어 버린, 무한한 것에 대한 전율에 무감각해진 처녀는 밖으로 나갔다. 둘 다, 저희들에게는 처음이자 마지막인, 언어로는 표현할 수 없는 절대 불가분인 〈하나〉, 엔 소프[5]와의 조우라고 하

5 사변적 카발라의 핵심을 이루는 교리. 〈엔 소프〉는 〈무한〉이라는 뜻이다. 신의, 가장 심오한 본질이 곧 〈엔 소프〉라는 것이다. 제1의 세피라 〈케테르〉는 바로 이 〈엔 소프〉와 동일시된다.

는 경이로운 체험을 눈치채지 못했다. 아, 이 확신의 제단 앞에 무릎을 꿇지 않고 그냥 나가 버릴 수 있다니!

나는 경외감과 두려움에 사로잡힌 채 진자를 바라보았다. 그리고 바로 그 순간 야코포 벨보가 옳았다는 것을 확신했다. 나는 그가 지나친 미학적 집착 때문에 진자를 두고 헛소리를 한다고 생각했었다. 나는 진자에 대한 생각에서 그가 보여 준 상상력의 비약이 무형의 암적(癌的)인 존재가 되어 그의 영혼에 자리 잡아 가고 있다고 생각했었다. 나는 그가 부지불식간에 유희를 현실로 변용시켜 가고 있다고 생각했었다. 하지만 만일 진자에 관한 그의 말이 옳다면, 〈계획〉이니, 〈우주적인 음모〉니 하는 것도 헛소리가 아닐 터였다. 그렇다면 내가 하지(夏至) 전날 밤에 바로 그곳에 있게 된 것도 잘한 일인 셈이다. 야코포 벨보는 미치광이가 아니었다. 그는 유희를 통하여 진실을 발견한 셈이었다.

그러나 중요한 것은, 거룩한 것의 체험이 사람을 착란 상태로 만들어 버리는 데 별로 오랜 시간이 걸리지 않는다는 점이다.

나는 그제야 시선을 옮겨 보려고 했다. 나는 시선으로 반원꼴로 늘어선 열주(列柱) 머릿기둥에서 홍예에서 늑재(肋材)로 이어지는, 궁륭형 맞보의 신비를 그대로 보여 주는 곡선을 좇았다. 궁륭의 맞보는, 허공을 타고 앉은 극도로 정적(靜的)인 위선이었다. 바로 이 맞보 때문에 열주는 거대한 늑재를 위로 떠받치고, 늑재는 열주를 아래로 짓누르고 있는 것 같았다. 그렇다면 궁륭형 천장은 이 전부를 거느리는 동시에 아무것도 아니라는 인상을 주고 있었다. 말하자면 결과인 동시에 원인일 수도 있는 것이었다. 그러나 궁륭 천장에 늘어뜨려진 진자의 존재를 무시하고 천장을 본다는 것은 수원(水源)을 무시하고 하류의 물을 마시는 것이나 다를 바가 없을 터였다.

생마르탱데샹 교회는 진자가 의지하고 있는 바로 그 존재 이유에 의존하고, 진자는 교회가 의지하고 있는 바로 그 존재 이유에 의존하여 존재하고 있었다. 나는 나 자신에게 다짐을 주었다. 무한으로 도망침으로써 한 무한에서 도피할 수는 없는 일이며, 설사 한 무한으로 도피할 수 있다고 하더라도 다른 무한과 만난다는 것은 환상이며, 그 두 개의 무한이 곧 동일한 것임을 깨닫지 못하는 한 도피가 이미 하릴없는 것이라고…….

여전히 궁륭 천장의 쐐기돌(宗石)에서 시선을 거두지 못한 채, 나는 거기에 들어가자마자 길을 익혀 둔 덕분에 발길로 더듬어 가면서 뒤로 후퇴할 수 있었다. 통로 양쪽으로는 쇠로 만든 거북이 줄지어 서 있었다. 거북들은 눈꼬리로 보는데도 시야에 들어올 만큼 위풍당당했다. 나는 중앙 입구 쪽으로 나 있는 통로를 따라 발걸음을 옮겼다. 천장에 매달린 무수한 전시품들이 나를 내려다보고 있었다. 썩어 가는 캔버스, 철사로 얽어 만든 선사 시대의 무시무시한 시조새, 심술궂어 보이는 잠자리도 천장에서 나를 내려다보고 있었다. 이런 전시 품목은, 교육적인 구실로 제작되었다기보다는 그 자체로서 이미 의미심장한 지식의 메타포였다. 진자가 그 궤적을 좇고 있는 오랜 지상의 여정의 알레고리인 쥐라기(紀)의 곤충 무리와 파충류는 나를 향해 날카로운 시조새 부리를 내밀고 있는 성난 아르콘[6] 같았다. 또한 브레게, 블레리오, 에노의 비행기와 뒤포의 헬리콥터도 있었다.

파리에 있는 〈국립 공예원〉 전시실로 들어가려면 우선 18세기에 조성된 안뜰을 지나 오래된 수도원 교회를 지나야 한다. 이 교회는 원래는 수도원 경내에 있던 건물인데 지금은 현대적인 건물인 국립 공예원의 일부가 되어 있다. 누구든지 이 건물 안으로 들어가면 천상적인 구조물인 궁륭 맞보의 숭엄한 우주와, 휘발유를 고래처럼 들이켜는 현대의 기계들로 이루어진 지상적인 세계가, 엄정한 음모 아래 병존하고 있는 것을 보고는 놀라게 된다.

바닥에는 자전거, 끌어 줄 말이 없는 마차, 자동차, 증기 기관 같은 육상 교통 기관이 전시되어 있고, 천장에는 날틀이 매달려 있다. 이러한 기계 중 일부는 세월의 풍상에 칠이 벗겨지고 부식된 데가 있기는 하나 대부분 대체로 말짱하다. 자연광과 전등의 불빛 덕분에 기계 표면은 바이올린 광택제인 파티나를 칠한 것 같다. 반면 어떤 기계들은 뼈대나 굴대, 연접봉이나 크랭크의 형태로만 매달려 있기도 한데 이러한 전시품들은 견딜 수 없이 잔인한 고문실을 연상시킨다. 가만히 보고 있으면 피의자를 고문대에 묶어 놓고 맨살을 꼬챙이로 푹푹 쑤시면서 기어이 자백을 받아 내는 악질 관리의 고문 현장이 보이는 듯하다.

한때는 움직였으나 지금은 움직이기는커녕 그 정신마저 녹슬어, 그저 관광객의 구경거리나 되고 싶어서 안달을 부리

6 고대 그리스의 집정관.

는 기계 공학적 자존심의 견본에 불과한 이러한 옛날 기계 너머에는 성가대석이 있다. 성가대 왼쪽에는 바르톨디가 신세계를 위해서 제작한, 자유의 여신상을 축소시킨 모형이 있고, 오른쪽에는 파스칼 상이 있어서 흡사 성가대석을 위요(圍繞)하고 있는 것 같다. 흔들리고 있는 진자 둘레에는 정신이 이상해진 곤충학자들의 악몽(집게, 아래턱, 더듬이, 편절, 날개), 그리고 시체가 되어 있기는 하나 언제든 호시절이 오면 부르릉거리며 돌아갈 것 같은 기계(자석식 발전기, 단상 변압기, 터빈, 변류기, 증기 기관, 다이나모 발전기)의 묘지가 있다. 그 뒤쪽의 회랑에는 한때는 항공기의 엔진이었을 터인 아시리아나 칼데아나 카르타고의 우상, 지금도 배가 시뻘겋게 달아 있는 듯한 바알 상, 가슴에 못을 박아 넣은 뉘른베르크의 처녀도 보인다. 이제 이 모든 물건은 진자를 섬기기 위해 그 자리에 놓인 가상의 왕관이다. 이곳은 따라서 〈이성〉과 〈계몽〉의 자손들이 〈전통〉과 〈지식〉의 주요 상징들을 영원히 파수하라는 형벌을 받은 듯한 장소이다.

입구에서 입장료 9프랑(일요일은 무료)을 지불하고 들어온 구경꾼들은 설명문에 그렇게 나와 있다시피, 19세기의 점잖은 신사들(수염은 니코틴에 누렇게 절고, 구겨진 옷깃에는 기름때가 묻고, 검은 넥타이와 프록코트에서는 촛불 그을음 내가 나고, 손가락에는 산성 염료 얼룩이 묻고, 직업적인 질투심을 어쩌지 못하면서도 겉으로는 서로 〈박사님〉을 호칭하는, 호색 풍자 희극의 망령에 들린)이 부르주아와 급진적인 납세자들을 만족시키고, 진보 지향적인 과학에의 화려한 격정을 고무한다는 원대한 희망 아래 그런 것을 전시했을 것으로 믿을 것이다. 그러나 어림도 없는 일이다. 생마르탱데샹은 수도원으로 지어진 건물이다. 이 건물이 혁명적인 박물관이 된 것은 뒷날의 일이고, 항공기니 자동차니, 전동식 골조 따위의 일품이 전시되어 있는 것은 그 자체의 전시에 목적이 있는 것이 아니고 신비스러운 어떤 것을 드러내기 위한 데 지나지 않는다. 그러나 나는 이들의 대화를 듣고도 이들이 드러내고자 하는 의도를 알아먹을 수 없었다.

설명서는, 대중이 쉽게 접근할 수 있는 기술과 교류의 전당을 만들고 싶어 하는 대회의 점잖은 신사분들 덕분에 사업의 결실이 가능했다고 장황하게 생색을 내고 있었다. 하지만 그 사업의 결실을 서술하는 데 사용된 언어가 프랜시스 베이컨이 『새 아틀란티스』에서 솔로몬의 전당을 묘사하는 데 사용한 바로 그 언어였는데 내가 어떻게 그걸 믿을 수 있겠는가.

나, 야코포 벨보, 디오탈레비, 이렇게 셋만이 진실에 접근한 것은 아닐까? 밤만 거기에서 지내면 답이 마련될 수 있을 것 같았다. 그러자면 문을 닫는 시각에 박물관에 눌러앉아 여기에서 밤을 보낼 방법을 찾아야 했다.

〈그들〉은 이곳에 어떻게 들어오려는 걸까? 나로서는 알 수가 없었다. 파리의 지하 수로망(水路網)이 박물관의 지하 수로와, 생드니 문(門) 근처에서 만날지도 모르기는 했다. 그러나 나에게는, 일단 그곳을 떠났다가는 다시 들어갈 수 없을 것으로 보였다. 따라서 어떻게 하든지 그 안에 숨어 있어야 했다.

넋 놓고 볼 때가 아니었다. 나는 냉정한 눈으로 다시 회중석 복도를 바라보았다. 나에게 필요한 것은 현현(顯現)이 아닌 정보였다. 문 닫을 시각이면 경비원들이 박물관에 잔류하는 도둑이 있지 않을까 해서 박물관을 모조리 점검할 터였다. 따라서 박물관 내의 전시실에 숨어서 그들의 눈을 피하기는 불가능해 보였다. 그러나 회중석 복도에는 기계가 빼곡히 들어차 있어서 하룻밤 숨어 있기로는 안성맞춤일 성싶었다. 산 사람이 죽은 기계 사이에 숨는다……. 기왕에 지겹게 한 놀이, 한 번쯤 더하는 것도 괜찮을 듯했다.

나는 나 자신에게 다짐을 주었다. 힘을 내어라. 〈지혜〉 같은 것은 생각지 말라. 오로지 〈과학〉에서 도움을 구하라.

2

우리에게는 각양각색의 진기한 시계도 있고, 〈왕복 운동〉을 하는 것도 있다……. 우리에게는 〈오감을 기만하는 집〉도 있다. 우리는 여기에서 농변과 꼭두와 허깨비와 협잡의 잔치를 연출하는데…… 이것이 바로 (그대들이여) 솔로몬 전당[1]의 보화라는 것이다.

— 프랜시스 베이컨, 『새 아틀란티스』, 롤리판(版), 런던, 1627, pp. 41~42

나는 신경의 고삐를 다잡아 상상력을 억제했다. 며칠 전까지 그래 왔듯, 놀이라 생각하고 접근하면 될 터였다. 놀이에 지나칠 정도로 빠져 들지만 않으면 된다. 바야흐로 박물관. 극도로 약게 지극히 명석하게 처신해야 했다.

나는, 그때 이미 내 눈에 익은 항공기들을 올려다보았다. 복엽기(複葉機)의 동체로 올라가 레지옹 도뇌르 훈장이 탐나서 금방이라도 영불 해협을 건널 듯한 자세를 취하고, 밤이 오기를 기다릴 수도 있었다. 박물관 바닥에 진열되어 있는 자동차들의 이름은 향수를 자아내기에 넉넉한 울림을 지니고 있었다. 1932년형 〈히스파노 수이자〉는, 맵시도 있고 들어가 있기도 좋았지만 경비원의 책상과 너무 가까이 있었다. 내가 만일

1 프랜시스 베이컨은 『새 아틀란티스』에서, 솔로몬의 전당에 과학적 지식을 결집시키는, 말하자면 현자와 선인(善人)의 나라를 상상하고 있다. 프랑스 혁명 이후, 베이컨의 아이디어를 찬양한 사람들은, 이른바 〈전당〉으로서의 〈국립 공예원〉을 설립했다. 그러나 16세기에 들어 이 전당은 오컬트[隱秘結社] 운동[薔薇十字團]의 비밀 본부 노릇을 하기도 했다. 베이컨은, 일반에는 근대 과학적 방법론의 아버지로 알려져 있지만 오컬티즘 쪽에서는 위대한 은비주의자로 알려져 있다.

에, 곱슬머리에는 나팔 모자를 쓰고 가느다란 목에는 기름한 분홍 스카프를 두른, 분홍빛 옷차림의 숙녀에게 길이라도 비켜 주느라고 통로 한구석으로 점잖게 물러서는, 골프 바지와 노퍽재킷[2] 차림의 신사였더라면 경비원 앞을 통과하는 데 무슨 무리가 있었으랴. 1931년형 시트로앵 C6G는 차체가 반쪽으로 잘린 채 횡단면을 보여 주고 있어서 교재로는 훌륭할 터이나 내가 몸을 숨기기에는 도무지 적당하지 않았다. 냄비 아니면 가마솥같이 생긴 퀴뇨의 거대한 증기 자동차도 고려의 대상으로는 실격이었다. 오른쪽으로 시선을 돌렸다. 아르 누보 양식의, 커다란 바퀴가 달린 벨로시피드[速步機]와, 외발 스케이트 막대기 같은 손잡이가 달린 드레지엔[軌道車]이 있었다. 벨로시피드와 드레지엔을 보고 있으려니 굴뚝 모자를 쓴 신사, 불로뉴 숲을 누비고 다니던 신식 기사들이 떠올랐다.

벨로시피드 맞은편에는 보존 상태가 썩 좋고 들어가서 숨어 있기에 좋아 보이는 자동차들이 있었다. 1945년형 판하르트 뒤나비아는 속이 훤하게 들여다보이는 데다 유선형이라서 차체가 협소했지만, 몸체가 우아하고 내부가 규방처럼 아늑해 보이는 1909년형 푸조는 차체가 크고 높아서 은신처로는 그만이었다. 푸조 안으로 들어가 가죽 의자에 몸을 파묻으면 감쪽같을 터였다. 그러나 그 차 안으로 들어가기가 쉽지 않았다. 바로 이 차 맞은편 긴 의자에 경비원이 하나 자전거를 등지고 앉아 있었기 때문이었다. 나는, 다리에는 가죽 각반을 차고 머리에는 차양 모자를 쓴 차림으로 공손하게 그 차의 문을 열어 주는 경비원의 모습과, 털깃 코트를 어색하게

2 어깨에 주름이 있고 허리에 벨트를 매는 슈트 스타일의 싱글 상의. 수렵용과 스포츠용으로 애용된다.

차려 입고 그 문으로 들어서는 내 모습을 상상해 보았다.

다음으로 기어가 달린 것으로는 프랑스 최초로 만들어진, 1872년형인 12인승 오베이상을 눈여겨보았다. 푸조가 아파트라면 오베이상은 빌딩이었다. 그러나 아무도 눈치채지 못하게 오베이상에 오르기는 난망이었다. 전람회장의 그림을 은신처로 삼을 수는 없는 노릇 아닌가.

다시 전시장을 가로질러 가보았다. 끝이 뾰족한 뱃머리 모양의, 높이가 2미터가량 되는 대좌(臺座)에 놓인 *éclairant le monde*(세계를 비추는) 자유의 여신상이 있었다. 대좌 안에는 초소 비슷한 공간이 있는데, 여기에 들어가 총안(銃眼) 같은 구멍을 통해 밖을 내다보면 뉴욕 항의 전경 그림이 보이게 되어 있었다. 대좌는, 뒤로는 발명가 그람의 거대한 석상에 가려 있고, 왼쪽으로는 성가대석, 오른쪽으로는 회중석으로 트여 있어서 밤에는 은신처로는 그만일 성싶었다. 그러나 어두워지기까지는 대좌 밑으로 들어가 봐야 밖에서도 훤하게 보일 터이고, 관람객들이 돌아가면 경비원이 틀림없이 그 대좌 속을 확인할 것이므로 은신처로는 역시 부적당했다.

시간이 없었다. 박물관은 5시 30분에 문을 닫을 터였다. 나는 재빠르게 눈길로 복도를 훑어보았다. 탈것 중에는 은신할 만한 것이 없었다. 파도가 삼켜 버린 〈루시타니아〉 호의 잔해인, 복도 오른편의 거대한 기선의 기관도, 톱니바퀴가 복잡하게 뒤엉켜 있는 르누아르의 어마어마하게 큰 가솔린 엔진도 숨을 데로 마땅하지 않기는 마찬가지였다. 잿빛 창으로 들어오던 눅눅한 빛살도 창백해지기 시작했다. 괴물 사이 어딘가에 숨어야 한다고 생각하니, 괴물이 내가 쥔 손전등 불빛에 되살아나 어둠 속에서 툭 불거져 나올 것 같아 온몸이 으스스해져 왔다. 헐떡거리는 괴물의 무겁고도 악취 풍기는 숨결, 살점 하나 붙어 있지 않은 뼈대, 검은 윤활유를 잔뜩 묻히고도 삐걱거리는 내장이 무서웠다. 디젤 생식기와 터빈으로 움직이는 음부, 밤이 되면 한창 때처럼 불길과 증기를 내뿜으며 식식거릴 터인, 더할 나위 없이 무신경한 울대를 가진 저 불결한 기계 사이에서 과연 내가 견딜 수 있을 것인가. 생식기와 음부는 밤이 되면, 찌그러뜨리고, 썰고, 흔들고, 부수고, 토막 내고, 가속하고, 충돌하는, 오로지 추상적인 기능만을 구현하고 있는 자동인형 사이에서 장수하늘소처럼 붕붕거리거나 매미처럼 울어 댈지도 모르는 일이었다. 재수 없는 망석중이처럼 발작하고, 치고 있던 북을 뒤집어엎고, 변덕을 부려 동작의 주기를 바꾸고, 전압을 바꾸고, 플라이휠을 돌려 대면 어떻게 하는가? 이런 것들이, 창조의 실패를 증명하는 증거물(하계의 지배자들만이 우상으로 떠받드는 허섭스레기)로 이런 것들을 이용하는 이 세계 지배자들의 사주를 받고 나를 공격하면 무슨 수로 감당할 수 있겠는가.

벗어나야 했다. 거기에서 도망쳐 나와야 했다. 미친 짓이었다. 나는, 야코포 벨보를 미치광이로 만들고 만 바로 그 함정에 빠져 들고 있는 것이었다. 어느 누구보다도 의심이 많던 내가…….

이틀 밤 전에 박물관으로 숨어 든 것이 잘한 것인지, 그렇지 못한 것인지 나는 잘 모르겠다. 숨어들지 않았으면 나는 이야기의 시작은 알았어도 끝은 알지 못했을 것이다. 숨어들지 않았으면 지금, 저 아래 골짜기의 개 짖는 소리를 들으며 홀로 이 언덕에서, 이게 정말 끝일까, 아니면 아직도 끝나지

않은 것일까, 이런 생각을 하고 있지도 않을 것이다.[3]

가만히 있을 게 아니라 움직이기로 했다. 나는 교회를 버리고 그람의 조상(彫像)에서 왼쪽으로 돌아 다음 전시실로 들어갔다. 철도 교통 기관 전시실이었다. 천연색 기관차 모형과 객차 모형은 흡사 인형의 나라나 마두로담 아니면 디즈니랜드에서 가져온 장난감 같았다. 나는 번갈아 가면서 불안과 자신감, 공포와 회의(병이라고 하는 것은 대개 이런 정신 상태에서 발전하는 것이 아니던가)에 마음을 맡기는 데 어느 정도 훈련되어 있었다. 내가, 교회에서 본 것들에 기가 죽었던 것은, 야코포 벨보의 글, 꾸며서 쓴 것인 줄을 뻔히 알면서도 그 내용을 해독하기 위해 그토록 번다하게 잔재주를 부렸던 바로 그 글의 마력에 사로잡혀 있었기 때문이라고 나는 나 자신을 다독였다.

나는 나 자신에게 다짐했다. 결국 이것은 기술 공예 박물관에 지나지 않는다. 너는, 조금 단조롭기는 하지만 그래도 어디까지나 정직한 박물관에 들어와 있는 데 지나지 않는다. 여기에 죽음이 도사리고 있기는 하나, 이 죽음은 무해하다. 박물관이 어떤 것인지는 너도 잘 알지 않느냐? 탐미주의자들에게야 모나리자는 양성 구유(兩性具有)의 메두사이기는 하지. 하지만 그 모나리자가 여느 구경꾼을 잡아먹은 일이

3 이 소설의 주인공 카소봉은 1984년 토요일인 6월 23일부터 24일 한밤중까지 국립 공예원의 박물관 전시실에 숨어 있었다. 화자인 카소봉은 바로 이 전시실에서 지난 14년 동안 있었던 일을 반추하면서, 이 소설의 클라이맥스가 될 어떤 사건을 기다렸다. 그러나 카소봉이 이 이야기를 기술하는 시점은 이로부터 이틀 뒤이다.

있다더냐? 과장을 좋아하는 신고딕풍 신사들에게야 도깨비로 보일 제임스 와트의 증기 기관도 사실은 기능 만능주의와 코린트식 품위, 기계의 조종간과 건물의 기둥머리, 증기 기관의 보일러와 건물의 원주, 기계의 바퀴와 건물의 삼각면 사이의 눈물 겨운 절충에 불과하지, 언제 사람을 잡아먹었던가? 야코포 벨보는 원격 조종으로, 자기가 빠져 들었던 환각의 올무 속으로 너를 몰아넣은 데 지나지 않아. 따라서 과학자답게 굴어야 한다. 화산학자가 엠페도클레스[4]처럼 불에 타 죽기라도 한다던가? 프레이저 경(卿)이 발광해서 네메아 숲으로 도망쳤다던가?[5] 너는 샘 스페이드[6]다. 더러운 거리를 헤집고 다니는 것, 그게 네 일이다. 네 마음을 빼앗는 여자는 결국 죽어야 한다. 그것도 네 손에. 안녕, 에밀리. 너와 함께 한 시간은 굉장했다. 하지만 너는 결국 심장이 없는 로봇에 지나지 않았다. 심장이 없었으니까.

수송 기관 전시실은 공교롭게도 라부아지에[7]실(室) 바로 옆에 있었다. 라부아지에실 바로 앞은 2층으로 통하는 중앙

4 만물은 지수화풍(地水火風), 이 네 요소로 이루어지는데 이것이 애증(愛憎)의 두 힘으로 분리 또는 결합한다고 주장한 그리스 자연 철학자.

5 프레이저는 신화집 『황금 가지』의 저자. 〈네메아 숲〉은 괴악(怪惡)한 사자가 출몰하던 그리스 신화의 지명(地名)인 듯하다.

6 대실 해밋의 소설에 나오는 명탐정.

7 프랑스 화학자. 막연하게 믿어 오던 화학 변화를 정량적(定量的)으로 추구했다. 플로지스톤 이론(물질이 연소되면 그 물질 속에서 가상 물질인 플로지스톤이 사라진다고 주장하던 고전적 연소 이론)을 부정하고 새로운 연소 이론을 확립했다. 이 밖에도 물의 밀도 측정, 알코올 발효의 연구 등의 업적이 있다. 프랑스 혁명 당시, 전(前) 정부의 징세 청부인(徵稅請負人)을 지냈다는 이유로 처형당했다.

계단이었다.

양옆으로 유리 용기가 진열되어 있는 라부아지에실 중앙은 연금술 제단을 방불케 했다. 마쿰바 의례[8]가 18세기 문명에 의해 세례를 받은 것 같은 방이었다. 우연한 배치가 아니라, 상징적인, 혹은 전략적인 배치였다.

먼저 눈에 띄는 것은 수많은 거울. 거울 앞에 서면, 인간이라면 누구나 제 모습을 보고 싶어 한다. 그러나 여기에서는 그럴 수가 없다. 들여다보면, 들여다보는 사람의 눈앞의 공간 한곳에 있는 거울은 보통 이렇게 말한다. 「그대가 여기에 있군. 그대는 역시 그대야.」 그러나 이 거울 앞에서 목을 길게 빼보고, 몸을 뒤틀어 보았자 허사다, 왜냐. 라부아지에의 거울은, 오목거울이 되었든 볼록거울이 되었든 보는 사람을 실망하게 한다. 보는 사람을 조롱한다. 조금 물러서면, 잠깐 모습이 보이기는 한다. 그러나 조금만 더 물러서면 모습은 사라지고 만다. 이 경상 극장(鏡像劇場)은, 일단 거울 앞에 선 사람의 정체를 박탈하고, 그 자신에 대해서는 물론 그 사람과 거울 사이에 존재하는 것에 대한 확신을 버리게 하기 위해 고안된 것이다. 거울은 마치, 〈그대는 진자가 아니다, 아니, 진자에 조금이나마 근접하지도 못한다〉 하고 말하는 것 같다. 이 거울 앞에 서면, 거울을 보고 있는 사람에 대한 확신뿐만 아니라 그 사람과 거울 사이에 존재하는 사물에 대한 확신도 불가능하게 된다. 인정하건대 물리학은, 오목거울이 사물(이 경우는 청동 용기에 든 증류기)이 반사한 빛을 모았다가 되쏨으로써 상을 만들되, 그 사물이 거울 안에 있는 것이

8 브라질에서 성행하던, 부두교와 기독교 의례가 뒤섞인 일종의 주술적인 굿판.

아니라 거울 밖에, 유령처럼 공중에 거꾸로 떠 있어 보이게 만드는 경위와 이유, 조금만 옆으로 물러서도 이미지가 희미해지다가 급기야는 사라져 버리는 경위와 이유를 설명할 수 있기는 하다.

문득 내 모습이 거울 속에 거꾸로 보였다.

견딜 수가 없었다.

라부아지에는 무엇을 말하고 싶어 했던 것일까? 국립 공예원의 설계자가 연출하고 싶어 한 것은 무엇이었을까? 우리는 중세 이래로, 알하젠[9] 이래로 거울의 장난을 익히 알고 있었다. 그런데도 굴곡이 진 거울 면이 보는 사람을 환상의 세계로 데려다 놓는다는 것을 설명하고자 굳이 〈백과사전〉의 시대, 계몽주의와 대혁명을 거칠 필요가 있었던 것일까? 앞의 거울이 사람을 환상의 세계로 데려가는 것이라면 여느 거울에 비치는 것 역시 환영이다. 아침에 면도할 때마다 영원한 왼손잡이가 되어 버리는 한 인간을 생각해 보라. 이 사실을 우리에게 깨우치기 위해 굳이 이런 방을 따로 만들 필요가 과연 있었을까? 아니면 이 전시실이 우리에게 전하려 하는 메시지는 따로 있는 것일까? 말하자면 계몽주의 시대의 화학과 물리학의 발전을 자축하기 위해 설치되어 있는 듯한 유리 용기와 수많은 기구는 눈요깃감에 불과하고, 실제의 메시지는 다른 데 있는 것이어서 우리가 따로 해독해야 하는 것일까?

9 11세기 이라크의 물리학자, 수학자. 『시각론(視覺論)』으로 유명하다. 눈에서 빛이 나와 대상물에 닿는 빛을 통하여 사물을 식별한다는 그리스의 에우클레이데스나 프톨레마이오스 클라우디오스의 견해를 통박하고, 발광체로부터 나와 대상에서 반사되어 눈으로 들어오는 빛을 통하여 사물을 식별한다는 것을 입증했다.

연소 실험에서 얼굴을 보호하기 위한 청동제 방면 마스크. 실험용 유리 용기 아래서 촛불을 들고 실험에 열중하던 점잖은 신사가 눈이 좀 부신 게 귀찮다고 시궁쥐 대가리 혹은 우주의 침략자의 투구 같은 그것을 썼으리라고는 믿어지지 않는다. 민감하기도 하셔라, 라부아지에 씨! 정말 기체의 운동 이론을 연구하고 싶었다면, 이집트 사제들이 말하는 이른바 석상 따위의 신비를 논파하기 위해 헤론이 그노시스 시대에 만들었던 〈아이올로스의 공[球]〉 같은 것을 재구(再構)하는 수고는 왜 들이신 거요?

괴저성(壞疽性) 발효 현상을 연구하기 위해 1781년에 고안했다는 이 기구는 또 무엇이오? 구린내 나는 사생아를 거느린, 타락한 데미우르고스[造物主]의 산뜻한 은유올시다. 수많은 유리관으로 연결된 두 개의 유리 항아리, 삼지창 모양의 바늘 위에 올라앉은, 거품이 끓는 자궁 같은 플라스크, 이 플라스크와 도관(導管)을 통해 뱀의 똬리 같은 진공 상태의 유리관으로 한 방울씩 흐르는 액체……. 발네움 마리아[10]에, 수은의 승화, 〈신비의 결합〉, 이른바 불사약의 정제 장치던가요?

포도주 발효를 연구하는 데 쓰인 이 장치는 또 무엇인가? 화로에서 화로로, 이 증류기에서 저 증류기로 이어지는 유리 도관의 미로. 조그만 외알 안경, 꼬마 모래시계, 검전기(檢電器), 렌즈, 설형 문자꼴 실험용 칼, 손잡이가 달린 주걱, 유리 칼, 점토로 빚어진, 호문쿨루스[11]를 구워 내기 위한 3센티미

10 연금술에서 말하는 이른바 〈마리아의 목욕〉.

11 〈정자 미인(精子微人)〉. 고대 의학은 정자 속에는 지극히 작을 뿐 뒷날 성인이 되었을 때의 모습을 그대로 갖춘 인간이 살고 있다고 믿었다. 연금술사들은 성별에 관계없이 초자연적인 능력을 갖추고 있는 이 호문쿨루스를 실

터가 될까 말까 한 도가니(극도로 미세한 무성 생물을 빚어내기 위한 작디작은 자궁). 해독 불가능한 문자가 잔뜩 쓰여 있는 양피지, 그 양피지에 싸인, 시골 약종상의 하얀 약봉지 같은 봉지가 잔뜩 든 상자[광물 견본이 들어 있는 것 같지만 사실은 성 바실리데스의 성수의(聖壽衣) 조각, 헤르메스 트리스메기스투스[12]의 포경(包莖) 같은 것 들이 든 성보(聖寶) 상자]. 최후의 심판을 알릴 때 쓰이거나 아발론의 꼬마 엘프들[13]이 제5원소[14]의 경매를 알릴 때 쓰는 의사봉 같은, 손잡이가 가죽에 싸인 갸름한 망치도 있다. 석유의 자연 연소 시료를 분석하는 데 쓰이는, 보기에도 즐거운 조그만 기구, 네 잎 클로버 꽃잎처럼 가지런히 정돈되어 있는 유리 소구체(小球體). 소구체 중에는 금제 도관에 연결된 것도 있고, 청동 실린더에, 다음으로는 금제 및 유리 실린더, 그리고 그 밖의 다른 실린더, 마지막으로 그 아래에 진자처럼 매달린 고환, 분비선, 갑상선종, 볏 같은 것에 연결된다……. 이런 것을 근대 화

험실에서 만들어 내는 것도 가능하다고 믿었다.

12 〈세 번 위대한 헤르메스〉라는 뜻의 그리스어. 그리스어로 된 방대한 문서 『코르푸스 헤르메티쿠스』의 저자로 알려져 있다. 『코르푸스 헤르메티쿠스』는 『연금술 대전(鍊金術大典)』, 혹은 『헤르메스 전집(全集)』으로 번역된다. 이 책에서 다루고 있는 마술, 점성술, 연금술 및 비학(祕學)적 사상 또는 종교적 신념을 통틀어 〈헤르메스학(學)〉 혹은 〈헤르메스주의〉라고 부른다. 따라서 연금술은 〈헤르메스학〉의 한 요소라 볼 수 있다.

13 장난꾸러기 꼬마 요정. 숲이나 들에 사는, 작으나 아름다운 요정으로 믿어진다.

14 고대 그리스 철학에서, 이 세상 만물을 구성하는 이른바 4대 원소인 지수화풍(地水火風) 너머에 존재한다고 하는 지고한 원소. 연금술이 지향하는 것도 물리적으로는 황금의 상태에 있는 이 원소, 정신적으로는 삶의 정수를 만나는 일이다. 자연 철학으로서의 연금술의 목표는 이 제5원질(原質)과의 히에로가미[聖婚], 즉 무기체 에센스와 유기체 에센스와의 만남이다.

학이라고 믿었단 말인가? 이런 것을 가지고 장난을 쳤다는 이유로, 실상 이로써 무엇을 창조한 적도, 파괴한 적도 없는데 단두대에 올라야 했단 말인가? 사실은 이런 사기 행각을 통해 드러난 진실과 함께 함구시키기 위해 라부아지에를 처형한 것이 아닐까?

공예원의 라부아지에실은 실제로는 하나의 고해(告解)이다. 국립 공예원은, 〈이성의 시대〉의 오만을 조롱하면서 잡다한 신비를 속삭이고 있다는 뜻에서 기호로 이루어진, 박물관 전체를 상징하는 일종의 암호로 된 고해이다. 이성이 벌써 오류라고 하던 야코포 벨보의 주장은 이성적으로 보아서 대체로 옳다.

서둘러야 했다. 시간이 촉박했다. 나는 미터와 킬로그램 같은 도량형 원기(原器), 이 허위의 보증서 옆을 지났다. 알리에는 나에게 미터 단위 대신 고대의 큐비트[腕尺] 단위로 재었더라면 피라미드의 비밀은 풀렸을 거라고 하지 않던가. 언필칭 계량(計量)의 승리라고 일컬어지나 사실은 수의 마성(魔性)을 드러내는 데 지나지 않은 계수기(計數機)의 발명은, 히브리 율법사들이 저희 땅에서 도망쳐 유럽의 드넓은 벌판을 유랑할 때까지도 의지하던 노타리콘[15]의 뿌리로 회귀하는 게 아닌가. 천문학, 시계, 로봇 따위의, 신세기적 계시 사이를 어슬렁거리는 일은 위험천만이었다. 나는 합리주의의 극장

15 숫자가 지니는 신비스러운 의미를 해석하는 데 쓰이던 세 가지 기술 혹은 방법 중 하나. 히브리 문자를 각 숫자에 대응시키고 이로써 수를 통하여 그 문자가 지니는 신비스러운 의미를 해독한다. 노타리콘, 게마트리아, 테무라 이렇게 세 가지 방법이 있다.

꼴을 한 은밀한 메시지의 중심에 가까워지고 있었다. 하지만 서두를 필요가 있었다. 나는 박물관 전시실 문이 닫히고부터 한밤중까지 거기에서 기다리고 있으면 알게 될 터였다. 해가 서산에 기울면 거기에 있는 기계들이, 기계 그 자체가 아닌, 저희가 상징하는 바 진면목을 드러낼 터였다.

나는 동력 기계와 전기 기기 전시관을 지나 위층으로 올라갔다. 위층에도 숨을 곳은 마땅하지 않았다. 이런 유리 진열장 안에 숨을 수는 없었다. 나는 수많은 전시품의 의미를 생각하기 시작했다. 그러나 바로 그 순간, 그 많은 전시품들이 오래지 않아 저희들의 목적을 은밀히 드러낼 터이고, 그것을 숨어서 바라보아야 할 터인데, 숨을 곳을 찾지 못하면 어쩌나 싶어서 문득 불안스러웠다. 나는 시계에 쫓기고, 숫자의 맹공(猛攻)에 쫓기는 듯이 민활하게 움직였다. 지구는 냉혹하게도 자전을 계속했고 시간은 다가오고 있었다. 서둘지 않으면 그곳에서 쫓겨나기 십상이었다.

전기 장치 전시장을 가로지르고 보니 유리 전시실이었다. 궁금했다. 박물관 당사자들은 어떤 논리적인 이유에서, 수천 년 전의 페니키아인들도 익히 알고 있던 유리 기술 전시실을, 가장 진보한 현대의 정신이 이루어 낸 가장 값비싼 전시실 옆에다 배치했는지 궁금했다. 온 방 안이 뒤범벅이었다. 중국의 자기, 랄리크의 양성 기형적(兩性畸形的)인 화병, 마욜리카 도자기, 파양스 도자기, 무라노의 유리 제품이 놓여 있는가 하면 그 뒤쪽으로 펼쳐진 엄청나게 큰 진열장 안에는 뱀의 습격을 받은 등신대의 입체 사자상이 놓여 있었다. 사자상을 전시한 것은 분명히 그 사자상의 재료인 유리 때문일 터였다. 그러나 거기에는 더 깊은 의도가 숨어 있는 것이 분명했다. 나는 그 사자상을 어디에선가 본 적이 있었다. 어디더라? 그렇다. 그제야 생각났다. 그 사자상은 데미우르고스인 알다바오트, 소피아가 창조한 최초의 추악한 아르콘이었다. 갈등이 지배하도록 이 세상을 창조한 장본인 데미우르고스 알다바오트야말로 뱀과 사자 형상을 아우르는 형상으로 눈에서는 불길이 일고 있지 않던가. 그렇다면 박물관은 데미우르고스가 창조한 세상이 타락해 가는 과정을 상징하고 있었는지도 모른다. 말하자면 아이온[16]을 통하여, 최초의 충만인 진자(振子), 그다음은 플레로마의 빛, 그리고 이 빛이 사위고 아이온에서 아이온의 과정을 지나면서 오그도아도스[17]가 허물어지고 이윽고 악마가 우주의 영역을 다스리는 과정을 상징하고 있었는지도 모른다. 그렇다면 뱀과 사자가 뒤엉킨 조상(彫像)은 나에게 내 입문의 여행(그나마 거꾸로 시작된 여행)은 이미 끝났으며 조만간에 세상을 이상적인 세상이 아니라 현실 그대로의 세상으로서 새로이 보게 될 것임을 일러주고 있는 셈이었다.

오른쪽 구석에는 입초막(立哨幕) 같은 전망경실(展望鏡室)

16 사변적인 그노시스파의 주장에 따르면, 신은 무한한 존재, 완전한 아이온이다. 〈아이온〉이란 〈영원한 힘〉이자 〈심연〉이다. 그런데 이 완전한 아이온에서 열등한 아이온이 나온다. 이 열등한 아이온이 모여서 플레로마를 형성한다. 〈플레로마〉는 〈성스러운 충만〉이다. 물질계는 플레로마의 퇴화로 파생한 것, 곧 데미우르고스[造物主]에 의해 창조된 세상이다. 그노시스주의자들은 예수 그리스도를, 인간을 구원하기 위해 신이 보낸 아이온이라고 믿는다. 그러므로 예수의 육화(탄생)와 죽음은 상징적이다. 이들은 예수 그리스도의 영지(靈知), 곧 그노시스를 받아들이면 사후에 플레로마 상태로 돌아간다고 믿는다.

17 그노시스 교리에 나오는, 슈 신(神)의 자식들인 여덟 왕.

이 있었다. 그 안으로 들어가 보았다. 내 앞으로는 넓은 유리창이 있어서 나는 흡사 기선의 조타실에 올라와 있는 기분이었다. 나는 그 창을 통하여 좌우로 일렁거리는 희미한 스크린 이미지를 바라보았다. 도시의 전경이었다. 영상은 내 머리 위에 있는 스크린에서 투사되고 있어서, 그 스크린에는 모든 것이 거꾸로 비치고 있었다. 내 머리 위에 있는 제2의 스크린은, 두 개의 상자를 둔각으로 이어 붙인 일종의 초보적인 전망경의 접안경인 셈이었다. 두 개의 상자 중 긴 것은 내 머리 위로 파이프처럼 솟아올라 창에 닿아 있었다. 바로 창과 닿는 부분에 있는 일련의 광각 렌즈가 외부의 빛을 모아들이고 있는 셈이었다. 거기에 이르기까지 내가 지나온 길의 거리를 계산해 본 결과, 나는 그 전망경이 생마르탱 후진(後陣) 꼭대기의 채색 유리창에서 밖을 내다보는 것과 똑같은 영상을 제공하고 있음을 알 수 있었다. 그러니까 목매달린 사람이 최후로 이 세상을 보고 있듯이 나도 진자와 함께 진동하면서 그 도시를 바라보는 셈이었다. 흐릿한 영상에 눈이 익자 교회 바로 아래에 있는 보캉송가(街), 회중석과 병행하는 콩테가(街)를 알아볼 수 있었다. 콩테가는, 오른쪽으로는 몽골피에가(街), 왼쪽으로는 튀르비고가(街)로 나뉘고 있었다. 그 모퉁이에 있는 르 위크엔드 바와, 라 로통드 바도 보였고, 맞은편 건물의 박공에 걸린, 〈레 크레아시옹 작삼〉이라는 간판도 읽을 만했다.

문제는 전망경이다. 나는 광학 기구 전시실에 있어야 할 전망경이 유리 전시실에 있어야 하는 까닭을 알 수 없었다. 분명 이 특정 풍경을 유리 전시실이라는 특정 장소에서 본다는 데 중요한 의미가 있는 것이리라. 하지만 그 의미가 대체 무엇일까? 어째서 쥘 베른의 소설에서나 튀어나올 법한 실증주의적 과학의 산물이 뱀과 사자가 뒤엉킨 조상 옆에 있어야 하는가.

어쨌든 배짱을 부려 거기에서 한두 시간만 더 버티면 야간 근무자의 눈을 피할 수 있을 것 같았다.

실제로 나는 그 해저 아닌 해저에, 상당히 길게 느껴질 만큼 숨어 있었다. 박물관을 나서는 마지막 관람객의 발자국 소리, 마지막 순찰자의 발자국 소리를 들은 곳도 그곳이었다. 순찰을 돌던 직원이 그 조타실 같은 곳을 혹여 들여다볼 경우에 대비해 쪼그리고 앉아 있을까 고민하다 나는 마음을 바꾸었다. 서 있어야, 순찰자에게 발각되는 경우라도 풍경에 정신을 빼앗긴 나머지 문이 닫히는 줄도 모르고 대중없이 전망경실 안에 남아 있었던 것처럼 보일 수 있을 터이기 때문이었다.

오래지 않아 전기가 나가면서 전시실은 어두컴컴해졌다. 그러나 스크린에 연접해 있어서 입초막 안은 바깥만큼은 어둡지 않았다. 나는 전망경을 바라보았다. 전망경은 외부와 접촉할 수 있는 유일한 수단이었다.

가장 좋기는 서서 버티는 것이었다. 그러다 다리가 아프면 쪼그리고 앉아서도 두어 시간은 버틸 수 있을 터였다. 관람객에게 적용되는 폐관 시각은, 직원의 업무 종료 시각과 같지 않았다. 문득 두려웠다. 청소 담당 직원들이 마지막으로 전시실을 점검하느라고 입초막으로 올 수도 있다는 데 생각이 미쳤기 때문이었다. 그러나 이어서 생각해 보니 박물관 개관 시간은 정오에 가까웠다. 그렇다면 청소 담당 직원들은 밤을 도와 전시실을 청소하는 것이 아니라 다음 날 아침에 하기가 쉬웠다. 아무래도 내 예상이 적중했는지, 적어도 2층에서는 그 이후로 직원들의 발자국 소리 하나 들리지 않았다. 이따금씩 아주 멀리서, 사람들이 웅얼거리는 소리, 그리고 가끔씩 문을 닫는 소리인 듯한 제법 시끄러운 소리가 들릴 뿐이었다. 나는 가만히 서 있었다. 10시에서 11시 사이, 아니면 조금 더 늦게 교회로 돌아가도 될 만큼 시간은 충분했다. 이른바 세계의 지배자들은 자정 직전까지는 거기에 나타나지 않을 터였다.

술집 라 로통드에서 한 무리의 젊은이들이 나오고 있었다. 콩테가를 걷다가 몽골피에가로 접어드는 처녀 하나가 보였다. 사람들이 분주하게 오가는 동네는 아닌 듯했다. 이 지루한 세계를 내려다보면서 자정까지 버틸 수 있을까? 전망경이 하필 여기에 있는 이유는 무엇일까? 그 이유를 좀 생각하고 있으면 안 될까……. 소변이 마려웠다. 그러나 무시했다. 불안해서 그러는 것뿐이리라.

전망경실 안에 숨어 있자니 별별 생각이 다 떠올랐다. 선복(船腹) 같은 데 숨어 먼 나라로 가는 밀항자의 심정을 이해할 수 있을 것 같았다. 가령 뉴욕이 한눈에 내려다보이는 자유의 여신상을 지나는 밀항자의 심정도. 졸릴지도 모른다. 존다고 해서 나쁠 것은 없다. 아니다. 그러다 제시간에 깨지 못하게 될지도 모르니까.

최악의 사태는 불안의 엄습일 터였다. 불안이 기정사실화하면 비명을 지르게 될지도 모른다. 전망경. 잠수함. 해저에 유폐. 눈에 보이지 않는 거대한 심연의 흑어(黑魚)가 주위를 맴도는데도 그것은 모르고 겨우 공기가 희박해지는 것만 걱정하는 사태…….

몇 차례 심호흡을 했다. 정신 통일. 이런 시각에 할 수 있는 일이라고는 겨우 세탁소에 보낸 옷가지 품목을 확인해 보는 일. 사상(事象) 그 자체, 원인과 결과에만 매달릴 것. 나는 이런 이유에서, 저런 이유, 그리고, 이러저러한 이유로 여기에 있다…….

기억, 분명하고, 또렷하고, 질서 정연한 기억. 미친 듯이 날뛰던 지난 사흘간의 기억, 지난 2년간의 기억, 야코포 벨보의 전자두뇌를 파고(암호를 해독해) 들어가서 찾아낸 40년 묵은 기억.

나는 지금, 우리 세 사람이 만들어 낸 시행착오적 혼란에 방향성을 부여하기 위해 지난 일들을 기억해 낸다(그때도 그랬듯이). 나는 내 마음 한구석으로 파고들어 그곳으로부터 그때의 이야기를 끌어내려고 한다(전망경실에서 기다리면서 그랬듯이). 예컨대 진자에 관한 이야기 말이다. 디오탈레비는 나에게, 제1세피라인 케테르, 곧 왕관은 비롯됨이자 한 처음의 공(空)이라고 했다. 그의 말에 따르면 한 처음에 〈그분〉은 한 점을 창조했는데, 이 점은 〈사상〉이 되고, 형상 있는 모든 것은 여기에서 나왔다. 〈그분〉은 존재한 분인 동시에 존재하지 않은 분이기도 하다. 〈그분〉의 이름은 〈그분〉을 모두 지칭하기도 했고, 모두 지칭하기에는 부족하기도 했다. 실상 〈그분〉은 이름으로 불리고자 하는 욕망만 지녔을 뿐, 아직은 그 외의 어떤 이름도 지니고 있지 않았으니……. 〈그분〉은 공기 중에 기호를 새겨 넣었다. 〈그분〉의 가장 깊고 은밀한 곳에서, 형체 없는 것에 형체를 부여하는 무색의 안개와 흡사한 한줄기 어두운 광휘가 뻗어 나왔다. 이 안개 같은 것이 퍼져 나가자 그 중심에서 불길이 모양을 잡았다. 이 불길은 아래로 흘러 내려가 하계인 세피로트를 비추고는 아래로 아래로 내려가 이윽고 〈말후트〉, 곧 왕국에 이른다.

디오탈레비는 말했다. 저 낮아짐, 낮아짐의 세계, 저 고독한 유리(遊離)의 세계에는 이미 회귀의 약속이 전제되어 있는 것인지도 모른다고.

호흐마

3

In hanc utilitatem clementes angeli saepe figuras, characteres, formas et voces invenerunt proposueruntque nobis mortalibus et ignotas et stupendas nullius rei iuxta consuetum linguae usum significativas, sed per rationis nostrae summam admirationem in assiduam intelligibilium pervestigationem, deinde in illorum ipsorum venerationem et amorem inductivas.[1]

— 요하네스 로이힐린, 『카발라 술(術)』, 하겐하우, 1517, III

이틀 전, 그러니까 목요일에 있었던 일이다. 나는 일어날까 말까 망설이며 침대를 뭉개고 있었다. 나는 그 전날(수요일) 오후에 돌아와 내 사무실에 전화를 걸었다. 디오탈레비는 여전히 병원에 있었는데 구드룬의 말투는 비관적이었다. 사태에는 변화의 조짐이 없다, 바꾸어 말하면 악화되고 있다는 것이었다. 몸을 일으켜 디오탈레비를 찾아볼 용기가 나지 않았다.

벨보는 없었다. 구드룬은, 벨보가 전화를 걸어, 집안일로 어딜 좀 다녀오겠다고 하더라고 했다. 집안일이라니? 이상

1 〈자비로운 천사들은 우리에게 유익한 것을 보이느라고 종종 그림이나 문자, 혹은 사람의 모습이나 소리 같은 것을 우리 앞에 펼쳐 보인다. 우리는 이러한 것들의 의미를 알 수 없어서 다만 경탄할 뿐이다. 이러한 것들은 우리가 항용 쓰는 언어로는 어떤 의미도 갖지 못하는 것으로 보이나, 불굴의 정신으로 그 의미를 파 들어가면 마침내 그 찬탄스럽기 그지없는 의미에 이르는 것도 가능하다. 이를 통하여 우리는 천사들을 찬양하고, 영원한 사랑을 접하는 경지에 이르게 되는 것이다.〉 저자 로이힐린은 15세기 독일의 고전학자, 히브리어 학자.

한 일은 벨보가 자기 워드 프로세서(벨보는 제 워드 프로세서를 〈아불라피아〉[2]라고 불렀다)와 프린터를 가지고 갔다는 점이었다. 구드룬은, 벨보가 일을 끝마친다면서 자기 집에다 컴퓨터를 차리고 있었다는 말을 덧붙였다. 아니, 무엇 때문에 그렇게 복잡을 떨어? 사무실에서는 왜 못 해?

문득 난민이 된 기분이었다. 리아와 아기는 다음 주까지 돌아오지 않을 터였다. 전날 밤에는 술집 필라데에 들른 바 있지만 거기에도 아무도 없었다.

전화가 잠을 깨웠다. 벨보였다. 전혀 다른 사람의 목소리 같았다. 감이 멀었다.

「젠장, 어디 있는 거예요? 밀림에서 길이라도 잃은 거요?」

「농담 말게, 카소봉, 심각한 일이라고. 여기 파리야.」

「파리라고요? 파리 국립 공예원 박물관에 가 있어야 하는 사람은 내가 아닙니까?」

「이런 빌어먹을……. 농담 말라니까. 술집의 공중전화 부스야. 길게 말할 수가 없을 것 같다…….」

「동전이 떨어졌거든 수신자 부담으로 거세요. 나 여기에서 대기할 테니까요.」

「문제는 동전이 아니야. 문제가 생겼어…….」 그의 말은, 내가 끼어들 수 없을 정도로 빨라지고 있었다. 「……그 〈계획〉 말이야, 〈계획〉은 사실이었어. 나는 알고 있으니까 자네

2 아브라함 아불라피아의 이름을 딴 것으로 보인다. 스페인 태생인 카발라 학자 아불라피아는 13세기 유대 신비주의의 대변자, 〈문자의 결합〉, 토라의 무한 치환(無限置換)을 통한 성서 해독에 평생 매달렸던 사람이다. 벨보가 자기 컴퓨터의 이름을 이렇게 지은 것은 컴퓨터야말로 무한 치환의 변형을 가능하게 하는 현대판 아불라피아라고 보았기 때문이다. 〈아부〉는 〈아불라피아〉의 약칭이다.

는 아무 말 말아. 놈들이 따라붙었어.」

「놈들이라니, 누구 말이에요?」 나는 그의 말을 이해할 수가 없었다.

「카소봉, 이런 빌어먹을 놈, 성전 기사단 말이야, 자네는 믿고 싶지 않겠지만, 사실이야. 놈들은 나에게 지도가 있다고 생각하고, 수를 써서 나를 파리로 꼬인 거야. 토요일 자정에 공예원에서 나를 만나자고 한다. 토요일, 알겠어? 성 요한절 이브…….」 횡설수설이라 나로서는 그 뜻을 종잡을 수가 없었다. 「가고 싶지 않아. 카소봉, 나는 도망치고 있는 중이야. 놈들은 날 죽일 것 같아. 데 안젤리스에게 연락을 해……. 아니야, 데 안젤리스에게는 말해 봐야 소용없어. 경찰이 개입하지 못하게 하는 게 좋겠어.」

「나더러 어쩌라는 겁니까?」

「나도 모르겠어. 아불라피아를 이용해서 내 플로피 디스크를 읽어 줘. 이달에 일어난 일들을 비롯, 그동안의 사정을 요며칠 동안 몽땅 거기에다 쏟아부어 놓았어. 자네도 옆에 없고, 이야기를 할 사람도 마땅찮고 해서 말이야. 사흘 밤 사흘 낮을 썼네……. 잘 들어. 사무실에 가서, 내 책상 서랍을 열면, 열쇠 두 개가 든 봉투가 있을 거야. 열쇠 두 개 중 큰 것은 필요 없을 거야. 시골에 있는 우리 집 열쇠니까……. 하지만 작은 것은 밀라노에 있는 내 아파트 열쇠야. 내 아파트로 가서, 내가 입력시켜 둔 걸 읽어 보고 자네가 어떻게 할 것인가를 결정하게. 다시 얘기할 기회가 있을지도 모르고. 이런 빌어먹을, 도대체 나는 지금 어떻게 해야 한다지…….」

「알았습니다만, 다시 연락하려면 어떻게 해야 하죠?」

「글쎄. 나는 매일 호텔을 바꾸고 있네. 이 일은 오늘 좀 해

주게. 그리고 내일 아침까지는 내 아파트에 있게. 가능하면 그리로 전화할 테니까. 그리고 내 파일 암호는…….」

이상한 소리가 끼어들었다. 벨보의 음성은 가까워졌다가는 멀어지고는 했다. 누군가가 벨보의 손에서 송수화기를 빼앗으려 하고 있는 것 같았다.

「벨보 박사, 어떻게 된 겁니까?」

「놈들이 왔네. 내 파일의 암호는…….」

총성 같은, 날카로운 울림. 송수화기가 벽이나 공중전화기의 받침대에 부딪치는 소리 같았다. 엎치락뒤치락하는 소리……. 그 소리에 이어 송수화기가 전화기에 제대로 걸리는 소리가 들려왔다. 벨보가 거는 소리가 아닌 것이 분명했다.

재빨리 샤워로 머리를 식혔다. 어떻게 되어 가는 영문인지 짐작할 수 없었다. 〈계획〉이 진짜라니……. 웃기는 소리였다. 그 〈계획〉이라는 건 우리가 만든 것이 아니던가. 하지만 벨보를 해코지하는 사람들은? 장미 십자단원들? 생제르맹 백작? 오흐라나? 성전 기사단의 기사들? 암살교단의 단원들? 도무지 있을 성부르지 않은 이런 것들이 만약에 있는 것이 사실이라면 도무지 일어날 성부르지 않은 일도 일어날 수 있기는 했다. 아니면 벨보가 이성을 잃은 것인지도 모른다. 벨보는 근자에 와서 지나치게 긴장해 있는 것 같았다. 로렌차 펠레그리니 때문에 그럴 수도 있고, 날이 갈수록 그 〈계획〉이라는 이름의 자기 작품에 점점 더 깊이 빠져 들어가기 때문에 그럴 수도 있었다. 그렇다. 작품이다……. 실제로 그 〈계획〉은 우리의 작품이었다. 벨보의 작품이자, 나의 작품이자, 디오탈레비의 작품이었다. 그러나 우리 중에서, 놀이로 여기지 않고 여기에 강박적일 정도의 관심을 보인 것은 벨보뿐이었다. 더 이상 고민하고 있어 봤자 시간 낭비였다.

나는 사무실로 갔다. 구드룬은, 일은 혼자 하게 생겼다는 투의 비아냥거리는 인사로 나를 맞았다. 벨보의 책상 서랍에는 열쇠 든 봉투가 있었다. 나는 벨보의 아파트로 달려갔다.

담배꽁초의 퀴퀴한 냄새. 재떨이에는 꽁초가 수북이 쌓여 있었다. 주방의 개수대에도 지저분한 접시가 잔뜩 쌓여 있었다. 쓰레기통에도 빈 깡통이 수북했다. 서재의 서가에는 빈 위스키 병이 세 개나 놓여 있었다. 네 번째 병에는 위스키가 손가락 두 마디쯤 남아 있었는데 그것이 바로 일에 중독된 사람처럼 쓰러질 지경이 되지 않으면 아예 먹는 것을 전폐하고, 쉬는 것은 고사하고 며칠 동안 꼼짝도 하지 않고 미친 듯이 일을 하던 사람의 아파트였다.

방은 모두 두 개였다. 어느 방이든, 구석구석에 책이 산더미처럼 쌓여 있기는 마찬가지였다. 서가 칸은 책의 무게로 휘어 있었다. 컴퓨터, 프린터, 디스켓 상자가 놓인 책상. 서가에 가려지지 않은, 빈 벽면에 걸린 몇 장의 사진. 책상 맞은편의, 정성껏 액자에까지 끼워서 걸어 놓은 17세기의 복제화. 알레고리인 모양이지만, 휴가 떠나기 전에 내가 맥주를 마시러 왔을 때는 본 적이 없는 그림이었다.

책상에는, 아주 작은 글씨로 유치한 글귀를 덧쓴, 로렌차 펠레그리니의 사진이 놓여 있었다. 보이는 건 얼굴뿐이었지만, 그녀의 눈, 눈에 드러난 표정만으로도 기분이 묘해졌다. 본능적인 세심함에서(아니면 질투심이었을까) 나는 얼굴이 아래로 향하도록 사진을 뒤집어 버렸다. 사진에 쓰인 글귀는

읽지 않았다.

서류철이 있었다. 서류철을 펴보았지만 흥미를 끌 만한 것은 별로 없었다. 계산서와 출판 견적서 나부랭이뿐. 그런데 이런 서류 속에 뜻밖에도 컴퓨터 파일의 인쇄물이 들어 있었다. 인쇄물에 찍힌 날짜로 보아, 벨보가 워드 프로세서를 시험하면서 찍어 낸 것인 듯했다. 제목은 〈아부〉였다. 나는 워드 프로세서 〈아부〉, 즉 아불라피아가 (벨보의) 사무실에 처음으로 선보이던 날의 일을 기억하고 있었다. 벨보는 어린아이같이 좋아했고, 구드룬은 구시렁거렸으며, 디오탈레비는 빈정거렸던 것 같다.

아불라피아는, 외부의 중상(中傷)에 대한 벨보의 저항이 펼쳐지는 광장이었다. 중상에 대한 대응이라고 해봐야 풋내기 대학생의 낙서와 같은 것이었지만 그래도 이런 일련의 글에서는 만년필에서 워드 프로세서로 전향한 벨보의, 기계에 대한 복잡한 열정만은 충분히 읽을 수 있었다. 아불라피아에는 언젠가 희미하게 웃으면서, 자기는 인생의 주인공이 될 수는 없는 노릇이니까 심각한 동기가 없어진 셈이고, 심각한 동기가 없어지고 말았으니까 글을 쓸 수도 없는 노릇이고, 글을 쓸 수도 없는 노릇이니까 주인공이 되는 대신에 지적인 방관자가 되겠노라고 한 벨보의 모습이 들어 있었다. 글을 쓸 수 없다면 좋은 편집자들이 그러듯이 남의 책을 다시 쓰는 편이 낫다는 것이었다. 그러나 벨보에게 기계는 환각제와 같은 것이었다. 그러므로 벨보는 다른 사람의 시선 같은 것은 두려워할 필요 없이, 흡사 집에 앉아 낡은 피아노로 「행복한 농부」를 연주하는 것처럼 손가락으로 미친 듯이 기계의 키보드 위를 내달릴 수 있었다. 그는 자기에게 창조적인 재능이 있다고 생각해서 쓰는 것이 아니었다. 글을 쓰는 것 자체를 두려워하는 벨보에게 자판을 두드리는 것은 글쓰기가 아닌 전자 기기의 성능을 시험하는 행위에 불과했다. 말하자면 손가락 체조 같은 것이었다. 그러나 글쓰기와 관련해서 자주 그를 괴롭히던 악령을 극복한 뒤부터 벨보는 워드 프로세서와의 장난이 50대의 중년에게 새로운 사춘기를 맞게 한다는 것을 알게 되었다. 어쨌든, 그의 대명사가 되고도 남을 선천적인 염세주의나, 과거와 결코 타협하지 않는 그의 무서운 고집은, 그 무기물적이고, 합목적적이고, 순종적이고, 무도덕적이고, 반도덕적이고, 삶에 대한 고질적인 신경증을 잊게 할 만큼 인간적인 것 같으면서도 인간적이지 못한 이 기계와의 대화를 통해 빠른 속도로 완화되어 가고 있었다.

파일명: 아부

11월 말의, 오, 아름다운 아침! 한 처음, 천지가 창조되기 전부터 말씀이 계셨다.[3] 여신이여, 나를 위해서 노래를 불러 주세요. 펠레우스의 아들 아킬레우스의 노래를…….[4] 바야흐로 불만의 겨울입니다. 마침표, 줄 바꾸고. 시험 중, 파라칼로, 파라칼로 시험 중. 프로그램을 제대로 이용하면 아나그램을 만드는 것도 가능함. 남군(南軍)의 영웅 레트 버틀러와 스칼렛이라는 변덕쟁이 처녀 이야기를 소설로 썼다가도 변덕을 부리고 싶을 때는 그

3 「요한의 복음서」 1:1.
4 호메로스의 서사시 『일리아스』에 나오는 구절.

저 키 하나만 두드리면 될 일이다. 그러면 아부는, 전체적으로 레트 버틀러는 안드레이 공작으로, 스칼렛은 나타샤로, 애틀랜타는 모스크바로 치환해 준다. 그러면 순식간에 『전쟁과 평화』가 탄생한다.

아부, 이번에는 다른 걸 한번 해보자. 벨보는 아부에게 모든 단어에서 〈a〉는 〈akka〉, 〈o〉는 〈ulla〉로 치환하여 이 문장을 핀란드어 문장 같도록 만들 것을 명한다.

(Abu fa ora una cosa: batto questa frase, do ordine ad Abu di cambiare ciascun "a" con "akka" e ciascun "o" con "ulla", e ne verrà fuori un brano quasi finnico.)

Akkabu fakka ullarakka unakka cullasakka: bakkattulla questakka frakkase, dulla ullardine akkad akkabu di cakkambiakkare ciakkascun "akka" cullan "akkakkakka" e ciakkascun "ulla" cullan "ullakka", e ne verràkka fuullari un brakkanulla quakkasi finniculla.

오, 이 재미, 이 새로운 변화의 현기증. 가장 플라톤적 불면증에 시달리는 나의 플라톤적 독자 겸 작가여. 피네건의 경야(經夜)여, 오, 참하고 순한 짐승이여. 이 기계는 그대가 생각하는 것을 도와주지는 않는다. 하지만 그대를 도와주기는 한다. 그대가 이 기계 대신 생각해야 하므로……. 정말로 영적인 기계. 거위 깃털로 글을 쓰려면 실수를 할 때마다 줄을 북북 그어야 할뿐더러 잉크를 찍느라고 자주 쓰는 손길을 멈추지 않으면 안 된다. 게

다가 생각은 아파 오는 손가락보다도 더 빨리 달린다. 타자기를 쓰면 글자가 서로 달라붙기도 하고, 자간이 비좁아도 견디어야 할 뿐만 아니라 기계의 속도에 맞춰야 하니 우리 신경의 속도에 미치지 못한다. 그러나 이놈(혹은 이년)과 같이 일하면 손가락은 꿈을 꾸고, 마음은 자판 위에서 노닐어, 흡사 황금 날개를 달고 이 세상에 태어난 듯할 터이니, 비판적 이상의 광명에 처음 눈뜬 듯한 행복한 기분으로 마침내 이성과 마주하게 된다.

가마안 있자, 내가 무엇을 하아고 있나……. 오자(誤字) 난 단어를 뽑어내고, 기계에 명령하여 이것을 뺙사하게 하고, 다음에는 이므시 파일을 만들어 이것을 기역시키고, 이것을 지옥의 변방으로부터 스끄린으로 불러낸다.

나는 되는 대로 위의 문장을 두드렸다. 그러나 두드린 다음에는 오자가 많은 문단은 블록을 잡고, 기계에 명령하여 이것을 복사하게 하고, 이렇게 복사된 것에다 교정 명령을 내렸다. 그제야 완벽한 글이 되어 화면에 떠올랐다. 똥 속에서 순수한 글을 추출한 것이다. 그런 뒤에 회개하며 초고를 지워 버릴 수도 있었으나 그러지 않았다. 나는 이 스크린 위에는 〈이다〉와 〈이어야 한다〉가, 우연과 필연이 공존한다는 것을 보여 주고자 했기 때문이다. 원한다면 내 마음에 들지 않는 글귀를 스크린에서 지워 버릴 수도 있다. 그러나 기계의 메모리에서 지워 버릴 수는 없다. 결과적으로 나는 이 기계 안에 내 억압의 기록을 따로 만드는 동시에, 무엇이든 억압으로 해석하는 프로이트 학파와, 눈을 화등잔같이 뜨고 오류를 찾아 헤매는 문헌학자들로부터 직업적인 기쁨이나 학문적 영광을 박탈할 수 있는 것이다.

기계의 메모리는 우리 머리에 든 진짜 기억보다 낫다. 그 까닭은, 우리의 진짜 기억이 그토록 힘겨운 노력을 기울여 배우는 것은, 잊는 법이 아니라 그 기억을 환기시키는 법이기 때문이다. 일찍이 구약 시대에 스페인이나 포르투갈로 도망친 유대인의 후손답게 살빛 거무튀튀한 디오탈레비는 우람한 계단이 있고, 연약한 여자에게 못할 것을 하는 용사의 동상이 있고, 하나같이 음산해서 언제든 허깨비가 툭툭 튀어나오고, 이상한 일들이 시도 때도 없이 일어나고, 미라가 걸어 다니고, 한 개의 복도가 수백 개의 방을 하나로 연결하는 미궁 같은 궁전을 볼 때마다 분개한다. 그는 기억 속의 이미지에 사상을, 꼬리표를, 카테고리를, 우주적인 내용을, 삼단 논법을, 푸짐한 궤변을, 일련의 경구를, 대환법(代換法)의 사슬을, 연계어법의 총원명부를, 히스테론 프로테론[倒逆論法]의 춤을, 명제 논법을, 영혼의 위계를, 춘추분(春秋分)의 세차(歲次)를, 본초학을, 나수행자(裸修行者)의 계보 같은 것들을 부여한다. 그리고 그 머릿속 과정에는 끝이 없으리. 오, 라이문도여, 오 카밀로여, 그대들은 그대들이 본 환상을 마음속에서 다시 떠올리는 것만으로도 사랑과 기쁨이 넘쳐흐르는 고귀한 존재의 사슬을 복원시킬 수 있었다. 우주에서 흩어져 있던 모든 것이 그대들 마음에서는 한 가닥으로 얽혀 들 수 있었으므로, 그대들의 눈에

프루스트는 서투른 어린아이처럼 보였으리라. 그러나 디오탈레비와 나 역시 그날 *ars oblivionalis*(健忘術)를 배우고자 했으나, 힘이 닿지 못하여 망각의 법칙도 깨칠 수가 없었다. 그것은 도무지 가능하지 않았다. 숲 속의 엄지동자처럼 덧없는 실마리를 붙잡고 잃어버린 시간을 찾아 나서기는 쉬우나, 되찾은 시간을 잃어버리기는 어려운 것. 그래서 엄지동자는 늘 강박 관념처럼 귀향한다. 망각에는 법칙이 없다. 우리는 뇌일혈이나 기억 상실증 같은 자연의 법칙, 마약 중독, 알코올 중독, 자살 같은 자기 간섭에 의존하는 수밖에 없다.

그러나 아부는 특정 영역에 한한 정확한 자살 방법, 일시적인 기억 상실증, 고통 없는 실어증에 이르는 방법을 알고 있다.

〈L, 어젯밤에 너는 어디에 있었〉

경솔한 독자들이여, 그대들은 모를 것이다. 비어 있는 반행(半行)의 공간은 내가 쓴, 그러나 쓰지 않았으면 좋았을, 쓰기는커녕 쓸 생각조차 하지 않았으면 좋았을, 절대 일어나지 않았다면 좋았을 긴 문장의 시작이라는 것을. 그래서 나는 키를 눌렀다. 이 숙명적이고도 불운한 행(行)은 뿌연 안개에 덮였다. 나는 〈삭제〉 키를 눌렀다. 오호라, 모든 것은 사라졌다.

그러나 이로써 끝난 것은 아니다. 자살의 문제는 창문을 열고 뛰어내렸다가도 간혹 7층과 8층 사이를 떨어질 때쯤 마음이 변한다는 것이다. 아, 다시 올라갔으면 좋으련만…… 미안하지만 그렇게는 안 된다. 퍽! 그러나 아부는 자비롭다. 아부는 여러분에게 마음을 바꾸어 먹을 권리를 보증한다. 〈복구〉 키를 누르면 삭제된 부분이 되살아나는 것이다. 아, 이 얼마나 다행스러운 일인가. 기억하고 싶은 것은 언제든지 기억해 낼 수 있다는 것을 알고부터 나는 마음먹고 잊는다.

다시는 이 술집에서 저 술집으로 방황하지도 않으려니와, 외계의 괴물이 나를 쳐부술 때까지 예광탄으로 외계의 우주선을 치는 일은 하지 않겠다. 이것이 훨씬 유익하기 때문이다. 여기서는 외계인이 아닌 생각을 쳐부술 수 있다. 스크린은 오(伍)와 열(列)을 맞춘, 흰색과 초록색의, 수백만 개에 이르는 소행성 은하계이다. 그런데 이 소행성군을 만든 것은 바로 나 자신이다. *Fiat Lux*(빛이 있으라)!, 빅뱅, 7일, 7분, 7초……. 우주가 내 눈앞에서 탄생한다. 우주는 부단히 변전한다. 시간과 공간을 긋는 선 같은 것은 존재하지 않는다. *Numerus Clausus* [人種別許可割當制]도, 열역학의 속박도 여기에는 존재하지 않는다. 문자는 거품처럼 나른하게 수면으로 떠오른다. 문자는 무에서 와서 고분고분 무로 돌아간다. 요컨대 심령체처럼 사라지는 것이다. 그것은 부드럽게 이어졌다가는 끊어지고, 끊어졌다가는 다시 이어지는 해저의 교향악, 노란 잠수함에 든 노란 물고기처럼 자신을 먹는 달의, 끈적끈적한 춤. 손가락만 대면 돌이킬 수 없는 운명이 굶주린 문자를 덮쳐 후루룩 삼키고는 어둠 속으로 사라져 버린다. 그대들이 손을 쓰지 않으면 문자가 저 자신을 삼켜, 체셔 고양이[5]의 블랙홀처럼 부재로써 저 자신을 살찌우기도 한다.

써서 안 될 것을 쓸 경우에도 이 자료는 고스란히 플로피 디스크에 들어간다. 그리고 나는 여기에다 암호를 설정할 수 있다. 그러면 다른 사람은 이 자료를 읽을 수 없다. 정보원에게는 그렇게 요긴할 수 없다. 정보원은 자료를 작성하고, 이를 디스켓으로 읽어 들인 뒤, 디스켓을 주머니에 꽂고 밖으로 나온다. 아무리 냉혹 무비한 토르케마다[6]라도 그대들이 작성한 자료를 읽어 낼 수는 없다. 자료는 그대들과 그것 사이에 존재한다. 고문을 당할 경우 그대들은 자백하는 척한다. 그러고는 암호를 입력시키면서 미리 준비해 둔 비밀 키를 누른다. 그러면 자료는 영원히 이 땅에서 사라진다. 이렇게 되면 이렇게 말한다. 아이고, 미안합니다. 헛손질을 했어요, 이건 사곱니다, 이제 자료는 지워지고 말았어요. 그 자료의 내용이 무엇이냐? 잊어버렸습니다요, 별거 아니었습니다요. 내게도 여기에 남길 만한 자료는 없다. 하지만 나중에 남겨 놓을지 누가 알겠는가. 그럴지도 모른다.

---

5 루이스 캐럴의 『이상한 나라의 앨리스』에 나오는, 늘 웃는 고양이.
6 스페인 최초의 종교 재판소 소장. 냉혹하기로 악명이 높았다.

4

열쇠도 없이 〈철인의 장미원(薔薇園)〉으로 들어가려는 자는, 발 없이 걸으려는 자와 마찬가지.
— 미하엘 마이어, 『아탈란타 푸기엔스』, 오펜하임, 드 브리, 1618, XXVII

인쇄되어 있는 파일은 이것뿐이었다. 아무래도 디스켓을 컴퓨터에 넣어 보아야 할 모양이었다. 디스켓은 번호순으로 정리되어 있었다. 나는 물론 번호순으로 넣어 볼 참이었다. 그런데 바로 그 순간 벨보가 말하던 암호가 마음에 걸렸다. 벨보는 아불라피아의 암호에 강한 집착을 보이던 사람이었다.

컴퓨터를 켜는 순간 화면에 메시지가 나타났다. 〈암호를 아십니까?〉 명령문은 아니었다. 벨보는 예의를 아는 사람이었다.

기계는 나에게 자원 봉사할 뜻이 없는 것임에 분명했다. 암호를 넣어야 하는 것이었다. 암호가 없으면 기계는 나에게 한 마디도 하지 않을 모양이었다. 기계는 나에게 이렇게 속삭이고 있는 것 같았다. 〈암, 당신이 알고 싶어 하는 것? 다 내 배 속에 있고말고. 와서 파보셔. 파보시라니까. 두더지같이……. 하지만 아무리 파봐도 헛일일걸…….〉 나는 나 자신에게 다짐했다. 오냐, 어디 한번 해보자. 디오탈레비의 순열과 조합 결과를 가지고 그렇게도 장난치기를 좋아하던 아불라피아 녀석. 하지만 나는 출판계의 샘 스페이드이다. 야코포 벨보의 말마따나, 매(鷹)[1]를 찾는 거다.

아불라피아에 들어갈 암호는, 숫자가 되었든 문자가 되었든 7자 내외가 될 터였다. 알파벳으로 짤 수 있는 7개의 문자 무리는 몇 개가 될까……. 〈카다브라*cadabra*〉 같은 문자 무리도 없으라는 법은 없으니까 같은 문자가 중복해서 들어가는 경우도 고려해야 한다. 나는 이 경우의 수를 구하는 공식을 알고 있었다. 약 60억 가지에 이르는 경우의 수가 나올 터였다. 초당 백만 단위로 60만 가지를 처리할 수 있는 대형 컴퓨터가 있어도 소용없다. 아불라피아에 넣을 때는 한 번에 하나씩 넣는 수밖에 없다. 아불라피아에 하나의 암호를 넣고, 그것이 그 암호인지 아닌지를 확인하는 데는 10초가 걸린다. 그렇다면 60억 개의 암호를 모두 확인하는 데는 6백억 초가 걸린다. 1년은 3천 백만 초다. 3천만 초로 어림잡고 계산해 본다. 60억 개의 암호를 모두 확인하자면, 맙소사, 2천 년이 걸린다. 역시 벨보다.

귀납적 추리를 하는 수밖에 없다. 자, 벨보는 무슨 말을 골라 암호로 삼았을 것인가. 기계를 들여놓을 때부터, 말하자면 처음부터 암호로 사용했던 단어일까? 아니면 그 뒤에 디스켓이 위험하다는 것, 자기의 놀이가 더 이상 놀이가 아니라는 것을 알고 난 뒤에 새로 설정한 암호일까? 전자의 경우와 후자의 경우는 달라도 엄청나게 달랐다.

나는 후자에 가까울 것이라고 생각했다. 벨보는 〈계획〉이라는 것을 진지하게 생각하고 있고 (그날 전화에서도 애기했

1 명탐정 샘 스페이드가 나오는 대실 해밋의 소설 중에 『몰타의 매』가 있다.

듯이) 그것에 쫓기고 있다고 생각하고 있다. 그렇다면 암호는 우리가 지어낸 그 이야기와 관계가 있는 말일 터였다.

그러나 아닐 수도 있었다. 그 〈구비 전승〉과 관련된 말이라면 〈놈들〉도 알 터이기 때문이었다. 문득 이런 생각이 들었다. 만일에 놈들이 이 아파트로 쳐들어와 디스켓을 복사해 가지고 지금 이 시각 어디에선가 순열과 조합을 짜 맞추고 있다면? 카르파티아 산맥 어딘가에 있는 고성(古城)에서 그 최고의 컴퓨터를 돌리고 있다면?

그러나 그럴 리는 없기가 쉬웠다. 그들은 컴퓨터를 쓸 만한 사람들일 리가 없었다. 그들은 디스켓들을 일종의 〈토라〉[2]로 여길 테고, 따라서 그것을 해독하기 위해 노타리콘, 게마트리아, 테무라 등의 해석 방법을 동원할 것이다. 그렇다면 그들이 암호를 알아내는 데 걸릴 세월은 『세페르 예시라』[3]가 쓰이고 나서 흐른 세월보다 더 길 터였다. 〈놈들〉이 존재하는 것이 사실이라면, 그들은 카발라적인 방법을 쓸 것이고, 벨보가 〈놈들〉의 존재를 확신하고 있었다면 벨보 역시 그들의 방법을 좇았을 것이었다.

일단 10 세피로트, 즉 케테르, 호흐마, 비나, 헤세드, 게부라, 티페렛, 네차흐, 호드, 예소드, 말후트를 차례로 입력시켜 보았다. 물론 되지 않았다. 10 세피로트는, 누구든 벨보의 컴퓨터 앞에 앉는다면 생각해 볼 법한 것일 터였다.

2 히브리어로 〈율법〉, 〈가르침〉을 뜻한다. 모세 오경에 들어 있는 율법과 가르침을 말한다.

3 히브리어로 〈창조의 서(書)〉를 뜻한다. 야훼에 의한 우주 창조의 의미를, 32가지의 불가사의한 지혜를 통하여 해석한다. 서른두 가지는, 열 가지의 세피로트와 스물두 개의 히브리어 자모.

벨보가 쓴 암호는, 누구나 알 수 있는 명백한 단어, 이 문제와 관련해서 쉽사리 머리에 떠오른 단어일 터였다. 그 까닭은 벨보처럼 지난 며칠 전부터 강박적일 정도로 그 일에 매달린 사람이라면 다른 것은 생각해 볼 나위가 없을 것이기 때문이었다. 벨보 같은 사람이 미친 듯이 〈계획〉 같은 데 사로잡혀 있는 와중에 〈링컨〉이라든지 〈몸바사〉 같은 낱말을 암호로 쓰는 일은 전혀 있을 성부르지 않았다. 암호는 그 〈계획〉 자체와 어떤 관련이 있어야 했다. 그렇다면 어떤 단어를 썼을 것이냐…….

나는 벨보의 머릿속으로 들어가 보려고 했다. 그는 글을 쓸 때면 연신 줄담배를 피우고 계속해서 며칠씩이나 마셔 대고는 했다. 나는 주방으로 들어가, 단 하나뿐인 깨끗한 술잔을 가져다, 마지막 한 잔 남은 위스키를 따르고는 다시 키보드 앞에 앉아 의자 등받이에 몸을 기대고 두 발을 책상 모서리에다 댔다. 술을 마시면서(샘 스페이드도 이렇게 하지 않았던가. 아니, 필립 말로가 그랬던가) 주위를 둘러보았다. 서가의 책들은 너무 멀리 떨어져 있어 책등에 적힌 제목은 그 자리에 보이지 않았다.

위스키를 말끔히 비운 뒤에는 눈을 감았다가 다시 떴다. 17세기의 판화, 그 시대의 전형적인 장미 십자단(薔薇十字團)[4]의 알레고리인 판화가 내 눈앞에 펼쳐져 있었다. 그 시대

4 14~15세기의 독일 기사 크리스티안 로젠크로이츠가 창설한 비밀 결사. 〈장미 십자단〉이라는 결사의 이름은 그의 이름 〈로젠크로이츠〉에서 유래한다. 로젠크로이츠는 아프리카, 터키, 아라비아를 두루 여행하면서 연금술, 카발라, 신지학을 배운 것으로 알려져 있다. 발렌틴 안드레아이는 저서 『크리스티안 로젠크로이츠의 화학적 결혼』에서 로젠크로이츠가 〈철인의 돌[化金石]〉을 발견했다고 주장하고 있는데, 이 주장은 17세기 초에 발행된 유명한 텍스

ORIENS
COLLEGIVM FRATERNITAT
16
18
S S
FA MA
VIDEAMINI
1604
ad fratres
Fratri
Nostro T.S.
SEPTENTRIO
MERIDIES
CAVETE
C.R.F.
VENITE DIGNI
NOTA
MOVE AMVR
OPINIO NVM
OCCIDENS

우애단원들이 좇았을 법한 암호 메시지가 풍부하게 깃들인 판화였다. 르네상스 시대의 성상(聖像) 표현 기법에 어울리는, 돔이 있고, 그 위로 첨탑이 선, 장미 십자단의 성전을 그리고 있음에 분명했다. 교회는, 오마르 이슬람교 사원의 양식을 토대로 재건된, 기독교적·유대교적 양식을 그대로 좇은 예루살렘 성전과 흡사했다.

첨탑 주위의 풍경은 서로 부조화를 이루고 있었다. 궁전이 있고, 앞마당에 개구리가 있고, 등짐을 진 노새가 있고, 기사로부터 공물을 받는 왕이 있어서, 등장인물과 동물이 서로 싸개가 맞지 않는 숨은 그림 찾기 판의 그림과 비슷했다. 판화 왼쪽 아랫부분에는 첨탑 안쪽에 매달린 우스꽝스러운 도르래를 타고 우물에서 나오는 신사가 있었다. 도르래의 밧줄은 동그란 창밖으로 나와 있었다. 판화 오른쪽에는 커다란 닻을 지팡이처럼 들고 무릎을 꿇은 순례자가 있고, 오른쪽 가장자리, 그러니까 첨탑 맞은편에는 벼랑이 있었으며, 벼랑에서는 칼 든 사람이 하나 떨어지고 있었다. 벼랑 뒤쪽에는 아라라트 산, 산꼭대기에는 방주(方舟)가 얹혀 있었다. 판화 위쪽의 양 모서리는, 별빛을 받고 있는 구름이었다. 별빛은 뱀과 뒤엉켜 있는 발가벗은 사람과 백조를 비추고 있었다. 위쪽 중앙으로는 성광(聖光)이 보였다. 성광 위에는 ORIENS라는 단어와 몇 개의 히브리 문자가 그려져 있었다. 히브리 문자에서는 하느님의 손이 불쑥 튀어나와 첨탑으로 이어지는 줄을 붙잡고 있었다.

첨탑은 바퀴가 달린 가동식(可動式)이었다. 사각기둥 꼴인

트『우애단의 명성』을 통해 유럽 전역에 전파되었다.

탑의 중심부에는 창과 문이 있었고, 오른쪽에는 도개교(跳開橋)가 있었다. 첨탑의 위쪽에는 네 개의 감시탑이 딸린 통랑(通廊)이 보였다. 각각의 감시탑 위에는 한 손에는 종려나무 잎, 다른 한 손에는 히브리 문자가 새겨진 방패를 든 병사들이 있었다. 이들 중 셋의 모습은 보였으나 나머지 하나는 팔각기둥꼴 돔 뒤에 있어서 나로서는 그 모습을 상상하는 도리밖에 없었다. 팔각기둥꼴 돔 위에는 한 쌍의 날개가 달린, 역시 팔각기둥꼴인 등잔이 있었다. 날개 달린 등잔 위로는 조그만 지붕 창이 하나 보였는데, 그 지붕 창 위에 또 하나의 지붕 창이 있었다. 맨 꼭대기 지붕 창틀 사이로는 종이 보였다. 꼭대기에 있는, 네 개의 아치 모양의 들보로 받쳐진 돔은 하느님 손에 잡힌 줄에 묶여 있었다. 돔 양옆으로는 〈Fa/ma〉라는 글씨, 그 위에는 〈Collegium Fraternitatis〉라고 쓰인 두루마리가 펼쳐져 있었다.

기묘한 것은 이것뿐만이 아니었다. 첨탑 왼쪽에 뚫린 둥근 창에서는, 그림 전체의 비례와는 전혀 어울리지 않을 만큼 엄청나게 굵은 팔 하나가 튀어나와 있었다. 팔 끝에 달린 손에는 칼이 쥐어져 있었다. 손의 임자는 첨탑에 갇힌, 날개 달린 천사인 듯했다. 오른쪽의, 비슷한 창밖으로는 거대한 나팔이 튀어나와 있었다. 또다시 트럼펫이 등장한 것이다.

첨탑에 뚫린 창의 개수가 나의 흥미를 끌었다. 우선은 창이 너무 많은 것이 이상했고, 돔에 뚫려 있는 것은 규칙적으로 배열되어 있는 데 견주어 그 아래쪽에 뚫린 것은 불규칙한 것이 이상했다. 화면에서 첨탑은 반밖에 보이지 않았다. 그러나 원근법에 충실한 좌우 대칭 화면인 것을 미루어, 첨탑 뒤쪽에도 같은 숫자의 창이 있는 것으로 짐작할 수 있었다.

그렇다면 종탑의 돔에는 네 개의 아치꼴 보가 있고, 아래쪽 돔에는 여덟 개의 창, 감시탑 네 개, 그리고 동면 및 서면에는 문이 여섯 개, 북면 및 남면에는 열네 개가 있는 셈이었다. 나는 그 수를 모두 더해 보았다.

서른여섯 개였다. 그 〈36〉은 근 10년 동안이나 나를 괴롭혀 온 수였다. 장미 십자회. 〈120〉을 〈36〉으로 나눈 값을 일곱 자리까지 나타내면 〈3.333333〉이 된다. 지나치게 완벽한 숫자였다. 그래도 시도해 볼 필요가 있었다. 해보았다. 실패였다.

문득, 여기에다 〈2〉를 곱하면 〈666〉, 성서에 등장하는 적 그리스도의 숫자란 생각이 들었다. 그러나 이 역시 억측이었다.

그때였다. 판화 중앙에 있는 하느님 보좌의 성광이 내 눈에 들어왔다. 거기에 쓰인 히브리 문자는 아주 굵었다. 자리에 앉아 있는데도 보일 정도였다. 벨보의 아불라피아는 히브리어를 찍어 낼 수 없다는 데 생각이 미쳐, 다가서서 찬찬히 들여다보았다. 나는 당연히 알고 있는 문자들이었다. 오른쪽에서 왼쪽으로 읽으면 요드, 헤, 바브, 헤……. 바로 테트라그라마톤,[5] 하느님의 이름인 야훼였다.

5 〈네 글자〉라는 뜻이다. 하느님의 이름을 나타내는 네 글자. 하느님의 이름을 부르는 것을 삼가는 유대인들은 이 말을 〈하느님의 이름〉이라는 뜻으로 쓴다. 모음이 없는 히브리어로 야훼의 이름은, 〈JHVH〉, 〈JHWH〉, 〈YHVH〉, 〈YHWH〉 등으로 표기된다. 〈넉 자로 된 거룩한 이름〉이라는 뜻에서 〈사자성명(四字聖名)〉으로 시역(試譯)해 본다.

5

처음에는, 오로지 처음에만, 〈YHWH〉. 이 이름을 짜 맞추는 것으로 시작하라. 바퀴를 이리 굴려 보기도 하고 저리 굴려 보기도 하듯이, 이 이름의 가능한 모든 조합을 시험해 보라.

— 아불라피아, 하예 하-네페스, MS 뮌헨 408 필사 원고, fols. 65a~65b

하느님의 이름이라……. 옳거니! 문득, 아불라피아를 사무실에 들여놓던 날 벨보와 디오탈레비 사이에 오가던 대화가 생각났다.

그날 디오탈레비는 자기 사무실 문 앞에 있었다. 지극히 너그러운 사람의 얼굴을 하고 있었다. 디오탈레비에게는, 뭔가를 참고 있을 때는 굉장히 너그러운 사람으로 보이려고 하는 답답한 버릇이 있었다. 그러나 벨보는 오불관언(吾不關焉)이었다. 벨보 역시 그런 디오탈레비를 참아 내고 있는 것이었다.

「아무래도 자네에게는 소용이 닿지 않는 물건 같은데……. 읽지도 않는 그 원고, 설마 다시 쓰려는 것은 아닐 테지?」

「자료를 정리해서 보관하고, 편집 계획을 잡고, 목록을 업데이트하는 데 쓰려고 들여놓은 거라네. 만일에 내가 이 물건으로 책을 쓴다면, 그건 남의 책이 아니고 내 책이 될 거라.」

「자네는 글 같은 건 쓰지 않겠다고 맹세까지 하지 않았나?」

「내 원고로 세상 사람들을 괴롭히지 않겠다고 한 것은 사실이네. 나라는 인간에게 세상의 주인공 노릇할 세월은 오지 않을 거라는 결론이 났으니까.」

「그래서 지적인 방관자로 남기로 결심한 것도 다 알지. 그 결심과 이 기계는 무슨 관계가 있나?」

「지적인 방관자가 음악회에 갔다가 집으로 돌아오면서 그날 들은 교향곡 2악장의 주제를 콧노래로 부른다고 하세. 그 사람이 카네기 홀에서 지휘봉을 잡고 싶어서 그러는 것이겠나?」

「허면, 다시는 안 쓰겠다는 결심을 확인하는 뜻에서 문학을 콧노래로 한번 해보고 싶은 것이로군?」

「어쨌든 정직한 선택 아닌가?」

「그렇게 생각해?」

디오탈레비나 벨보나 다 피에몬테 사람이다. 이들은, 훌륭한 피에몬테 사람에게는 남의 이야기를 정중하게 들어 주는 능력이 있다고 주장한다. 가령 상대방이 무슨 말을 하면, 상대의 눈을 똑바로 쳐다보면서, 〈그렇게 생각해〉라고 되묻는데 그 말투가 어찌나 진지한지 그 말에 내포된 비난을 그냥 넘길 수가 없을 정도다. 이들은 나를 교양 없는 뜨내기라고 부른다. 나는 자기네들처럼 섬세하지 못해 그런 것까지 이해 못 한다는 것이다.

그럴 때마다 나는 반박을 하곤 한다. 「교양 없는 뜨내기라고요? 내가 비록 밀라노 태생이기는 하지만 우리 가족은 발레 다오스타에서 온 집안이라고요.」

그러면 두 사람은 이렇게 반박한다.「실없는 소리 작작하게. 아무나 피에몬테 사람이 되는 줄 아나? 회의할 줄 알아야 피에몬테 사람이지.」

「나도 꽤나 회의적인 사람이라고요.」

「아니야, 자네는 믿지 못할 뿐이야. 의심꾸러기일 뿐이야.

회의할 줄 아는 사람과 의심꾸러기는 달라도 많이 다르지.」

나는 디오탈레비가 아불라피아에 회의적인 이유를 알고 있었다. 그는 워드 프로세서가 철자의 순서를 바꿀 줄 안다는 사실을 주워들었던 것이다. 그래서 컴퓨터로 시험 삼아 텍스트를 돌렸다가 엉뚱한 결과를 낳아 그 진의가 모호해질까 봐 두려워하는 것이었다. 그래서 벨보는 이런 식의 설명을 시도하고는 했다. 「순열의 장난이라는 것이네. 테무라?[1] 그걸 〈테무라〉라고 하지? 신심 좋은 율법 학자를 〈광휘의 문〉으로 인도하는 것을?」

디오탈레비가 그 말을 받았다. 「이것 봐. 자네 그래 가지고는 뭘 알기 틀렸어. 토라가, 적어도 우리 눈에 보이는 대로의 〈토라〉가 하느님께서 창조하시어 열천사(列天使)에게 내리신 영원한 토라 문자의 가능한 순열 중 하나에 지나지 않는다는 것은 옳아. 수세기 동안 우리는 이 책에 나오는 문자를 재배치해 왔는데 그러다 보면 언젠가는 원래의 토라로 다시 돌아갈 날이 오게 되는 것이야. 하지만 중요한 것은 발견이 아니라 탐구야. 사람으로 하여금 기도와 말씀의 바퀴를 돌림으로써 진리에 조금씩 다가가게 하는 것은 신심이야. 만일에 이 기계가 자네에게 즉석에서 진리를 가르쳐 준다면 자네는 그 진리를 인지하지 못해. 진리라고 하는 것은 오랜 찾아 헤매기를 통한 자기 정화의 과정을 거친 사람의 가슴에만 인지되는 것이야. 하물며 사무실에서 그런 찾아 헤매기의 자기 정화 과정이 이루어질 턱은 없지. 천만에, 말씀이라고 하는 것

1 노타리콘, 게마트리아와 함께 유대교 신비주의자들이 성서를 해석할 때 자주 쓰는 방법, 혹은 기술의 하나. 자모(字母)의 배열을 바꿈으로써 한 낱말을 다른 낱말로 바꾸고, 그 바꾼 말을 해석하기도 한다.

은 게토의 곳간 같은 데서 나날이 묵상해야 하는 것이야. 자네는 먼저, 곳간 같은 데서 두 팔을 엉덩이에 딱 붙이고, 성서를 든 손과 책장 넘기는 손의 간격을 최대한 줄이는 방법부터 배우지 않으면 안 되네. 손가락에 침을 묻힐 때도 그래. 손가락을 입술로 가져가되, 수직으로 가져가야 하네. 무교병(無酵餠) 먹을 때 부스러기를 떨어뜨리지 않으려면 손으로 떡을 집어 입까지 수직으로 가져가야 하는 것과 마찬가지 이치라고. 성서의 말씀도, 무교병을 씹듯이 천천히 씹어야 하네. 삼키기 전에, 삼키고 삭여서 자네 것을 만들기 전에 먼저 이 말씀을 자네 혀끝에서 녹아나게 해야 하네. 이 말씀이 자네의 옷자락에 묻지 않도록 조심 또한 다해야 하네. 한 자의 말씀이라도 옷자락에 묻어 버리면 자네와 저 높은 세계를 잇게 될 실은 끊어지고 마는 것이야. 바로 이 실을 마련하느라고 아브라함 아불라피아는 평생을 쓴 것이야. 그동안에도 자네의 그 성 토마스 아퀴나스는 다섯 가지 길을 통하여 하느님을 찾으려고 그렇게 발버둥을 치고 있었지.

아브라함 아불라피아의 『호흐마스 하-제루프』는 문자 결합의 과학인 동시에 정신 정화의 과학이라네. 소용돌이 꼴로 영원히 윤회, 변전하는 문자 무리……. 이 신비주의적인 논리의 세계는 그대로 축복의 세계이자 사상의 음악이야. 하지만 조심해서, 아주 천천히 여기에 접근해야 해. 까딱 잘못하면 자네 기계가 자네에게 안기는 것은 접신(接神)의 황홀이 아니라 망상의 환각일 수 있으니까. 아불라피아의 제자들 대다수는 하느님의 이름을 묵상하는 일과, 이적 베푸는 일 사이의 모호한 경계를 지키지 못했어. 하느님의 이름을 일종의 부적으로 삼고, 모든 사물을 다스리는 도구로 사용하기 위해 그들은 하느님의 이름을 조작해 버리고 말았어. 각각의 문자가 그 문자로 이루어진 사물에 딸려 있다는 것도 모르는 채(자네 역시 그것도 모르면서 이 기계를 다루려고 하지만), 그 문자의 힘이 그 문자로 드러나는 사물의 전후좌우에, 바로 그 자리에, 혹은 그 성격에 얼마나 엄청난 영향을 미치는지도 모르는 채 제멋대로 자음의 위치를 바꾸고 있었던 것이네. 그러다 보면 그 문자가 가리키던 사물은 본래의 모습을 잃고 괴물이 되어 버리지. 물리적으로는 평생, 정신적으로는 영원히.」

벨보가 디오탈레비의 말허리를 잘랐다. 「이것 보게. 그런다고 내가 기죽을 사람인가? 나는 아불라피아를, 이 기계를 아불라피아라고 부르기로 했네만, 아불라피아를 부리네. 선현들이 골렘[2]을 부렸듯이 나는 이 아불라피아를 부리네. 골렘과 다른 점이 있다면 아불라피아는 조심스럽고, 고분고분하고, 아주 점잖다네. 하느님의 이름을 갖고 가능한 모든 순열을 찾아내는 것이, 우리가 직면한 문제 아닌가? 이 기계의 베이직 프로그램에는 네 개의 문자로 가능한 시퀀스를 모두 뽑아내는 작지만 예쁜 프로그램이 장착되어 있다네. 〈YHVH〉를 위해 만들어진 프로그램 같지 않나? 자, 그럼 한번 실행시켜 볼까나.」 벨보는 디오탈레비에게 프로그램을 보여 주었다. 디오탈레비도 명령어를 내려다보면서, 아닌 게 아니라 카발라 같군, 했다.

2 〈무정형의 덩어리〉라는 뜻을 지닌 히브리어. 라틴어로는 〈호문쿨루스〉. 〈정자 미인(精子微人)〉과 비슷한 일종의 〈소인(小人)〉이다. 전설에 따르면 이마에 성서 말씀 한 줄을 쓰면 골렘은 생명을 얻는다고 한다. 초자연적인 힘이 있는 이 골렘, 혹은 호문쿨루스에게는 성별이 없다. 연금술사들은 실험실에서도 이것을 만들어 낼 수 있다고 믿었다.

```
10 REM anagrams
20 INPUT L$(1),L$(2),L$(3),L$(4)
30 PRINT
40 FOR I1=1 TO 4
50 FOR I2=1 TO 4
60 IF I2=I1 THEN 130
70 FOR I3=1 TO 4
80 IF I3=I1 THEN 120
90 IF I3=I2 THEN 120
100 LET I4=10-(I1+I2+I3)
110 LPRINT L$(I1);L$(I2);L$(I3);L$(I4)
120 NEXT I3
130 NEXT I2
140 NEXT I1
150 END
```

「자네가 직접 한번 입력시켜 보게. 기계가 요구하는 대로 Y, H, V, H를 차례로 입력시키고 나서 〈실행〉 키를 때리는 걸세만 실망할걸. 이 네 문자로 가능한 경우의 수는 스물네 개밖에 안 될 테니까.」

「맙소사! 그게 그렇게 대수롭지 않다는 듯 얘기할 일인가? 우리 유대의 현자들은 그 계산을 한 적이 없는 줄 아나? 『세페르 예시라』 제4장 16절을 어디 한번 보세. 그분들에게는 컴퓨터가 없었는데도 이런 구절이 나와. 〈두 개의 초석(礎石)으로는 두 채의 집을 짓는다. 세 개의 초석으로는 여섯 채의 집을 짓는다. 네 개의 초석으로는 스물네 채의 집을 짓는다. 다섯 개의 초석으로는 120채의 집을 짓는다. 여섯 개의 초석으로는 720채의 집을 짓는다. 일곱 개의 초석으로는 5,040채의 집을 짓는다. 여기까지 세고 난 뒤에는 입이 말할 수 없고 귀가 들을 수 없는 것에 대해 생각하며(계산을 포기하라).〉 요새 말로 이것을 무엇이라고 하는지 알아? 인자 분석(因子分析)이라고 하는 거야. 유대의 구비 전승은 사람들에게 이 이상의 계산은 금하고 있는데, 자네 그 까닭을 아나? 하느님의 이름이 여덟 자로 되어 있다면 변환 가능한 경우의 수는 40,320가지, 열 자로 되어 있으면 변환 가능한 경우의 수는 무려 3,628,800……. 자네 이름, 그 이름과 성만으로 이루어지는 경우의 수는 자그마치 4백만이나 되는 거야. 미국인들처럼 미들 네임이 있으면 어떻게 되는지 아나? 그때의 경우의 수는 4억이 넘어. 만일에 하느님의 이름이 스물일곱 자(히브리 알파벳에는 모음이 없기는 하지만 스물두 개의 자음과 다섯 개의 변형자를 더하면)로 되어 있다면 이걸로 짤 수 있는 이름의 경우의 수는 스물아홉 자리나 되는 셈이네. 여기에다 반복되는 음절도 있을 수 있다는 걸 고려해야 해. 왜냐, 하느님의 이름이라고 해서 알레프가 스물일곱 번이나 되풀이되지 않으리라는 법은 없으니까. 이 경우에는 인자 분석이 통하지 않아. 반복이 가능하다면 그 경우의 수는 무려 27의 27누승(累乘), 즉 4,440억의 10억 배의 10억 배의 10억 배인 셈이야. 결국 4 곱하기 10의 39제곱이 된다 그 말이야.」

「자네 나 겁주려고 지금 장난을 치고 있는데……. 자네의 그 『세페르 예시라』라는 거 나도 읽었네. 여기에 나오는 기본적인 글자는 모두 스물두 개야. 하느님은 바로 이것으로써 만물을 창조했네.」

「하찮은 걸 미주알고주알 따지지 말자고. 이 거대수의 세계에서 스물둘이니 스물일곱이니 하는 것은 중요하지가 않아. 자네는 27의 27누승이 아니라 22의 22누승이라고 하고 싶은 모양이지만, 그래도 그 수는 자그마치 3,400억의 10억 배의 10억 배에 이르네. 우리 인간의 머리로 헤아릴 때는 그게 그거야. 하나, 둘, 셋, 넷. 이런 식으로 1초에 하나씩 세어 나갈 경우, 10억을 세는 데만도 32년이 걸려. 뿐인가, 하느님의 이름은 이보다 훨씬 복잡해. 카발라라고 하는 것은 『세페르 예시라』만으로 해결되는 것이 아니니까. 뿐만 아니라, 토라의 진짜 순열이 스물일곱 자로 이루어졌다고 볼 만한 근거는 얼마든지 있어. 어미에 쓰이는 다섯 개의 문자는 때로는 어미 이외의 위치에도 들어가는 수가 얼마든지 있으니까 스물두 자라고 볼 수도 있기는 하지. 하지만 늘 그런 것은 아니야. 가령 〈이사야〉 9장 2절을 보면, 우연의 일치이겠지만 〈곱한다〉는 뜻을 지닌 〈레마르바LMRBH〉, 즉 〈LEMARBAH〉라는 말이 나오는데, 여기에 쓰인 〈멤M〉은, 단어의 한가운데 있어도 실은 어미에만 쓰이는 〈멤〉이라네.」

「그건 왜 그런가?」

「모든 글자는 다 숫자에 대응한다. 평상음 〈멤〉은 40, 어미 〈멤〉은 600이다. 이 경우, 순열 조합을 다루는 테무라로는 안 돼. 게마트리아, 말하자면 글자와 숫자의 관계를 규명하는 방법이 쓰여야 한다, 그 말이야. 어미 〈멤〉이 들어 있는 단어 〈레마르바〉는 따라서 277을 나타내는 게 아니라 837을 나타내는 것이지. 837에 대응하는 말은, 〈ThThZL〉, 곧 〈타트잘〉에 해당되네. 〈무한히 주시는 분〉이라는 뜻이지. 자, 이제 자네도 왜 우리가 스물일곱 자를 따로따로 검토해 봐야 하는지 그 까닭을 알겠지? 하나하나의 글자는 소리값 구실만 하는 게 아니라 수값도 하기 때문이네. 그러니까 아까 얘기한 수치가 나오는 걸세. 우리가 계산해야 하는 것은 자그마치 4천억의 10억 배의 10억 배의 10억 배 분의 1에 해당하는 확률이야. 이것을 계산하자면 얼마나 걸릴 것 같나? 기계를 사용한다고 치고……. 자네의 그 웃기는 꼬마 계산기를 말하는 게 아니야. 초당 하나씩의 순열을 점검할 경우 여기에 소요되는 시간은 70억 곱하기 10억 곱하기 10억 곱하기 10억 분, 혹은 12억 3천만 곱하기 10억 곱하기 10억 곱하기 10억 시간, 혹은, 14조 곱하기 10억 곱하기 10억 년, 1천4백억 곱하기 10억 곱하기 10억 세기……가 걸린다는 계산이 나와. 하지만 너무 기죽을 것은 없어. 자네가 초당 백만 개의 순열을 처리할 수 있다고 생각해 보게. 전자 기기로 이 시간을 절약할 수 있다고 생각해 보게. 그러면 14조 곱하기 백억 세기면 충분할 테니까.

하느님의 이름, 이 세상 어느 누구도 모르는 그 이름은 토라 전문(全文)만큼이나 길 수도 있다. 그렇다면 이 순열을 모조리 계산해 낼 기계가 이 세상에 있을 수 있겠나? 없어. 왜냐? 토라 자체가 벌써 반복되는 문자를 무수히 거느린 것이니까. 테무라는 우리에게, 토라에 나오는 하나하나의 글자를 바꾸어 보기는 하되, 우리가 가진 스물일곱 자모로 구분하여 바꾸는 데만 그쳐서는 안 된다고 가르치고 있네. 왜? 하나하나의 자모는 그게 어떤 쪽 어떤 줄에 있든 그 자체가 또 하나의 문자이거든. 무슨 말이냐 하면, 〈YHVH〉라는 이름에는 〈헤H〉가 두 차례나 들어가 있지만 이걸 같은 〈헤〉로 보지 말고 각기 다른 〈헤〉로 보라는 것이야. 이제, 토라 전문에 들어 있는 모든 글자의, 다르게 배치될 수 있는 경우의 수를 계산하려면 이 세상의 제로라는 제로는 다 끌어 와도 안 되는 이유를 알겠나? 하고 싶다면 한번 해봐. 자네의 그 눈물겨운 꼬마 계산기로, 해보고 싶으면 얼마든지 해봐. 그런 것을 계산

할 수 있는 기계가 존재하기는 하지. 하지만 그건 자네의 그 실리콘 밸리에서 만들어진 기계가 아니야. 그건 바로 성스러운 카발라, 또는 〈구비 전승〉이라 일컫는 것이니까. 바로 이것을 사용해 율법 학자들은 수세기 동안 컴퓨터가 할 수 없는 일을 해왔어. 앞으로도 컴퓨터로는 이 문제를 해결할 수 없기를 바라야지. 언젠가, 이 세상의 모든 순열과 조합이 기진한다고 해도 그 계산의 결과는 비밀로 남아야 하고, 어차피 그런 일이 벌어질 때쯤이면 우주조차 그 순행을 마쳤을 테지. 그리고 우주가 순행을 끝내는 바로 그 순간에 대천사의 영광은 우리를 휘황찬란하게 감싸게 될 것이야.」

「아멘.」 야코포 벨보가 중얼거렸다.

디오탈레비는 벨보를 이 지경까지 몰고 갔었는데, 나는 그 때의 일에 유념할 필요가 있었다. 업무가 끝난 뒤에도 사무실에 남아 컴퓨터 앞에서 디오탈레비의 계산 결과를 검산하는 벨보를 본 것은 한두 번이 아니었다. 벨보는, 노란 양피지에 일일이 손으로 숫자를 적어 가지 않아도, 또 제로(0)가 발견되기 이전인 노아의 홍수 시대의 수리 계산을 굳이 사용하지 않더라도, 아불라피아는 아무리 못해도 계산 결과를 단 몇 초 안에 알려줄 수 있다는 사실만이라도 디오탈레비에게 보여주고 싶었던 것이었다. 그러나 아불라피아는 결과를 누승 지수(累承指數)로밖에 나타내지 못했다. 따라서 벨보는, 화면에 그려진 끝없는 제로의 행렬을 보여 줌으로써, 순열 조합의 우주, 가능한 모든 세계가 폭발하는 창백한 시각적 모방을 보여 줌으로써 디오탈레비의 기를 꺾을 수는 없었다.

그런 일들을 되돌아볼 때, 벨보가 암호를 고르는 과정에서 다시금 하느님의 이름에 대한 고민으로 생각을 돌렸을 확률이 높다고 나는 장미 십자단의 판화를 보며 생각했다. 게다가 내 추측대로 벨보가 36이라든지 120이라든지 하는 숫자에 집착하고 있었다면 이런 숫자 역시 암호와 관련돼 있을 것이다. 〈네 개의 초석으로는 스물네 채의 집밖에 지을 수 없다〉는 사실을 잘 아는 벨보가 네 개의 히브리 문자만을 조합하여 암호를 만들지는 않았을 것 같았다.

그러나 두 개의 모음이 든 이탈리아식 철자를 사용했을 가능성은 배제할 수 없었다. 여섯 글자, 즉 〈야흐베흐Iahveh〉라면 720개의 순열을 만들 수 있었을 터였다. 글자가 반복해서 쓰인 것은 마음을 쓰지 않아도 좋을 것 같았다. 디오탈레비의 말마따나 같은 〈헤H〉라도 쓰인 곳이 다르면 각각 다른 글자일 터이기 때문이었다. 벨보는 720개의 순열 중에서 36번째 순열, 혹은 120번째 순열을 암호로 삼았을 가능성도 있었다.[3]

내가 벨보의 아파트에 도착했을 때는 11시였는데 이것저것 궁리하다 보니 1시가 됐다. 나는 여섯 글자의 아나그램에 필요한 프로그램을 만들어야 했다. 나는 네 글자의 아나그램에 썼던 프로그램을 손질하기로 했다.

시원한 바람을 좀 쏘이고 싶었다. 나는 밖으로 나가 먹을 것과 위스키 한 병을 샀다.

3 알파벳 A부터 Z까지는 각각 하나씩의 수에 대응한다. 가령 A(1), B(2), C(3) …… X(24), Y(25), Z(26), 이런 식이다……. 벨보의 이름인 〈BELBO〉가 지니는 수치를 더하면 36이 된다. B(2)+E(5)+L(12)+B(2)+O(15)=36, 따라서 본문의 숫자 〈36〉은 여기에서 나온 것으로 보인다. 〈120〉의 의미는 불명. 그러나 공교롭게도 이 소설은 모두 120장으로 되어 있다.

다시 벨보의 아파트로 돌아온 나는 샌드위치는 구석으로 밀어 놓고 위스키를 마시면서 컴퓨터에다 베이직 프로그램 디스켓을 물리고 일을 시작했다. 몇 차례 실수하고, 이 실수를 바로잡는 데 반 시간이 좋이 걸렸다. 2시 반에는 프로그램이 먹히면서 720개에 이르는 하느님의 이름이 화면에 나타났다.

```
iahveh  iahvhe  iahevh  iahehv  iahhve  iahhev  iavheh  iavhhe
iavehh  iavehh  iavhhe  iavheh  iaehvh  iaehhv  iaevhh  iaevhh
iaehhv  iaehvh  iahhve  iahhev  iahvhe  iahveh  iahehv  iahevh
ihaveh  ihavhe  ihaevh  ihaehv  ihahve  ihahev  ihvaeh  ihvahe
ihveah  ihveha  ihvhae  ihvhea  iheavh  iheahv  ihevah  ihevha
ihehav  ihehva  ihhave  ihhaev  ihhvae  ihhvea  ihheav  ihheva
ivaheh  ivahhe  ivaehh  ivaehh  ivahhe  ivaheh  ivhaeh  ivhahe
ivheah  ivheha  ivhhae  ivhhea  iveahh  iveahh  ivehah  ivehha
ivehah  ivehha  ivhahe  ivhaeh  ivhhae  ivhhea  ivheah  ivheha
ieahvh  ieahhv  ieavhh  ieavhh  ieahhv  ieahvh  iehavh  iehahv
iehvah  iehvha  iehhav  iehhva  ievahh  ievahh  ievhah  ievhha
ievhah  ievhha  iehahv  iehavh  iehhav  iehhva  iehvah  iehvha
ihahve  ihahev  ihavhe  ihaveh  ihaehv  ihaevh  ihhave  ihhaev
ihhvae  ihhvea  ihheav  ihheva  ihvahe  ihvaeh  ihvhae  ihvhea
ihveah  ihveha  iheahv  iheavh  ihehav  ihehva  ihevah  ihevha
aihveh  aihvhe  aihevh  aihehv  aihhve  aihhev  aivheh  aivhhe
aivehh  aivehh  aivhhe  aivheh  aiehvh  aiehhv  aievhh  aievhh
aiehhv  aiehvh  aihhve  aihhev  aihvhe  aihveh  aihehv  aihevh
ahiveh  ahivhe  ahievh  ahiehv  ahihve  ahihev  ahvieh  ahvihe
ahveih  ahvehi  ahvhie  ahvhei  aheivh  aheihv  ahevih  ahevhi
ahehiv  ahehvi  ahhive  ahhiev  ahhvie  ahhvei  ahheiv  ahhevi
aviheh  avihhe  aviehh  aviehh  avihhe  aviheh  avhieh  avhihe
avheih  avhehi  avhhie  avhhei  aveihh  aveihh  avehih  avehhi
avehih  avehhi  avhihe  avhieh  avhhie  avhhei  avheih  avhehi
aeihvh  aeihhv  aeivhh  aeivhh  aeihhv  aeihvh  aehivh  aehihv
aehvih  aehvhi  aehhiv  aehhvi  aevihh  aevihh  aevhih  aevhhi
aevhih  aevhhi  aehihv  aehivh  aehhiv  aehhvi  aehvih  aehvhi
ahihve  ahihev  ahivhe  ahiveh  ahiehv  ahievh  ahhive  ahhiev
ahhvie  ahhvei  ahheiv  ahhevi  ahvihe  ahvieh  ahvhie  ahvhei
ahveih  ahvehi  aheihv  aheivh  ahehiv  ahehvi  ahevih  ahevhi
hiaveh  hiavhe  hiaevh  hiaehv  hiahve  hiahev  hivaeh  hivahe
hiveah  hiveha  hivhae  hivhea  hieavh  hieahv  hievah  hievha
hiehav  hiehva  hihave  hihaev  hihvae  hihvea  hiheav  hiheva
haiveh  haivhe  haievh  haiehv  haihve  haihev  havieh  havihe
haveih  havehi  havhie  havhei  haeivh  haeihv  haevih  haevhi
haehiv  haehvi  hahive  hahiev  hahvie  hahvei  haheiv  hahevi
```

hviaeh hviahe hvieah hvieha hvihae hvihea hvaieh hvaihe

hvaeih hvaehi hvahie hvahei hveiah hveiha hveaih hveahi

hvehia hvehai hvhiae hvhiea hvhaie hvhaei hvheia hvheai

heiavh heiahv heivah heivha heihav heihva heaivh heaihv

heavih heavhi heahiv heahvi heviah heviha hevaih hevahi

hevhia hevhai hehiav hehiva hehaiv hehavi hehvia hehvai

hhiave hhiaev hhivae hhivea hhieav hhieva hhaive hhaiev

hhavie hhavei hhaeiv hhaevi hhviae hhviea hhvaie hhvaei

hhveia hhveai hheiav hheiva hheaiv hheavi hhevia hhevai

viaheh viahhe viaehh viaehh viahhe viaheh vihaeh vihahe

viheah viheha vihhae vihhea vieahh vieahh viehah viehha

viehah viehha vihahe vihaeh vihhae vihhea viheah viheha

vaiheh vaihhe vaiehh vaiehh vaihhe vaiheh vahieh vahihe

vaheih vahehi vahhie vahhei vaeihh vaeihh vaehih vaehhi

vaehih vaehhi vahihe vahieh vahhie vahhei vaheih vahehi

vhiaeh vhiahe vhieah vhieha vhihae vhihea vhaieh vhaihe

vhaeih vhaehi vhahie vhahei vheiah vheiha vheaih vheahi

vhehia vhehai vhhiae vhhiea vhhaie vhhaei vhheia vhheai

veiahh veiahh veihah veihha veihah veihha veaihh veaihh

veahih veahhi veahih veahhi vehiah vehiha vehaih vehahi

vehhia vehhai vehiah vehiha vehaih vehahi vehhia vehhai

vhiahe vhiaeh vhihae vhihea vhieah vhieha vhaihe vhaieh

vhahie vhahei vhaeih vhaehi vhhiae vhhiea vhhaie vhhaei

vhheia vhheai vheiah vheiha vheaih vheahi vhehia vhehai

eiahvh eiahhv eiavhh eiavhh eiahhv eiahvh eihavh eihahv

eihvah eihvha eihhav eihhva eivahh eivahh eivhah eivhha

eivhah eivhha eihahv eihavh eihhav eihhva eihvah eihvha

eaihvh eaihhv eaivhh eaivhh eaihhv eaihvh eahivh eahihv

eahvih eahvhi eahhiv eahhvi eavihh eavihh eavhih eavhhi

eavhih eavhhi eahihv eahivh eahhiv eahhvi eahvih eahvhi

ehiavh ehiahv ehivah ehivha ehihav ehihva ehaivh ehaihv

ehavih ehavhi ehahiv ehahvi ehviah ehviha ehvaih ehvahi

ehvhia ehvhai ehhiav ehhiva ehhaiv ehhavi ehhvia ehhvai

eviahh eviahh evihah evihha evihah evihha evaihh evaihh

evahih evahhi evahih evahhi evhiah evhiha evhaih evhahi

evhhia evhhai evhiah evhiha evhaih evhahi evhhia evhhai

ehiahv ehiavh ehihav ehihva ehivah ehivha ehaihv ehaivh

ehahiv ehahvi ehavih ehavhi ehhiav ehhiva ehhaiv ehhavi

ehhvia ehhvai ehviah ehviha ehvaih ehvahi ehvhia ehvhai

hiahve hiahev hiavhe hiaveh hiaehv hiaevh hihave hihaev

hihvae hihvea hiheav hiheva hivahe hivaeh hivhae hivhea

hiveah hiveha hieahv hieavh hiehav hiehva hievah hievha

haihve haihev haivhe haiveh haiehv haievh hahive hahiev

hahvie hahvei haheiv hahevi havihe havieh havhie havhei

haveih havehi haeihv haeivh haehiv haehvi haevih haevhi

hhiave hhiaev hhivae hhivea hhieav hhieva hhaive hhaiev

hhavie hhavei hhaeiv hhaevi hhviae hhviea hhvaie hhvaei

hhveia hhveai hheiav hheiva hheaiv hheavi hhevia hhevai

hviahe hviaeh hvihae hvihea hvieah hvieha hvaihe hvaieh

```
hvahie   hvahei   hvaeih   hvaehi   hvhiae   hvhiea   hvhaie   hvhaei
hvheia   hvheai   hveiah   hveiha   hveaih   hveahi   hvehia   hvehai
heiahv   heiavh   heihav   heihva   heivah   heivha   heaihv   heaivh
heahiv   heahvi   heavih   heavhi   hehiav   hehiva   hehaiv   hehavi
hehvia   hehvai   heviah   heviha   hevaih   hevahi   hevhia   hevhai
```

나는 프린터에서 나오는 인쇄용지를 한 장씩 따로 절단하지 않고 토라 두루마리 읽듯이 읽어 보았다. 맨 먼저 서른여섯 번째 이름을 입력해 보았다. 암호가 아니었다. 조금 뒤에는 위스키를 한 모금 마시고 머뭇거리며 120번째 이름을 입력해 보았다. 역시 아니었다.

죽을 맛이었다. 그러나 나는 그때 이미 야코포 벨보의 입장이 되어 있었다. 나는 벨보도 나와 같은 생각을 했을 것이라고 확신했다. 그렇다면 내가 분명 어디선가 실수를 한 것이리라. 그것도 실수치고는 터무니없이 사소한 실수를 했을 것이다. 어쨌든 나는 그의 생각에 접근해 가고 있는 셈이다. 혹시 벨보는 나름의 생각이 있어서 거꾸로 센 것은 아니었을까?

카소봉, 이런 머저리 같으니……. 정신이 번쩍 들었다. 그는 거꾸로 센 것이 분명했다. 거꾸로 세었다는 것은 오른쪽에서 왼쪽으로 세었다는 뜻이다. 벨보는 하느님의 이름을 컴퓨터에 입력할 때, 라틴어 자모로 바꾸어서 모음과 함께 입력한 것임에 분명했다. 하지만 원말이 히브리어였으니 오른쪽에서 왼쪽으로 썼을 것이다. 따라서 〈IAHVEH〉가 아니라 〈HEVHAI〉가 될 터였다. 그렇다면 순열도 바뀌는 것이 당연했다.

나는 거꾸로 세어 본 뒤 36번째와 120번째 이름을 입력해 보았다.

역시 소득이 없었다.

되는 것이 없었다. 겉모양만 근사했지 실은 잘못된 가정에 매달려 있었던 셈이다. 하기야 우수한 과학자들도 그런 오류에 빠지는 일이 더러 있다지 않던가.

아니, 우수한 과학자들은 들먹거릴 것도 없다. 사람이면 누구나 그런 오류를 범하는 법이다. 한 달 전만 하더라도 우리는 주인공이 컴퓨터로 하느님의 진짜 이름을 추적하는 내용이 들어간 소설이 신간 소설 중에서도 자그마치 세 권이나 된다는 이야기를 한 적이 있었다. 벨보는 그 소설의 주인공들보다 훨씬 독창적이었을 것이다. 암호를 고를 때만 해도 그렇다. 암호를 고를 때 사람들은 기억하기 쉬운 것, 생각만 해도 자동적으로 터억 머리에 떠오르는 것을 고른다. 〈IHVHEA〉 같은 단어가 기억하기 쉬운 단어일 리는 없지 않은가. 이것을 암호로 사용했다면 벨보는 그 암호를 쉽게 기억하기 위해서라도 노타리콘을 테무라에 적용시켜 암기용 두운시 같은 것을 따로 만들어야 했으리라. 예컨대, 이멜다(I)는 일찍이(H) 변론하였으니(V) 그것은 바로 히람(H)의 사악한(E) 암살 행위(A)였다…… 하는 식으로(얼마나 터무니없는 일인가).

그러나 벨보가, 디오탈레비의 전유물인 카발라 용어에 집착했으리란 증거는 전혀 없다. 벨보는 당시 그 〈계획〉이라는 것에 사로잡혀 있었다. 그래서 가령 장미 십자단, 시나키[寡頭體制], 호문쿨루스, 진자, 탑, 드루이드교, 엔노이아[4] 같은 개념을 온통 버무려 이 〈계획〉의 일부로 만들었다.

4 원래는 〈사고〉, 〈이성〉, 〈양식〉을 뜻하는 그리스어. 〈소피아〉와 그 의미가 비슷하다. 벨보의 애인 로렌차 펠레그리니에게 적용될 때는, 신의 여성적인 부분, 좋은 부분을 뜻한다.

엔노이아. 나는 로렌차 펠레그리니를 생각했다. 손을 내밀어, 벨보가 편집한 로렌차의 사진을 집어 들고 가만히 들여다보았다. 문득 피에몬테에서 어느 날 밤에 있었던 일이 머리에 떠올랐다. 나는 사진에 쓰여 있는 글귀를 읽어 보았다. 〈나는 처음이자 끝이요, 귀한 자이자 천한 자이며, 성인이자 갈보로다. 소피아.〉

리카르도의 파티가 끝나고 로렌차 펠레그리니가 썼던 모양이었다. 소피아SOPHIA. 여섯 글자……. 굳이 이 여섯 글자의 철자를 뒤섞었을 리도 없다. 나는 간단한 것을 너무 복잡하게 생각하고 있는 모양인가. 자, 생각해 보자. 벨보는 로렌차를 사랑한다. 왜? 로렌차가 너무나도 로렌차답다는 바로 그 이유 때문에, 로렌차가 바로 소피아이기 때문에 사랑한다. 그렇다면 소피아가 되는 바로 그 순간에 어쩌면 로렌차는……. 아니다. 그렇게 생각할 일은 아니다. 벨보 역시 매우 복잡하게 생각하는 사람이다. 문득 디오탈레비가 하던 말이 생각났다. 〈제2세피라에서, 어둠에 휩싸여 있던 알레프는 광휘의 알레프가 된다. 바로 그 암흑의 일점(一点)에서 토라의 말씀이 쏟아져 나온다. 자음은 육신이고 모음은 숨결이다. 이 자음과 모음이 찬미의 노래를 반주한다. 찬미가 다음 찬미로 이어지면 자음과 모음도 따라 흐르고 바로 여기에서 《호흐마》가 용솟음친다. 이 세상의 모든 것, 창조의 비밀과 함께 고스란히 드러날 지혜와 지식과 원초적인 생각을 상자처럼 고스란히 담고 있는 것, 그것이 호흐마이다. 호흐마는, 거기에서 분화되어 나오는 모든 창조의 질료를 고스란히 담고 있다.〉

그렇다면, 수수께끼의 파일을 암장(暗藏)하고 있는 아불라피아는 무엇인가? 벨보가 아는 것, 혹은 안다고 생각하던 것을 고스란히 담고 있는 상자 아닌가. 벨보의 소피아가 아닌가. 그렇다면 벨보는 소피아라는 암호명을 통해서 그가 사랑하던 유일한 존재인 아불라피아로 들어갔던 것일까? 그러나 아불라피아를 사랑하면서도 벨보는 로렌차를 생각했을 가능성이 크다. 그러자면 벨보에게는 아불라피아를 소유하는 데 필요한 암호뿐만 아니라 로렌차를 사랑하는 데 필요한 암호, 아불라피아의 심장을 뚫고 들어가는 데 필요한 암호뿐만 아니라 로렌차의 가슴을 열고 들어가는 데 필요한 암호가 있어야 한다. 그러나 로렌차가 벨보에게는 접근할 수 없는 대상이듯이 아불라피아 역시 남들의 접근이 허용되지 않아야 한다. 벨보는, 아불라피아로 들어가, 아불라피아의 본질을 알아내고, 아불라피아를 정복하듯이, 로렌차의 가슴속으로 들어가 로렌차의 본질을 알아내고 마침내 로렌차를 정복하는 희망에 사로잡혀 있었음에 분명하다.

하지만 이 모든 것은 내 상상에 불과하다. 암호에 대해서 내가 마련한 설명은 그 〈계획〉과 같았다. 그 〈계획〉이라는 것이 무엇이었던가? 현실의 자리에 희망 사항을 덧씌우는 것 아니던가.

술 취한 채 키보드 앞에 앉아 나는 〈소피아*SOPHIA*〉를 두드려 넣었다. 기계는 정중하게 물었다. 〈암호를 아십니까?〉 빌어먹을 놈의 기계 같으니. 로렌차가 들어가는데도 아무 느낌이 없다니.

6

Judá León se dio a permutaciones
De letras y a complejas variaciones
Y alfin pronunció el Nombre que es la Clave,
La Puerta, el Eco, el Huésped y el Palacio...[1]
— 호르헤 루이스 보르헤스, 「골렘」

아불라피아로부터, 〈암호를 아십니까?〉라는 질문을 받는 순간, 몹시 짜증스러웠던 나는, 〈아니*NO*〉를 두드려 넣었다.

화면에 낱말, 선, 코드 등등의, 말하자면 의미 전달 수단의 홍수가 넘쳐흐르기 시작했다.

나는 기어이 아불라피아의 방어망을 깨뜨리고 들어간 것이었다.

승리에 도취한 나머지, 하고많은 말 가운데 벨보가 그 단어를 암호로 선택한 까닭 같은 것은 생각해 볼 여유가 없었다. 그러나 지금은 안다. 벨보는 어느 순간, 나는 이제야 알아차린 사실을 스스로 깨달았던 것임을 나는 안다. 그러나 지난 목요일, 나는 오로지 승리에 도취되어 있었다.

어찌나 좋던지 나는 손뼉을 치고 춤을 추면서 흘러간 군가를 불렀다. 한동안 그런 다음에야 욕실로 들어가 얼굴을 씻었

1 〈유다 뢰프는 글자를 바꾸어 짜는 / 복잡한 글 장난을 좋아한다. / 그는 이렇게 바꾸어 짠 이름을 입에 올려 본다. / 열쇠, 문, 메아리, 주인, 그리고 궁전인 그 이름……〉

다. 욕실에서 나온 뒤에는, 벨보의 파일을 마지막 파일부터 역순으로 프린트하기 시작했다. 마지막 파일은 벨보가 파리로 떠나기 직전에 작성한 것이었다. 프린터가 돌고 있는 동안 나는 사온 음식을 먹고 술도 더 마셨다.

프린터가 멎자마자 벨보의 파일을 읽었다. 기절초풍할 노릇이었다. 문재(文才)의 명문장인지, 미친 사람의 횡설수설인지 나로서는 가늠할 도리가 없었다.

도대체 내가 야코포 벨보라는 사람에 대해 무엇을 알고 있었던가. 2년 동안 거의 매일 붙어 지내다시피 해왔으면서도 나는 이 사람에 대해 대체 무엇을 알고 있었던가? 사흘 동안 자신을 세상으로부터 유리시킨 채 알코올과 담배와 공포의 안개 속에서 쓴 이 사람의 글을 나는 도대체 어디까지 믿어야 한단 말인가.

주위는 어두워져 오고 있었다. 6월 21일 목요일. 눈이 짓물러 있었다. 아침부터 그 시각까지 컴퓨터 화면과 프린터가 뱀어낸, 점묘법으로 그린 개미탑과 같은 깨알만 한 글씨를 보고 있었으니 무리도 아니었다. 내가 읽은 기록은 사실일 수도 있고 엉터리일 수도 있었다. 어쨌거나 벨보는 아침에 전화를 걸겠다고 했다. 따라서 나는 거기에서 전화를 기다려야 했다. 머리가 어질어질했다.

나는 비틀거리며 침실로 들어가 옷을 입은 채로, 손질도 안 된 침대 위로 몸을 던졌다.

8시쯤, 숙면에서 깨어났다. 잠을 깨고도 한동안은, 어디에 와 있는지 가늠이 안 잡힐 정도의 숙면이었다. 다행히도 커피가 있어서 몇 잔 거푸 마실 수 있었다. 전화기는 울리지 않았다. 그동안에 벨보로부터 전화가 걸려 올까 봐 걱정스러워서 뭘 좀 사러 나갈 수도 없었다.

다시 기계 앞으로 돌아가, 작성 일자순으로 정리되어 있는 다른 디스켓의 자료를 순서대로 프린트하기 시작했다. 입력한 자료 중에는 숫자 놀음을 한 흔적도, 계산을 해본 흔적도 있고, 나도 알고 있는 어떤 사건을 벨보의 시각에서 기록한 것도 있는가 하면, 일기투의 단상, 고백, 실패를 예감하면서도 고집스럽게 작성한 소설 메모도 있었다. 내가 기억하는 사람을 묘사한 글도 있었다. 그런데 그 얼굴이 내가 본 그 사람의 얼굴과는 달리 몹시 험상궂게 그려져 있었다. 내가 그 사람을 끔찍한 모자이크 그림의 일부로 여기고 있었기에 그리 보인 것일 수도 있다.

벨보가 최근에 읽은 책에서 골라낸 구절만으로 가득 메워진 파일도 있었다. 몇 달 동안 여러 권의 같은 책을 돌려 가면서 읽던 참이라 그 인용문의 출전을 짐작하는 것은 어렵지 않았다. 인용문에는 번호가 붙어 있었다. 모두 해서 120개……. 의도적으로 선택한 수일 가능성이 높았다. 우연의 일치일 경우 내가 더 꺼림칙해질 수밖에 없었다. 하지만 하필이면 왜 그 인용문만?

오늘,[2] 벨보의 파일을 재해석한다. 인용 파일 전체가 암시하는 바에 따라 다른 파일에 담긴 이야기의 의미를 재해석하는 것이다. 문장 하나하나를 이교도의 묵주 알 굴리듯이 입

2 이 〈오늘〉은 1984년 6월 26일. 즉 국립 공예원 박물관을 다녀온 지 이틀 뒤가 되는 날이다.

안에 넣고 굴려 본다. 벨보에게, 몇몇 인용문은 구원의 희망을 주는 경구였을 수도 있다. 아니면 나 역시, 상식과 (정처 없이) 떠돌아다니는 의미의 차이를 더 이상 구별하지 못하는 것인가. 나는 나의 재해석에다 믿음을 기울이려고 애쓴다. 그러나 최근에, 오늘 아침이던가, 나는 누군가로부터 미친놈이라는 소리를 들었다. 벨보가 미친 것이 아니라 내가 미쳤다는 소리를.

브리코 너머 지평선으로 달이 천천히 떠오르고 있다. 빌어먹게 큰 집에는 바스락거리는 소리가 끊일 새가 없다. 흰개미인지, 생쥐인지, 아니면 아델리노 카네파의 유령인지……. 복도를 따라 걷기조차 두렵다. 그저 벨보의 카를로 아저씨 서재에 앉아 창밖을 내다본다. 이따금씩, 누구 올라오는 사람이 있을까 싶어 테라스로 나가 본다. 흡사 내가 영화 속에 있는 것 같다. 한심한 노릇이군. 〈악당들이 몰려온다…….〉

그러나 오늘 밤따라 언덕이 조용하다. 완연한 여름밤이다.

이틀 전 5시부터 10시까지 전망경실에 선 채로, 다리가 저려 오지 않도록 아프리카풍의 브라질 리듬에 따라 춤이라도 추듯 다리를 흔들어 대면서 기다릴 동안, 시간을 보내느라고, 혹은 정신을 온전히 가누느라고 내가 재구성해 본 사건들은 얼마나 황당하고, 수상쩍고, 얼마나 헛갈리게 하는 것이었던가.

그날 나는 아타바케스의 미친 듯한 연타(連打)를 들으면서 될 대로 되라는 심정으로 몇 년 동안 있었던 일을 떠올렸다.

나는, 기계적인 춤처럼 시작된 우리의 환상이 그 기계의 전당에서 의례로, 신들림으로, 허깨비로, 엑수 신(神)의 영토로 변해 가고 있는 듯한 환상에 몸을 맡기고 있었다.

전망경실에 있을 당시, 나에게는, 벨보의 자료에서 출력한 것으로부터 내가 알아낸 것이 사실이라는 것을 증명하는 어떤 증거도 없었다. 나는 그때까지만 해도 회의에 몸을 맡기고 있었던 셈이다. 자정만 되면 나는, 파리로 와서 도둑처럼 그 죄 없는 기계 박물관에 숨어 있는 까닭이, 어리숙하게 페르푸마도레스의 최면술과 폰토스의 율동에 최면당함으로써 순진한 관광객을 위해 마련된 그 마쿰바 춤판에 내가 스스로 끼어들었기 때문임을 분명히 알게 될 터였다.

기억의 단편들을 다시 짜 맞추고 있으려니 기분이 조금씩 달라졌다. 마법에서 풀려나면서 나는 곧 연민을, 그다음에는 의혹을 품게 되었다. 나는 지금도, 제정신으로 돌아온 듯한 지금의 이 정신 상태를 벗고, 신비스러운 환영과 함정의 예감 사이를 헤매던 저 우유부단의 순간으로 되돌아갈 수 있기를 바라고는 한다. 나는 지금도, 전날에도 읽고 공항에서 비행기를 타고 파리로 날아가면서 미친 듯이 다시 읽으면서 그 기록을 두고 하던 복잡한 생각을 다시 할 수 있으면 좋겠다.

이 세상을 다시 쓴 벨보와 디오탈레비와 나는 얼마나 무책임했던가. 디오탈레비의 말마따나, 경전에 까만 벌레 같은 글씨가 이룬 검은 행간에다 백열(白熱)로 각인한 의미를 재해석하려던 우리는 얼마나 무책임했던가. 『토라』를 뛰어넘고자 한 우리는 얼마나 무모했던가.

그로부터 이틀 동안, 희망 사항이기는 하지만 어지간히 평정을 회복하고 팔자소관이려니 하게 되었으니, 저 전망경실에서 그토록 열심히 (그러나 진실이 아니기를 바라면서) 재구성한 이야기, 이틀 전 벨보의 아파트에서 읽게 된 이야기, 술집 필라데의 위스키와 가라몬드 출판사의 먼지 구덩이에 파묻혀 12년을 사는 동안 내가 그렇게도 꿈꾸었던 그 이야기를 이제야 내 입으로 말할 수 있을 것 같다.

비나

7

세상의 종말이라는 것에 너무 큰 기대를 걸면 안 된다.
— 스타니스와프 J. 레츠, 『아포리즘과 격언』, 크라쿠프, 문학출판사, 1977, 「꾸미지 않은 생각들」

1968년을 시점으로 한두 해 뒤에 대학에 들어가기는 1793년에 생 시르 육군 사관 학교에 입학하는 것과 흡사했다. 요컨대 생년월일이 잘못된 거나 아닐까 하는 생각이 든다는 것이다. 나보다 자그마치 15년 연상인 야코포 벨보는 뒤에 나에게, 어떤 세대에 속하건 사람은 언제나 이런 느낌을 경험하는 법이라고 확언한 바가 있다. 말하자면 우리가 태어나는 시대는 다 우리에게 어울리지 않는 엉뚱한 시대처럼 느껴지기 마련이기에, 이 시대를 제대로 살아 나가려면 사주(四柱)를 만날 다시 쓰지 않으면 안 된다는 것이다.

나는, 우리가 어떤 사람이 되는가는, 우리들의 아버지가 은연중에 우리에게 무엇을 가르치느냐에 달려 있다고 믿는 사람이다. 우리는 아주 작은 지혜의 단편들에 의해 다듬어진다. 내 나이 열 살 때, 아버지에게 위대한 고전 문학을 만화로 편집하는 주간지의 정기 구독을 신청하고 싶다고 한 적이 있다. 아버지는 노랑이여서가 아니라 만화라는 것을 신용하지 않는 분이었기 때문에 내 요구를 일언지하에 거절했다. 나는 그 잡지의 광고문을 인용하면서 이렇게 졸라 보았다.

「이 잡지의 목적은, 아주 재미있게 읽는 동안에 독자로 하여금 아주 중요한 걸 배울 수 있게 하는 것이라고요.」 그러나 아버지는, 읽고 있던 신문에서 고개도 들지 않은 채 이렇게 잘라 말했다. 「네가 말하는 잡지든 다른 잡지든 다를 게 없다. 잡지를 내는 목적은 되도록 많이 파는 데 있는 거다.」

그날부터 나는 매사를 미심쩍어 하게 되었다.

아니, 그보다는 매사를 너무 잘 믿어 왔던 것을 후회하게 되었다. 마음의 원(願)에 나 자신을 맡겨 왔던 것을 후회했다. 믿는다는 것은 곧 마음의 원일 뿐이다.

의심 많은 사람이란, 무엇이든 믿지 못하는 사람을 일컫는 말이 아니라, 모든 것을 믿지 못하는 사람, 또는 한꺼번에 믿지 못하는 사람을 일컫는 말이다. 이런 사람은 근시안적이고 방법론적이어서 거시안적(巨視眼的)이기를 기피한다. 반대로, 그 두 가지가 연관성이 없는데도 둘 모두 믿는 사람, 어딘가에 이 두 가지를 연결시키는 세 번째 사실이 존재한다고 믿는 사람이 있다. 이런 사람이 너무 쉽게 믿는 사람인 것이다.

의심은 호기심을 죽이지 않는다. 오히려 부추긴다. 나는 관념의 논리적인 연맥(連脈)은 재미없게 생각하지만 관념의 대위법(對位法)은 좋아한다. 우리가 믿지 않는 이상, 두 관념(둘 다 헛것인)의 충돌은, 중세에는 〈디아볼루스 인 무지카〉, 곧 악마적인 음계라고 불리던 기분 좋은 불협화음을 지어낸다. 나는 사람들이 목을 매는 사상이나 관념을 존중하지 않는다. 그러나 내가 별로 존중하지 않는 두세 가지 사상이나 관념은 훌륭한 멜로디를 지어내기도 하고 듣기 좋은 장단을 지니기도 한다. 그것이 재즈라면 나로서는 더할 나위 없이 좋은 일이고.

그로부터(유년 시절) 한참 뒤에 리아는 내게 이런 말을 했다.

「당신은 겉껍질을 살고 있는 데 지나지 않아. 꽤 깊어 보일 때가 있기는 하지만, 그건 수많은 겉껍질을 모아 들여 깊고 그윽한 인상을 만들어 내려고 하기 때문일 거야. 당신이 일으켜 세우려고 하면 그건 와르르 무너지고 말아.」

「내가 피상적이라는 말을 하고 싶은 거야?」

「아니. 사람들이 심오하다고 하는 것, 그건 사실 테세락트, 곧 4차원의 입방체일 뿐이야. 한쪽으로 들어가서 다른 한쪽으로 나오는 거지. 당신은 다른 사람들의 우주로 들어간다고 생각하겠지만, 그 우주는 당신과 공존이 안 돼.」

(리아, 그런데 이번에는 〈그들〉이 입방체로 들어옴으로써 우리 세계를 침범했다. 당신을 다시 만날 수 있을지, 나는 그것조차 모르겠다. 나는 〈그들〉로 하여금 깊이가, 연약한 그들이 그토록 바라던, 바로 그 깊이가 실제로 존재한다는 것을 믿게 만들고 말았는데 이것은 전적으로 내 잘못이다.)

15년 전, 나는 도대체 무슨 생각을 하고 살았던 것일까. 세상을 부정적으로 바라보면서 살던 나는, 긍정적으로 사는 사람들, 세상에 믿음을 기울이고 사는 사람들 사이에서 심한 죄의식을 느끼고는 했다. 그리고 긍정적으로 사는 사람들이 우익에 속하는 것으로 보일 때부터 나는 세상을 긍정적인 눈으로 보기로, 아스피린을 먹기로 결심하는 것처럼 그렇게 결심했다. 아스피린을 먹어서 몸에 해로울 것도 없을뿐더러 오히려 몸이 더 나아질 수도 있으니까.

그리하여 나는 〈혁명〉에, 혹은 경탄할 만한 모조 혁명에 합세하여 그 와중에 정말 내가 믿음을 기울일 만한 것을 찾아

헤맸다. 가령 군중대회나 시가행진에 참가하는 것이라면 명예로운 일에 속했다. 나는 군중과 함께, 〈파시스트의 쓰레기들아, 너희들의 시대는 끝났다〉라고 외치고 다녔다. 보도블럭 조각이나 볼 베어링 같은 것을 던진 적은 없다. 솔직하게 말하면 저들이 나에게 똑같은 것을 던질까 봐 두려웠기 때문이었다. 대신 경찰의 추격을 받고 대도시 뒷골목을 도망 다닐 때는 도덕적인 흥분을 맛볼 수 있었다. 나는 신성한 의무를 다한 것 같은 기분으로 집으로 돌아오고는 했다. 모임에도 더러 참석했지만, 동아리끼리 의견이 확연하게 엇갈릴 때는 어느 한쪽에 동조하지 않았다. 내 눈에는, 결국 이편 의견과 저편 의견의 차이라는 것도 핵심이 되는 말 몇 마디에 따라 구분되는 것에 불과해 보인 것이다. 나는 서로 다른 의견을 구성하는, 그 몇 마디의 핵심이 되는 말을 찾아내는 일을 즐겼다. 그러고는 상황에 맞춰 적당히 말을 바꿔 가며 얘기했다.

시위 때도 나는 늘 이쪽 배너와 저쪽 배너 뒤를 분주히 옮겨 다녔다. 대개의 경우 예쁜 여학생 때문이었다. 그 결과 나는, 상당수의 내 동료들에게 정치 활동은 성적 충동에서 비롯된 것이리라는 결론을 내리고는 했다. 하지만 섹스 또한 결국 정열인데, 나는 호기심만을 추구하고 싶었다. 물론, 나는 성전 기사단의 역사 및 이들에게 가해진 모진 박해의 역사를 읽는 과정에서, 인간이라는 것은 온갖 행위를 통해서야 영혼을 육욕에 대한 정열로부터 해방시켜 원초적인 순수의 세계로 되돌릴 수 있으므로, 우리가 우주를 지배하는 천사들의 참주(僭主)로부터 자유로워지려면 마땅히 우리들 자신에게 진 빚을 먼저 청산해야 한다는 카르포크라테스의 공언(公言)을 만난 바 있다. 우리가 〈계획〉을 세워 나가던 과정에서, 나는 오컬티즘, 즉 은비주의(隱秘主義)에 중독된 많은 사람들은 자기 계발을 촉진하는 한 방법으로 그 길로 나선다는 사실을 알아내기도 했다. 전기 작가에 따르면, 인류 역사상 가장 음탕했던 자이자, 신도들을 상대로 남녀를 불문하고 온갖 음행을 일삼았던 알레이스터 크롤리는 남자나 여자 중에서 가장 못생긴 사람들만을 골라 타락의 상대로 삼았다고 한다. 그러나 나는 그의 사랑이 불완전한 것이었다는 주장을 느지막이 의심한다.

권력에 대한 갈증과 성적 음위(陰萎)는 밀접한 관계가 있어 보인다. 나는 마르크스를 좋아했다. 나는 마르크스와 예니의 성생활은 순조로웠을 것이라고 믿는다. 그의 부드러운 산문을 읽으면서 특유의 유머 감각을 접해 보면 누구든 이것을 느낄 수 있다. 그와는 반대로, 내가 예전에 학교 복도에서 지껄였던 말을 되풀이하자면, 줄창 크룹스카야[1] 같은 여자에게 시달리다 보면 누구든 『유물론과 경험 비판론』같이 시시한 책밖에는 쓸 수 없을 것이다. 그 말을 한 뒤 나는 다른 학생들에게 된통 얻어맞을 뻔했다. 타타르식으로 수염을 기른 키다리 친구 하나는 나를 보고 파시스트라고 했다. 그 친구를 잊을 수 없을 것이다. 그는 뒤에 머리카락을 밀어 버렸는데, 지금은 농촌 공동체에 들어가 바구니를 짜고 있다.

그 당시 얘기를 하는 것은 가라몬드 출판사를 드나들면서 야코포 벨보를 사귈 때의 내 심리 상태가 어떤 것이었는지 재구성해 보기 위해서이다. 당시의 나는, 진리란 무엇인가, 하는 주제로 토론이 벌어졌다고 하더라도 이것을 원고 교정

1 레닌의 아내. 『유물론과 경험 비판론』은 레닌의 저서.

의 측면에서만 바라보아야 하는 입장에 있었다. 가령 누군가 〈나는 나다.〉라고 말한다 하더라도 내가 관심을 두는 것은 쉼표를 과연 인용 부호 안에 넣어야 하느냐 밖으로 빼내야 하느냐, 하는 것이었다.

내가 문헌학을 선택한 이유(현명한 선택이었다)도 여기에 있다. 그 시절 문헌학을 공부하기 가장 좋은 곳은 밀라노 대학교였다. 전국의 학생들이 강의실을 점거하고 교수들이 프롤레타리아 학문을 가르쳐야 한다고 우기던 시절이었다. 우리 대학의 경우, 극소수의 과격파를 제외하면 학생들 사이에 대체로 합리적인 강화(혹은 영토 분할 협정)가 이루어져 있었다. 그래서 운동장, 강당, 강의실 같은 데서는 혁명이 소용돌이치고 있었고, 복도나 2층 강의실 같은 데서는 아무 일도 없는 것처럼 전통 〈문화〉가 꽃필 수 있었다.

그래서 나는 오전에는 1층에서 프롤레타리아 계급의 문제를 토론하고 오후에는 2층에서 부르주아에게 필요한 지식을 습득하고는 했다. 이러한 분위기 속에서 두 세계는 나란히, 아주 유쾌하게 공존했다. 나는 아무 모순도 느끼지 않았다. 한편으로는 평등 사회가 오고 있음을 예감할 수 있었지만, 동시에 그런 평등 사회일수록, 가령 열차 운행 같은 것은 더 효율적으로 이뤄져야 한다는 믿음이 있었다. 그러나 내 주위의 과격파 학생들은 석탄을 제대로 퍼 넣고, 스위치를 제대로 조작하고, 시간표를 제대로 짜는 법에 대한 공부는 완전히 등한시하고 있는 상황이었다. 나라도 열차 운행 체제를 제대로 이어받을 준비를 해야 했다.

나는 스탈린이 된 기분이었다. 스탈린 같으면 참담한 기분을 억누르고 속으로 웃으면서 이런 생각을 했을 테니까. 〈볼

셰비키 아저씨들, 잘해 보시라고. 나는 트빌리시의 이 신학교에서 공부나 하고 있겠네만, 글쎄, 5개년 계획이 누구 손으로 작성될지 두고 보세.〉

오전에 열정적인 주장들에 둘러싸여 있었기 때문이겠지만 오후가 되면 공부를 통해 불신을 쌓아 나갔다. 내가 하고 싶은 공부는 단순한 의견에 머무는 수준의 것과는 정반대인, 자료를 통해 완벽하게 증명해 낼 수 있는 그런 것이었다.

나는 별 뾰족한 이유도 없이 중세사를 등록하고, 논문의 주제로는 성전 기사단의 재판을 선택했다. 성전 기사단 재판은, 자료에 눈을 대는 순간부터 나를 매료시킨 주제였다. 군부의 권력 구조를 상대로 싸움을 벌이고 있던 시절이라서 나는, 정황적이라고밖에는 볼 수 없는 증거물을 앞세워 성전 기사들을 화형주(火刑柱)에 매단 당시 종교 재판 당사자들의 처사에 걷잡을 수 없이 분노했다. 나는 일련의 자료를 통하여, 이들이 화형을 당한 뒤 몇 세기 동안이나 수많은 은비주의자들이, 이들이 역사적으로 실재했다는 것을 전혀 입증하지도 못하고서 이들을 찾아 헤맨다는 사실을 알게 되었다. 은비주의자들의 망상은, 거의 모든 사물에 대해 회의적인 내 구미에는 맞지 않았다. 그래서 이 신비의 사냥꾼에게는 더 이상 시간을 낭비하지 않을 결심을 했다. 나는 성전 기사단 자체를 파고들 생각이었다. 성전 기사단은 수도원의 기사단이었고, 이 수도원이 속한 종단은 바로 교회가 승인한 종단이었다. 그렇다면 만일에 교회가 종단을 해체한다면, 실제로 7세기 전에도 그런 일이 있었지만, 성전 기사단은 더 이상 존재할 수 없는 것이었다. 따라서 그런 단체가 그 후에도 계속해서 존속해 왔다면 그것은 성전 기사단이 아닌 셈이었다. 나는 백여

권의 문헌을 모아들였다. 그러나 독파한 것은 서른 권에 지나지 않았다.

내가 1972년 말 술집 필라데에서 야코포 벨보를 만나게 된 것도 이 성전 기사단 문제를 통해서였다. 당시 나는 논문을 준비하고 있었다.

8

빛과 신들로부터 비롯되었어도, 나는 이제 그 빛과 신들로부터 떨어져 여기 홀로 방황한다.
— 투르판의 단상(斷想), M7

그 시절의 술집 필라데는, 뱀자리 성단의 외계인 침략자들이, 반 앨런 방사능대(放射能帶)를 순찰하는 제국군 군병들과 평화롭게 팔꿈치를 맞댈 수 있는 은하계의 술집, 말하자면 자유 무역항이었다. 밀라노 운하의 지류 중 하나를 등지고 선, 아연 카운터가 있고 당구대가 있는 낡은 술집이었다. 필라데는 전동차 기관사들과 장인들이 아침마다 들러 백포도주를 한잔씩 마시고 가는 술집이기도 했다. 1968년부터는, 정치 운동가들이 우익 신문 기자들과 카드놀이를 할 수 있는 일종의 주류 전문 카페이기도 했다. 신문 기자들은 원고를 써 넘기고, 트럭이 제도권의 공인된 거짓말이 잔뜩 담긴 이 신문을 가판대에 배포하는 시각이면, 그 카페로 위스키를 마시러 오고는 했다. 술집 필라데로 오는 기자들 역시 착취당하는 프롤레타리아, 이념의 일관 작업대에 코가 꿰인 잉여 동포이기는 마찬가지였다. 그래서 운동권 학생들도 거기에서만은 기자들을 무죄 판결했다.

밤 11시에서 새벽 2시 사이에는 젊은 출판업자, 건축가, 문화부 기자가 되고 싶어 하는 사건기자, 브레라 아카데미 소속

화가, 중(中)에도 소(小)에도 못 가는 소설가들, 나 같은 학생들이 몰려들었다.

알코올에 의한 최소한의 자극은 감수해야 한다는 것이 그 집의 불문율이었다. 전동차 기관사들이나 상류 계층의 단골손님을 위해 상당량의 백포도주를 비축하고 있는 그 가게 주인 필라데 씨는, 알코올 성분이 없는 가짜 맥주나 크림소다는 치워 버리고 지식인들 앞에는 그들이 선호하는 상표가 붙은 페티앙 와인을, 혁명가들 앞에는 조니워커를 내놓고는 했다. 나는 그즈음 손님들 앞에 놓이던 빨간 딱지 조니워커가 12년짜리 발렌타인을 거쳐 싱글 몰트로 바뀌던 사태만으로도 한 편의 정치사를 쓸 수 있을 것 같다.

낡은 당구대에서는 화가들과 기관사들이 예전과 다름없이 도전과 응전을 거듭하고는 했다. 하지만 새로운 단골손님들이 몰려들자 필라데 씨는 곧 핀볼 기계를 설치했다.

나는 공놀이에는 쑥맥이었다. 처음에는 정신이 딴 데 가 있거나, 손재주가 없어서 그렇거니 했다. 그러나 로렌차 펠레그리니를 만난 뒤에야 진짜 이유를 알았다. 로렌차 펠레그리니는 처음에는 내 시야에는 들어오지도 않던 여자였는데, 어느 날 밤 내가 벨보의 시선을 눈길로 좇다가 그 끝에 있는 여자가 로렌차라는 것을 알고부터는 내 시선의 초점으로 들어왔다.

벨보는, 딱 한 잔만 마시고 나설 듯한 독특한 자세로 바 앞에 서 있고는 했다(그는 자그마치 10년 단골이었다). 이따금씩 카운터나 좌석 같은 데서 다른 사람들과 이야기를 나누기도 했다. 대개는 가만히 있다가 불쑥 한마디씩 던지고는 했는데, 사람들의 화제가 무엇이 되었든 벨보가 던지는 이 한마디는 사람들을 머쓱하게 만들기 일쑤였다. 그에게는 사람을 머쓱하게 만드는 또 한 가지 재주가 있었다. 여러 사람이 귀를 기울이고 있는 가운데 한 사람이 열을 올리면서 어떤 사건 이야기를 하고 있을 경우, 벨보는 마시는 걸 아예 잊은 듯이 술잔을 엉덩이 높이에 든 채, 무표정한 얼굴로 그 화자(話者)를 보면서, 사실이오, 아니면, 정말이오, 하고 묻는다. 이렇게 되면 이야기를 경청하던 사람들뿐만 아니라 화자까지도 갑자기 이야기 내용을 의심하기 시작한다. 이것은 벨보의 피에몬테식 말투 때문일 수도 있다. 벨보의 그 말투 때문에 그가 하는 모든 말은 질문처럼 들릴 때가 많았고, 그 질문은 대부분 시비조인 듯 느껴졌다. 이 밖에 그에게는 또 하나의 피에몬테식 수법이 있다. 피하는 척하면서 대화 상대자의 눈을 빤히 들여다보는 것이 그것이다. 벨보의 시선이 그 대화 상대자의 이야기를 끊을 정도로 전혀 다른 방향을 향해 있는 것은 아니었지만, 다른 사람 눈에는 보이지 않는 한 점을 응시하듯 시선을 두는 것이다. 그러면 대화 상대자는 별로 중요하지도 않은 이야기를 열심히 지껄이고 있었다는 기묘한 느낌을 받게 된다.

그의 시선만 그런 것이 아니다. 벨보는 사소한 몸짓, 짧은 감탄사 같은 것으로도 상대를 머쓱하게 만들고는 한다. 자, 누군가가 근대 철학에서 코페르니쿠스적 사고의 혁명을 완성한 철학자가 바로 칸트라는 점을 역설하고자 안간힘을 다하고 있다고 가정하자. 자신의 미래가 그 가정을 증명하는 데 달려 있다는 듯이 말이다. 이런 이야기 도중에 벨보는 화자의 맞은편에 눈을 반쯤 감은 채 앉아 있다가는 갑자기 에트루리아식으로 웃으면서 자기 손과 무릎으로 시선을 떨구어 버리거나, 입을 벌린 채 의자 등받이에 등을 기대면서 시선을 천장으로 던지고는 〈아, 칸트가 그랬던가〉 하고 중얼거린다. 때로는, 〈당신 정말 칸트가 진심에서 그런 소리를 했다고 생각하는 건가〉, 이러면서 노골적으로 칸트의 선험적 사상 체계에 일격을 가하고는, 벨보 자신이 아니라 화자가 말을 잘못하기라도 한 것처럼 아주 걱정스러운 얼굴을 하고, 〈계속하게, 계속해. 틀림없이 뭔가가 있을 테지. 칸트에게도 정신이라는 게 있었을 테니까〉 하는 식으로 화자를 격려하기까지 한다.

하지만 벨보도 화가 나면 마음의 평정을 잃고는 했다. 평정을 잃는다는 것…… 벨보는 남이 마음의 평정을 잃는 꼴을 못 보는 사람이다. 그렇기에 벨보가 평정을 잃었다 해도 겉으로 드러나기보다는 그의 내면이 술렁이는 경우가 많았다. 동시에 그는 이럴 때마다 자신의 지역색을 드러내곤 했다. 그럴 때면 벨보는 입술을 비죽이 내밀고, 눈은 치켜떴다가는 내리깔고, 머리는 왼쪽으로 기울이고는 희미한 음성으로, 〈*Ma gavte la nata*〉라고 말한다. 피에몬테식 표현을 모르는 사람에게는, 〈*Ma gavte la nata*, 마개를 뽑아 김을 좀 빼라, 이 말이야〉 하고 설명해 주기도 한다. 말하자면, 지나친 자만심에 빠진 사람이 잘난 체하고 돌아다니게 되는 이유는, 머리 꼭뒤의 코르크 마개가 아주 빡빡하게 막혀 있어서 혈압이 아주 높아져 있기 때문이란 것이다. 그럴 때 코르크 마개를 잠깐 뽑으면, 피시시시, 김이 좀 빠지고 정상적인 상태로 돌아갈 수 있다는 것이다.

벨보의 말은, 사람들로 하여금 세상 만물의 허영심을 되돌아보게 하는 경향이 있었는데, 나는 그의 그런 말투가 재미있었다. 그러나 나는 꽤 오랫동안 그의 이런 태도를, 타인의 진실을 진부한 것으로 여기고 극도로 경멸하는 태도로 오해하고 있었다.

아불라피아의 비밀과 함께, 벨보의 영혼을 열고 들어온 뒤부터 그의 인생관이 보이기 시작한다. 세상에 대한 회의이자 인생철학이라 생각했던 벨보의 태도는 사실 우수(憂愁)의 한 형태였던 것이다. 결국 그의 지적인 방약무인은 절대적인 것에 대한 절망적인 갈증의 위장에 지나지 않았다. 물론 이런 것들은, 벨보의 태도(무책임, 주저, 무관심이 어우러진)가 도무지 종잡기 어려운 것이었을 뿐만 아니라, 이따금씩은 오불관언하는 듯하면서도 대화를 즐기는가 하면, 웃으면서도 극단적으로 모순되는 주장도 천연덕스럽게 하고는 했기 때문에 바로 드러나는 것은 아니었다. 벨보와 디오탈레비는 불가사의 소사전을 만드는가 하면 도착(倒錯)의 세계, 기형학(畸形學)의 문헌 목록을 꾸미는 등 종작없는 일을 자주 했다. 벨보가 라블레적 소르본 대학이라도 꾸며 낼 듯이 수다를 떠는 것을 본 사람들은, 실제 소르본 신학 대학 교수직을 버리고 방황하는 벨보가 자기 자신의 처지를 얼마나 고통스러워하는지 짐작하기 어려울 터였다.

나는 교수직을 일부러 버린 사람이었으나 벨보는 실수로 잃어버린 것이었고, 그 상실감을 결코 받아들이지 못한 것이다.

나는 아불라피아에서, 벨보가 암호를 걸어 놓은 여러 쪽의 가짜 일기를 발견했다. 그가 쓴 글은 일기이므로, 그가 수차례 공언한, 이 세상에 대한 방관자로 남겠다는 맹세를 자신은 철저하게 지키고 있다고 굳게 믿을 수 있었던 것이다. 날짜가 꽤 오래된 파일도 있었다. 기억에 대한 향수를 이기지 못해, 혹은 나중에 재탕할 목적으로 컴퓨터에 입력시킨 것 같았다. 나머지 대부분은 아불라피아를 사들인 뒤에 쓴, 비교적 최근의 것들이었다. 그의 글은 기계적인 유희, 자기가 범한 오류에 대한 쓸쓸한 성찰의 산물이었다. 그러나 벨보 자신이 생각하기에 그것은 〈창작〉은 아니었다. 창작이라는 것은, 우리 자신이 아닌 타인에 대한 사랑을 견디지 못해서 쓴 글이어야 창작이다.

그러나 벨보는 자기도 모르는 사이에 루비콘 강을 건너 버렸다. 그는 창작을 하고 있었던 것이다. 불행히도. 〈계획〉에 대한 그의 열망은 책을 쓰겠다는 야심에서 비롯된 것이었다. 그 책이 오류, 지독하게 의도적인 오류만으로 쓰인다고 해도 그는 개의치 않을 터였다. 사람은 완벽한 자기 공허 속에 들면 〈초자연적인 존재〉와 완벽한 조화를 이루고 있는 척할 수가 있다. 그러나 진흙 덩어리든 전자 기기든 창조와 관련된 것을 손에 드는 순간 사람은 조물주가 된다. 그리고 세상의 창조에 관여하는 순간부터 부패와 사악함과는 무관해질 수 없는 것이다.

파일명: 아름다운 여인들

그것은 이와 같다. *Toutes les femmes que j'ai rencontrées se dressent aux horizons — avec les geste piteux et les regards tristes des sémaphores sous la pluie...*(내가 만난 모든 여성은 내 앞길을 막는다. 흡사 비에 젖은 신호기처럼,

슬픈 시선과 가련한 몸짓으로……).

벨보여, 높이 겨냥하라. 첫사랑. 고귀한 축복을 받으신 동정녀. 내 나이가 자장가를 들을 나이가 지났는데도 나를 무릎에 올려놓고 노래를 부르던 어머니. 하지만 그 노래는 내가 청한 것이다. 어머니의 목소리이고, 젖가슴에서 풍기는 라벤더 향수 냄새가 하도 좋아서 내가 청한 것이다. 〈아름답고 정결하신 천상의 여왕이시여, 창조주의 따님이시자 아내이신, 구세주의 어머니시여!〉

나의 첫사랑이 내 것이 아닌 것은 당연지사. 단언하거니와 그것은 어느 누구의 것도 아니다. 나는, 나 없이도 무엇이든 할 수 있는 유일한 인간인 그녀를 보는 순간 사랑에 빠지고 말았다.

이어서 마릴레나(메릴레나? 메리 레나?). 그 서정의 황혼. 그 금발. 큼직한 파란색 리본. 콧구멍이 드러나게 고개를 뒤로 젖히고 벤치 앞에 서 있는 나. 분홍빛 허벅지를 팔랑거리는 치마로 가린 채, 벌린 두 팔로 몸의 균형을 잡으면서 외줄타기 광대처럼 벤치 등받이 위를 걷던 메리 레나. 높아서, 높아서 내 손에는 닿지 않는.

스케치: 같은 날 밤, 어머니는 내 누이의 분홍빛 살갗에 활석 가루를 뿌린다. 나는 어머니에게 물었다. 내 누나의 조그만 거시기는 언제 다 자라느냐고. 어머니의 대답인즉 계집아이의 조그만 거시기는 자라지 않는단다. 그대로 있는 거란다. 문득 메리 레나가 떠올랐다. 파란 치마 밑으로 보이는 하얀 속옷. 메리 레나가 금발인 데다 건방져 보이고 접근 불가능해 보이는 것은 그녀가 나와 다르기 때문이란 것을 깨닫는다. 우리는 어울리지 않는

다. 종족이 달라서.

세 번째 여자. 심연에 풍덩 빠지면서 심연 속으로 사라졌다. 잠자다가 죽었다. 관가(棺架) 꽃다발 속의 순결한 오필리아. 사제가 망인을 위해 기도하는데 오필리아가 관대 위로 벌떡 일어나 앉는다. 창백한 얼굴, 원한에 맺힌 듯이 잔뜩 날이 선 눈매. 손가락질하며 소리치는 오필리아의 목소리가 동굴같이 허허하다. 〈신부님, 저 때문에 기도하지는 마세요. 어젯밤 잠들기 직전에 난생처음으로 음탕한 생각을 했어요. 그래서 저주를 받은 거라고요.〉 처음 성찬식을 했을 때 받은 책을 찾아봐야겠다. 그 책에서 그런 삽화를 봤던 걸까? 아니면 내가 전부 상상한 것인가? 오필리아는 내 생각을 하다가 죽었음에 틀림없다. 나는, 내 손에 닿지 않는 메리 레나, 나와는 인종도 다르고 운명도 다른 메리 레나를 놓고 음탕한 생각을 했다. 그녀가 저주를 받은 것은 나 때문이다. 저주받은 모든 여자들이 그렇게 된 것은 다 나 때문이다. 내가 이 세 명의 여자를 내 것으로 만들지 못한 것은 당연하다. 그들을 갈망했던 것에 대한 벌이다.

나는 첫사랑을 잃었다. 천국으로 가버려서. 나는 두 번째 여자를 잃었다. 제 것이 될 수 없는 거시기를 탐낸 죄로 연옥으로 가버려서. 나는 세 번째 여자를 잃었다. 지옥으로 가버려서. 신학적으로 완벽한 균형. 하지만 이런 이야기는 이미 쓰인 적이 있다.

그런데 체칠리아 이야기도 있다. 체칠리아는 여기 이 땅에 있다. 나는 잠들기 전에 이따금씩 체칠리아 생각을 했다. 젖 짜러 가는 길에 언덕을 오르고는 했다. 건너편

언덕의 방호 울타리 뒤에서 파르티잔이 총을 쏘고는 했다. 나는 무기를 휘두르는, 파시스트 산적 패거리로부터 체칠리아를 구하는 광경을 상상하고는 했다. 메리 레나의 것보다 고운 금발. 석관(石棺)에 든 여자 이상으로 사람의 심금을 울리는 여자. 동정녀 마리아보다 더 정결하고 근직한 체칠리아. 아직은 내 손이 미칠 수 있는. 쉽게 말을 걸 수도 있었다. 그녀라면 남자라는 종족은 사랑해 줄 수 있을 것 같았기에, 실제로 그녀는 남자를 사랑했다. 그의 이름은 파피. 숱이 적은 금발. 조그만 머리통. 나보다 한 살 많은 그 친구에게는 색소폰이 있었다. 내게는 트럼펫도 없는데. 체칠리아와 파피가 함께 있는 것은 본 적이 없다. 하지만 주일 학교 애들은 모두 옆구리를 쿡쿡 찌르면서 놀려 대었다. 사랑을 했다고. 꼬마 염소같이 맹랑한 촌것들이 알지도 못하면서 헛소리를 했을 것이다. 하지만 그녀(신부이자 왕비인 마릴레나 체칠리아)에게라면 누구나 접근이 가능하다는 촌것들의 말은 아마 옳았을 것이다. 그러니까 누군가가 이미 접근해서 해치웠을 것이다. 어쨌든(네 번째 경우) 나는 대상에 들어 있지 않았다.

이런 이야기가 소설이 될 수 있을까? 이보다는 쉽게 가질 수 있었기에 내가 피했던 여자들에 대해서 쓰는 편이 나을지도. 아마도 가질 수 있었기에. 결국 그게 그거다.

어떤 소설을 쓸 것인지조차 가늠이 잡히지 않으면 철학 서적 편집에 매달리는 편이 나을 거다.

9

그는 오른손에 금빛 나팔을 들고 있었다.
— 요한 발렌틴 안드레아이, 『크리스티안 로젠크로이츠의 화학적 결혼』, 스트라스부르, 체츠너, 1616, I

이 파일에서 나는 나팔이 언급되고 있는 것을 발견했다. 이틀 전, 전망경실에 있을 때는 이 단어의 중요성을 전혀 눈치채지 못했다. 파일에는 단 한 차례 언급되고 있을 뿐이었다. 그나마 지나가는 말처럼.

가라몬드 출판사 편집실에서의 지루한 오후, 원고 검토에 시달리던 벨보는 이따금씩 고개를 들어, 그의 맞은편 자리에 앉아 세계 박람회 당시의 오래된 판화들을 정리하고 있는 나를 방해하곤 했다. 그는 옛날 일을 추억하며 나에게 이런저런 이야기를 하다가도, 내가 너무 진지하게 귀 기울이고 있다 싶으면 서둘러 이야기를 그만두었다. 과거에 있었던 일을 이야기했지만, 회상에 잠겨서라기보다는 다른 요점을 강조하기 위해, 세상의 허영심을 비꼬기 위한 예로 언급하는 것에 불과했다.

「이것들 도대체 어디로 향하고 있는 것이지?」 어느 날 그가 이런 질문을 했다.

「서구 문명의 황혼 이야기를 하는 겁니까?」

「황혼? 황혼은 태양의 소관이네. 그게 아니고……. 우리 작가들 말이야. 이번 주만 해도 이게 세 번째 원고야. 첫 번째는 비잔티움 법전에 관한 원고. 두 번째는 오스트리아의 종언(終焉). 그리고 세 번째는 로체스터 백작의 시(詩)……. 세 원고의 주제가 각양각색이라 할 수 있지 않겠나?」

「그렇네요.」

「그런데 이 세 원고 모두 〈욕망〉 혹은 〈욕망의 대상〉을 등장시키고 있다는 점에서는 같아. 이거 무슨 유행인가. 로체스터 백작의 시에 욕망이 등장한다는 것은 이해가 가. 하지만 비잔티움의 법전이라니?」

「돌려보내고 말죠, 뭐.」

「그럴 수가 없네. 세 원고 모두 국립 학술 진흥원의 기금을 받고 쓰인 것들이거든. 그리고 원고가 그리 나쁘지도 않아. 세 저자들에게 전화를 걸어 이 부분은 삭제해 달라고 해야 할까 봐. 욕망 어쩌고 해봐야 모양이 안 좋을 테니까.」

「욕망의 대상과 비잔티움 법전과 무슨 관계가 있는 건가요?」

「억지를 쓰자면 만들지 못할 것도 없지. 비잔티움 법전에 욕망의 대상이라는 것이 있었다고 하더라도 이 친구가 말하고 있는 것은 아닐 거야. 늘 그런 법이거든.」

「늘 어떤 법인데요?」

「자신이 생각했던 것과 다른 법이지. 다섯 살 땐가 여섯 살 땐가, 나팔을 갖게 된 꿈을 꾸었네. 금빛 트럼펫. 어릴 때는 왜, 핏줄 속으로 꿀이 흐르는 것 같은 꿈도 더러 꾸잖는가? 자네도 잘 알 걸세. 사춘기 전에 꾸는 유정몽(遺精夢)인 셈이지. 그 꿈을 꿀 때처럼 행복했던 적은 그 후로 없었네. 꿈에서 깨어나서는, 나에게 나팔이 없다는 걸 알고는 울기도 많이 울었네. 하루 종일 우는 거지. 전전(戰前), 그러니까 1938년쯤일 거야. 참 찢어지게 가난하던 시절 아닌가? 나에게 아들이 있고, 내 아들이 그렇게 입을 삐물고 있는 꼴을 본다면 당장 이럴 거야, 〈오냐, 알았다, 나팔 하나 사주마〉라고. 내가 갖고 싶어 했던 나팔은 장난감 나팔이었다네. 몇 푼 가지도 않았어. 하지만 우리 부모님들에게, 나팔 같은 건 생각할 수도 없는 것이었네. 그 시절에 돈을 쓴다는 건 아무나 할 수 있는 게 아니었거든. 게다가 우리 부모님은 자식 교육에 상당히 엄격했네. 어떻게 어린것이, 갖고 싶은 것을 다 갖느냐고 할 법한 그런 분들이었네. 언젠가는 내가, 〈양배추 수프 먹기 싫어 죽겠어요〉 하고 투정을 부린 적이 있네. 정말 싫었네. 보기만 해도 구역질이 날 지경이었거든. 〈그럼 오늘은 수프는 먹지 말고 고기만 먹어라〉 이러시면 좀 좋아? 가난하기는 했지만 그래도 전채와 주 요리에 과일까지, 격식은 차려 먹었거든. 하지만 절대 그러신 적이 없었지. 식탁에 올라온 건 모두 먹어야 했어. 내가 워낙 싫다니까 가끔은 할머니가 내 그릇에서 양배추 건더기를 하나씩 하나씩 건져 내기는 했네. 하지만 그렇게 되면 나는 국물만 먹어야 하는데, 이건 더 먹기가 힘들었네. 아버지는 이나마도 봐주지 않을 눈치더군…….」

「나팔은 어떻게 되었어요?」

내가 다그치자 벨보는 망설이는 듯한 표정으로 나를 바라보면서 반문했다. 「자네가 나팔에 관심을 기울이는 이유가 뭔가?」

「관심을 기울이는 게 아니에요. 나팔 이야기를 먼저 꺼냈잖아요? 욕망의 (진짜) 대상이라는 것은 다른 사람의 눈에 비치는 것과 다른 법이라면서…….」

「응, 나팔……. 어느 날 저녁 모모(某某)에 살던 백부 내외가 왔네. 두 분에게는 자식이 없었어. 그래서 조카인 날 아주 귀여워했지. 그런데 이분들이, 내가 나팔로 노래를 부른다는 걸 알고는 어떤 것이든 사주겠다고 하더군. 없는 게 없는 백화점의 장난감 가게로 날 데리고 가서, 내가 그렇게 갖고 싶어 하던 나팔을 사주겠다는 것이었네. 그 말을 들은 그날 밤에는 잠을 제대로 이룰 수가 없더군. 이튿날 아침이 되니까 몸을 제대로 가눌 수가 없었고……. 오후에 나는 백부 내외를 따라 백화점으로 갔네. 갔더니 세 종류의 나팔이 있더군. 아주 작고 귀여운 장난감이었네만, 내 눈에는 필하모닉 오케스트라에 들고 나가도 손색이 없을 만한 진짜 악기로 보였네. 군용 신호나팔, 미끈한 트롬본, 키는 색소폰 키가 달려 있어도 마우스피스만은 진짜 마우스피스가 달린 금빛 트럼펫이 유난히 눈에 띄더군. 어느 걸 골라야 할지 마음을 정할 수가 없었네. 그래서 하염없이 보고만 있었을 거야. 마음 같아서는 셋 다 가지고 싶었지만 어디 그럴 수야 있나. 하지만 어른들에게는, 마음에 드는 것을 찾아내지 못한 듯한 인상을 주었던 모양이야. 내가 이러고 있을 동안 백부 내외는 가격표 딱지를 보았던 게지. 두 분은 노랑이가 아니었네. 하지만 가격을 보니 은색 키가 달린 바컬리트 클라리넷이 트럼펫보다는 쌌던 거야. 〈이게 더 낫지 않겠니?〉 백부가 클라리넷을 가리키면서 이렇게 묻는 걸 어떻게 하나? 클라리넷을 집어 불어 보았네. 그러고는 예쁜 악기라고 생각했지만 사실 그건 자기 합리화였네. 트럼펫은 너무 비싸니까, 두 분은 내가 클라리넷을 샀으면 하는 눈치인 걸 나도 알았으니까. 누가 뭘 사주려고 하면 처음에는, 〈고맙습니다만 괜찮습니다〉 하고, 그래도 권

하면 손을 내저으면서, 〈고맙습니다만 정말 괜찮습니다〉 하고, 그래도 상대방이 〈제발 하나 골라 보아라〉 하고 우기면 그제야 못 이기는 척하고 다가서야 한다고 배운 내가 부모도 아닌 친척에게 그렇게 엄청난 돈을 쓰게 할 수는 없었지. 모르기는 하지만 나는 아마, 〈트럼펫 같은 건 없어도 괜찮아요, 두 분이 괜찮으시다면 클라리넷을 갖겠어요〉 했을 거라. 하지만 그래 놓고도, 혹시 트럼펫을 고르라고 하지 않나 싶어서 두 분을 쳐다보았네. 아무 말도 않더군. 단지 내가 정말 갖고 싶어 하는 클라리넷을 사주게 되어 기뻐하실 뿐이었지. 어쩌볼 도리가 있어야지. 그래서 클라리넷을 갖게 된 것이네.」

벨보는 눈꼬리로 나를 바라보면서 덧붙였다. 「나팔 꿈을 계속해서 꾸었는지 궁금하지 않나?」

「전 욕망의 대상이 뭐였는지가 궁금한데요.」

벨보가 원고 쪽으로 시선을 거두어 가면서 대답했다. 「그것 보게. 자네 역시 욕망의 대상에 집착하고 있군그래. 하지만 그렇게 간단하지 않아. 내가 그때 트럼펫을 골랐다고 가정해 보세. 그랬다면 난 정말 행복했을까? 카소봉, 자네 생각은 어때?」

「그랬더라면 이번에는 클라리넷을 꿈꾸게 되었을 테죠.」

「클라리넷은 내 것이 되었지만 한 번도 불어 본 적은 없네.」 벨보는 날카롭게 대답했다.

「불지 않았다는 겁니까? 꿈꾸지 않았다는 겁니까?」

「불지 않았다니까.」 그가 한 마디 한 마디에 힘을 주면서 대답했다. 그 말에 나는 어쩐지 바보가 된 기분이었다.

10

따라서 *vinum*(포도주)이라는 말은, 카발라에서는 *VIS NUMerorum*(숫자의 힘) 이외의 어떤 의미도 지니지 않는다. 카발라의 마술은 바로 이런 숫자에서 유래하는 것이기 때문이다.

— 체자레 델라 리비에라, 『영웅들이 보여 주는 마술의 세계』, 만토바, 오사나, 1603, pp. 65~66

벨보와 처음 만날 당시 이야기를 하고 있었으니까 이야기를 그때로 되돌려야겠다. 우리는 서로 얼굴을 아는 사이였고 필라데에서 몇 마디 인사를 나누기도 했었다. 하지만 나는 벨보에 대해서, 작지만 진지한 출판사인 가라몬드에서 일하고 있다는 것 이외에는 별로 아는 것이 없었다. 나는 대학에서 이미 가라몬드 출판사 책을 몇 권 접했던 적이 있었다.

「당신, 뭐 하는 사람이지요?」 어느 날 밤 잔뜩 들뜬 손님들에게 밀리는 바람에 각기 아연 카운터에 어깨가 닿을 듯이 기대선 꼴이 되었을 때 그가 물었다. 그는 〈당신〉이라는 정중한 대명사를 썼다. 그 당시 우리는 서로를 허물없이 〈투*tu*〉라고 불렀다. 교수와 학생 사이에서도, 심지어는 필라데의 단골들 사이에서도 이 〈투〉가 2인칭 대명사로 통했다. 파카 차림의 대학생이 주요 일간지의 주필에게도, 〈투, 술 한잔 사시지요〉 할 수가 있던 시절이었다. 젊은 시클롭스키[1]가 설치던 시

1 러시아 형식주의의 기초를 세운 문학 비평가. 정치적 압력이 강화되고 프롤레타리아 문학 논쟁이 가열되던 시기에 급진적이고 도전적인 문학 개혁 사상을 표방했다. 『기법으로서의 예술』, 『산문의 이론에 관하여』 등의 이론서를

절의 모스크바 분위기와 비슷했다. 우리는 모두 마야콥스키[2]였다. 우리 사이에 지바고는 하나도 없었다. 벨보도, 상대가 〈투〉라고 부르면 피할 수 없었다. 그러나 벨보는 이 인칭 대명사를 상당히 경멸적인 뜻으로 썼다. 그는 이로써, 속어에는 속어로 응수하기는 하겠지만, 친한 척하는 것과 진짜 친한 것 사이에는 심연이 하나 가로놓여 있다는 암시를 던지고는 했다. 나는 그가 몇 안 되는, 아주 가까운 사람에게만큼은 진짜 애정을 담아 이 〈투〉를 쓰는 것을 본 적은 있다. 그러나 그 상대란 디오탈레비나 여자 한둘에게 국한되고 있었다. 대신 자기가 존중하는 사람이나 안 지 얼마 안 되는 사람을 부를 때는 꼭 정중한 인칭 대명사를 썼다. 그는 나와 함께 일하는 내내 아주 정중한 표현법을 쓰고는 했는데, 나도 그 편이 좋았다.

「당신, 뭐 하는 사람이라고 했지요?」 그가 다시 물었다. 지금 생각하면 벨보에게 그건 꽤 친밀한 말투였다.

「진짜 인생살이 말씀이신가요, 아니면 이 가설극장에서 말씀이신가요?」 나는 주위 사람들에게 고개를 주억거리면서 반문했다.

「진짜 인생살이에서?」

「공부합니다.」

「대학에 다닌다는 것이오, 아니면 공부를 한다는 것이오?」

집필.

2 러시아의 대표적 혁명 시인. 정치적으로뿐 아니라 문학적으로도 시의 형식과 내용을 혁명적으로 변화시킨 20세기 소비에트의 가장 중요한 시인으로 평가받는다. 큐보 미래주의를 표방, 기존의 사조와 표현들을 거부하였고 형식을 파괴하며 의미를 왜곡하는 등 역동적이고 현대적인 언어로 혁명과 사회주의적 이상과 사랑을 노래하였다.

「믿지 않으시겠지만 그 두 가지는 상호 배타적일 필요가 없습니다. 지금 성전 기사단에 대한 논문을 마무리하고 있는 중입니다.」

「골치 아픈 주제로군……. 정신 나간 사람들이나 그런 주제로 논문을 쓰는 줄 알았어.」

「아닙니다. 진짜를 정식으로 공부하고 있는걸요. 성전 기사단의 재판 기록입니다. 성전 기사단에 대해서 아시는 게 있는가 보군요.」

「나는 출판사 일을 하오. 정신이 이상한 사람들의 글도 다루고, 정상적인 사람의 글도 다루지. 그런데 한참 일하다 보면 정신이 이상한 사람을 바로 알아볼 수 있게 돼. 성전 기사단 관련 원고를 가지고 온 사람이 있다……. 그러면 그 사람 틀림없이 이상한 사람이야.」

「저도 잘 알지요. 그런 사람들이 대다수니까요. 정신이 이상한 사람이 성전 기사단 원고를 가지고 오는 수는 있어도, 정신이 이상하다고 해서 다 성전 기사단 원고를 들고 오는 것은 아닐 겁니다. 그럼 나머지 정신 이상자들은 어떻게 구별하지요?」

「설명해 드리지. 그런데, 당신 이름이 뭐지?」

「카소봉이라고 합니다.」

「카소봉이라……. 『미들마치』[3]의 등장인물 아닌가?」

「모르겠네요. 르네상스 시대의 문헌학자 중에 카소봉이라

3 조지 엘리엇의 소설로, 주인공의 이름이 카소봉이다. 그러나 에코는 그의 비평서 『해석의 한계』에서 〈소설을 마치기 전 우연히 카소봉이라는 이름이 조지 엘리엇의 소설에 등장한다는 사실을 알게 되었다. 간혹 있을 수도 있는 엘리엇과의 관계를 없애기 위해 이런 대화를 추가했다〉고 밝히고 있다.

는 사람이 있는 모양입니다만, 우리 집안과는 관계가 없습니다.」

「내가 한잔 사지. 이봐요, 필라데, 여기 두 잔 더. 좋아요, 하던 이야기로 되돌아가서……. 이 세상에는 네 종류의 사람들이 있네. 백치, 얼간이, 바보, 미치광이……. 이렇게 네 종류가…….」

「그 네 가지로 모든 사람을 분류한단 말입니까?」

「암, 당신과 나도 물론……. 당신이 싫다면 적어도 나는 틀림없어. 잘 관찰하면, 모든 사람이 다 이 네 범주에 들어오는 것을 알 수 있네. 우리는 때로는 백치가 되기도 하고, 얼간이가 되기도 하고, 바보가 되기도 하고, 미치광이가 되기도 하는 것일세. 정상인이란, 이 네 가지 구성 요소 혹은 이상형이 아주 적당하게 뒤섞인 인간이라고.」

「*Idealtypen*(이상형)이라…….」

「암. 독일어를 아나 보군.」

「문헌 목록 읽는 정돕니다.」

「우리 학창 시절에는 독일어 하는 친구들 중에 졸업을 제대로 하는 사람이 없었어. 평생 독일어 공부만 하다 마는 거지. 요즘은 중국어도 마찬가지인 것 같아.」

「제 독일어 실력은 형편없으니까 아마 졸업하는 데 지장은 없을 겁니다. 그건 그렇고 그 유형론으로 돌아가 볼까요? 천재들은 어떻게 구분하죠? 가령, 아인슈타인은 어떨까요?」

「천재는 다른 구성 요소를 연료로 삼으면서 한 가지 요소를 기가 막히게 이용하는 사람이지…….」 그는 술을 한 모금 마시고 나서는 지나가는 여자에게 말을 걸었다. 「안녕하신가, 미녀. 자살 시도는 해보았는가?」

「아니요. 집단 농장에 들어갔거든요.」 여자가 지나가면서 대답했다.

「그거 잘된 일이군.」 벨보는 이러고는 돌아서서 내게 하던 말을 계속했다. 「물론, 집단 자살을 시도하지 말라는 법도 없지만 말이야.」

「미치광이 이야기로 돌아가시죠.」

「이것 보게, 내 말을 액면 그대로 받아들이지 말게. 우주의 교통순경에는 취미가 없는 사람이니까. 나는 출판인의 입장에서 본 미치광이 이야기를 하고 있는 데 지나지 않아. 말하자면 내 견해는 *ad hoc*(임기 응변)의 정의(定義)라고나 할까.」

「어쨌든 좋습니다. 이번에는 제가 사지요.」

「좋았어. 이봐요, 필라데. 얼음 좀 작작 넣어. 얼음을 너무 많이 넣어 마시면 혈류가 빨라져서 못써. 자, 하던 이야기로 되돌아가서…… 백치 말인데. 백치는 말도 제대로 못하지. 더듬더듬, 우물쭈물, 아이스크림 콘을 이마에 처바르는 자, 회전문을 반대쪽으로 쳐들어가는 자, 이게 다 그런 백치야.」

「그런 사람이 어디 있어요?」

「백치는 그래. 하지만 백치는 관심 없어. 출판사에 나타나는 법이 없으니까. 그러니까 백치는 잊어버리세.」

「그러죠.」

「얼간이는 좀 더 복잡해. 사회적인 행동 양식에 문제가 있는 자들이야. 술잔 밖의 얘기를 하는 멍텅구리들이지.」

「그게 무슨 뜻입니까?」

「이런 거.」 그는 술잔 바로 옆에 있는 카운터를 가리키면서 말을 이었다. 「얼간이는 술잔 속에 든 것을 이야기하려고 하는데 그게 마음처럼 되질 않지. 쉽게 설명하자면, 실언을 잘하는 자가 바로 얼간이야. 가령, 마누라 도망친 사람에게 마누라 안부를 묻는 자가 바로 얼간이야.」

「그런 사람이라면 저도 몇 알고 있어요.」

「얼간이의 수요는 폭발적이야, 특히 사교계에는. 얼간이는 만나는 족족 사람을 황당하게 만들지만 늘 화젯거리를 공급하지. 얼간이 중에서도 적극적인 유형은 외교관이 돼. 누군가가 우물쭈물할 때, 술잔 밖의 이야기를 하면 화제를 바꾸는데 아주 요긴하지. 하지만 이 얼간이 역시 우리의 관심 밖이야. 도무지 창조적이지 못하거든. 이들의 재능은 중고품이기 때문이지. 이런 중고품이 출판사에 원고를 맡기는 일은 없어. 얼간이도, 고양이가 짖는다고는 주장하지 않거든. 하지만 다른 사람들이 모두 개 얘기를 하면 슬쩍 고양이 이야기를 꺼내지. 말하자면 대화의 규칙 같은 걸 깡그리 무시해 버리는 거야. 하지만 제대로 무시하는 순간, 굉장한 일을 저지를 수도 있어. 얼간이, 이 부르주아 미덕의 화신이 불행히도 멸종되어 가는 중이야. 이들에게 정말 필요한 것은 베르뒤랭 살롱이나 게르망트의 저택인데 말이야. 대학생들, 요즘도 이런 걸 읽나?」

「〈저〉는 읽어요.」

「얼간이의 전형은 휘하 장교를 사열하는 조아생 뮈라 장군이야. 뮈라 장군이, 훈장을 주렁주렁 달고 있는 마르티니크 출신 장교에게 뭐라고 했는지 아나? *Vous êtes nègre*(자네 흑인이지)? 장교가, *Oui, mon général*(네, 장군) 하고 대답하면 뮈라 장군은, *Bravo, bravo, continuez*(좋아, 좋아, 계속 근무하게), 이러는 거지. 당신, 내 말 알아듣겠지? 나는 오늘 밤 사실 내 인생의 역사적인 결정을 자축하고 있네. 그동안 술을 끊었거든. 한잔 더 할까? 대답하지 말게. 그럼 내가 죄책감을 느낄 테니까. 필라데!」

「바보는 어떤가요?」

「응, 바보의 행동에는 절대 틀림이 없어. 단지 판단을 틀리게 했으면 했지. 개는 다 애완동물이다, 개는 다 짖는다, 고양이는 애완동물이다, 그러므로 고양이도 짖는다. 이렇게 주장하는 것들이 바로 바보야. 이런 주장을 하기도 하지. 아테네 시민들은 때가 되면 죽는다. 피레아스 시민들도 때가 되면 죽는다, 그러므로 피레아스 시민들은 모두 아테네 시민이다.」

「말인즉 맞군요. 피레아스는 아테네의 항구이니까요.」

「그건 우연의 일치에 지나지 않아. 바보가 옳은 소리를 하는 것은 좋은데, 문제는 이것이 엉터리 추론의 결과라는 데 있네.」

「그렇다면, 추론만 제대로 된 것이라면 그른 소리를 해도 좋다는 건가요?」

「물론. 그렇지 않으면 이성적인 동물이 되느라고 수고할 필요가 없는 거 아닌가?」

「위대한 유인원은 모두 하등 동물에서 진화했다. 인간은 하등 동물에서 진화했다. 따라서 인간은 위대한 유인원이다.」

「나쁘지 않군. 그 추론이 어딘가 잘못되었다는 것은 당신도 알지? 하지만 무엇이 왜 잘못되었는가를 따지기는 쉽지 않아. 바보는 구별하기가 어려워. 얼간이를 식별하기는 아주 쉽네(백치는 말할 것도 없고). 그러나 바보는 당신처럼 합리적으로 추론할 줄 알아. 당신과 바보의 차이는 실로 머리카락 한 올이지. 바보는 파랄로기즘[僞推理]의 도사들인데, 이게 편집자들에게는 골칫거리야. 편집자들은 영원히 바보를 알아볼 수 없어. 그래서 수많은 바보들의 책이 출판되고 있는 걸세. 언뜻 보면 근사하거든. 편집자에게 바보를 식별하는 능력이 굳이 있어야 하는 것은 아니야. 국립 학술 진흥원에 그런 능력이 없는데 왜 편집자에게는 그런 능력이 있어야 하나?」

「철학자들에게도 없어요. 예컨대 성 안셀무스의 존재론적 논증은 바보의 논증이거든요. 성 안셀무스는 하느님을, 하느님은 존재한다, 왜냐하면 내가 그분의 존재 문제를 비롯, 모든 방면에서 완벽한 존재라고 믿으므로, 이렇게 논증했지요. 이 성인은 사고 속에서의 존재와 현실 속에서의 존재를 혼동하고 있는 거지요.」

「암. 고닐롱[4]의 논박 역시 바보의 논박이었어. 섬이 존재하지 않더라도 나는 바다 한가운데 있는 섬을 생각할 수 있다. 고닐롱은 가능한 것에 대해 생각하는 것과 필요에 따라서 생각하는 것을 혼동하고 있었네.」

「바보들의 결투인가요.」

「그렇고말고. 하느님은 바보들 노는 꼴이 되게 재미있었을 거라. 하느님은 안셀무스와 고닐롱이 바보라는 것을 증명하기 위해 당신은 논증 불가능 쪽을 선택했던 것이네. 창조의 궁극적인 목적, 아니, 하느님이 당신의 존재를 드러내신 궁극적인 목적이 무엇일까? 우주적인 바보들의 가면을 벗기는 것이었네.」

「요컨대 도처에 바보들이군요?」

「나와 당신을 제외하면 모두 다 바보야. 아니, 사실은 당

4 프랑스의 베네딕트회 수도사. 『무지한 자들을 위한 서(書)』에서 성 안셀무스의 하느님의 실재론에 대한 존재론적 증명을 반박했다.

신만 제외하고는 모두 바보네. 초면인데 예의는 지켜야 할 테니.」

「괴델의 논증도 이것과 관계가 있는 것 같군요.」

「나야 모르지. 나는 백치니까. 이봐요, 필라데!」

「제가 낼 차렙니다.」

「퍼마시고 나중에 가르세. 크레타 사람 에피메니데스는, 크레타 사람들은 모두 거짓말쟁이라고 했네. 사실이었을 거라. 에피메니데스는 크레타 사람이라서 제 고향 사람들을 잘 알았을 테니까.」

「그게 바로 바보의 추론 아닙니까?」

「성 바울로가 쓴 〈디도 서(書)〉를 생각하게. 그런데 말이야, 에피메니데스를 거짓말쟁이라고 부른 사람들이 생각하기로, 크레타 사람들은 거짓말쟁이가 아니지. 그러나 크레타 사람은 크레타 사람을 안 믿어. 왜? 크레타 사람은 다 거짓말쟁이니까. 따라서 크레타에는 에피메니데스를 거짓말쟁이라고 부를 사람은 없는 셈이지.」

「역시 바보 같은 생각이군요?」

「그건 당신이 판단하게. 바보 알아보기가 아주 어렵다고 했지? 그래서 바보가 노벨상을 받는 일도 있네.」

「잠깐만요……. 하느님이 이레 동안에 세상을 창조했다는 것을 믿지 않는 사람들 중의 일부는 정통 원리주의자들이 아닐 수도 있다, 그러나 하느님이 이레 동안에 세상을 창조했다는 것을 믿는 사람들 중 일부는 정통 원리주의자들일 수 있다, 따라서 하느님이 이레 동안에 세상을 창조했다는 것을 믿지 않는 사람들 가운데에도 정통 원리주의자들이 있을 수 있다. 자, 이건 어떻게 되는 겁니까?」

「하느님 맙소사. (말해 놓고 보니 아주 적절한 표현이군.) 나는 도무지 모르겠네. 바보 같은 논법인지 아닌지.」

「사실이든 아니든 바보 같은 추론입니다. 삼단 논법의 원칙 하나를 어긴 셈입니다. 특수한 전제에서 보편적인 결론을 끌어낼 수는 없는 법이죠.」

「당신 역시 바보라면 어쩌겠나?」

「그렇다면 존경할 만한 훌륭한 사람들 무리에 끼어 있는 것일 테고요.」

「당신 말이 옳아. 우리와 다른 논리 체계에서는, 우리의 바보 같은 논법이 지혜로운 탁견 노릇을 하는 수도 있을 테지. 논리학의 역사란 결국, 바보 같은 논법 중에서 무엇을 인정할 것인지 정의하기 위한 시도의 역사라네. 참으로 방대한 작업이지. 위대한 사상가 치고 누군가의 바보 노릇을 하지 않은 사상가가 어디 있던가?」

「바보 같은 논법의 표현인 조리 있는 표현이 곧 사상이라…….」

「하지만 특정한 사람에게 바보 같은 논법이라 해도 다른 사람에게는 모순된 것으로 여겨질 수도 있다네.」

「심오한 말이군요. 벌써 2시. 필라데는 곧 문을 닫을 터인데, 미치광이에는 아직 입문도 못 했군요.」

「입문하고 있는 중이네. 미치광이는 식별이 쉬워. 미치광이는 요령을 모르는 바보라고. 바보는 자기 논제를 증명해 낼 수 있네. 아무리 이리 꼬이고 저리 꼬인 것이라도 바보에게는 나름의 논리라는 게 있거든. 하지만 미치광이는 논리에는 하등의 관심이 없어. 단견으로 만사를 해결할 뿐. 미치광이는 이것으로 저것을 증명하고 저것으로 이것을 증명하네. 미치광이는 고정관념에 사로잡힌 나머지 만나는 것이 무엇이든 그것으로 자신의 광기를 확증하지. 미치광이 식별은 간단해. 상식을 마구잡이로 휘두르는 자, 섬광과 같은 영감에 지나치게 기대는 자, 게다가 성전 기사단 문제를 들고 나온다면 틀림없는 미치광이지.」

「틀림없이요?」

「성전 기사단 문제를 들고 나오지 않는 미치광이도 있네. 그러나 성전 기사단 문제를 들고 나오는 미치광이야말로 위험해. 처음에는 멀쩡해 보이다가 갑자기…….」 벨보는 위스키를 시키려다 말고 마음을 바꾸어 계산서를 청하고는 말을 이었다. 「성전 기사단 이야기가 나왔으니까 말인데, 며칠 전에 어떤 친구가 나에게 이 문제에 관한 원고를 맡기고 간 일이 있네. 멀쩡한 사람의 얼굴을 가진 미치광이였네. 시작은 아주 논리 정연해 보였고. 당신 언제 한번 보겠나?」

「보고 싶군요. 이용할 만한 자료가 있을지도 모르겠고요.」

「글쎄, 그런 게 있을 것 같지는 않구먼. 반 시간 할애할 여유가 있거든 들르게. 신체로 레나토가(街) 1번지. 찾아오면 득을 보는 사람은 아마 당신이 아니라 나일 거라. 원고의 싹수가 있는지 없는지, 당신이 내게 그걸 귀띔해 줄 수 있을 테니까.」

「뭘 믿고 보여 주시려는 겁니까?」

「누가 당신을 믿는다고 했어? 하지만 우리 편집실에 들르면 믿도록 하지. 나는 호기심을 믿거든.」

분노로 얼굴을 일그러뜨린 학생 하나가 술집으로 뛰어 들어와 외쳤다. 「동지들, 파시스트 놈들이 운하 옆을 지나갑니다. 쇠사슬을 들고 지나갑니다!」

「때려잡읍시다! 갑시다, 동지들!」 크룹스카야로 나를 겁준 적이 있는 타타르 수염이 소리쳤다. 그러자 사람들이 우르르 밖으로 몰려 나갔다.

「어떻게 하실 셈이죠? 우리도 가봐야 하지 않아요?」 나는 죄의식을 느끼면서 벨보에게 물었다.

그러자 벨보가 대답했다. 「그럴 거 없어. 필라데가 손님을 쫓아내려고 수작을 부리는 거라네. 술을 끊은 첫날치고는 정신이 얼떨떨하군. 금단 현상 때문이겠지. 내가 지금까지 당신에게 얘기한 거, 사실은 전부 거짓말이라네. 잘 가게, 카소봉.」

11

그는 불모하기 그지없다. 그런데 이것이 그를 황홀하게 한다.
— E. M. 시오랑, 『사악한 조물주』, 파리, 갈리마르, 1969, 〈목 졸린 생각들〉

필라데에서의 대화를 통해 벨보는 공인(公人)으로서의 자기 모습을 보여 준 셈이다. 그러나 주의 깊게 관찰하고 나서야 알게 되었거니와, 그 야유 뒤에 도사리고 있는 것은 곧 우수였다. 그렇다고 그의 야유가 가면이라는 것은 아니다. 어쩌면 그가 들려준 개인적인 고백이야말로 가면이었을 것이다. 우수 자체가, 더 깊은 우수를 은폐시키기 위한 가면이었거나.

이튿날 내가 가라몬드 출판사로 갔을 때 그는 자기가 하고 있는 작업의 내용을 나에게 들려주었다. 여기에, 그가 자기 작업 자체를 소설화하려고 애쓴 흔적이 엿보이는 자료가 있다. 이 자료를 보면 그가 얼마나 깐깐하면서도 정열적인 사람인지 알 수 있다. 여기에는, 자기 작품에 대한 열망에 사로잡혀 있으면서도 어쩔 수 없이 남의 글을 통해서만 자신을 드러내야 하는 편집자의 절망 같은 것이 드러나고 있다. 뿐만 아니라, 능력이 없음을 자인하면서도 창작에 이르기를 바라는 자신에게 엄정한 도덕적 질책을 가하는 대목도 있다. 비록 자기의 욕망을 음울하면서도 지나치게 화려한 색조로 드러내고 있지만, 나는 이토록 지독한 자기모멸로 자기를 연민할 수 있었던 사람을 알지 못한다.

파일명: 칠해(七海)의 정복자 짐

내일, 젊은 친티를 만난다.

1. 학술적인, 어쩌면 너무 학술적인, 그러나 좋은 논문.

2. 결론 부분에서 키툴루스와 신체시파(新體詩派), 그리고 오늘날의 전후파를 비교하는 대목이 일품이다.

3. 이것을 도입부로 삼으면 어떨까?

4. 설득해 보자. 이런 상상의 비약은 문헌학 학술 총서에는 걸맞지 않는다고 할 것이다. 상당히 권위 있는 서문을 쓸 것임에 분명한 자기 담당 교수를 당황하게 만들까 봐 겁을 먹고 있다. 마지막 두 페이지의 뛰어난 견해는 주목받지 못하고 넘어갈 가능성이 있다. 하지만 첫 부분은 지나치게 튄다. 그래서 학술적 권위자들의 신경을 거스를 우려가 있다.

5. 학술적인 본문과 분리해서, 담화 형식의 이탤릭체로 처리해 실으면 어떨까? 이로써 가설을 가설로만 남겨 두면 진지한 주장은 훼손을 면할 수 있다. 그런 동시에 독자들을 단숨에 끌어들일 수 있다. 독자들은 전혀 다른 방향에서 이 책에 접근할 것이다.

아니, 나는 그로 하여금 자유의사에 따라 책을 쓸 수 있도록 돕고 있는 것인가, 아니면 그를 이용해서 내 책이 쓰이기를 바라는 것인가?

단어 몇 개를 수정하면서 책의 내용을 바꾸어 버리기. 타인의 작품을 창조해 주는 조물주. 말랑말랑한 점토로 내 것을 빚는 대신 남들이 이미 빚어 놓은 조상의 다 굳은 점토 토닥거리기. 망치로 모세 상에 일격을 가하면 모세 상은 말을 할 테지.

윌리엄 S씨와 만남.

「당신 작품을 읽어 보았는데요, 나쁘지 않습디다. 긴장이 있고 상상력이 있더군요. 이게 첫 작품인가요?」

「아뇨, 다른 비극도 썼습니다. 이것은 베로나에서 있었던 두 연인의 정사를 그린 것인데요, 이 처녀 총각은—」

「S씨, 이 작품 이야기를 먼저 합시다. 무대를 왜 프랑스로 했는지 궁금하군요. 내 생각에는 덴마크가 좋을 것 같은데……. 손을 많이 댈 필요도 없을 겁니다. 인명과 지명 몇 개만 바꾸고, 샬롱쉬르마른성(城)을, 뭐랄까, 엘시노성으로 바꾼다든지……. 키르케고르식으로, 말하자면 실존주의적 뉘앙스에 북유럽 프로테스탄트 분위기를 풍기게 하면…….」

「당신 말이 옳은지도 모르지요.」

「나도 그러리라고 생각합니다. 작품은 약간의 구성상의 수정이 필요합니다. 대수술은 아닙니다. 말하자면 이발사가 거울을 들이밀기 전에 하는 아주 가벼운 가위질 같은 것입니다. 가령 부친의 망령이 그렇습니다. 왜 끝 부분에 나와야 합니까? 나는 이 망령이 처음에 나왔으면 좋겠다고 생각합니다. 그러니까 이 망령의 경고가 젊은 왕자의 행동 동기가 되는 것입니다. 젊은 왕자는 이때부터 어머니와 갈등하기 시작하는 것이지요.」

「좋은 생각입니다. 한 막만 재배치하면 되겠군요.」

「그렇습니다. 다음에는 문체의 문젭니다. 왕자가 관객을 바라보면서, 행동하느냐 마느냐 하는 문제를 놓고 독백하는 대목. 훌륭한 독백입니다만, 왕자의 고민이 제대로 반영된 것 같지 않습니다. 〈행동하느냐 마느냐, 이것이 골치로다〉……. 이렇게 되어 있지요? 〈골치로다〉를 〈문제로다〉로 바꾸는 게 좋겠어요. 무슨 말씀인지 아시겠지요? 이것은 개인적인 골칫거리라기보다는 보편적인 존재의 문제이기 때분이지요. 죽느냐 사느냐의 문제인 것이죠…….」

....

이 세상을 제 자식으로 가득 채워 놓아도, 그 자식들에게 당신의 성을 붙여 놓지 않으면 아무도 그게 당신의 자식인 줄을 모릅니다. 그러니까 당신은 흡사 미복(微服)한 하느님 같은 거지요. 당신은 하느님입니다. 당신은 이 도시 저 도시를 두루 돌아다니며 하느님인 당신에 관한 사람들의 온갖 말을 다 들을 수 있습니다. 하느님은 이렇다느니, 하느님은 저렇다느니, 이 우주의 아름다움을 어디에다 견주겠느냐느니, 중력의 법칙이 얼마나 절묘하냐느니. 그러면 당신은 가짜 수염 뒤에서 웃겠지요(참, 가짜 수염은 달고 나가지 않는 게 좋겠습니다. 수염을 달면 하느님이라는 게 금방 들통날 테니까요). 당신은 독백합니다(하느님은 원래 독백만 한답니다). 나, 하느님이 여기에 있는데도 이것들은 알지 못하는구나,

하고요. 길 가던 사람이 당신과 거리에서 꽝 부딪쳐도, 당신을 모욕해도 오히려 당신은 아주 정중하게 사과하고는 가던 길을 갑니다. 당신은 하느님이고, 따라서 손가락만 까딱해도 이 세상이 잿더미가 될 터인데도 말이지요. 하지만 당신은 전지전능하기 때문에 그렇게 오래오래 참을 수 있는 겁니다.

미복한 하느님에 관한 소설. 불가능. 내가 생각할 정도라면 어느 놈이 벌써 썼을 테니까.

....

당신은 작가다. 자기의 작가적 역량을 아직 알아채지 못한 작가. 사랑하던 여자가 당신을 배반한다. 당신에게 이 세상은 아무 의미도 없어 보인다. 그래서 어느 날 당신은 여자를 잊기 위해 〈타이타닉호〉를 타고 여행을 떠난다. 그런데 이 배가 남태평양에서 파선된다. 통나무배를 타고 지나가던 원주민들이 당신을 구한다. 당신은 유일한 생존자다. 당신은 외부 세계와는 단절된 채 파푸아인들만 사는 이 섬에서 여러 해를 살게 된다. 섬 처녀들은 매혹적인 노래로, 진주 목걸이와 푸아 꽃으로 겨우 가린 젖가슴으로 당신을 유혹한다. 섬사람들은 당신을 〈짐〉이라고 부른다. 이들은 백인이면 모두 〈짐〉이라고 부른다. 어느 날 밤 호박빛 살빛이 유난히 고운 원주민 처녀가 당신의 오두막으로 들어와, 〈나, 당신 거, 나, 당신과 함께〉 하고 말한다. 횡재 아닌가. 처녀는 옆에서 부채질을 하고 당신은 베란다에 누워 남십자성을 쳐다보는 밤은.

당신은 오로지 일출과 일몰의 순환 주기를 살 뿐, 다른 것은 아무것도 모른다. 그런데 어느 날 네덜란드인들을 실은 배가 이 섬에 온다. 당신은 그 섬에 온 지 10년의 세월이 지났음을 알게 된다. 네덜란드인들은 당신을 문명 세계로 데려가고 싶어 한다. 그러나 당신은 거절한다. 당신은 사업을 시작한다. 야자 무역을 하고 대마(大麻) 수확을 감독하는가 하면 온 바다, 온 섬을 누빈다. 원주민들은 당신을 위해 일한다. 이윽고 심사람들은 낭신을 〈칠해의 정복자 짐〉이라고 부른다. 술 때문에 신세를 망친 포르투갈 모험가가 와서 당신의 일을 돕다가 크게 개심해서 참사람이 된다. 이즈음 순다 제도 사람들 중에 당신의 이름을 모르는 사람이 없을 정도가 된다. 당신은 다이야크족을 정복하러 떠나는 브루나이 마하라자의 보좌관이 된다. 당신은 티포 사히브 시대의 대포를 찾아내어 이것을 훌륭하게 고쳐 내는가 하면, 인도 후추 잎을 어찌나 씹었는지 이빨이 새까만 말레이인들을 훈련시켜 특공대를 편성하기도 한다. 산호 환초에서 벌어진 전투에서 당신은, 역시 인도 후추 잎을 하도 씹어 이빨이 새까만 삼판 노인 덕분에 목숨을 건지게 된다. 삼판 노인이, 당신을 겨냥하고 날아오는 화살을 자기 몸으로 막은 것이다. 오, 칠해의 정복자 짐이여, 당신을 위해 죽다니 영광입니다. 잘 가게, 삼판, 내 친구여.

당신은 드디어 수마트라에서 포르토프랭스에 이르기까지 이름을 떨친다. 영국과 무역도 한다. 다윈 섬에 있는 항만 관리국에는 커츠라는 이름으로 등록된다. 이로써 당신은 사람들에게 커츠라는 이름으로 알려진다. 당신을 〈칠해의 정복자 짐〉이라고 부르는 것은 원주민들뿐이다. 어느 날 밤의 일이다. 북극성과 사뭇 다른 남십자성이 유난히 빛나는 밤, 베란다에서 아름다운 처녀의 손길에 몸을 맡기고 있던 당신은 문득 고향으로 돌아가고 싶다는 생각을 한다. 잠깐이라도, 옛날에 떠난 고향으로 돌아가 당신의 흔적이 남아 있는지 보고 싶어진 것이다.

당신은 마닐라로 떠나는 배를 탄다. 마닐라에서 프로펠러 비행기로 발리 섬까지 가고, 여기에서 사모아 제도, 애드미럴티 제도, 싱가포르, 테네리페, 팀북투, 알레포, 사마르칸트, 바스라, 몰타를 거쳐서 드디어 당신의 고국에 이른다.

18년 만에 돌아가는 고향 산천이다. 당신의 얼굴에는 세월의 풍상이 아로새겨져 있다. 얼굴은 사나운 무역풍에 검게 그을려 나이보다 훨씬 늙어 보이거나, 훨씬 미남으로 보인다. 고국에 돌아간 당신은, 서점이라는 서점은 모조리 당신에 관한 책을, 그것도 비평 서문이 추가된 개정판으로 팔고 있고, 당신의 모교 박공에는 당신의 이름이 새겨져 있는 것을 알게 된다. 당신은, 흔적도 없이 사라진 위대한 시인, 시대의 양심이 되어 있는 것이다. 당신은 로맨틱한 처녀들이 수없이 당신의 빈 무덤 앞에서 자결했다는 것도 알게 된다.

내가 당신을 만나는 것은 바로 이때다. 비록 눈가는 주름져 있고, 얼굴은 쓰디쓴 추억과 달짝지근한 회한으로 다소 그늘져 있었으나 당신의 모습은 참으로 눈부시게 아름다웠다. 보도에서 우리는 서로를 지나친 적도 있다. 나는 당신에게서 겨우 1미터도 안 되는 거리를 두고 당신을 지나치고 있었고, 당신은 행인들의 그림자 너머로 누군가를 찾는 듯이, 지나가는 사람들을 멀거니 바라보고 있었다. 나는 우리 사이에 가로놓인 긴긴 세월을 소거시켜 버리고 당신에게 말을 걸 수도 있었다. 하지만 무엇 하러? 나에게도 성취한 것이 있지 않은가? 나는 하느님과 비슷하다. 피조물 중 하나가 될 수 없어서 하느님처럼 고독하고, 하느님처럼 허망하고 하느님처럼 절망적이다. 피조물은 나의 빛 가운데서 살지만, 나는 그 빛의 근원인 견딜 수 없는 어둠 가운데 산다.

....

그럼 윌리엄 S씨, 잘 가시기를. 유명해서, 당신은 스쳐 지나가면서도 나를 알아보지 못한다. 나는 나 자신을 향하여 이렇게 속삭인다. 죽느냐, 사느냐……. 나는 나 자신에게 이렇게 말한다. 벨보여, 잘했구나, 수고했구나. 윌리엄 S씨, 잘 가시어 영광의 열매를 거두시라. 창조한 사람은 당신뿐이다. 나는 몇 줄을 고쳤을 뿐이다.

다른 사람들이 창조하는 것을 옆에서 거드는 우리 산파들은, 배우들이 그렇듯이 성별(聖別)된 무덤으로부터 거절당해야 마땅하다. 우리와 배우들 사이에 다른 것이 있다면, 배우들은 세계의 있는 그대로의 모습을 갖고 노는 데 비해 우리는 잡다한 위장(僞裝)과, 무한 우주에서의 무한한 존재의 가능성을 가지고 논다는 것이다.

범용한 것들에게 그렇듯이 휘황찬란한 상을 주다니, 인생이란 어찌 그리 관대한 것일까?

12

Sub umbra alarum tuarum, Jehova.[1]
— 『보편적 총체적 세계 개혁』 중 〈우애단(友愛團)의 명성〉, 카셀, 베셀, 1514, 결론

이튿날 나는 가라몬드 출판사를 찾아갔다. 신체로 레나토가 1번지는 먼지를 잔뜩 뒤집어쓴 한길로 열려 있었다. 길에서 안마당과 밧줄 가게가 보였다. 들어서고 보니 오른쪽으로 산업 고고학 박물관에서 뛰쳐나온 듯한 승강기가 있었다. 올라타자 승강기는, 도무지 올라갈 엄두가 나지 않는다는 듯이 심하게 삐걱거렸다. 그래서 나는 현명하게 승강기를 뒤로하고 먼지가 풀풀 나는, 소용돌이 꼴 계단을 두 층이나 올랐다. 뒤에 안 일이지만 가라몬드 씨는, 파리의 출판사와 분위기가 흡사하다고 해서 그 건물을 대단히 좋아한다고 했다. 계단을 오르자 〈가라몬드 출판사〉라는 금속제 현판이 보였다. 문이 열려 있어서 로비가 들여다보였다. 로비에는 전화 교환기도 없고 수위도 없었다. 그러나 입구에 조그만 사무실이 있어서 그 사무실에 있는 사람들의 방해를 받지 않고 안으로 들어가기는 불가능해 보였다. 아닌 게 아니라 나도 안으로 들어가기 전에 먼저 그 사무실 사람을 거쳐야 했다. 나이는 종잡기 어

1 〈야훼여, 당신의 날개 그늘 아래.〉

려우나 여자인 것 같았고, 완곡어법으로 말하자면 키는 평균치를 밑돌았다.

그 여자가 귀에 익은 외국어로 나를 맞아 주었는데, 한참 듣고서야 그 여자가 하는 말이 이탈리아어, 그것도 모음은 싹 빼먹고 하는 이탈리아어라는 것을 알았다. 벨보를 만나러 왔다고 하자 여자는 복도 끝에 있는 뒷방으로 나를 안내해 주었다.

벨보는 반갑게 나를 맞아 주었다.「온다더니 정말 왔군. 어서 들어와요.」벨보는 나에게 자기 맞은편 자리를 권했다. 나와 벨보 사이에 있는 책상은 그 출판사 전체가 그렇듯이 몹시 오래된 것 같았다. 책상 위에는 원고 더미가 쌓여 있었다. 벽을 등지고 선 서가에도 원고가 쌓여 있었다.

「구드룬이 당신 기를 죽여 놓은 건 아니겠지?」

「구드룬이라뇨? 저기 저…… 시뇨라?」

「시뇨라가 아니라 시뇨리나야. 본명은 구드룬이 아니야. 외모가 니벨룽의 분위기인 데다 발음이 튜턴족 같아서 그렇게 부르지. 말을 최대한 빨리 하고 싶어 해서 모음을 몽땅 빼고 얘기한다네. 하지만 *justitia aequatrix*(평등의 정신)는 잘 알고 있어. 말할 때는 모음을 빼먹지만 타자할 때는 자음을 빼먹거든.」

「여기서는 무슨 일을 하는데요?」

「모든 걸 다 한다네, 불행히도 말이야. 출판사라는 곳에는, 없어서는 안 될 사람이 꼭 하나씩 있다네. 자신들이 벌여 놓은 난장판 속에서도 뭐든 찾아낼 줄 아는 그런 사람. 그 덕에 최소한 원고가 분실되는 일이 생겨도 누구 탓인지 금방 알 수 있지.」

「아가씨가 원고를 잃어버리기도 하나요?」

「출판사라는 데서는 늘 원고를 잃어버려. 어쩌면 원고를 전문적으로 잃어버리는 데가 출판사인지도 몰라. 그러니까 속죄양이라는 거 한 마리쯤 필요한 거 아니겠어? 내 불만은 저 아가씨가, 좀 잃어버려 주었으면 하는 원고는 절대로 잃어버리지 않는다는 거야. 프랜시스 베이컨이 『지식의 진보』에서 말하는 이른바 〈불의의 사고〉라는 거지 뭐.」

「어쩌다가 잃어버리는 거죠?」

벨보가 두 팔을 벌리고는 어이없어 하는 표정을 지었다.

「용서하게, 하지만 아주 못난 질문이네. 어쩌다가 잃어버리는지 알면 잃어버리지 않게?」

「그렇군요. 그런데 내가 여기저기서 본 가라몬드 출판사 책은 아주 잘 만들어졌던데요? 도서 목록도 충실하고요. 그게 모두 여기에서 만들어진 것인가요? 직원은 모두 몇 명이나 되죠?」

「복도 건너편에 제작부 직원들 방이 있네. 바로 옆방은 내 동료 디오탈레비가 있고. 디오탈레비라는 친구는 주로 장기 계획에 따라 입안된 입문서를 만들어. 제작에 시간이 많이 걸리기는 하지만 만들어 놓으면 수명이 아주 길지. 나는 대학물 편집을 담당하고 있네. 그렇게 힘든 일은 아니야. 일을 하다 보면 신경을 더 많이 써야 하는 책도 있기 마련이지만 대체로 편집이든, 학술이든, 재정이든, 별로 걱정할 일은 생기지 않아. 모모한 연구 기관이나 대학의 그늘 아래서 학회지나 논문집 같은 걸 주로 내거든. 저자가 신출내기면 담당 교수가 서문을 쓰지. 신출내기 저자는 원고를 교정하고, 인용문과 각주를 일일이 교열하지만 인세는 못 받아. 그런 책은 교재로 채택되고, 그러면 몇 년 사이에 몇 천 부는 나가게 되니 회사 경비는 빠져. 예상 못한 일이 터지지도 않고 적자도 안 보는 거지.」

「그럼, 출판사는 뭘 하는데요?」

「별걸 다 하지. 가령 자체 경비로 하는 일로는, 지명도가 있는 외국 작가의 저서를 번역하게 하는 일. 도서 목록의 구색을 맞추자면 필요한 일이지. 필자가 싸들고 와서 문간에 놓고 가는 원고도 있어. 출판 가능성이 매우 희박하기는 하지만, 어떻게 해, 편집자가 읽어야지. 읽어 보지 않고는 모르거든.」

「그런 일 좋아하세요?」

「좋아하느냐고? 배운 도둑질이 그것밖에 없는걸.」

벨보와 이런 이야기를 나누고 있는데, 두어 사이즈 큰 재킷 차림의 40대 남자가 다가왔다. 짙은 금빛 눈썹 위로 헤싱헤싱하게 머리카락이 흘러 내려와 있었다. 그는 아이를 타이르기나 하는 듯이 가만가만 부드러운 목소리로 말했다.

「『납세자의 바데 메쿰[六韜三略]』, 이거 사람 죽이는구먼. 처음부터 다시 쓰라고 해야 할 것 같은데, 골치 아파. 대화에 방해가 되었나?」

「이 양반이 디오탈레비라네.」 벨보가 우리를 서로 소개했다.

「성전 기사단 자료를 보러 오셨군. 가련한 청춘이셔. 이것 봐, 야코포, 좋은 생각이 났는데 말이야, 〈집시를 위한 도시계획〉, 어때?」

「좋군. 나에게도 하나 있어. 〈아즈텍의 경마(競馬)〉는 어때?」

「그것도 좋기는 한데, 〈무용지물(無用之物) 학과〉나 〈아디

나타[2] 학과〉에 들어가야 할 것 같은데?」

「어디 보세.」 벨보는 서랍을 뒤져 종이 몇 장을 꺼내면서 말을 이었다. 「무용 과학이라…….」 그는 잔뜩 황당해하는 내 표정을 확인하고는 설명을 덧붙였다. 「무용 과학이라는 것은, 누구나 다 알겠지만, 어떻게 하면 국을 반으로 가를 수 있을지를 연구하는 과학이라네.」 그런 뒤 다시 디오탈레비를 향해 말했다. 「안 돼, 어림도 없어. 이건 학과의 이름이 아니라 수업 과목의 이름 같은 걸세. 〈아붕쿨로그라툴레이션〉[3]이나 〈필로카타바시스〉[4]처럼 〈테트라필록토미〉[5] 학과에 수업 과목으로 집어넣으면 되네.」

「테트라……, 뭐라고요?」

「응, 테트라필록토미? 머리카락 한 올을 네 올로 쪼개는 방법, 뭐 그런 걸세. 아무 쓰잘 데 없는 기술을 가르치는 쓰레기 같은 거지. 가령 아붕쿨로그라툴레이션은, 장님인 전당포 주인을 위해 안경을 만들어 주자는 것일세. 하지만 이 필로카타바시스는 테트라필록토미 학과에 과연 어울리는 건지 모르겠네. 머리카락을 이용해서 아슬아슬하게 위기를 모면하는 기술인 만큼 어찌 보면 반드시 무용지물인 것만은 아닌 것도 같거든.」

「그만들 해두세요. 제가 손을 들겠어요. 대체 두 분이 무슨 말씀을 하시는지 모르겠으니까요.」

「디오탈레비와 나는 고등 교육 개혁을 계획하고 있네. 쓸

2 무용 과학(無用科學).

3 맹인용 안경 제작법.

4 탈위기일발술(脫危機一髮術).

5 일모 사할법(一毛四割法).

모없는 것, 불가능한 것만 가르치는 〈비교 무관 학교(比較無關學校)〉. 학교의 설립 목적은, 불필요한 과목을 기하급수적으로 불릴 수 있는 학자들을 양성하는 것이라네.」

「학과는 몇 개나 있나요?」

「지금으로서는 네 학과. 하지만 이 정도면 이 세상에 존재하는 인지학(人知學)이라는 인지학은 다 가르칠 수 있을 거라. 테트라필록토미 학과는 일종의 교양 과정인데, 이로써 우리가 노리는 것은 학생들에게 상호 무연관성을 터득하게 하는 것일세. 또 하나의 중요한 학과가 바로 아디나타, 혹은 임포시빌리아[不可能學科]라네. 가령 〈집시를 위한 도시 계획〉 같은 것이지. 수업의 주안점은, 사물이 지닌 불합리한 비관련성의 의미와 이유를 이해시키는 것이야. 이 밖에도 얼마든지 있네. 〈모르스 부호의 형태학〉, 〈남극 농경술〉, 〈이스터 섬의 회화사(繪畵史)〉, 〈수메르의 현대 문학〉, 〈몬테소리 교육의 학력고사 제도〉, 〈아시리아와 바빌론의 우표 연구〉, 〈신대륙이 발견되기 이전의, 제국(帝國)의 차륜학(車輪學)〉, 〈무성 영화의 음성학〉…….」

「사하라 사막의 군중 심리학은 어때요?」

「굉장한데?」 벨보가 혀를 내둘렀다.

디오탈레비는 고개를 끄덕이면서 중얼거렸다. 「자네, 우리에게 합류하게. 야코포, 이 친구 정말 소질이 대단한 친구인데그래?」

「첫눈에 알아봤다네. 어젯밤에는 바보 천치론을 펴는데 굉장하더라고. 하지만 계속하세. 〈옥시모로닉스[矛盾語法學科]〉에는 뭘 넣기로 했더라? 메모해 두었는데 찾을 수가 없군.」

디오탈레비는 주머니에서 종이쪽지를 꺼내 들고는, 친구

를 얕보는 듯한 눈길로 나를 보면서 말했다. 「이름이 암시하거니와 〈옥시모로닉스〉에서 가장 중요한 것은 자가당착이야. 내가 〈집시를 위한 도시 계획〉을 여기에 집어넣자고 한 것도 그 때문이라네.」

「안 돼. 〈유목민의 도시 계획〉이면 또 몰라도. 〈무용 과학〉은 경험적인 불가능성을 다루지만 〈옥시모로닉스〉는 술어상(述語上)의 모순을 다루는 학과거든.」

「일리가 있기는 하네만, 우리가 예전에 〈옥시모로닉스〉에 뭘 넣었었지? 그래…… 여기 있다. 〈혁명의 전통〉, 〈민주주의적 독재정치〉, 〈파르메니데스적 역동성〉, 〈헤라클레이토스의 정역학〉, 〈스파르타식 쾌락주의〉, 〈동어 반복의 변증법〉, 〈불 적*Boolean* 기호 논리학적 논쟁〉, 어떤가?」

「어법 위반의 문법은 어때요?」 한마디 거들지 않을 수가 없었다.

「멋지다.」 두 사람이 이구동성으로 반기면서 메모까지 했다.

「그런데 한 가지 문제가 있군요.」

「뭔데?」

「두 분의 계획이 일반에 알려지면, 사람들이 원고를 들고 출판사로 구름같이 몰려올 겁니다.」

「야코포, 이 친구 굉장히 날카롭군. 의도하지도 않았는데 우등생을 받아야 하게 생겼어. 불가능한 것의 필요성을 증명한 셈이군. 그러니 자네는 비밀을 지켜 주게. 나는 가봐야겠는걸.」

「어딜?」 벨보가 물었다.

「금요일 오후 아닌가?」

「맙소사.」 벨보는 내 쪽으로 돌아앉으면서 말을 이었다.

「길 건너편에는 정통파 유대인들이 사는 집이 몇 채 있네. 자네도 알지? 까만 모자, 까만 수염, 구레나룻. 밀라노에는 정통 유대인들이 별로 많지 않아. 오늘은 금요일…… 해 질 녘에 안식일이 시작된다네. 그래서 오후가 되면 길 건너편에 있는 집에 모여서 안식일 맞을 준비를 하는데…… 촛대를 닦고, 음식을 준비하지. 말하자면 다음 날 손 하나 까딱할 필요가 없도록 만반의 준비를 해놓는 거지. 심지어 미리 채널을 하나 정해 밤새도록 TV를 켜둔다네. 디오탈레비에게는 쌍안경이 하나 있어. 디오탈레비는 이 쌍안경으로 유대인들을 보면서 길 건너편에 가 있는 기분을 내는 거지.」

「왜요?」

「디오탈레비 군은 자기가 유대인이라고 생각한다네.」

디오탈레비가 발끈했다. 「생각하다니? 무슨 뜻으로 하는 말이야? 나는 유대인이야. 카소봉, 내가 유대인이라는 데 이의 있나?」

「물론 없지요.」

「디오탈레비는 유대인이 아니야.」 벨보가 쐐기를 박듯이 단언했다.

「아니라니? 내 이름을 들어 보고도 모르나? 그라치아디오나 디오시아콘테 같은 이름과 뭐가 달라? 히브리어에서 이탈리아어로 번역되었다 뿐이지 게토 같은 데서 지어진 전형적인 유대인 이름 아냐? 숄롬 알레이헴같이?」[6]

6 〈그라치아디오〉는 〈하느님의 가호가 있기를〉, 〈디오시아콘테〉는 〈하느님이 그대와 함께하기를〉이라는 뜻을 지닌 이탈리아어. 〈숄롬 알레이헴〉은 유대인 소설가의 이름으로, 〈그대에게 평화가 있기를〉이라는 뜻을 지닌 히브리 이름.

「〈디오탈레비〉는 〈하느님이 그대를 길러 주시기를〉 바라는 뜻으로 시청 직원이 버려진 고아에게 잘 지어 주는 이름일세. 자네 할아버지가 기아(棄兒) 아니셨나.」

「암, 유대인 기아이셨지.」

「디오탈레비, 자네 살갗은 분홍빛일세. 백인종이라는 뜻이야.」

「백변종(白變種) 토끼도 있는데 백변종 유대인이 없으라는 법이 있어?」

「디오탈레비, 이 사람아. 사람이 우표 수집가가 되듯이, 여호와의 증인이 되듯이 그렇게 유대인이 될 수는 없는 법이네. 유대인은, 유대인으로 태어나야 유대인일세. 이제 그걸 인정하라고. 자네는 우리와 마찬가지인 이방인이야.」

「할례까지 받았다고.」

「이것 보게. 위생상의 이유로 많은 사람들이 포경 수술을 하는 세상일세. 할례는, 칼 든 의사만 있으면 누구든지 받을 수 있어. 그래, 자네, 할례라는 걸 도대체 몇 살 때 받았나?」

「말장난 하지 말자.」

「아니, 해보자고. 유대인들은 말장난을 좋아하잖나.」

「우리 할아버지가 유대인이 아니었다는 건 아무도 증명하지 못해.」

「물론 못하겠지. 암. 고아였으니까 뭐든 마음대로 될 수 있었겠지. 비잔티움의 왕위 계승자가 될 수도 있었고, 합스부르크가의 사생아도 될 수 있었을 테지.」

「우리 할아버지가 고아가 된 것은 포르티코 도타비아 근처에 있는 로마의 게토에서였다.」

「하지만 자네 할머니는 유대인이 아니잖아? 유대인 핏줄이 모계 계승이라는 것도 모르나?」

「호적 얘기는 둘째 친다고 해. 시청의 호적이라는 것도 문자 그대로만 봐서는 안 될 때도 있지만 말일세. 그렇다 해도 피는 속이지 못한다네. 내 몸속을 흐르는 피가, 내 사상이 지극히 탈무드적이라고 속삭이는 것을 어떻게 하나? 이방인도 나처럼 탈무드적일 수 있다고 주장할 모양인데, 자네 그러면 지독한 인종주의자밖에 안 돼.」

디오탈레비가 방을 나간 뒤에 벨보가 중얼거렸다. 「신경 쓰지 말게. 거의 매일같이 되풀이되는 논쟁이니까. 사실 디오탈레비는 카발라 신봉자라네. 하지만 기독교도 중에도 카발라 신봉자는 얼마든지 있네. 하기야 디오탈레비가 죽어도 유대인이라고 하는 바에, 내가 앞을 막고 설 이유는 없지.」

「그래요. 우린 다 자유주의자들이잖아요.」

「하긴 그래.」

그는 담배를 붙여 물었다. 나는 그제야 내가 거기에 와 있는 이유를 기억해 냈다. 「성전 기사단에 관한 원고 이야기를 하셨죠?」

「그래…… 어디 보세…… 인조 가죽 표지였지 아마…….」 그는, 산더미처럼 쌓인 원고 한가운데서 가죽 표지 원고를 뽑아 내려고 했다. 그건 위험한 작업이었다. 결국 원고 중 일부가 바닥으로 떨어졌다. 벨보는 가죽 표지 원고를 내밀었다.

나는 목차와 서문을 일별했다. 「성전 기사들의 체포에 관련된 기록이군요. 1307년에 미남왕(美男王) 필리프는 프랑스에 있던 성전 기사들을 모조리 체포하기로 했지요. 그런데 필리프 왕의 체포령이 떨어지기 이틀 전에, 황소가 끄는 대형 짐수레가 건초를 잔뜩 싣고 파리에 있던 성전 기사들의 소굴을 떠났다는 전설이 있어요. 물론 그 수레의 목적지는 아무도 몰랐지요. 전설에 따르면 이 수레의 건초 속에는 오몽이라는 사람이 이끄는 한 무리의 성전 기사들이 숨어 있었답니다. 이 기사들은 파리를 무사히 빠져 나간 뒤 스코틀랜드로 숨어 들어가서는, 킬위닝에서 석공(石工) 무리와 합류합니다. 여전히 전설입니다만, 이들은 프리메이슨 조직의 일부가 됩니다. 프리메이슨 조직은, 솔로몬 신전의 비밀 수호자를 자처하는 무리지요. 아, 여기에 있군요. 있을 줄 알았죠. 이 글의 필자 역시 석공 조합, 말하자면 프리메이슨의 효시를, 스코틀랜드로 숨어 든 성전 기사들로 보고 있군요. 아무 근거도 없이 수많은 사람들이 수세기 동안 우려먹은 이야깁니다. 이와 비슷한 주장이 담긴 문서라면 쉰 종(種)도 더 됩니다. 다들 서로서로 표절을 해 만든 문서들이죠. 이것 좀 보세요. 아무렇게나 넘겼는데도…… 들어 보세요. 〈성전 기사들이 스코틀랜드로 탈출했다는 것은, 그로부터 650년이 지난 오늘날까지도 의용 성전 기사단 전설에 귀를 기울이는 세계의 비밀 결사가 있다는 것만 보고도 알 수 있다. 바로 그 성전 기사단의 밀지(密旨)가 계승되어 온 것이 아니라면 이것을 무엇으로 설명할 수 있겠는가.〉 무슨 뜻인지 아시겠지요? 이 글이 주장하는 요지는, 〈고양이가 장화를 신고 후작의 시중을 들었다는데 어떻게 카라바스 후작은 이 세상에 존재한 적도 없는 사람이라고 우길 수 있겠는가…….〉 이것과 다를 바가 없어요.」

「좋아. 그 원고는 내버리도록 하지. 하지만 난 성전 기사단에 흥미가 간다네. 이렇게 전문가가 가까이 있을 때 놓치지 말고 궁금한 걸 다 물어봐야겠군. 성전 기사단에 대해서는 이렇게 말들이 많은데, 몰타 기사단에 대해서는 왜 아무 기록이 없지? 지금 설명할 것은 없네. 너무 늦었으니까. 디오탈레비와 나는 조금 있다가 가라몬드 사장과 저녁을 함께하기로 되어 있네. 10시 반이면 끝날 걸세. 디오탈레비를 꾀어 필라데 술집으로 가지. 디오탈레비는, 초저녁잠이 많은 데다가 술을 잘 안 마시기는 하네만. 거기에 가 있겠나?」

「딴 데가 없잖아요? 저는 마침 로스트 제너레이션이라서, 외롭고 쓸쓸한 사람들 사이에 있을 때만 마음이 편안해지거든요.」

13

Li frere, li mestre du Temple
Qu'estoient templi et ample
D'or et d'argent et de richesse
Et qui menoient tel noblesse,
Où sont il? que sont devenu?[1]
—『파벨 소설에 대한 시평』

Et in Arcadia ego(나는 낙원에도 있었다).[2] 그날 밤의 술집 필라데는 황금시대를 방불케 했다. 혁명이 반드시 일어나리라는 확신을 느낄 수 있는, 희망에 찬 분위기는 물론이고, 그 혁명에 들 비용마저 제조업 조합원들이 전부 부담할 것만 같은 느낌이 드는 밤이었다. 수염을 기른 파카 차림의 제면(製綿) 공장 사장이, 머지않은 장래에 국외로 도피할 정장 차림의 정상배들과 한자리에 앉아 카드놀이를 할 수 있는 곳이 술집 필라데밖에 더 있었겠는가. 당시에는 스타일(유행)에도 새로운 변화의 물결이 일고 있었다. 1960년대 초까지만 해도 수염 기른 사람은 모두 파시스트였다. 따라서 모두들 이탈로 발보[3]처럼 뺨을 싹싹 밀고 다녀야 했다. 그런데 1968년에 들어오면서부터 수염이 저항의 상징이었다가 그즈음부터는 중도와 보편의 상징이 되어 감으로써 지극히 개인적인 장

1 〈금은보화로 차고 넘치는 / 성전 기사단의 수도사, 성전 기사단의 기둥과 들보, / 저 위엄과 기품의 깃대잡이들 / 지금은 어디에서 무엇이 되었을꼬?〉
2 〈나〉는 여기서 죽음을 말함.
3 무솔리니의 심복이었던, 공군 장성 출신의 정치가.

식 수단의 하나가 되었다. 수염은 늘 일종의 가면 역할을 해 왔으나(남의 눈에 뜨이기 싫은 사람은 가짜 수염을 달지 않던가), 1970년대 초반부터는 진짜 수염마저도 가면 노릇을 했다. 그래서 수염을 기르면 진실도 거짓말처럼 만들 수가 있었다. 아니 더 정확히 말하자면 진실을 아주 교묘하게 비틀거나 아리송하게 만들 수도 있었던 것이다. 따라서 수염을 통하여 그것을 기른 사람의 정치관을 추측하기는 불가능했다. 그날 밤 필라데에서는 수염을 깎은 사람들이, 털 하나 없는 깔끔한 얼굴로 오히려 완강한 저항의 기색을 내보이고 있었다.

이야기가 빗나갔다. 벨보와 디오탈레비는 약간 긴장한 모습으로, 조금 전에 파한 저녁 자리 이야기를 계속하면서 술집으로 들어섰다. 나는 나중에야 가라몬드 사장과의 저녁 식사가 어떠한 자리인지 알게 되었다.

벨보는 군말 없이 증류 독주를 시켰고, 디오탈레비는 한동안 꾸물대며 골라 봐야 겨우 토닉 워터였다. 우리는 술집 안쪽에 자리를 잡았다. 아침 일찍 일어나야 하는 전동차 기관사들이 막 그 자리를 뜨고 있었다.

「각설하고, 성전 기사단 전설이 오늘의 도마에 오를 모양인데…….」 디오탈레비가 입을 열었다.

「사실 성전 기사단에 대한 얘기는 어디서든 쉽게 접할 수 있어요.」

「우리는 기록보다는 구전을 더 재미있어하지.」 벨보가 중얼거렸다.

「구전이 더 신비스러워. 하느님은 말씀으로써 세상을 창조하셨다네. 전보 쳐서 창조한 게 아니고.」 디오탈레비가 웃었다.

「암, 빛이 있으라. 마침표.」

「바울로 서신들이 곧 도착할 것임.」 내가 되받아쳤다.

「성전 기사단 얘기 좀 하라니까?」 벨보가 채근했다.

「하죠. 어떻게 시작되는고 하니…….」

「〈어떻게 시작되는고 하니〉로 이야기를 시작하면 절대 안 된다네.」 디오탈레비가 핀잔을 주었다.

「어떻게 시작되는고 하니, 제1차 십자군 원정이 있었지요. 고드프루아는 성묘(聖墓) 수호자가 되겠다는 서원(誓願)을 세우고 왕의 칭호는 사양하지만, 기어이 이 성묘를 경배함으로써 서원한 바를 성취합니다. 형이 죽고 난 뒤 그 아우인 보두앵은 예루살렘의 초대 국왕이 되고요. 이로써 성지에 기독교 왕국이 섭니다. 하지만 예루살렘을 장악한 것은 시작에 불과했지요. 이들의 속셈은 팔레스타인 땅을 모조리 차지하는 것이었으니까요. 당시 사라센은 몰락의 길을 걷고 있기는 했지만 아주 망했던 것은 아니었으니 만치 점령자들이나 순례자들의 역정은 여간 고달픈 것이 아니었죠. 보두앵 2세가 예루살렘을 다스릴 당시인 1118년 위그 드 팽이라는 친구가 이끄는 아홉 청년이 예루살렘에 도착, 〈그리스도의 가난한 군병〉이라는 조직을 결성합니다. 일종의 수도회였습니다만, 말이 수도회였지 이들에게는 칼과 방패가 있었어요. 이 수도회는 세 가지 고전적인 미덕인 청빈과 순결과 복종 이외에 한 가지 서원을 더 세웠어요. 순례자 보호가 그것이지요. 이렇게 되자 왕과 주교는 물론이고 예루살렘의 유지들이 돈을 걷어 주고, 이들에게 기사단의 본부를 마련해 준답시고 옛 솔로몬 성전을 은서지(隱棲地)로 제공합니다. 이때부터 이들은 성전 기사단으로 알려지게 됩니다.」

「정체는 무엇이었나?」

「위그를 비롯한 여덟 기사는, 십자군이라고 하는 자못 장엄한 분위기에 홀딱 반한 이상주의자들이었던 모양입니다. 그러나 뒤에 여기에 합류하게 되는 젊은이들은 대부분이 애송이 모험가들이었어요. 당시의 예루살렘이 이른바 골드러시 때의 캘리포니아라고 가정해 보세요. 한밑천 잡으려는 사람들이 모여드는 건 당연하지 않겠어요. 당시 젊은이들은, 집에 있어 봐야 전망이 뻔했나 봅니다. 당시의 기사들 중에는, 이런저런 이유로 가출한 청년들이 많았던 것만 보아도 알 수 있지요. 따라서 당시의 기사단은 일종의 외인부대 같은 것으로 보면 될 겁니다. 집안에서, 혹은 사회에서 사고를 쳤다. 그러면 성전 기사단을 지원하는 거죠. 싸움은 조금만 하고, 세상 구경은 많이 하고, 그러면서 틈틈이 재미도 좀 보고. 먹여 주겠다, 입혀 주겠다, 영혼의 구원이 덤으로 따라붙겠다. 어떤 젊은이인들 구미가 당기지 않았겠어요. 하지만 근무 조건이 열악하기는 했어요. 성전 기사가 된다는 것은 곧 황야로 나간다는 뜻이었으니까요. 잠은 천막에서 자야 하고, 황야에서 구경하는 것은 고작 다른 성전 기사 아니면 튀르크인뿐. 게다가 뙤약볕 아래 말을 달려야 하죠, 갈증으로 죽어 가는 것만으로 모자라 죽어 가는 와중에도 저희만큼 불쌍한 적을 쳐 죽여야 하죠.」

나는 말을 잠깐 끊었다가 계속했다. 「제가 이야기를 너무 서부극 분위기로 몰아가는 것 같죠? 이다음에는 일종의 제3단계를 거치게 된 듯합니다. 이 교단이 막강해지니까, 집에서 잘 먹고 잘살던 사람들까지도 여기에 합류하고 싶어 했어요. 게다가, 당시에는 성지로 파견되지 않는 성전 기사도 있었어요. 말하자면 고향에서 성전 기사 노릇을 할 수 있었던 거지요. 바야흐로 조직이 복잡해집니다. 성전 기사단은 무법자들 같기도 하지만 어떨 때는 (또) 섬세한 면을 드러내기도 해요. 그렇기에 예컨대 성전 기사단이 인종 우월주의자들이라고 할 수는 없어요. 성전 기사들은 물론 이슬람교도들과 싸웠습니다. 그러자고 만들어진 기사단이었으니까요. 그러나 그들은 그냥 싸운 게 아니고 기사도에 입각해서, 어디까지나 상호 존중하는 정신에 입각해서 싸웠어요. 한번은 다마스쿠스 이슬람교도 세습 수장의 사자가 예루살렘으로 옵니다. 그때 예루살렘의 성전 기사들은 이 사자를, 당시에는 기독교 교회가 되어 있던 조그만 모스크를 내어 주고 기도를 할 수 있도록 해줍니다. 그런데 어느 날 한 유럽인이 왔다가 성소에 이슬람교도가 들어와 있는 것을 보고는 기겁을 하고는 그 사람을(사자를) 몰아내려 했어요. 그러자 성전 기사들은, 이 옹졸한 유럽인을 교회에서 쫓아 버리고 그에게 사과까지 합니다. 그런데 결국 적과의 이러한 동아리 의식이 성전 기사단의 몰락을 재촉하게 됩니다. 무슨 말인고 하니, 뒷날 성전 기사단 재판에서 종교 재판관들이 성전 기사들을 기소하면서 들이댄 죄목 중 하나가 바로 이 배교적인 이슬람교도들과의 접촉입니다. 접촉한 것은 사실이었을 겁니다. 19세기의 탐험가들이 아프리카 현지인과 똑같이 생활하다 아프리카 풍토병에 걸렸던 경우와 비슷한 거죠. 수도회에서 정식으로 신학 교육을 받지 못했던 성전 기사들은 기독교 신학의 요체를 알지 못했던 모양입니다. 아라비아에 간 지 얼마 되지도 않아서 아라비아 족장 차림을 하고 설치고 다니는 아라비아의 로렌스와 별반 다를 게 없었던 거예요. 하지만 이들의 행동 양식을 정확하게 파악하기는 쉽지 않습니다. 기욤 드 티르처럼 기독교의 입장에서 역사를 기술하는 역사가들은 이들을 죽일 놈들로 싸잡아 비방했거든요.」

「왜?」

「성전 기사단의 세력이 지나칠 정도로 급속하게 확산되고 있었거든요. 성 베르나르가 등장하고부터 특히 그런 양상을 보이고 있었어요. 두 분은 다 잘 아시겠지만, 성 베르나르는 조직의 명수였습니다. 베네딕트 수도원의 종규(宗規)를 개혁하고, 교회로부터 장식적인 모든 요소를 깡그리 청소해 낸 장본인입니다. 성 베르나르는 비위에 거슬리는 자가 있으면 매카시 스타일로 공격해 가지고는 기어이 화형주에다 매답니다. 아벨라르가 이렇게 당했지요. 사람을 태워 죽일 수 없으면 하다못해 그 사람이 쓴 책이라도 태웠지요. 물론 십자군을 상대로, 〈우리는 무기를 들 테니, 너희들은 가서 싸워라〉라고 한 장본인도 바로 성 베르나릅니다.」

「자네, 성 베르나르를 안 좋아하는 모양이군?」 벨보가 중얼거렸다.

「내 뜻대로만 된다면 지금쯤 성 베르나르는 연옥의 불길 속에서 영원히 타고 있을 겁니다. 〈성(聖)〉은 무슨 빌어먹을 〈성〉이에요? 하지만 자기선전의 수완 하나는 하여튼 대단했던 모양입니다. 단테가 성 베르나르에게 대접하는 걸 보세요. 단테는 이자를 마돈나의 오른팔로 그리고 있습니다. 적당한 상대에게 아부하는 법을 누구보다 잘 꿰고 있었으니 성인이 될 수도 있었던 거죠. 각설하고 성전 기사단 이야기로 돌아가지요. 베르나르는 척 보고 성전 기사단이 자기한테 쓸모가 있을 거라는 걸 간파합니다. 그래서 바로 손을 써서 성전 기사단을 결성한 아홉 기사들의 뒤를 미는 한편, 이들을 〈그리스도의 청빈 기사단〉으로 둔갑하게 합니다. 성전 기사단의 영웅적인 행적은 다 이 사람의 발명품이라고 해도 과언이 아닐 겁니다. 1128년에 이르자 베르나르는 이 아홉 수도 기사들의 존재 이유를 확고하게 기정사실화해 주고 새로운 수도사군무리의 종규를 마련해 주기 위해 트루아로 지휘자들을 회동하게 합니다. 그러고는 몇 년 뒤, 종규 시안을 확정, 72항목에 이르는 시안을 정식 종규로 선포하게 됩니다. 그런데 이 종규라는 게 여간 재미있는 것이 아닙니다. 없는 내용이 없어요. 일일 미사를 거르지 말 것, 파문당한 기사와는 친교하지 말 것, 하지만 그중 성전 기사단에 지원하는 이는 기독교인다운 너그러운 마음으로 받아들일 것……. 내가 외인부대 이야기를 왜 했는지 아시겠죠? 이들은, 단순한 흰색 옷만 입을 수 있습니다. 털 달린 것은 안 되고, 고작해야 양가죽 또는 염소가죽만 허용되죠. 당시에 유행하던, 주둥이가 꼬부라진 신발도 신을 수 없었어요. 잠은 속옷 바람으로 자되, 침대 하나에, 깔개 하나에, 담요 한 장에…….」

「무지하게 더웠을 텐데, 냄새깨나 났겠구나.」 벨보가 거들었다.

「그러지 않으셔도 조금 있으면 냄새 이야기도 나옵니다. 성전 기사단 계율에는 끔찍한 대목이 얼마든지 있습니다. 두 기사에 식기는 하나. 식사 중에는 묵언(默言)입니다. 고기는 일주일에 세 번, 금요일에는 참회. 조기 기상은 기본이지만 전날의 근무가 몹시 고달팠던 경우는 잠을 딱 한 시간 더 자되 그 대신 잠자리에서 주기도문을 열세 번씩 욀 것. 계급으로는 기사가 있고, 그 아래로는 준기사(準騎士), 종자, 수행자, 하인 같은 졸병이 있는데, 기사에게는 말 세 마리와 종자 하나가 지급됩니다. 기사가 타는 말의 고삐, 안장, 박차에는 장식이 있어서는 안 되었죠. 무기는 겉모습은 소박해도 튼튼했습니다. 사냥은, 사자 사냥을 제외하고는 절대 금기. 요컨대 기사로서의 삶은 참회와 전투의 연속입니다. 게다가 정결의 서원에 대해 특히 엄격합니다. 하지만 이들이 수도원 안에서 산 사람들이 아니라는 걸 염두에 두어야 합니다. 수도원살이 대신, 전쟁터에서 싸워야 했던 사람들, 세상살이를 해야 했던 사람들에게 그게 얼마나 어려웠겠습니까. 세상살이라는 말이 나왔지만, 성전 기사들에게는 당시 난장판이었던 성지가 곧 세상이었으니 과연 일반적인 의미의 세상살이라 할 수 있을지 모르겠군요. 성전 기사단 계율은 여성 관계에 대해서도 확실하게 명문화하고 있습니다. 여성과의 관계는 위험하기 짝이 없는 것이다, 상대가 자기 어머니, 누이, 그리고 친척 아주머니가 아니면 절대로 입맞춤을 허락해서는 안 된다, 하는 식으로요.」

「친척 아주머니라고? 나라면 좀 더 신중했을 텐데……. 그런데, 내가 기억하기로 성전 기사들은 남색 혐의도 더러 받는 것으로 아는데? 클로소프스키라는 사람이 쓴 『바포메트』라는 책이 있었네. 바포메트는 성전 기사들이 섬기던 마신(魔神)이었던 것으로 아는데?」

「그 이야기도 곧 나옵니다. 하지만 잠깐 이런 상황을 한번 생각해 보세요. 몇 달이고, 시작도 없고 끝도 없는 광야에서 살아야 합니다. 밤이면, 하루 내내 같은 식기로 밥을 먹던 동료와 한 천막 안에서 자야 합니다. 지친 데다, 춥기도 하고 목도 마르고, 겁도 납니다. 엄마가 그립기도 하고요. 그런 상황에서 어떻게 할 것 같습니까?」

「테베 외인 군단의 사랑. 남색밖에 더 있겠어?」 벨보가 반문했다.

「다른 군사들은 성전 기사단에서처럼 성전 기사의 서원을 세우지 않습니다. 도시를 점령하면, 이 기사들은 거무스름한 무어 여자들을 겁탈합니다. 뱃가죽은 호박색이고 눈은 새카만 무어 여자들을요. 다른 기사들은 그러는데, 성전 기사들이라고 레바논의 송백나무 숲에서 송진 냄새만 맡고 있을 수는 없지 않습니까? 〈성전 기사처럼 마시고, 성전 기사처럼 신을 모독하고……〉, 이런 말이 괜히 나돌았겠어요? 무식한 병사들과 함께 마시고, 함께 욕지거리를 나누는 참호 속의 군목(軍牧)들이나 마찬가집니다. 성전 기사단의 문장(紋章)을 보세요. 말 한 마리에 두 기사가 타고 있어요. 기사당 말 세 마리씩 지급되었는데 그럴 필요가 어디 있겠어요? 베르나르의 아이디어였을 겁니다. 청빈을 드러내는 동시에 성전 기사는 곧 수도사다……. 이걸 강조하려고 문장을 그렇게 만든 것일 겁니다. 하지만 당시 사람들이 이걸 보고 뭐라고 했을지는 불보듯 뻔하죠. 말 잔등에 두 기사가 올라앉아 서로 엉덩이와 배를 맞대고 있었으니까요. 당시의 기사들, 그 문장 때문에 손가락질깨나 받았을 겁니다.」

벨보가 내 얘기를 자르고 들어왔다. 「그러게 왜 문장을 그 딴 식으로 만들었던 걸까? 성 베르나르가 바보는 아니었을 것 아닌가?」

「바보라고요? 천만에요. 베르나르는 수도사였어요. 당시 수도사들은, 인간의 육체에 관한 한 되게 요상한 관념에 사로잡혀 있었어요. 아까, 이야기를 너무 서부극식으로 하고 있는

지 모르겠다고 했죠? 하지만 생각해 보니…… 베르나르가, 사랑하는 성전 기사들에 대해 뭐라고 했는지 아세요? 하도 재미있어서 한번 인용해 보겠어요. 〈성전 기사들은 마술쟁이 흉내, 요술쟁이 흉내를 내지 않는다. 음탕한 노래, 익살스러운 노래를 부르지 않는다. 성전 기사는 머리카락을 짧게 깎는다. 이는 사도들이, 남자가 머리카락을 길게 기르는 것은 창피스러운 노릇이라고 하였음이다. 성전 기사는 머리를 단장하지 않고, 자주 (몸을) 씻지도 않는다. 성전 기사의 수염은 단정하지 않으며 갑옷과 열기 때문에 수염은 늘 먼지와 땀으로 절어 있다.〉」

「절대 옆에서 자고 싶지 않겠군.」 벨보가 고개를 절레절레 흔들었다.

「은자(隱者)의 풍신은 고루 갖추었군그래. 은자들은 불결함을 조장함으로써 육신을 능멸했다니까. 마카리우스 성자였지 아마……. 원주(圓柱) 꼭대기에 살면서, 자기 옷에서 떨어진 벼룩을 다시 주워, 같은 하느님의 피조물인즉 실컷 파먹을 권리가 있다면서 자기 옷 속에다 다시 넣었다는 성자가?」

디오탈레비의 말에 벨보가 응수했다. 「그 주두행자(柱頭行者)는 마카리우스가 아니라 시메온 성자일세. 아래로 지나가는 사람들에게 침 뱉기 좋게 기둥 꼭대기에 살았다지 아마.」

「계몽주의 시대의 이따위 시니시즘, 진절머리가 나. 마카리우스였는지 시메온이었는지는 모르겠지만, 온몸에 벌레를 잔뜩 끓이고 살던 주두행자였다는 건 분명해. 하지만 내가 이 방면에 전문가일 수가 없지. 이방인들 하는 멍청한 짓거리는 내 관심사가 아니니까.」

「자네들의 지로나 랍비들은 어디 깔끔만 떤 줄 아나?」

「그분들이 누항(陋港)살이 하신 것은 자네들 이방인들이 게토에다 쳐넣었기 때문이지 어디 그분들 취미였던가.」

나는 두 사람의 입씨름을 뜯어말리지 않을 수 없었다. 「얘기를 엉뚱한 데로 몰고 가지 마세요. 하루 종일 행군한 신병 교육 소대를 보신 적 있으시죠? 내가 이런 말씀을 드리는 까닭은요, 성전 기사들이 처한 딜레마를 이해하시려면 하루 종일 행군한 신병 교육 소대를 떠올릴 필요가 있기 때문이랍니다. 성전 기사들은 종교적이어야 했고 금욕적이어야 했으며, 게다가 변변히 먹지도 마시지도 여자와 관계를 갖지도 못한 채 사막을 누비며 그리스도 원수들의 목을 베어야 했답니다. 이렇게 벤 목의 수효가 많으면 많을수록 천국과의 거리는 그만큼 줄어들었던 거죠. 성전 기사들의 몸에서는 날이 갈수록 악취가 심해져 가고, 머리에서는 터럭이 길어 갈 수밖에요. 그래서 베르나르는, 도시를 점령한 뒤에도 노소를 막론하고 여자 위로는 절대로 올라가지 못하게 했답니다. 달도 없고, 사방에서는 모래의 폭풍이 사막을 휩쓰는 무정한 밤이 되어도 성전 기사들 옆에는 전우밖에는 없었어요. 하지만 전우로부터 무슨 위로를 받을 수 있겠어요? 생각해 보세요. 수도사 노릇과 칼잡이 노릇을 동시에 해야 하는 딜레마, 칼로 남의 배를 가르고는 조금 뒤에는 아베 마리아를 불러야 하는 진퇴유곡의 상황을요. 높은 사람들은, 비록 사촌 간이라도 여자 눈은 절대로 들여다보아서는 안 된다고 하지요, 며칠 동안 도시를 포위 공격하다가 마침내 입성하면 다른 십자군들은 금욕주의자들인 성전 기사들 앞에서 칼리프의 계집들을 거머먹지요, 살집 좋은 슐람미 여자들은 젖가리개를 풀어 헤치고, 〈저를 가지시되 죽이지만 마소서〉 하고 애원하지요……. 하지만 베르나르의 소원대로, 털북숭이가 된 채 악취를 풍풍 풍기면서도 성전 기사들은 만과 기도문(晩課祈禱文)만을 읊조려야 했지요. 이 점에 관해서는 『묵상』이라는 글을 읽어 보면…….」

「어디에?」

「후대에, 말하자면 교단의 조직이 완료된 뒤에 조성된 일종의 규약집 같은 겁니다. 전투가 끝나고 난 뒤의 군대만큼 비참한 것도 없지요. 전투가 끝나면 금기투성입니다. 남을 비방해서도 안 되고, 기독교도끼리의 결투도 안 되고, 여자와의 수작도 안 되고, 형제를 중상하는 것도 안 됩니다. 성전 기사는 노예의 탈주를 방조해도 안 되고, 상대가 사라센이라고 해서 화를 내면서 위협해서도 안 되고, 말을 나돌아다니게 해서도 안 되고, 개나 고양이 같은 동물을 제외한 어떤 동물도 남에게 양도해서도 안 되고, 허락 없이 자리를 비워서도 안 되고, 상관의 봉인(封印)을 훼손해서도 안 되고, 야밤에 막사 밖으로 나가는 것도 안 되고, 허락 없이 공금을 써서도 안 되고, 화가 난다고 옷을 벗어 땅바닥에 팽개치는 것도 안 됩니다.」

「금기 사항을 들어 보면 사람들이 어떻게 행동했는지 알 수 있지. 금기 사항을 통해 평상시가 어땠는지 그려 볼 수 있는 법이라고.」 벨보가 중얼거렸다.

디오탈레비가 한마디 했다. 「자, 이런 경우를 한번 상상해 보세. 한 성전 기사가, 형제들이 한 말에, 아니면 형제들이 한 짓에 마음이 몹시 상한 나머지 외출증도 없이, 사라센 꼬마에게 장닭 서너 마리를 들려 가지고 같이 말을 타고 부대를 빠져나간다. 그러고는 도덕이 느슨한 여자를 하나 찾아내어 닭 세 마리를 끌러 주고는 점잖지 못하게 하룻밤 몸을 산다. 우리의 성전 기사가 이러고 있는데 사라센 꼬마는 성전 기사의 말을 타고 도망쳐 버린다. 성전 기사는 전투에서 뺀 것 이상의 땀을 뺀 후줄근한 모습으로, 기가 팍 죽은 모습으로 다리 사이에다 꼬랑지를 처박은 채 야영지로 귀대한다. 이 성전 기사는 상부에 들키지 않으려고, 독수리처럼 횃대에 앉아 규칙 위반자를 기다리는 유대인 암거래상에게 성전 기사단의 공금을 슬쩍 찔러 넣어 준다…….」

「카야파여, 네 말이 정확하다.」 벨보가 성서를 인용해서 말했다.

「규칙 위반의 전형을 한번 만들어 보자는 거야. 이 성전 기사는, 사라센 꼬마는 어쩔 수 없다고 하더라도, 돈으로 말만은 어떻게든 벌충해 놓으려고 한다. 그런데 동료 성전 기사가 불운한 동료가 당한 일의 낌새를 알고는, 어느 날 밤 저녁 먹는 자리에서 동료들에게 슬쩍 힌트를 준다. 그런 단체일수록 선망은 전염성이 강하거든. 이렇게 되자 대장은 재수 없는 성전 기사를 의심하고, 소문의 주인공은 얼굴을 붉히면서 단도를 뽑아 들고 형제에게 달려든다…….」

「형제에게 달려드는 것이 아니라 배신자에게 달려드는 것이겠지.」

「그래, 배신자에게 달려든다. 달려들어 배신자의 뺨을 갈긴다. 그러면 배신자 역시 단도를 뽑아 들고 바야흐로 난투가 벌어진다. 대장은 이들을 뜯어말리고 질서를 잡느라고 우왕좌왕한다. 다른 형제들은 낄낄거리고…….」

「성전 기사처럼 마시고 성전 기사처럼 신을 모독하는 장면이 따로 없군.」 벨보가 거들었다.

「하느님 맙소사, 제기랄, 〈하느님의 피에 대고 맹세한다〉

등등처럼요.」 나도 좀 과장해서 맞장구를 쳐주었다.

「우리 주인공은 화가 났다. 성전 기사가 화나면 어떻게 되지?」

「얼굴이 새파랗게 되지.」 벨보가 대답했다.

「맞아. 얼굴이 파랗게 질리고, 옷을 벗어 땅바닥에 팽개치지.」

「화가 난 김에, 〈이까짓 것은 필요없어, 빌어먹을 성전도 필요없다고!〉 이럴 수도 있는 거지요. 그러고는 칼로 봉인을 뜯어 버리고는, 사라센과 한편이 되겠다고 선언하는 겁니다.」

「한꺼번에 한 여덟 가지 규율을 어겨 버리는 셈이로군.」

「본론으로 돌아가서, 그렇게 해서 사라센과 한편이 되겠다는 성전 기사가 생기는 상황을 가정해 봅시다. 그러면 왕의 종교 심판관이 어느 날 이 기사를 체포하고 새빨갛게 단 쇠꼬챙이를 보여 주면서 묻습니다. 〈자, 고백해라, 이 건달아, 네가 형제의 후장을 먹었다는 것을 인정해라〉, 〈누구 말이오, 나 말이오? 쇠꼬챙이로 사람 웃기지 마슈. 내가 성전 기사의 진정한 모습을 보여 주겠소. 형제의 후장뿐만 아니라, 당신의 후장, 교황의 후장까지도 먹을 수 있소. 가까이 있기만 하다면 필리프 왕의 후장도 먹을 용의가 있소!〉, 요컨대 그 성전 기사는 일을 이 지경에 이르기까지 버르집어 버립니다.」

「자백이지. 암, 자백이라는 것은 그렇게 받아 내는 것이고 말고. 지하 감옥이 이 기사를 기다릴 테지. 화형주에 올렸을 때 불이 잘 붙도록 옥사장은 매일 이 기사의 몸에 기름을 바를 것이고.」 벨보가 변죽을 올렸다.

「결국 성전 기사단은 어린애들 장난이었던 거지.」 디오탈레비가 결론을 내렸다.

우리의 대화는 코에 붉은색 모반(母斑)이 있는 처녀 하나가 끼어드는 바람에 끊기고 말았다. 손에 종이를 한 장 들고 온 처녀는 우리에게, 투옥된 아르헨티나인 동지들의 구명을 요구하는 탄원서에 서명을 좀 해달라고 말했다. 벨보는 탄원서를 읽어 보지도 않고 서명했다.「나보다 더 재수 없는 녀석들이군.」벨보는 이러면서 탄원서를 디오탈레비에게 넘겨주었다. 디오탈레비는 재미있다는 표정으로 벨보를 건너다보기만 했다. 그러자 벨보가 처녀에게 말했다.「서명할 수 없나봐. 이 친구는 인도의 어느 소수 종파에 속해 있는데, 그 종파의 규칙으로는 아무 데나 이름을 써서는 안 된다는 거야. 그런데 정부의 탄압이 심해서 그 민족의 대부분은 다 감옥에 있다지.」처녀는 안됐다는 듯이 디오탈레비를 일별하고는 탄원서를 내게 내밀었다.

「누군데요?」내가 물었다.

「누구라니오? 아르헨티나인 동지들이라고 했잖아요?」

「무슨 그룹에 속하느냐는 거예요.」

「아마 타쿠아라스일 거예요.」

「타쿠아라스는 파시스트 그룹이에요.」내가, 아르헨티나 운동권 그룹을 잘 아는 척 얘기했다.

「파시스트 돼지 같으니라고.」처녀는, 그 말을 내뱉고는 가버렸다.

「그러니까 자네 말의 요지가 뭐야? 성전 기사들은 그저 불쌍한 놈들이었다, 그 말인가?」디오탈레비가 물었다.

「아닙니다. 얘기를 재미있게 하느라고 살을 좀 붙여 본 것뿐입니다. 내가 지금까지 얘기한 건 모두 하급 기사들에 관한 것들이었어요. 하지만 기사단은 처음부터 막대한 기부금을 받아 왔는데, 이 기부금 덕에 유럽 전역으로 세력을 확장해 가고 있었어요. 가령 아라곤의 알폰소 같은 사람은 자기의 영지 전부를 성전 기사단에 유증(遺贈)하기까지 했답니다. 자손을 남기지 않고 사망할 경우, 자기 공국(公國)을 통째로 성전 기사단에 넘긴다는 단서를 달았으니까요. 그러자 성전 기사단에서는 이것을 믿지 못하고, 절충을 벌입니다. 재산을 먼저 받아 놓자는 심사에서 그렇게 했을 테지요. 이 절충 담합의 결과로 성전 기사단은 스페인에 있는 성채를 대여섯 개나 받았어요. 포르투갈 왕은 성전 기사단에 거대한 삼림을 희사합니다. 그런데 당시 이 삼림은 사라센의 수중에 있었어요. 성전 기사단은 이 삼림을 공격, 무어인들을 몰아내고 여기에 코임브라를 세웠다고 해요. 이건 몇 개의 예에 불과합니다(이런 일은 종종 일어났죠). 중요한 것은, 팔레스타인에서 싸우고 있는 성전 기사들은 일부에 지나지 않았다는 겁니다. 문제는 이 기사단의 본부는 유럽 땅에 있었다는 겁니다. 이러니 어떻게 되었겠어요? 어떤 사람이 팔레스타인으로 간다고 칩시다. 돈이 있어야 하지 않겠어요? 그렇다고 해서 보석이나 금은붙이를 가지고 팔레스타인까지 갈 수는 없는 노릇입니다. 이런 성지 순례자들을 위해서 성전 기사단이 요상한 제도 하나를 만듭니다. 말하자면, 돈 보석이나 금은붙이는 프랑스나 스페인이나 이탈리아에 있는 성전 기사단 사령부에 맡기고 가는 겁니다. 성전 기사단에서는 이런 사람들에게 보관증이나 영수증 같은 걸 써줍니다. 그러면 사람들은 이걸 가지고 팔레스타인으로 가서 현금으로 바꿔 쓰는 겁니다.」

「신용장 같은 것이로군.」 벨보가 말했다.

「바로 그겁니다. 성전 기사단은 피렌체에 은행가들이 나타나기 훨씬 이전에 이미 여행자 수표 제도를 만든 겁니다. 귀족으로부터 긁어 들인 막대한 기부금, 자체적으로 획득한 재산, 재산의 위탁 관리를 통한 수수료 챙기기, 이런 것들을 통해 성전 기사단은 당시에 이미 다국적 기업이 되어 있었던 겁니다. 이런 장사를 하자면 이런 데 눈 밝은 사람이 있어야 하는 것은 당연지사. 교황 인노켄티우스 2세가 성전 기사단에 이같이 지극히 예외적인 금융 특혜를 베풀게끔 설득할 수 있는 사람들 말입니다. 성전 기사단은 이러한 외교적인 노력을 병행한 덕분에 전리품을 독식할 수 있었던 것은 물론이고, 왕이나 주교나 예루살렘의 고위 성직자들의 간섭으로부터 자유로워질 수 있었던 겁니다. 성전 기사단에게 설명을 요구할 수 있는 것은 교황뿐이었던 것이지요. 성전 기사단은 교황청으로부터 십일조를 면제받고 있었던 것은 물론, 저희들이 관리하는 땅 백성들에게는 십일조를 부과하기까지 했답니다……. 요컨대 이 조직은 흑막이 있었지만 이것을 조사할 권한을 가진 사람이나 단체는 전무했던 겁니다. 주교나 영주들이 이들을 좋아하지 않는 것은 당연한 것 아닙니까? 하지만 당시 이들 없이는 되는 일도 없었어요. 십자군은 뭐 하나 제대로 못하는 단체였죠. 십자군은, 어디로 가는 것인지, 그곳에 가면 무엇이 있을 것인지, 아무것도 모르는 채 그저 싸우고, 이기고, 철군하고는 했습니다. 그러나 성전 기사단은 이와 정반대였지요. 성전 기사단은 적을 다루는 방법을 잘 알고 있었고, 지역 사정에도 아주 밝았으며, 싸우는 기술도 십자군보다는 한 수 위였다고 합니다. 그러니까 교단으로서의 성전 기사단은 엄연한 인정을 받게 됐죠. 성전 기사단의 위명(偉名)이 사실은 기사단 내 공격군의 자기 자랑을 바탕으로 한 것이긴 했지만요.」

「그 자랑이란 것이 다 허장성세였던가?」 디오탈레비가 물었다.

「대개는요. 가장 놀라운 것은 성전 기사단의 이러한 정치적 역량 및 행정적인 수완과, 머리보다는 배짱을 믿는 그린베레식 특공 능력 사이의 엄청난 격차예요. 아스칼론 이야기가 좋은 본보기가 되겠군요.」

「어디 들어 보세.」 탐욕스러운 눈길로 돌로레스라는 처녀에게 인사를 하고 나서 벨보가 다시 이야기에 집중하며 말했다.

「아스칼론 이야기라면 나도 좀 들어야 해요.」 처녀도 끼어들었다.

「좋아요, 하지요. 어느 날, 프랑스 국왕, 신성 로마 제국의 황제, 예루살렘 왕 보두앵 3세, 성전 기사단 사령관, 자선 기사단 사령관이 만장일치로 아스칼론을 포위하기로 결의했어요. 왕, 대신들, 사교들, 십자가와 군기를 든 사제들, 티로, 나사렛, 카이사레아의 주교들. 이들이 모두 공격군에 가담하고 있었습니다. 프랑스 왕의 적기(赤旗)와 국기는 하늘에 펄펄 휘날리고, 적의 성채 근방으로는 군막(軍幕)이 쭝긋쭝긋 서고, 북소리 둥둥 울리고, 그런 잔치판이 없었지요. 아스칼론에는 150여 개의 방어용 성루가 있었고, 주민들은 오래전부터 포위 공격에 대비하고 있었습니다. 집집의 벽이라는 벽에는 모두 구멍이 뚫려 있었어요. 그 구멍이 모두 화살을 쏘아 보낼 구멍이었으니, 집이 아니라 성채 속의 성채였던 거지요.

성전 기사들이 싸움에서는 십자군보다 한 수 위였다고 했죠? 그런 만큼 이걸 다 예견하고 있었을 법도 하지만 그러지 못했어요. 다들 지나치게 흥분해서 파성추(破城鎚)와 목탑(木塔)을 만드는 데 전념하고 있었던 거죠. 파성추나 목탑 같은 거 잘 아시지요? 둘 다 밑에 바퀴가 달려 있는 거대한 공격용 구조물입니다. 투석기가 성채 안으로 바위를 쏘아 보내는 틈을 타서 기사들은 파성추로 성벽을 허무는 동시에 목탑에 올라가 성 안으로 바위를 쏘고, 창을 던지고, 불화살을 쏘는 겁니다. 이렇게 되자 아스칼론 방위군은 목탑에다 불을 지릅니다. 하지만 풍향이 좋지 않았어요. 오히려 성채에 불이 붙고 말았으니까요. 그러다 성벽의 일부가 허물어집니다. 공격군이 그 틈을 놓칠 리 없지요.

그런데 이때부터 묘한 일이 벌어집니다. 성전 기사단 사령관이 하고많은 공격군을 두고 성전 기사단만이 도시로 출입할 수 있게끔 밧줄을 쳐놓았다고 합니다. 비아냥거리기 좋아하는 사람들은 성전 기사단 사령관이 전리품을 독식하려고 그랬다고 주장합니다. 좋게 얘기하자면, 허물어진 성벽이 적의 함정인지 여부를 확인하기 위해 용감하기로 소문난 성전 기사들을 먼저 들여보낸 것이라 할 수도 있겠지만요. 어느 쪽이 사실이든, 저라면 그 사령관을 절대 군사 학교 교장으로 임명하지 않을 겁니다. 어쨌든 40명에 이르는 성전 기사들은 갓돌 허물어진 성벽을 통해 입성한 뒤에야, 아뿔싸, 하게 됩니다. 사라센인들이 이들을 덮쳐 바위를 굴리고 화살을 쏩니다. 대부분의 성전 기사들은 지휘관을 포함해서 목숨을 잃습니다. 사라센인들은 성전 기사단 특공대를 전멸시킨 뒤에야 성벽의 갓돌을 제자리에 끼우고 기사들의 시체를 성벽에 내

걸고는 온갖 음탕한 몸짓으로 기독교도들을 놀려 댑니다.」

「무어인들 잔인한 건 알아줘야 해.」 벨보의 반응이었다.

「아이들과 다를 바 없지.」 디오탈레비의 대꾸였다.

「당신네들의 이 성전 기사들 모두 제정신이 아니었군요.」 돌로레스가 혀를 내둘렀다.

「톰과 제리가 따로 없군.」 벨보가 중얼거렸다.

나는 죄의식을 느꼈다. 어쨌거나 나는 2년 동안을 성전 기사단과 함께 살아온 셈이었다. 나는 그들을 좋아했다. 그런데도 듣는 사람의 속물근성에 야합해서 메뉴를 짜다 보니 성전 기사들을 만화 주인공같이 묘사해 내고 만 셈이었다. 이 모두가 저 칠칠치 못한 역사가 기욤 드 티르 탓인지도 모른다. 내 눈에는 성전 기사들의 위용이 보이는 듯하다. 바람에 휘날리는 수염, 불꽃같은 눈빛, 눈같이 흰 제복 위로 선연하게 드러나는 선홍색 십자가, 하얀 바탕에 검은 무늬로 그려진 보상 깃발이 눈에 보이는 듯하다. 그들은 죽음과 용감무쌍한 객기의 잔치에 기꺼이 참여했던 것이다. 성 베르나르가 묘사한 성전 기사들이 흘리던 땀은 사실, 구릿빛 반짝임이었는지도 모른다. 세상을 하직하게 된 것을 자축하며 무시무시한 미소를 띤 성전 기사들의 얼굴에 초연한 기품이 깃들어 있는 것처럼 보이도록 만드는 구릿빛 광휘. 자크 드 비트리의 말마따나 그들은 싸움터에서는 사자였고, 평화시에는 순한 양이었다. 그들은 싸울 때는 용감했고 기도할 때는 신심이 깊었다. 그들은 적에게는 잔혹했지만 형제에게는 자애로웠다. 흑백으로 된 그들의 깃발도, 그리스도의 친구들 눈에는 정결의 표상으로, 그리스도의 원수들 눈에는 엄혹의 상징으로 보였을 터였다.

믿음을 옹호하던 딱한 무리, 기사도 시대의 황혼을 가른 한 줄기 섬광. 내가 곧 성전 기사단의 주앵빌이 될 터인데, 저 늙다리 시인 아리오스토의 말에 귀 기울일 것은 또 무엇인가. 『성왕(聖王) 루이 전(傳)』의 저자인 주앵빌은, 기록관으로서 군인으로서 성왕 루이를 수행하여 성지까지 다녀온 걸출한 인물이다. 나는 성전 기사단에 대한 주앵빌의 기록을 떠올린다. 주앵빌이 이를 기록한 것은 성전 기사단이 창설되고 나서 180년이 지난 시점, 성전 기사단에 대한 이상이라는 것은 깨어진 지 오래였다. 멜리장드 여왕, 나왕(癩王) 보두앵 4세 같은 영웅적인 인물은 유령처럼 역사의 무대에서 사라진 시점, 레바논을 피로 물들였던 저 내란도 종막을 고하던 시점, 예루살렘은 또 한 번 적의 수중으로 떨어지고, 적염 황제(赤髥皇帝) 프리드리히 1세가 킬리키아에서 익사하고, 사자왕(獅子王) 리처드가 굴욕적인 패전에 쫓기어 성전 기사로 변장하고 환국한 시점이다. 결국 기독교도들은 이 싸움에서 패배한 셈이다. 한편 무어인들은, 이슬람 문명 수호를 위해 자치권을 지닌 군주들이 일치단결한 것에 대해 전혀 다른 시각으로 접근했다. 그들은 아라비아의 철학자 아비켄나를 읽고 있었으니 유럽인들같이 무식하지도 않았다. 조잡하고, 저급하고, 야만적이고, 게르만적인 유럽 문화에 견주면 더할 나위 없이 너그럽고, 신비스럽고, 자유로운 이슬람 문화와 근 두 세기에 걸쳐 살을 비벼 왔으니 그 매력에 두 손 드는 것은 너무나 당연한 일이었다. 그리고 1244년 치명적이고도 결정적인 예루살렘 함락이 뒤따랐다. 150년 전에 시작된 전쟁에서 기독교가 패한 것이다. 기독교도들은, 평화의 노래와 레바논의 송백나무 향내가 진동하는 그 땅에다 무기를 내려놓지 않으면 안 되었다. 가련한 성전 기사들이여. 그대들의 무용이 헛되구나.

영광이 퇴색하여 저만치 물러선 그들에게 남은 것은 우수뿐. 이렇듯 우수에 젖어 있던 그들이, 이슬람교 신비주의의 교리, 숨겨진 보고 같은 이교도의 진리에 귀를 기울이게 된 것은 조금도 이상할 것이 없다. 어쩌면 지금까지도 광기와 열망에 들린 사람들의 꿈을 어지럽히는 성전 기사단의 전설, 활용되지도, 고삐에서 풀리지도 않은 채 녹슬어 가야 하는 전능한 힘의 신화는 이렇게 해서 생겨난 것인지도 모른다…….

신화가 낙일(落日)을 맞고 있던 주앵빌의 시대에만 하더라도, 토마스 아퀴나스와 겸상을 나눈 바도 있는 성왕 루이는, 우둔한 승리자에 의해 두 세기의 꿈이 물거품으로 돌아갔음에도 불구하고 십자군을 믿었다. 십자군 원정은 다시 시작할 가치가 있는 것일까? 루이 왕은 그럴 가치가 있다고 판단했다. 성전 기사단 또한 기꺼이 출전할 의지가 있었다. 그들은 전쟁이 직업이었으므로 루이 왕을 따라 패배의 장으로 나갔다. 하기야 십자군 원정 없이 성전 기사단의 존재가 합리화될 수 없기도 했다.

루이 왕은 바다 쪽에서 다미에타를 공격했다. 적국의 해변에는 기치창검과 도끼와 왕기(王旗)와 방패와 반월도가 낭자했다. 그런 적군을 보고 주앵빌은 햇빛을 받고 금빛으로 빛나는 무기를 손에 든 멋진 군대라고 용감히 얘기한다. 루이 왕은 기다릴 수도 있었지만 그러지 않고 어떤 대가를 치르더라도 기어이 다미에타에 상륙하기로 마음먹는다. 그는 그래서 이렇게 호령한다.「충직한 추종자들이여, 사랑으로 무장하고 있으므로 우리는 무적이다. 이 전투에서 패배하면 우리는 순교자가 된다. 승리하면 하느님의 영광은 더욱 빛날 것이다.」

성전 기사들은 이 말을 믿지 않는다. 그러나 성전 기사들은 기사의 귀감 노릇을 해야 하는 것으로 훈련되어 있었다. 따라서 성전 기사들은 저희들이 기사의 귀감이라는 것을 행동으로 증명해 보이지 않으면 안 되었다. 그들은 신비주의적 광기에 빠진 왕을 뒤따랐다.

믿어지지 않게도 상륙 작전은 성공이었다. 또 한차례 믿어지지 않는 일이 벌어졌다. 사라센 군이 다미에타를 버리고 퇴각한 것이었다. 위계(僞計)가 있을 것으로 판단한 루이 왕은 입성을 망설였지만, 위계 같은 것은 없었다. 입성하기만 하면 다미에타 도성은 루이 왕의 것이 될 터였다. 그 많은 재물과, 루이 왕이 곧 기독교 교회로 만들 터인 수많은 이슬람교 사원 역시 루이 왕의 것이 될 터였다. 그런 뒤 루이 왕은 다음 진격 목표를 걱정해야 했다. 카이로? 알렉산드리아? 알렉산드리아를 선택하는 편이 현명할 것이다. 그러면 이집트의 주요 항구 도시를 빼앗는 셈이 되기 때문이다. 그러나 이 원정대에는 엉덩이에 뿔이 난 천재가 하나 있었다. 병적으로 승리의 영광에 집착하던 왕제(王第)인 아르투아 백작 로베르가 바로 그 사람이었다. 그는 책임감이 없는 전형적인 차자(次子)였다. 그는 루이 왕에게 이집트의 심장부인 카이로로 진격해야 한다고 진언했다. 처음에는 조심스럽게 진군하던 성전 기사단도 이즈음에는 한껏 몸이 달아 있었다. 왕이 성전 기사단에 영(令)을 내려 산발적인 전투를 피하게 했는데도 지휘관은 자신감만 믿고 왕의 영을 어겼다. 성전 기사단 사령관은 술탄의 노예들로 구성된 한 무리 오합지졸을 보고 호령했다.
「하느님의 이름으로 저자들을 쳐라! 저것들을 눈앞에 용납하는 치욕을 나는 더 이상 참을 수가 없노라!」

사라센은 만수라 근처의 강가에 포진하고 있었다. 프랑스군은 둑을 막아 그 위로 길을 내고 막사 주위에는 이동식 방어용 탑을 쌓았다. 그러나 사라센이 비잔티움으로부터 그리스 화약통 사용법을 배운 것을 뉘 알았으랴. 그리스 화약통이라는 것은 앞부분은 통으로 되어 있으나 꼬리는 창과 비슷하다. 불을 붙이면 이 화약통은 번개같이 혹은 비룡같이 난다. 이 화약통이 떨어지자 한밤중인데도 기독교군 막사에는 불이 붙어 환하기가 대낮 같았다.

막사가 불탈 동안 사라센의 반역자인 한 베두인 전사가 루이 왕에게 금화 3백 베잔트만 주면, 물이 얕은 여울목을 가르쳐 주겠노라고 말했다. 왕은 그 말을 믿고 공격을 하기로 한다. 여울을 건너기는 쉽지 않았다. 수많은 기사들이 익사하거나 급류에 떠내려갔다. 거기에다 대안(對岸)에는 3백 명에 이르는 사라센 기병대가 이들을 기다리고 있었다. 공격군이 무리한 공격을 감행해서 주력 부대를 대안에 상륙시켰을 때 전위(前衛)는 성전 기사단이었다. 아르투아 백작의 부대는 바로 그 뒤를 따르고 있었다. 이슬람교도 기병은 달아났다. 성전 기사단이 뒤따라오는 기독교군을 기다리고 있을 동안 아르투아 백작이 지휘하던 부대는 도주하는 적군을 추격했다.

불명예를 죽음보다 싫어하는 성전 기사단은 추격대에 합류했다. 그러나 이들이 아르투아 부대를 따라잡은 것은 이미 그 부대가 적의 진영을 깨뜨리고 살육전을 벌이고 있을 때였다. 이슬람 군대는 만수라로 퇴각했다. 이것 역시 아르투아가 바라던 바였다. 그는 이슬람 군대를 추격하여 만수라로 들어갔다. 성전 기사단에서는 거기에서 아르투아를 제지하려고 했다. 성전 기사단의 사령관이던 질은 아르투아에게, 그만하면 어느 누구의 공훈도 앞지를 것이라고 간언했다. 그러나 영광에 굶주린 아르투아는, 성전 기사단을 배신자들로 몰아세우면서, 성전 기사단과 자선 기사단이 자기만큼 싸워 주었더라면 그 지역은 이미 오래전에 정복되었을 거라고 호령했다. 그는 핏줄에 사나이의 피가 흐르는 사나이는 그 경우에 어떻게 처신하는지 자신이 똑똑히 보여 줬다고 큰소리친다. 이 말을 들은 성전 기사단이 가만있을 수는 없는 노릇이다. 무용이라면 프랑스군에 결코 뒤질 수 없다는 것을 행동으로 보여줄 수밖에 없었다. 프랑스군과 성전 기사단은 성 안으로 쳐들어가 저항하는 적군을 반대편 성벽으로 밀어붙였다. 그러나 한참 밀어붙인 뒤에야 성전 기사들은 아스칼론에서 저질렀던 실수를 고스란히 되풀이하고 있음을 깨달았다. 일부 기독교군이 술탄의 궁전을 뒤질 즈음, 이슬람교군이 잔병을 모아 여기저기 흩어져 이제는 도적 무리와 다를 것이 없는 기독교군을 덮친 것이었다.

성전 기사단은 탐욕에 눈이 멀어 또 한차례 일을 그르친 것일까? 혹자는 입성하기 직전에 성전 기사단의 사령관이 아르투아에게 다음과 같이 근엄하게 진언했다고 한다. 「백작, 나와 내 형제들이 겁을 집어먹고 있는 것은 아니올시다. 우리는 백작을 따라갈 것입니다. 그러나 우리가 간 길을 되짚어 나올 수 있을지 그것은 심히 의심스럽습니다.」 그의 말이 옳았다. 아르투아는 280명에 이르는 성전 기사들과 함께 죽음을 당했다.

패배 정도가 아니라 치욕이었다. 그러나 주앵빌마저도 이를 치욕으로 기록하지는 않았다. 그저 그런 일이 일어났던 것뿐이다. 전쟁의 아름다움은 바로 이 점에 있다.

주앵빌의 붓끝은 이런 전투와 싸움을 한 편의 발레로 바꾸어 놓았다. 잘린 머리가 도처에 뒹굴고, 하느님을 부르는 소리가 도처에 낭자하다. 왕은 충직한 부하의 주검 앞에서 눈물을 뿌린다. 이 모든 것이 테크니컬러로 우리 눈앞에 펼쳐진다. 선홍빛으로 물든 안장, 금박 입힌 마구(馬具), 노란 사막의 붉은 태양 아래서 빛나는 투구와 칼, 그 배경을 이루는 쪽빛 바다. 하기야 모르는 일이다. 성전 기사들은 실제로도 그런 총천연색 살육의 현장에서 매일을 보냈을 수도 있다.

주앵빌의 시각은 말 등에서 떨어졌을 때가 다르고, 다른 말 한 마리를 잡아탔을 때가 다르다. 말하자면 관점이 수직으로만 이동한다. 세부적인 장면에는 초점이 잘 맞는데 전체적인 그림은 보지 못한다. 일대일의 사투를 그릴 때도 있다. 그런데 그 상황 묘사에 일관성이 없다. 주앵빌은 와농 공작의 구원을 청하러 간다. 터키인 하나가 외마디 소리를 지르면서 창을 던진다. 주앵빌의 말이 폭삭 꼬꾸라진다. 말 머리 위로 쓰러졌던 주앵빌은 일어나 칼을 뽑아 든다. 그러자 에라르 드 시브레 기사(주여, 그의 명예를 지키소서)가 빈집 한 채를 손가락질한다. 기독교군이 그 빈집에 숨어 위기를 모면하는가 싶은 순간에 터키 기병의 습격을 받는다. 프레데리크 드 루페가 뒤에서 날아온 창에 맞는다. 〈이로써 난 상처가 어찌나 컸던지 거기에서 쏟아져 나오는 피는 술통에서 콸콸콸 쏟아지는 포도주 같았다.〉 시베리는 날아온 창에 얼굴을 맞았는데, 〈이 바람에 창날에 잘린 코가 입술 위에 매달린 채 대롱거렸다〉. 원병이 오기까지 기독교군은 이런 식으로 쓰러져 간다. 그런 뒤 이들은 빈집에서 나와 다른 싸움판에 끼어든다. 이 싸움판에서는 더 많은 기독교군이 죽어 가거나 막판에 구원

받는다. 도움을 청하는 소리, 죽어 가는 병사들이 성 야고보를 부르는 소리가 낭자하다. 수아송 백작이 칼을 휘두르며 호령한다.「주앵빌, 개들이 짖겠다면 짖게 내버려 두게나. 하느님이 보우하사, 자네와 나는 고향 집에서 아리따운 부인들과 함께 기필코 오늘의 이야기를 하게 될 것이네.」루이 왕이 가까이 있는 기사에게, 아우 아르투아 백작의 안위를 묻는다. 자선 기사단 사령관인 앙리 드 로네가 대답한다.「좋은 소식입니다. 천국으로 들어갔답니다.」그러자 루이 왕이 울먹이며 말한다.「이 모든 것을 주관하시는 주님을 찬양할지라.」

주앵빌이 그린 것처럼 이 싸움판이 항상 극적이고 피에 물든 발레 같기만 했던 것은 아니다. 사령관 기욤 드 소나크는 그리스 화약통을 맞는 바람에 불에 타 죽었다. 시체가 곳곳에서 썩어 가고 있었는 데다 보급품 공급이 턱없이 모자라 수많은 군병들이 괴혈병으로 죽어 갔다. 결국 성왕 루이의 군대는 퇴각했다. 왕 자신은 적리(赤痢)에 걸려 있었다. 그래서 전투 중에 대변보는 시간을 절약하기 위해서는 엉덩이가 닿는 안장에다 아예 구멍을 파놓아야 했다. 다미에타는 다시 적의 수중으로 들어갔다. 왕비는 사라센과 협상을 벌이고 50만 리브르를 치르고 나서야 왕을 되찾을 수 있었다.

십자군 원정은 그릇된 믿음에서 발단한 것이었다. 그런데도 루이 왕은 생장다크르에서부터 개선장군으로 대접받았다. 성직자를 비롯, 남녀노소가 두루 나와 그를 맞았다. 성전 기사단은 바람의 방향을 재빨리 감지하고 다마스쿠스에서 협상할 차비를 차렸다. 이 협상 무대에서 자기가 소외된 것을 안 루이 왕은 불같이 화를 내며 이슬람교도 사자 앞에서 성전 기사단의 새 사령관을 모욕했다. 사령관은 적군에게 했던 약속을 취소하고 루이 왕 앞에 무릎을 꿇고 용서를 빌어야 했다. 성전 기사들이 십자군 원정에서 쌓은 공훈을 부정할 수 있는 사람은 없었다. 하지만 루이 왕은 자기의 권위를 시위하기 위해 그를 욕보인 것이었다. 이로부터 반세기 뒤에는 이 루이의 후임인 필리프가 이번에는 자기 권세를 시위할 목적으로 성전 기사들을 화형주에 매달게 된다.

1291년 생장다크르는 무어인들에게 유린당하고 주민들은 모두 이교도의 칼날 아래 이슬이 된다. 이로써 예루살렘의 기독교 왕국은 영원히 사라진다. 성전 기사단의 재산과 기사 수는 그전에 견주어 엄청나게 늘어나고 그 권세 또한 같은 정도로 늘어나게 된다. 그러나 성지에서 싸울 목적으로 이루어진 집단인데도 성지에는 성전 기사가 단 한 사람도 남아나지 못했다.

성전 기사들은 유럽 전역, 그리고 파리 성당 같은 자기네 기사단에 은거하되 호화스럽게 살았다. 그러나 꿈은 여전해서 그들은 그 옛날 호시절에 보았던, 예루살렘 성전이 있는 고원 지대를 꿈꾸고, 아름다운 노래를 듣던 성 마리아 라테란의 교회를 꿈꾸었다. 어디 그뿐이랴. 전쟁에서 승리해 트로피를 한 아름 받는 꿈도 꾸었다. 그 외에도 대장간, 마구상(馬具商), 2천 마리의 말이 쉬던 마구간, 전장으로 달려나가던, 기사와 종자와 하인으로 이루어진 부대, 하얀 제복 위에서 반짝거리던 선홍색 십자가, 시종들이 입던 색깔이 짙은 군복, 커다란 터번 위로 금박 입힌 투구를 쓰던 술탄의 경호병, 순례자, 멋쟁이 순찰병과 탈영병이 북적거리던 사거리, 돈궤에 돈이 가득 찰 때의 즐거움, 수많은 배가 본국으로 혹은 섬으로 혹은 소아시아로 떠나던 항구…….

가련한 성전 기사들이여, 이 모든 것은 끝났다.

그날 밤 술집 필라데에서, 벨보가 부득부득 고집을 부려 가면서 산 다섯 잔의 위스키를 마시면서 나는 깨달았다. 그 꿈은 성전 기사들이 꾼 꿈이 아니라 내가 그 자리에서 창피하게도 큰 소리로 꾼 꿈이었음을. 하지만 내 이야기가 꽤 아름답고 감동적으로 들렸던 모양이다. 돌로레스의 눈 가장자리에는 눈물이 번져 있었다. 디오탈레비는 평소답지 않게 큰마음 먹고 두 잔째의 토닉 워터를 시키고서는 천사처럼 하늘을, 정확하게 말하면, 신비스러울 건덕지가 하나도 없는 술집 천장을 올려다보다가 중얼거렸다.「성전 기사단이라는 거, 결국은 그 모든 특색을 지녔던 것 아니겠어? 길 잃은 영혼이자 성자, 기사이자 종자, 은행가이자 영웅…….」

「굉장한 사람들이었던 것만은 분명하지. 그런데 카소봉, 솔직히 말해 보게, 당신 성전 기사들을 아끼는 건가?」 벨보가, 나의 긴 이야기를 요약하려는 듯이 물었다.

「논문의 주제가 이것이니 어쩌겠어요? 매독을 주제로 논문을 쓰다 보면 스피로헤타 나선균에까지 정이 푹 들어 버리는 법입니다.」

「멋진 얘기예요. 흡사 영화 같아요. 하지만 나는 지금 가야 해요. 내일 아침까지 전단 시안을 만들어야 하거든요. 마렐리 공장에서 시위를 할 거라서요.」

「행운이군. 시위도 할 수 있으니.」 벨보는 털북숭이 손으로 돌로레스의 머리를 쓰다듬어 주고는 마지막 잔이라고 우기면서 위스키를 주문했다.「자정이 다 됐네. 다른 사람은 신경도 안 쓰겠지만 디오탈레비를 생각해서 시간을 염두에 두는 걸세. 하지만 계속하세. 재판 이야기를 듣고 싶은데, 누가, 무엇을, 언제, 왜?」

「좋고말고. 〈쿠르〉, 〈쿠오모도〉, 〈쿠안도〉.」 디오탈레비가 고개를 끄덕였다.

14

그는, 504명의 교단 형제들이, 기술(旣述)한 과오를 시인함으로써 화형주에 매달리는 것을 보았고, 그 형제들이 모두 화형을 당했다는 소문도 들었다고 공술했다. 그러나 그 자신은, 화형의 위협 앞에서는 저항할 수 없을 것이므로 몹시 두려워한다. 따라서 그는 대심문관 앞에서 심문을 당하면, 교단이 자신에게 씌우는 혐의는 모두 사실임을 시인하고 말 터이다. 심문을 당하면, 그리스도를 죽이려 했다는 혐의까지도 그는 시인할 터였다.

— 에메리 빌리에르뒤크의 공술 조서, 1310년 5월 13일

침묵과 역설과 불가사의와 우행(愚行)이 복잡하게 어우러진 재판. 그중에서도 가장 두드러져 보이는 것이 바로 우행이었다. 우행이라는 것은 설명이 불가능해서, 세월이 경과하면서 불가사의에 편입되고 만다. 모든 것이 평온해 보이던 시절, 나는 불가사의의 근원은 바로 우행이라고 믿었다. 그러나 전망경실에 있던 날 밤, 나는 이 세상에서 가장 불가사의한 것, 따라서 알다가도 모를 것은 〈광기〉의 가면을 쓴 것들이라는 생각을 했다. 그러나 지금에 이르러 나는 온 세상이 바로 불가사의, 무해한 불가사의라고 믿기에 이른다. 그 안에 무슨 진리가 있겠거니 여기고 해석을 시도하는 바람에 자꾸만 어렵게만 꼬여 가는 불가사의.

성지에 있던 기독교 왕국이 무너지면서 성전 기사단은 목표를 잃었다. 아니, 잃었다기보다는 수단에 불과하던 것을 목표로 바꾸었다는 편이 옳겠다. 그들은 막대한 재산을 관리하는 것으로 소일했다. 강력한 중앙 집권을 노리던 군주인 미남

왕 필리프가 이런 성전 기사단을 좋아하지 않았던 것은 당연하다. 당시 성전 기사단은 국왕의 통제가 미치지 못하는, 말하자면 치외 법권 지대에 위치해 있었다. 성전 기사단 사령관은 혈맹 집단의 맹주였다. 그는 군대를 지휘했고 광활한 토지를 관리했으며 황제로 군림하면서 그 치외 법권 지대의 절대권을 오롯이 누렸다. 프랑스의 재보라는 재보는 모두 파리에 본부를 둔 성전 기사단에 있었다. 왕권도 거기에는 미치지 못했다. 성전 기사단은 재산의 수탁 기관, 대행 기관이자 집행 기관으로, 그들의 재산은 명목상으로만 국왕의 소유이자 실질적으로는 성전 기사단에 의해 전적으로 관리되었다. 성전 기사단 동아리는 기금의 출납을 자유롭게 관리했고, 마음대로 이자를 조정했다. 겉으로 보면 사설 금융 기관이었다. 그러나 그들은 국가 기관이 베푸는 모든 종류의 특권과 면책 특권을 두루 찾아 누렸다. 국왕의 재산 관리자 또한 성전 기사단 소속이었다. 이런 상황에 군주가 어떻게 나라를 다스릴 수 있었겠는가.

몰아낼 수 없으면 한편으로 끌어들인다. 필리프 왕은 자신을 성전 기사단의 명예 기사로 삼아 달라고 부탁했다. 왕의 요구는 묵살되었다. 그것은 어떤 왕이 되었든, 왕으로서는 감내하기 어려운 모욕이었다. 필리프 왕은 교황에게, 교황청에서 성전 기사단과 자선 기사단 문제에 개입하고, 이 두 교단을 합병한 뒤에 자기 아들 중 하나에게 관리를 맡기면 어떠하겠느냐고 제안했다. 그러나 이런 즈음에 망명한 군주 모양으로 키프로스에 살고 있던 성전 기사단의 사령관 자크 드 몰레가 거들먹거리며 파리로 상경했다. 자크 드 몰레는, 겉으로 보면 국왕의 합병안에 일리가 있음을 인정하는 탄원서, 그러러나 실제로는 그 부당성을 강조하는 탄원서를 교황에게 제출했다. 몰레는, 성전 기사단은 자선 기사단보다 재정이 가멸어, 이 양자를 병합한다는 것은 전자의 재정으로 후자를 살찌우는 것이고 따라서 성전 기사들의 사기를 크게 저하시킬 우려가 있는 처사라고 역설했다. 첫 라운드는 일단 몰레의 승리였다. 병합 계획은 보류되었다.

남은 방법은 중상모략이었다. 국왕은, 이 방안에 관한 한 유리한 입장에 있었다. 파리에는 오래전부터 성전 기사단에 대한 소문이 떠돌고 있었다. 자, 사고방식이 온전한 프랑스인들에게, 사방에서 십일조를 긁어 들이면서도 그 대가로 아무것도 내놓지 않는 성전 기사들, 이제는 성묘를 수호하며 피를 흘릴 일도 없는 이 〈식민지 거주민들〉이 어떻게 비쳤을까? 성전 기사들이 프랑스인이라는 것은 사실이었다. 그러나 머리끝에서 발끝까지 프랑스인들이었던 것은 아니다. 사람들을 성전 기사들을 〈피에 누아르〉,[1] 즉 〈검은 발〉이라고 불렀는데 당시 이 말은 공공연하게 사용됐다. 성전 기사들은 부러 이국적인 말투며 행동을 자랑하고 다녔다. 이들 중에는 물론 현지에서 써 버릇해서 그랬을 테지만 파리에서까지 무어 말을 하는 기사들도 있었다. 수도사들이었는데도 불구하고 이들의 태도는 상당히 위압적이고 분위기가 야성적이었다는 것은 상식에 속했다. 교황 인노켄티우스 3세가 일찍이 「성전 기사단의 오만 불손함에 대하여」라는 제목의 칙서를 낸 적도 있을 정도였다. 성전 기사들은 청빈을 서약한 사람들이었

1 *pieds noirs*. 뒷날 이 말은 알제리 태생 프랑스인을 일컫는 말이 되었다. 국토 회복 운동 때 스페인에서 알제리로 피난 갔던 알제리계 유대인들(과 그 후손들)도 이 명칭으로 불린다.

는데도 그 생활 방식은 거들먹거리기를 좋아하는 귀족의 생활이었다. 이들에게는 신흥 상인 계급의 탐욕과 근위 기병대의 오만 불손함이 있었다.

오래지 않아 성전 기사들이 사실은 동성애자들, 이교도들, 족보가 불분명한 털보 우두머리를 섬기는 우상 숭배자들이라는 소문이 항간에 나돌았다. 산노인(山老人)[2] 계열에 속하는 이슬람교도 암살 비밀 결사와 모종의 거래를 하고 있는 것으로 보아 이스마일파 비의[3]를 믿는지도 모른다는 소문도 떠돌았다. 필리프 왕과 그 측근들은 이 소문을 교묘하게 이용했다.

필리프 왕에게는 뱃속이 시커먼 두 천재가 있었으니 마리니와 노가레가 바로 이들이다. 마리니는, 성전 기사단의 재산 관리에 손을 대어, 이 재산의 상당 부분이 자선 기사단으로 넘어가기까지 왕을 대신해서 이를 감독한 장본인이다. 이 재

2 11세기 초, 튀르크 몽골족은 이라크 지역을 침공, 이란 고원을 점령한다. 이들의 수령인 쿠그릴 베크는 이슬람교 군주로부터 술탄 칭호를 얻고 이스마일파 교의를 퍼뜨린다. 이 중에서도 가장 세력이 강한 일파가 바로 엘부르즈 산의 알라무트 요새를 차지하고 있던 무리다. 1090년부터 이 요새는 페르시아인 하산 이븐 알 사바가 지휘하게 된다. 하산은 〈아사시니〉라는 이름의 암살 비밀 결사를 조직한다. 이 조직은 신비주의적이고 군사적인 비의(秘儀)를 받드는 것으로 유명하다. 하산은 십자군으로부터 〈세니올(노인)〉이라고 불렸는데, 〈산노인〉이라는 말은 여기에서 유래한다. 암살단의 이름인 〈아사시니〉는 〈하시시 상용자〉를 의미하는 〈하쉬쉬야〉에서 유래한다는 설도 있고, 〈파수(把守)〉를 뜻하는 〈아사스〉에서 유래한다는 설도 있다. 〈아사시니〉가 〈아사스〉에서 유래한다고 주장하는 사람들은 성전 기사단이 〈아사시니〉 집단을 성지 예루살렘의 파수꾼으로 부렸다는 쪽으로 논리를 비약시킨다.

3 마호메트 사후 〈이맘〉, 즉 이슬람교 공동체 우두머리의 정통성을 놓고 이슬람교는 여러 파로 갈리게 되는데, 이스마일파는 그중의 한 파인 시아파 중에서도 과격하고 이단적인 집단으로 유명하다.

산에서 나온 이자가 어디로 흘러갔는지는 분명하지 않다. 왕실의 법무 대신이었던 노가레는 1303년에 터진 이른바 아나니 사건의 막후 조종자로 알려진 인물이다. 아나니 사건이란, 시아라 콜로나라는 인물이 아나니에서 교황 보니파시오 8세의 뺨을 친 사건을 말한다. 교황은 이의 모욕감을 이기지 못하고 한 달 뒤에 세상을 떠났다.

그다음으로는 에스캥 드 플루아랑이라는 사람이 전면으로 떠오른다. 불특정 범죄 혐의를 받고 수감되어 사형을 앞두고 있던 플루아랑은 감방에서 우연히 성전 기사단 출신 배교자를 만나고 이 배교자로부터 무서운 고백을 듣게 됐다고 한다. 플루아랑은, 사형을 면제받고 상당한 액수의 사례금을 확약받은 뒤에 배교자로부터 알아낸 것을 당국에 밀고한다. 그런데 공교롭게도 플루아랑이 감방에서 듣고 당국에 밀고한 것은, 당시 항간에 떠돌던 소문과 그대로 일치했다. 말하자면 소문이, 종교 재판 조사관들에 의해 정식 공술로 확인될 계제에 이른 것이다. 필리프 왕은, 플루아랑의 충격적인 폭로를 후에 교황석을 아비뇽으로 옮길 교황 클레멘스 5세에게 넘긴다. 교황 클레멘스는 폭로 사실의 상당 부분에 근거가 있을 것이라고 믿는다. 그러나 아무리 교황이라도 성전 기사단 문제에 개입하기는 쉬운 일이 아니었다. 그는 버티는 데까지 버티다가 1307년에 이르러서야 공식적인 공개 심문회를 열자는 필리프 왕의 제안에 동의한다. 성전 기사단의 사령관 몰레에게도 심문회가 열릴 것이란 통지가 간다. 몰레는 양심의 결백을 주장한다. 몰레는 여전히 국왕의 옆 자리를 지켰고, 왕자 중의 왕자로서 공식 행사에 등장했다. 클레멘스 5세는 주춤하는 눈치였다. 필리프 왕은 교황을 의심하기 시작한다. 교황이 성전 기사단에, 증거 인멸에 필요한 시간을 주고 있는지도 모른다고 의심하기 시작한 것이다. 그러나 천만의 말씀이다. 성전 기사들은 풍전등화의 위기가 닥쳐오는 줄도 모르고 저희 영지에서 질탕한 술잔치와 신성 모독을 계속한다. 이것이 첫 번째 불가사의다.

1307년 9월 14일, 필리프 왕은 자기 영토 안에 있는 모든 지방 장관과 가령(家令)들에게, 성전 기사들을 검속하고 그들의 재산을 몰수하라는 밀지(密旨)를 보낸다. 필리프 왕이 이 밀지를 보내고 한 달이 지난 10월 13일에야 성전 기사들은 (모조리) 체포된다. 그런데도 성전 기사단은 필리프 왕의 속셈을 의심하지 않고 있다가 10월 13일 아침, 필리프 왕의 함정에 빠진 채 칼 한번 뽑아 보지도 못하고 손을 든다. 또 하나의 불가사의가 아닐 수 없다. 검거가 시작되기 전 필리프 왕의 측근들은, 이 일제 검거 및 재산 몰수에서 빠져나갈 수 없도록 별별 설득력 없는 핑계를 대가며 전국에 있는 성전 기사들의 명단과 재산 명세서까지 작성했던 것으로 알려져 있다. 그런데도 성전 기사단은 어떤 식으로도 손을 쓰지 않았다. 지방 장관의 군대가 왔을 때도 성전 기사들은, 어서 오시오, 우리는 굿이나 보고 떡이나 먹겠소이다, 이런 식이었다.

필리프 왕으로부터 저간의 사정을 보고받은 교황은 거친 항의 서한을 보낸다. 그러나 때늦은 행동이었다. 필리프 왕 쪽에서는 이미 형틀까지 차린 뒤였다. 성전 기사들은 고문을 이기지 못하고 속속 저희 죄상을 자백하기 시작했다. 자백한 기사들은 조사관들에게 넘어갔다. 비록 자백한 성전 기사들의 죗값이 화형주 행에 미치지 못한다고 하더라도 조사관들에게는 어떻게든 기어이 화형주에 거는 나름의 방법이 있었다. 한 기사의 자백에는 다른 기사들의 확인이 따라붙었다.

이것이 바로 세 번째 불가사의다. 성전 기사들이 고문을 당한 것은 사실이다. 또 심문 과정에서 36명의 기사들이 목숨을 잃었다니까, 고문도 상당히 무서운 고문이었을 수밖에 없다. 그러나 잔인한 터키인과의 전투로 단련된 이 강철 같은 사나이들 중에 체포에 저항한 기사가 하나도 없었다는 것이 불가사의하다. 파리의 경우, 체포된 138명의 기사들 중 자백을 거부한 기사는 겨우 넷뿐이었다. 자크 드 몰레를 비롯, 거의 모든 기사들은 순순히 자백한 것이다.

「뭘 자백했는데?」 벨보가 물었다.

「기소된 죄목을 거의 액면 그대로 인정한 거지요. 기사들 모두 거의 비슷한 내용의 자백을 했어요. 적어도 프랑스와 이탈리아에서는 그랬지요. 영국에서는 대다수의 국민이 재판을 바라지 않았어요. 공술 조서에 기록된 혐의에는 큰 차이가 없었지만 성전 기사단 외부 증인들의 증언에 따른 것이었고, 이들의 증언 자체는 불문에 부쳐졌지요. 다른 말로 하자면 성전 기사들은, 자백이 요구될 때만, 그리고 기소된 죄목에 대해서만 자백하면 되었던 것이지요.」

「전형적인 종교 재판이었군그래. 그리 드문 예가 아니지.」 벨보가 중얼거렸다.

「그런데 말이지요, 기소된 피의자들 하는 짓이 이상했어요. 기소된 죄목이라는 게 이렇습니다. 입문자의 신고식 과정에서 성전 기사들은 세 번 그리스도를 부정하고, 그리스도의 수난 상에 침을 뱉고, 옷을 벗은 다음 다른 기사의, 점잖게 말하자면 *in posteriori parte spine dorsi*(등뼈의 끝 부분), 쉽게 말하자면 궁둥이와, 배꼽과 입술에 차례로 키스하는 겁니다.

In humane dignitatis opprobrium(인간의 존엄성에 대한 전적인 부정)의 의미에서 말이지요. 이 순서는 바로 상호 간음의 순서로 이어집니다. 뿐만이 아닙니다. 이 짓이 끝나고 나면 신고식 집행자들은 신참에게 털보 우상의 대가리를 하나 내보입니다. 신참은 이 우상을 경배하지 않으면 안 되었답니다. 그렇다면 피고들은 이러한 기소 사실을 어떻게 받아들였는지 아세요? 몰레와 함께 뒷날 화형주에 매달려 화형을 당한 조프루아 드 샤르네는 이것을 모두 사실로 인정했습니다. 자기도 그런 신고식을 치렀다고 자백한 것입니다. 그러나, 그리스도를 부정한 일은 있지만 그것은 입술로 부정한 것이지 마음으로 부정한 것은 아니었다고 토를 답니다. 수난 상에 침을 뱉었는지 안 뱉었는지 그것은, 신고식이 하도 숨가쁘게 진행되는 바람에 어떻게 넘어갔는지 모르겠다고 했고요. 궁둥이에 입을 맞추었다는 혐의에 대해서는, 자기에게도 그런 일이 있었다고 대답했습니다. 오베르뉴라고 하는 지부 기사장으로부터, 여자와 어울려 그러기보다는 형제들과 어울려 그러는 편이 낫다는 말을 들은 적도 있다고 했고요. 그러면서도 개인적으로 다른 기사들과 어울려 육체적인 죄를 지은 적은 없다고 증언합니다. 피고의 자백을 요약하면 이렇게 됩니다. 〈네, 사실입니다. 하지만 장난이었습니다. 진심으로 그리스도를 부정하자고 그런 짓을 한 것이 아닙니다. 다른 기사들도 그랬다니까, 그 사람들에 대한 대접으로 저도 그랬던 것뿐입니다.〉 사령관이었던 자크 드 몰레는, 자기가 신고할 때는 선배 기사들이 침을 뱉으라면서 수난 상을 내밀었지만 짐짓 거기에다 뱉는 척하면서 사실은 땅바닥에 뱉었다고 증언합니다. 그는 또, 신참 입문자에 대한 신고식은, 대체로 심문관들

이 묘사하는 것과 비슷하나, 사실대로 말하자면 자신은 신고식에 직접 참여한 적이 몇 번 안 되기 때문에 확신할 수는 없다고 덧붙였습니다. 기사들 중에는, 〈키스하기는 했다, 그러나 엉덩이에 한 것이 아니고 입술에다 했다, 엉덩이에 키스한 것은 바로 나에게 신고를 시키는 기사였다〉, 이런 증언을 하는 기사도 있습니다. 개중에는, 심문관들이 요구하는 것 이상으로 자세하게 증언하는 기사도 있었고요. 말하자면, 그리스도를 부정한 것에 그치지 않고, 그분을 놓고 악당이라고 불렀고, 마리아의 처녀 수태를 부정했고, 수난 상에다 오줌을 누었다고 하는가 하면, 신고식 당일에만 그랬던 것이 아니고 부활제 직전의 성주간(聖週間) 내내 오줌을 누었다고 한 기사도 있습니다. 별의별 자백이 다 나옵니다. 그리스도의 부활을 믿지 않을 뿐만 아니라, 바포메트는 기본이고 고양이 형상을 한 악마를 경배했다고 자백한 기사도 있습니다…….」

왕과 교황 사이를 오가는 *pas de deux*(對舞)도 추악해 보이기는 마찬가지이다. 교황은 이 재판을 관장하고 되도록이면 기록이 밖으로 새어 나가지 못하도록 하고 싶어 하나 왕은 이 재판에서 피고들이 막다른 골목까지 몰리는 것을 보고 싶어 한다. 교황은 막판에, 성전 기사들은 처단하되 성전 기사단이라는 수도 교단을 살리는 방안을 제시한다. 말하자면 유죄로 판단되는 기사들은 화형에 처하는 한이 있더라도 처음의 그 순수했던 설립 동기를 보아 성전 기사단만은 재정비, 존속시키자는 것이다. 그러나 왕은 이 추문을 널리 공포하고, 교단 전체가 여기에 연루되어 있다는 것을 강조하고 싶어 한다. 그래야 교단 전체가 정치적으로, 종교적으로, 무엇보다도 재정적으로 와해될 것이기 때문이다.

이러한 시점에서 참으로 걸작이라고 할 만한 문서 한 건이 작성된다. 몇몇 신학자들이, 피고들이 자백을 번복할지도 모르는 상황을 예견하고, 이들에게는 어떤 변호인도, 자기변호도 허용하지 말아야 한다는 탄원서를 작성하고 이를 요로(要路)에 역설한 것이다. 신학자들은, 피고들이 이미 자백을 했으니 재판을 할 필요는 없다고 말한다. 재판이라는 것은 혐의 사실 자체에 의혹이 있어서 열리는 것인데 이 경우에는 그런 의혹이 없다고 그들은 주장한다. 〈이런 자들에게 어째서 자기변호의 기회를 주어야 한다는 것인가? 변호의 기회를 준다는 것은, 이들에게 기왕에 인정한 범죄 사실을 변명하게 함으로써 자기 방어의 방패를 마련할 기회를 주는 것과 다름이 없다. 증거는, 저들에 대한 징벌을 불가피하게 하고 있지 않은가.〉

그러나 아직도 교황이 나서서 재판에 영향을 미칠 가능성이 있었다. 그래서 필리프 왕과 노가레는 트루아의 주교가 연루된, 지극히 선동적인 가치가 있는 사건 하나를 들추어내고 이를 여론화했다. 노포 데이라는 이름의 정체불명의 책사가 밀고한 바에 따르면, 트루아의 주교는 교회법에서는 엄격하게 금지되어 있는 마술을 썼다는 것이었다. 오래지 않아 노포 데이의 밀고가 무고인 것으로 드러나기는 했지만(그는 이 위증의 죗값을 교수형으로 물었다), 그것은 이 가엾은 주교가 공개리에 동성애꾼, 신성 모독자, 고리 대금업자로 기소된, 말하자면 성전 기사들과 똑같은 혐의를 받게 된 뒤의 일이었다. 필리프 왕은 이로써 프랑스의 신민들에게는, 교회 역시 결백하지 못한 만큼 교회에다 성전 기사단의 재판을 맡길 수 없음을 시위하는 한편, 교황에게는 문제에서 손을 떼고 가만히 있는 편이 신상에 이로울 것이라고 경고한 것인지도 모른다. 어쨌든 양상은 혼미에 혼미를 거듭한다. 갖가지 정치권력과 비밀 정보 업무, 상호 비방과 익명 투서의 공방이 거듭된다. 이 때문에 궁지에 몰린 교황은 마침내, 고문당하면서 한 자백을 인정하는 74명의 성전 기사에 대한 종교 재판을 승인한다. 그러나 교황은 이들이 참회한 것으로 보고 이들을 용서하는 구실로 성직 탈퇴를 카드로 활용한다.

그런데 여기에서 예기치 못한 사태가 발생한다. 이것은 내가 논문을 통해 해명해야 할 문제이기도 했다. 그러나 나는, 내가 아는 진상과는 모순되는 자료가 속속 발견되는 바람에 심한 어려움을 겪어야 했다. 문제는, 성전 기사들에 대한 사법권을 손에 넣는 순간, 교황은 이것을 필리프 왕에게 넘겨주어 버린다는 점이다. 어떻게 이런 일이 일어날 수 있었을까? 자크 드 몰레가 자백을 번복하고, 교황은 그에게 자기변호의 기회를 주는 한편, 세 추기경으로 하여금 그를 심문하게 한다. 1309년 11월 26일 몰레는 당당하게 성전 기사단의 정당성과 순수성을 변호하는 데 그치지 않고 자기네들을 기소한 세력을 위협하기까지 한다. 그런데 바로 이 시점에, 몰레는 왕의 밀사인 기욤 드 플레장(몰레는 이 플레장을 자기편으로 여겼다)의 방문을 받는다. 이때 모종의 언질을 받았는지 몰레는 11월 28일에 이상한 서면 증언을 한다. 자신은 가난하고 무식한 기사로서, 아득한 옛날에 있었던 성전 기사단의 미덕과, 박애의 실천과, 성지에서 흘린 성전 기사단의 피의 수고를 손가락으로 꼽는 존재에 지나지 않는다는 것이다. 바로 이때 노가레가 등장해서, 성전 기사단이 한때 살라딘과 접촉한 적이 있다고 폭로한다. 몰레는 졸지에 국사범이 된 셈이다. 몰레는 눈물겹게 자신을 변호하면서 감옥에서 2년을 썩는데, 그동안 그는 성격 파탄자와 비슷한 꼴을 보인다. 이듬해 3월에 이르자 몰레는 세 번째의 서면 증언에서 새로운 전략을 선보인다. 교황을 독대하기까지는 절대로 증언하지 않겠다고 한 것이다.

이 극적인 반전에서 한차례의 서사극이 펼쳐진다. 1310년 4월, 550명의 성전 기사들이, 발언을 통하여 교단을 변호할 기회를 줄 것을 요구한다. 이 발언 기회를 통하여 이들은, 자기네들의 자백은 고문으로 인한 것이라고 주장하면서 자기네들에게 걸린 혐의 사실을 깡그리 부정해 버린다. 그러나 필리프 왕과 노가레에게도 복안이 없지 않았다. 일부 성전 기사들이 자백을 번복했어? 좋아. 공술 번복자, 위증자로 몰아 버리면 되는 것이었다. 공술 번복과 위증은 중죄에 해당되던 시절이었다. 자백하고 참회하면 용서를 받는 수도 있었다. 그러나 참회하기는커녕 자백을 번복한다는 것은 참회할 의사가 없음을 천명하는 것이나 다름없다. 이런 죄인은 죽어야 한다. 오래지 않아 50명의 기사들이 처형당했다.

다른 죄수들의 반응이 어땠을지 헤아리기는 어렵지 않다. 자백하면 구금된 상태이기는 하나 목숨을 부지할 수는 있다. 산 채로, 일이 되어 가는 것을 보면서 기회를 노릴 수 있다. 그런데 자백을 거부한다, 더구나 자백을 번복한다? 화형주가 지척이었다. 그때까지 감옥에 남아 있던 500명의 자술 번복자들은 번복을 또 한 번 번복했다.

자백했거나, 공술의 번복을 번복한 기사들은 역시 현명했던 것으로 드러났다. 1312년, 자백하지 않은 기사들은 종신형을 받았고, 자백한 기사들은 사면을 받았다. 필리프 왕이 노린 것은 대학살이 아니었다. 오로지 성전 기사단을 와해시키면 그만이었다. 4~5년 동안 감옥살이를 하느라고 몸과 마음이 망그러질 대로 망그러진 기사들은 조용히 다른 교단으로 옮겨 갔다. 그들은 그저 잊히기를 원했다. 그러나 이들이 조용히 다른 교단으로 사라지는 사건이 바로 성전 기사단에 대한 오랜 전설, 지하에서 기사단의 활동이 계속되고 있다는 전설에 불을 지피는 역할을 한다.

몰레는 여전히 교황에게 소명의 기회를 요구하고 있었다. 1311년 교황은 빈 공의회를 소집했지만 몰레는 소환되지 않았다. 성전 기사단에 대한 압박이 가중되면서 성전 기사단 재산은 자선 기사단으로 넘어가게 된다. 하지만 당분간은 필리프 왕이 그들을 대신해 재산을 관리하기로 한다.

또 3년의 세월이 흘러간다. 결국 교황과 필리프 왕 사이에 하나의 합의가 이루어진다. 1314년 3월 19일 노트르담 대사원 뜰에서 몰레는 종신형을 선고받는다. 몰레가 위엄을 잃지 않았던 것은, 언젠가는 교황이 자신에게 자기변호의 기회를 베풀어 줄 것으로 믿었기 때문이다. 그러던 차에 종신형. 몰레는 심한 배신감을 느낀다. 그렇다고 해서 기왕에 자백한 것을 번복하면 공술 번복자, 위증자로 처벌을 면할 수 없다. 7년 동안 재판의 기회만을 기다려 온 그의 심정은 착잡했을 것이다. 그는 무슨 생각을 했던 것일까? 앞서 간 기사들처럼 위엄을 잃지 말자고 다짐했던 것일까? 비록, 자기와 자기 형제들은 무죄라고 주장했다가 무고를 당한 처지이지만 떳떳하게 죽자고 결심했던 것일까? 어쨌든 그는 자기와 자기 형제들은 죄가 없다고 주장한다. 성전 기사단에게는 한 가지 죄, 오직 한 가지 죄가 있을 뿐이다. 그것은 겁에 질려 자신들이 수호해야 할 성전에 등을 돌렸다는 것이다. 그러나 더 이상은 그러지 않겠다고 한다.

노가레는 환호작약한다. 공적(公敵)에게는, 판결이 결정적이고 즉각적인 인민재판이 유효하다. 노르망디의 지부 기사장 조프루아 드 샤르네도 몰레의 뒤를 따른다. 왕은 당일로 판결을 집행하게 한다. 시테 섬에 화형주가 서고, 해 질 무렵 몰레와 샤르네는 그 화형주에서 화형을 당한다.

전설에 따르면 이 성전 기사단의 사령관은 죽기 전에 자기를 박해한 자들의 운명을 예언한다. 실제로 교황과 필리프 왕과 노가레는 그해를 넘기지 못하고 세상을 떠난다. 왕이 죽자 마리니가 횡령 혐의를 받는다. 마리니의 정적들은 위계 횡령을 들쑤셔 내고는 그를 교수대로 보내 버리고 만다. 이때부터 많은 사람들은 몰레를 순교자로 여기게 된다. 단테조차 성전 기사단에 대한 박해를 고성으로 비방하고 나선다.

여기에서 역사가 끝나고 전설이 시작된다. 한 전설에 따르면 루이 16세가 기요틴에 올라갔을 때, 사형대로 따라 올라가 이렇게 외친 사람이 있다. 「자크 드 몰레, 복수는 끝났습니다!」

이것이 바로 그날 밤 술집 필라데에서, 끊임없는 말허리 자르기와 참견에 시달리면서 내가 그들에게 들려준 이야기이다.

내 이야기가 진행될 동안 벨보는 심지어는 이런 말까지 했다. 「당신 혹시 조지 오웰이나 아서 케스틀러의 책 읽은 거 아냐?」 또 다른 때에는 「그 이야기 혹시, 거 이름이 뭐이냐, 문화 혁명 때, 저 거시기라는 사람이 당한 일을 그대로 꾸며서

하고 있는 건 아닌가?」「*Historia magistra vitae*(역사는 인생의 스승이다).」 디오탈레비도 끊임없이 끼어들면서 이런 식의 말장난 비슷한 참견을 하고는 했다. 디오탈레비의 이런 참견을 듣고 벨보가 핀잔을 주고는 했다. 「무슨 소린가. 카발리스트는 역사라는 건 믿지도 않는데.」 디오탈레비도 가만히 있지는 않았다. 「바로 그거야. 만사는 되풀이되기 마련이야. 둥글둥글. 역사라는 것은 우리의 스승이지. 왜? 역사라는 것은 존재하지 않는다는 것을 가르쳐 주니까. 중요한 것은 순열이야.」

내 얘기가 일단락되자 벨보는 이렇게 말했다. 「우리는 아직 진짜 문제의 해답은 얻지 못했네. 도대체 성전 기사단의 정체가 뭐야? 당신 얘기를 들으니까 성전 기사들이라는 게, 처음에는 존 포드 영화에 나오는 기병대 상사 같더니 그게 아니야. 조금 더 들으니까 차츰 건달패거리로 보이기 시작하고, 또 조금 더 들으니까 조명을 기가 막히게 잘 받고 있는 꼬마 기사 인형, 그다음에는 온당하지 못한 거래에 손을 댄 하느님 담당 은행가, 그다음에는 지리멸렬한 군대, 그다음에는 악마 교단의 신도, 그리고 자유사상의 순교자로 보여서 뭐가 뭔지 종잡을 수가 없네. 결국 성전 기사단이라는 건 무엇이었는가?」

「아마 그 전부였는지도 모르지요. 서기 3000년쯤 되어서 화성의 역사가들은 이런 질문을 한차례 던지게 될는지도 모르지요. 〈가톨릭교회라고 하는 것이 결국은 무엇인가? 스스로 사자 우리로 뛰어든 집단인가, 아니면 이교도들을 청소한 집단인가.〉 그러니까 다 정답일 수 있는 거지요.」

「도대체 성전 기사들은 당신이 열거한 끔찍한 일들을 저지른 건가, 안 저지른 건가?」

「재미있는 것은 말이죠, 성전 기사단의 추종 세력들, 말하자면 그 시대 이래의 각종 신(新)성전 기사단의 단원들은 그 시절의 성전 기사들이 아닌 게 아니라 그런 일을 능히 저질렀을 거라고 주장한다는 점입니다. 그러면서도 이것을 합리화하는 거죠. 신래 침학(新來侵虐)을 합리화하듯이 말이죠. 신참자에게 선배 기사가 묻습니다. 너, 정말 성전 기사가 되고 싶은 거냐? 그렇습니다. 그러면 그럴 만한 용기가 있다는 걸 증명해라, 먼저 십자가에다 침을 뱉어 봐라. 하느님이 그 자리에서 네 대가리를 갈기는지 안 갈기는지 어디 한번 보게. 우리 기사단에 들어오면 형제들에게 네 가슴과 영혼은 송두리째 바쳐야 한다. 그러니까 형제들이 입을 맞출 수 있도록 네 엉덩이를 까 바칠 용기도 있어야 하는 것이다, 이런 식이죠. 또 다른 주장에 따르면 이들이 그리스도를 부정한 이유는 사라센의 포로가 되었을 경우를 생각해서 미리 그런 연습을 시켰기 때문이란 겁니다. 만일에 그렇다면 이건 좀 엉뚱합니다. 왜냐? 고문이 요구하는 것을 상징적으로라도 자백하게 함으로써 고문에 저항하는 법을 가르친다, 이런 모순이 어디 있어요? 세 번째 주장은, 동방에서 이 성전 기사들이, 십자가를 업신여기고 이것을 하느님의 고문 도구로 여기는 이단적인 마니교[4] 신도들과 접촉하지 않았을까 하는 겁니다. 마니교에서는 세상을 등질 것을 가르치고, 혼인과 출산의 무상함

4 페르시아인 마니를 교조로 하는 종교. 조로아스터교에 불교와 기독교가 습합되면서 이루어진 종교다. 채식과 금욕과 단식을 중히 여겼다. 3세기 조로아스터교도들의 박해로 마니가 처형당한 이후 이 교의 교세는 사마르칸트, 프랑스 남부, 스페인, 북아프리카, 중국 등지로 퍼져 나갔다.

을 일깨우기도 합니다. 이건 마니교뿐만 아니라 원시 기독교 시대의 이단자들에게서 흔히 볼 수 있는 교리지요. 이 교리는 나중에 카타리파[5]에서도 흡수합니다. 그런데 전승은, 성전 기사단이 바로 이 카타리파의 영향을 받았다는 주장을 줄기차게 하고 있습니다. 이 전설을 믿어 준다면, 성전 기사들에게 일반화되어 있었다고 믿어지던 남색의 전통은 설명이 가능해집니다. 물론 상징적으로 말이지요. 성전 기사들이 이단적인 마니교와 접촉했다고 가정해 봅시다. 잘 알려져 있다시피 성전 기사들은 지적이고 교양 있는 사람들이었다기보다는 순진하고 속물적이고 *esprit de corps*(단결심)가 강한 사람들이었죠. 그래서 이들은 다른 십자군과 다르다는 것을 과시할 목적으로 나름의 의식 같은 것을 만들어 내었다고 볼 수 있다는 것이죠. 그러니까 어떤 의미가 있는지도 모르는 채 그저 남들로부터 인지(認知)되기 위해 갖가지 제의적인 짓거리들을 하고 있었다는 겁니다.」

「바포메트에게 경배했다는 것도 그렇게 이해해야 하나?」

「바포메트 상은 수많은 공술 조서에 등장합니다. 하지만 이것은, 처음 이 말을 받아쓰기한 서기의 오기에서 비롯, 그 뒤의 문서에서도 계속해서 베껴 쓴 데서 온 착각일 가능성, 아니면 고의적으로 변조되었을 가능성이 있습니다. 몇몇 재판 기록에는 〈마호메트〉라는 말이 등장하는데, 이것을 보면

5 그리스어 〈카타로스〉, 즉 〈순수〉에서 유래한다. 교리나 도덕상의 순수성의 회복을 꾀하는 기독교의 일파. 11세기부터 중앙 유럽을 비롯 남프랑스, 특히 툴루즈와 알비를 중심으로 교세를 떨쳤다. 알비에서 교세를 떨쳤다고 해서 〈알비파〉라고도 불린다. 12세기가 되자 보고밀의 영향을 받으면서 과격해지기 시작했다. 기적, 지옥, 구약 성서를 인정하지 않고 전쟁을 거부한다. 1209년 교황청은 카타리파 토벌대를 조직하여, 이들을 학살했다.

성전 기사들의 저희 나름으로 일종의 혼교주의적인 예배 양식을 만들지 않았을까 싶습니다. 재판 기록을 보면 이들은 기도하면서 〈얄라〉라는 이름을 부른 것으로 되어 있습니다만 저는 이것을 〈알라〉의 와전이라고 봅니다. 하지만 이슬람교도들도 마호메트 상을 경배하지는 않습니다. 그렇다면 이건 어디에서 온 것일까요? 많은 재판의 증언 기록에는, 성전 기사들 가운데 바포메트의 두상을 본 기사들이 많은 것으로 되어 있습니다. 기록에 따라서, 두상이 아니고 전신상이었다는 대목도 나옵니다. 나무로 깎고 금박을 입힌 조상, 수염이 텁수룩한 얼굴, 온통 헝클어진 머리카락. 심문관들은 이런 조상을 찾아 피고와 대질까지 시켰던 모양입니다만 이걸 입증할 만한 조상은 하나도 남아 있지 않습니다. 다들 이 조상을 목격했다고 얘기하지만 실제로 그걸 본 사람은 아무도 없는 거지요. 고양이 이야기와 아주 비슷한 거죠. 회색 고양이를 보았노라는 사람도 있고, 붉은 고양이를 보았노라는 사람이 있는가 하면, 심지어는 검은 고양이를 보았노라는 사람도 있습니다. 자, 벌겋게 단 쇠꼬챙이 앞에서 고문을 당하고 있는 성전 기사의 모습을 상상해 봅시다. 심문관이 묻습니다. 신고식 때 고양이를 보았느냐? 왜 고양이를 예로 드느냐고요? 그럴듯한 예일 수 있거든요. 성전 기사단의 농장에서는 곡식을 쥐로부터 보호하기 위해 고양이를 많이 길렀을 테니까요. 당시 유럽에서는 고양이가, 일반 가정에서 흔히 볼 수 있는 그런 애완동물이 아니었어요. 하지만 이집트에서는 얼마든지 볼 수 있었죠. 대부분의 사람들은 이 동물을 이상한 눈으로 봤겠지만 성전 기사들 중에는 이 동물을 집에서 기른 기사도 있었을 것입니다. 바포메트의 두상도 비슷하지 않았을까요?

어쩌면 악마의 두상이 아니라, 두상 모양의 성보(聖寶) 상자였는지도 모르지요. 당시에 두상 모양의 성보 상자란 생소하기만 한 물건은 아니었거든요. 하기야 이 바포메트를 두고 연금술사였을 것이라고 주장하는 사람도 없지는 않습니다.」

「연금술사는 약방의 감초로군. 성전 기사들 중에도 연금 비법을 아는 기사가 있었을 거라.」 디오탈레비가 고개를 끄덕이면서 말했다.

「물론 있었을 테지. 연금술이라는 거, 그거 간단한 거야. 사라센의 도시를 공격하고, 아녀자의 목을 조르고, 붙박이가 아닌 것은 모조리 약탈한다. 이게 바로 연금 비법이지. 어쨌든 이 이야기 참 복잡하게 돌아가는군.」

「복잡한 건 성전 기사들의 머릿속이었을 테죠. 이런 사람들에게 교리 토론 같은 게 무슨 의미가 있었겠어요? 인류 역사를 보면, 자만심과 신비주의를 결합해 자기들만의 스타일을 창조해 내는 꼬마 종파들이 무수히 많습니다. 성전 기사들은 자신들의 행동이 어떤 결과를 가져올지 전혀 모른 거죠. 그런데 말이죠, 재미있는 것은 어느 시대에든, 이들의 행위를 밀교와 관련시켜서 설명하는 사람들이 있었다는 것입니다. 말하자면, 성전 기사들은 저희들이 무슨 짓을 하고 있는지 뻔히 알고 있었고 동방의 밀교에도 정통했으며 엉덩이에 입을 맞추는 등의 행위에는 제의적인 의미가 가득했다는 것이죠.」

「엉덩이에 입 맞추는 의식의 의미를 간단하게 좀 설명해 주게.」 디오탈레비의 주문이었다.

「그러지요. 오늘날의 밀교도들은, 당시의 성전 기사들이 모종의 인도 예배 양식을 재현시켰다는 주장을 폅니다. 엉덩이에 키스함으로써 척주(脊柱) 맨 아래쪽의 생식선에 깃들어 있는 사신(蛇神) 쿤달리니의 잠을 깨운다는 것이죠. 이렇게 잠을 깬 쿤달리니는 송과선(松果腺)까지 올라와서…….」

「데카르트가 말한 그 송과선 말인가?」

「같은 걸 겁니다. 쿤달리니가 송과선으로 올라오면 미간에 있는 제3의 눈이 열립니다. 이 눈이 열리면 시간과 공간을 꿰뚫어 볼 수 있게 됩니다. 사람들이 지금도 성전 기사단의 비밀을 캐고 있는 까닭은, 어쩌면 여기에 있는지도 모릅니다.」

「미남왕 필리프는 그 애꿎은 성전 기사들 대신 오늘날의 밀교도들을 화형주에 매달았어야 했는데 그랬어.」

「그렇기는 하지만 오늘날의 밀교도들은 이렇다 할 재산이 없으니까요.」

내 말 끝을 벨보가 이었다. 「우린 허구한 날 이런 얘기로 가득한 원고나 붙잡고 있어야 한다고, 적어도 당신 얘기를 듣고 나니 나한테 원고를 보내는 미치광이들이 성전 기사에 미쳐 있는 까닭을 이해할 수 있을 것 같군.」

「얼마 전에 하신 말씀과 비슷합니다. 성전 기사단과 관련된 사건은 얽히고설킨 삼단 논법 같은 겁니다. 미치광이처럼 행동하면 영원히 수수께끼의 인물로 남을 수 있는 거죠. 아브라카다브라, 마넬 테켈 파레스, 파페 사탄 파페 사탄 알레페, 르 비에르주, 르 비바스 에 르 벨 오주르뒤. 시인이나 사제나 추장이나 마법사가 헛소리를 한마디 하면, 인간은 이 메시지를 해독한답시고 몇 세기를 좋이 씁니다. 성전 기사들 역시, 그 정신 상태가 혼돈을 방불케 하는 바가 없지 않아서 도무지 읽히지 않습니다. 많은 사람들이 성전 기사들을 숭배하는 이유도 여기에 있을 겁니다.」

「실로 실증적인 설명일세.」 디오탈레비가 중얼거렸다.

「그래요. 저는 실증주의자인지도 모릅니다. 송과선에 약간의 외과적인 수술만 해줄 수 있으면 성전 기사는 자선 기사로 변했을 겁니다. 요컨대 정상적인 인간이 되었을 것이라는 얘기죠. 전쟁은 때로 두뇌 회로를 손상시키기도 하는 모양입니다. 대포 소리, 아니면 그리스 화약통 소리가 그렇게 했는지도 모르지요. 우리 시대의 장군들만 보아도 알 수 있는 일이지요.」

1시였다. 토닉 워터에 취한 디오탈레비가 휘청거렸다. 작별 인사를 나누었다. 속이 후련했다. 그들 역시 그랬을 터였다. 그날까지만 해도 우리는 불장난을 시작하고 있다는 것을 알지 못했다. 모든 것을 태우고 파괴하는 그리스 화약통의 불장난을.

15

에라르 드 시브레가 나에게 소리쳤다. 「주앵빌 각하, 저 자신과 저의 후손들의 체면에 누가 되지 않는다면, 제가 가서 앙주 백작에게 구원을 요청하겠습니다. 앙주 백작은 저 건너 들판에 있습니다.」 나는 그에게 소리쳤다. 「여보게, 그대가 원군을 불러와 우리를 구한다면 그 길이 자네를 더없이 영광스럽게 할 것이네. 그러나 그 길은 견줄 데 없이 위험한 길이기도 하네.」

— 주앵빌, 『성왕 루이 전』, 46, 226

벨보와 디오탈레비를 만나 기나긴 성전 기사단 이야기를 나눈 그날 밤 이후로는 어쩌다 벨보를 만나도 앞에서 인사만 하고 헤어졌을 뿐 필라데에는 자주 들를 수가 없었다. 논문 때문에 그만큼 바빠졌던 것이다.

거리에서 반파시스트 음모에 저항하는 시위가 있던 날이었다. 시위대는 대학에서 출발할 예정이었고 좌파 지식인들은 모조리 참여해 줄 것을 부탁받았다. 경찰이 삼엄한 경계망을 펴고 있었다. 그러나 경찰과 시위대 사이에는 시위가 진행되도록 놔두겠다는 불문율적 이해가 이루어지고 있었다. 그즈음에는 그리 구경하기 어려운 풍경이 아니었다. 시위가 허용되고 있는 것은 아니었다. 그러나 심각한 불상사가 생기지 않는 한, 시위 군중이 밀라노 중심가로 통하는 가상 경계선(당시에는 이런 지역적인 양해 사항이 많았다)을 넘지 않는 한, 경찰은 구경할 뿐 개입하지는 않았다. 그날의 시위 군중은 아우구스토 광장에서 시위행진을 했다. 파시스트들은 산 바빌라 광장과 인근 도로에 진을 치고 있었다. 어느 편에서든 가상의 경계선을 넘으면 불상사가 생길 터이지만, 그렇지 않을 경우에는 아무 일 없이 끝날 조짐이 보였다. 서커스 사자와 조련사의 관계에 견주면 설명이 쉽겠다. 우리는 사자가 조련사를 공격하려 들고, 조련사는 채찍을 휘두르거나, 공포탄을 쏘거나 해서 사자를 격퇴시키는 것으로 알고 있다. 그러나 천만의 말씀이다. 조련사는 사자를 조련실에 넣기 전에 먹을 것을 충분히 먹이고 진정제를 놓는다. 그러면 사자는 공격할 마음이 없어진다. 다른 동물도 마찬가지지만 사자에게는 자기만의 공간이란 것이 있다. 조련사가 이 공간만 범하지 않으면 사자는 가만히 있다. 그러나 조련사가 이 공간으로 한 발짝이라도 들여놓으면, 다시 말해서 사자의 사적인 공간을 범하면 사자는 으르렁거린다. 이때 조련사는 채찍을 든다. 채찍만 드는 것이 아니고 들여놓았던 발을 뒤로 뺀다(사자의 공격에 놀라 뒤로 물러서는 듯이). 그러면 사자도 조금 전처럼 가만히 있게 된다. 모의 혁명이라고 할 수 있는 시위에도 이와 유사한 규칙이 있다.

나는 시위 현장에 나갔지만 무리에 휩쓸리지는 않고 산토 스테파노 광장에서 구경만 했다. 일치단결의 의사 표시를 위해 거기에 나온 신문 기자들, 편집자들, 예술가들이 내 옆에 수두룩했다. 필라데의 단골은 전원 참석한 셈이었다.

언제 왔는지 벨보와, 필라데에서 벨보와 함께 있는 것을 더러 본 적이 있는 여자가 내 옆에 서 있었다. 나는 그때 여자를 벨보의 애인이라고 생각했다(이 여자는 뒤에 종적을 감추었다. 그 까닭은, 바그너 박사에 대해서 쓴 벨보의 파일을 읽은 뒤에야 알게 된다).

「아니, 여기서 뭘 하고 있어요?」

벨보는 웃었다. 약간 당황한 것 같았다. 「잘 알지 않는가……. 어떻게든 영혼 구제는 하고 봐야 하지 않겠어? *Crede firmiter et pecca fortiter*(굳세게 믿고 용감하게 죄를 지어라), 저 광경을 보니까 뭐 생각나는 것 없어?」

나는 주위를 둘러보았다. 햇살이 밝은 오후, 밀라노가 자랑하는 아름다운 날이었다. 건물의 노란 파사드, 부드러운 금속빛 하늘. 광장 건너편에 있는 경찰관들은 헬멧과 플라스틱 방패로 무장하고 있었다. 햇빛을 되쏘는 바람에 플라스틱 방패가 흡사 철제 방패 같았다. 사복 차림의 간부가 촌스러운 삼색 현장(懸章)을 두르고는 부하들 앞을 서성거리고 있었다. 나는 고개를 돌려 시위 군중의 선두를 바라보았다. 아무도 움직이지 않았다. 서로 때를 기다리면서 뜸을 들이고 있었던 것이다. 시위 군중은 정열이랍시고 하고 있었지만 대오가 엉터리여서 그저 〈장사진〉이라는 말이 어울릴 정도였다. 군중은 손에 손에 몽둥이, 깃발, 플래카드 같은 것들을 들고 있었다. 성질 급한 일부 군중은 구호를 외치기 시작했다. 대열 양옆으로는 행동 대원들이 전후좌우로 움직이며 군중을 독려하고 있었다. 얼굴을 가린 붉은 수건, 알락달락한 윗도리, 징이 박힌 허리띠, 풍상에 찌든 바지, 불법 무기를 감추느라고 둘둘 만 깃발마저 팔레트에 짜놓은 물감처럼 보였다. 나는 뒤피를 생각했다. 뒤피의 밝은 색감을 생각했다. 연상은 뒤피에서 기욤 뒤페로 자유롭게 옮겨 갔다. 플랑드르의 세밀화 속에 들어와 있는 기분이었다. 대열 양옆에 모인, 몇 안 되는 지휘자 무리에는, 용감하게 싸움으로써 불퇴전의 용기를 과시할 것을 약속하고, 그렇게 과시할 순간을 기다리고 있는 듯한 남자 같은 여자들도 섞여 있었다. 이 모든 광경은 순식간에 내 머릿속을 지나갔다. 예전에 겪었던 일을 무의식중에 다시 경험하고 있는 듯이.

「아스칼론이 따로 없지 않은가?」 벨보의 말이었다.

「성 야고보에 맹세코 그렇군요. 이거야말로 십자가의 전투 아닙니까? 오늘 밤 이들 중 몇몇은 천국에 들어가겠군요.」

「여부가 있겠나만, 사라센은 어디에 있지?」

「경찰은 튜턴 기사단임에 분명한 모양이니, 우리는 알렉산드르 넵스키가 이끄는 유목민이라도 되는 건가요? 내가 지금 텍스트를 혼동하고 있는 게 분명합니다. 오라, 저기 저 사람들 좀 보세요. 싸우고 싶어서 안달을 부리는 아르투아 백작의 군대로군요. 저건 방어 체제가 아니잖아요? 함성으로 이교도들을 자극하면서 벌써 적진을 쳐들어가고 있잖아요?」

일이 벌어진 것은 바로 그때였다. 그러나 나는 그때의 일을 선명하게는 기억하고 있지 못하다. 군중은 움직이고 있었다. 스키 마스크를 하고 쇠사슬을 든 행동대원들이 함성을 지르면서 산바빌라 광장에 진치고 있는 경찰 저지선을 뚫고 있었다. 사자가 움직이기 시작한 것이었다. 경찰 저지선의 앞쪽이 열리면서 소방 호스가 나타났다. 시위대의 선두 쪽에서 첫 번째 볼 베어링, 첫 번째 돌멩이가 날았다. 경찰 특공대가 진압봉을 휘두르며 나서자 시위대가 주춤했다. 바로 그 순간이었다. 멀리, 라게토가 쪽에서 총소리가 들린 것은 바로 그 순간이었다. 타이어가 터지는 소리, 혹은 폭죽이 터지는 소리였는지도 모른다. 아니면 몇 년 후에는 P-38s를 들고 다닐 무리들이 장난감 공기총을 발사한 소리였는지도 모른다.

상황은 순식간에 난장판으로 변했다. 경찰은 일제히 진압봉을 뽑아 들었다. 공격 나팔이 울린 셈이었다. 시위 군중도 두 패로, 말하자면 싸울 준비가 된 투사 패거리와, 그만하면

할 일을 다했다고 생각하고 도망치는 패거리로 나뉘었다. 곤봉 같은, 길 잃은 무기에 맞을까 봐 겁이 났다. 나는 라르가 쪽으로 내달렸다. 달리면서 보니 벨보와 그 여자도 내 옆에 붙어 달리고 있었다. 빠른 속도였다. 벨보는 겁을 먹은 것 같지 않았다.

라스트렐리가 모퉁이에서 벨보가 내 어깨를 잡았다. 「이 사람아, 이쪽으로 가야 해.」 나는 이유를 묻고 싶었다. 라르가 거리는 여느 길보다 넓어서 통행이 많았다. 벨보가 가야 한다고 주장하는 길은 페코라리가와 대주교관 사이의 좁은 골목길이었다. 나는 미로 같은 골목길을 떠올리고는 몸서리를 쳤다. 벨보가 들어가자고 하는 골목길에는 숨을 데가 마땅치 않았다. 따라서 경찰의 추격을 받거나 진로를 차단당할 경우 빠질 데가 없었다. 그러나 벨보는, 조용히 따라오라는 신호를 보내고는 두세 번 코너를 돈 뒤 보조를 늦추었다. 나도 천천히 벨보의 뒤를 따라갔다. 성당 뒷길이었다. 그 길의 교통량은 여느 때와 조금도 다르지 않았다. 불과 2백 미터 떨어진 곳은 난장판이 되어 있는데도 그 길에서는 고함 소리 하나 들리지 않았다. 우리는 천천히 성당을 돌아 갈레리아 맞은편으로 나왔다. 벨보는 튀긴 옥수수를 한 봉지 사 들고, 천사 같은 몸짓으로 비둘기 떼를 먹이기까지 했다. 우리는 감쪽같이 토요일 나들이 패에 합류할 수 있었다. 벨보와 나는 넥타이까지 맨 정장 차림, 여자는 밀라노 여성의 정복이라고 할 수 있는 회색 터틀넥 위로 진주 목걸이를 걸고 있었다. 양식 진주인가. 아닐지도 모른다.

벨보가 그제야 여자와 나 사이에 다리를 놓았다. 「이쪽은 산드라. 두 사람, 서로 알지?」

「뵌 적은 있어요, 안녕하세요.」 여자가 말했다.

「이것 보게, 카소봉. 이런 때는 큰길로 도망쳐서는 안 되네. 나폴레옹 3세는 토리노의 사부아가를 본떠 가지고 파리의 길이라는 길은 모조리 고쳐, 오늘날 우리가 감탄해 마지않는, 저 그물코 같은 불바르[大路]를 만든 거라네. 가히 도시 계획의 걸작품이라고 할 만하지. 그런데 넓고 곧은 길은, 성난 군중을 제압하기에도 이상적인 곳이야. 그래서 샹젤리제 같은 샛길까지, 가능한 경우 모두 넓고 곧은 길로 만들어 버린 것이라네. 하지만 그렇게 하지 못한 곳이 있기는 해. 가령 라탱구(區)의 좁은 길. 1968년 5월 시위 때 시위 군중이 그 길을 얼마나 요긴하게 써먹은 줄 알아? 도망칠 때는 샛길로 들어가야 하네. 경찰 병력이, 샛길이라는 샛길을 다 막을 수는 없지. 시위 군중의 일부가 샛길로 들어가면 경찰이 추격할 것 같지? 천만에 경찰도 숫자에 밀리면 겁이 나서 따라 들어가지 못해. 시위 군중과 경찰의 수가 비슷할 경우, 경찰 쪽이 겁을 더 내는 법이네. 그래서 시위 군중과 경찰이 서로 반대 방향으로 도망치는 일이 더러 벌어지고는 하지. 잘 모르는 곳에서 시위를 해야 할 경우, 전날 그 지역을 답사해 둘 필요가 있는 것은 다 이 때문이네. 그리고 시위가 시작되면 도망칠 골목길 근처에 서 있어야 하는 것도 이 때문이고.」

「볼리비아 같은 데서 수업이라도 들으셨나 보죠?」

「생존 기술은 어릴 때만 익힐 수 있는 걸세. 어른이 되어서는, 그린베레 같은 데 들어가면 또 모르지만 익히는 게 쉽지 않아. 전쟁 중에 약간 지독한 경험을 했어. 파르티잔이 도처에 출몰할 때였거든.」 그는 몬페라토와 랑게 사이에 있는 어느 지명을 대면서 이야기를 계속했다.「1943년, 주민이 그곳에서 소개(疏開)당하고 있을 때의 이야기네. 1943년의 대소개. 대량 검속, 나치 친위대, 거리에서 들리던 기관총 소리……. 모든 것을 직접 목격할 수 있는 때이자 장소였지. 어느 날 밤 나는 우유를 구하려고 언덕 위에 있는 농장으로 가고 있었네. 그런데 숲 속에서 그 소리를 들었네. 드르륵, 드르륵. 꽤 멀리 떨어진 언덕에서 내 뒤쪽의 계곡을 겨냥하고 기관총을 쏘고 있었네. 본능적으로 내달렸지. 그런 상황에서 본능을 따르면 뛰거나 땅에 엎드리거나, 둘 중 하나니까. 내 실수였어, 도망이라니. 계곡 쪽으로 달리는데, 내 주위의 벌판에서 갑자기 탕탕탕 소리가 들리는 거라. 총알이 내 바로 앞에 있는 철로 위로 마구 떨어졌네. 그때 나는, 적이 언덕에서 계곡 쪽으로 총을 쏠 경우, 언덕 위로 달려 올라 가야 살아남을 수 있다는 것을 알았네. 올라가면 올라갈수록 총알과 머리의 거리는 그만큼 멀어져. 우리 할머니도 총격전에 휘말린 적이 있네. 옥수수 밭을 사이에 두고 파시스트와 파르티잔이 벌이는 총격전에. 발 내딛는 곳마다 총알이 팍팍 박히더라지. 그래서 할머니는 옥수수 밭에 엎드렸다네. 흙에다 얼굴을 묻고. 그 총격전의 와중에서 할머니는 한 10분쯤 그렇게 엎드려 있었대. 한동안 그러다 끝나겠지 하면서. 할머니는 운이 좋았어. 어린 시절에 이런 경험을 해놓으면 골수에 아주 콱 박히는 법이지.」

「레지스탕스에 가담하셨던 거군요.」

「구경꾼이었지.」 조금 부끄러워하는 목소리였다. 「1943년에 겨우 열한 살이었네. 종전될 즈음에는 열세 살이었고. 참전하기에는 너무 어린 나이지만 따라다니면서 구경하기에는 충분한 나이 아니겠어? 따라다니면서, 그걸 뭐라고 하지, 그래, 머리에다 사진 찍기에는 충분한 나이. 우리가 할 수 있는 거라고는 그것밖에 없었네. 따라다니면서 구경하고, 그러다 아니다 싶으면 도망치고. 오늘 우리처럼.」

「남의 책만 편집하고 있을 게 아니라 그걸 좀 써보시지 그래요?」

「이것 보게, 카소봉. 쓸 것이 없어. 남들이 다 써버려서. 그때의 내 나이가 스물만 되었어도 50대쯤에 시적인 회고록 한 권쯤은 쓸 수 있었을 거야. 하지만 다행히도 그때 나는 너무 어렸네. 쓸 만한 나이가 되고 보니, 내가 할 수 있는 일이라고는 남들이 써놓은 걸 읽는 것뿐이더라고. 별로 후회 안 해. 그때 그 언덕에서 머리에 총알을 맞고 죽었을 수도 있는 일이 잖아?」

「어느 편의 총알을 맞고요?」 나는 이렇게 묻다 말고, 아뿔싸, 했다. 「미안합니다. 농담이었어요.」

「농담한 게 아니야. 만일에 맞았다면 어느 편의 총알을 맞았을지 지금은 알아. 하지만 그때야 뭘 알았겠어? 사람은 한평생 양심의 가책에 시달리면서 사는 거야. 그릇된 것을 선택한 데서 오는 후회가 아니야. 그릇된 것을 선택했다면 참회를 통해 용서를 받는 것도 가능해. 그러나 정당한 것을 선택함으로써 자기가 어떤 인간인가를 증명할 수 있는 상황에서도 그러지 못했다는 양심의 가책. 이거 사람 죽이는 거라고. 당시의 나는, 언제든지 배신자가 될 가능성이 있는, 그런 아이였네. 그런 내가 무슨 낯으로 글을 써서 남들을 가르치겠어?」

「미안한 말씀이지만, 살인자가 될 수도 있었던 것 아닙니까? 그런 생각을 하는 건 일종의 신경증입니다. 구체적인 이유 때문에 양심의 가책에 시달리는 게 아니라면요.」

「무슨 뜻으로 하는 말인가? 아참, 신경증 얘기가 나오니 생각나는데 오늘 저녁에 바그네르 박사를 위한 만찬이 있어. 델라 스칼라 광장에서 택시를 잡자. 산드라, 같이 갈 거지?」

「바그너 박사요? 그분을 직접 만나시는 건가요?」 내가 내 갈 길을 가기 전에 물었다.

「그렇다네. 며칠 동안 밀라노에 머문대. 잘 꼬여 가지고 미발표 수필 원고나 좀 얻어 얄팍한 책이나 한 권 만들어 낼까 하고. 잘만 되면 큰 건수 하나 건지는 거지.」

벨보는 그때 이미 바그너 박사(그는 이 이름을 〈바그네르〉 라고 발음했다)와 접촉하고 있었던 셈이다. 어쩌면 바그너 박사로부터, 하는 사람은 하는 줄도 모르고, 당하는 사람은 당하는 줄도 모르는 채, 정신 분석을 당한 것은 바로 이날 밤이었는지도 모른다.

어쨌든 벨보로부터 어린 시절 이야기를 들은 것은 그때가 처음이었다. 이상한 일이다. 벨보는 나에게 기억을 들추어 가면서, 일종의 영웅주의적인 분위기를 가미해 가면서 어린 시절 도망치던 이야기를 했다. 그러나 이 도망 사건은 그날 공범이자 증인인 나와 함께 현명하긴 하지만 별로 영웅적이지 못하게 도망치게 된 연후에 다시 그의 기억에 떠올랐던 것이다.

16

그 일이 있은 후 에티엔 드 프로방스 형제는, 앞에서 말한 조사관 앞으로 출두했다. 조사관들은 그에게 성전 기사들의 행위를 해명해 보라고 했다. 그러나 그는 하고 싶지 않다고 대답했다. 상관들은 해명하고 싶으면 해명할 수도 있지만 자기는 그러고 싶지 않다고 했다. 체포될 당시 그는 겨우 성전 기사단에 9개월간 몸담은 신출내기였다.

— 공술 조서, 1309년 11월 27일

아불라피아에서 나는 벨보의 도망 이야기를 읽을 수 있었다. 전망경실의 어둠 속에서도 나는 간단없이 들려오는 부스럭거리는 소리, 삐걱거리는 소리를 들으면서 벨보의 이야기를 생각했다. 소리가 몹시 신경에 거슬렸던 나머지 나는 나 자신을 타일러야 했다. 두려워할 것 없다. 박물관, 도서관, 고궁에서는 원래 이런 소리가 나는 법이다. 소장품이 저희들끼리 나누는 밀어(密語). 낡은 찬장이 덜그덕거리는 소리, 창틀이 눅눅한 밤공기에 화답하는 소리, 한 세기에 밀리미터 단위로 회벽이 떨어져 나가는 소리, 벽이 하품하는 소리. 참아라. 너는 여기에서 도망칠 수도 없다. 일생에서 처음이자 마지막으로 도망을 치지 않으려고 필사적으로, 그리고 절망적으로 용기를 내 노력한 사나이, 그럼으로써 그토록 오래 미루어 오던 진실과의 대면을 재촉하려 했던 그에게 무슨 일이 생긴 것인지 알기 위해 여기에 와 있으니까.

파일명: 운하

나는 무엇으로부터 도망쳤던가? 경찰의 추격으로부터, 아니면 역사로부터? 그건 중요하지 않은가? 나의 시위 참가는 도덕적 선택을 따른 것이었던가? 아니면 또 하나의 〈기회〉에 나 자신을 맡겨 보는 전략이었던가? 나는 늘 좋은 〈기회〉를 놓쳐 왔다. 늘 너무 늦거나 너무 일렀던 것이지만 그것은 결국 나의 생년월일 때문이다. 나는 그 총탄이 날아다니는 벌판에 서서 직접 총을 쏘고 싶었다. 할머니가 총탄에 희생될 위험이 있기는 하지만 나는 서고 싶다. 나는 할머니 옆에 있지 않았다. 나이 때문이었다. 내가 겁쟁이여서 그랬던 것은 아니다. 좋다. 그럼 오늘의 시위행진은? 나는 또 도망쳤다. 세대 차를 이유로. 그 싸움은 나의 싸움이 아니라는 것을 이유로. 그러나 나는 꼭 그래야 할 이유가 없더라도 거기에서 위험과 맞서 보았어야 했다. 그 위험과 맞섬으로써, 예전에 그 총탄이 날아다니는 벌판에 섰다고 하더라도 옳은 쪽을 선택했으리란 것을 증명했어야 했다. 자신에게, 만일 기회가 주어졌다면 옳은 길을 선택할 수 있었다는 것을 증명해 보이기 위해 옳지 않은 기회를 선택하는 수도 있는 것인가. 오늘날 싸움에 나서는 사람들 중 과연 몇 사람이 그런 이유에서 싸우는 것일지 궁금하다. 하지만 그런 조작한 기회는 정당한 기회가 아니다.

하찮은 일에서 다른 사람의 용기가 자기 용기를 앞지른다고 해서 자신을 겁쟁이라고 불러도 되는 것인가? 지혜는 이렇게 해서 사람을 겁쟁이로 만든다. 이렇게 해서 기회는 모두 놓치고 구경꾼으로 평생을 보내게 된다. 기회가 오면 그것이 기회인 줄을 모르고, 말하자면 본능적으로 잡아야 한다. 내게, 기회를 기회인 줄 모르고 잡은 일이 있던가? 잘못된 시대에 태어났을 뿐인데 나는 왜 자신을 겁쟁이라고 여기는가. 그에 대한 대답: 한때 겁쟁이 노릇을 한 전력이 있어서 너는 저 자신을 겁쟁이로 여기고 있는 것이다.

하지만 그 기회로는 충분치 않다는 생각에서 기회를 잡지 않고 놓아 버렸다면?

포도원으로 둘러싸인 언덕(사람들은 이 언덕을 젖무덤이라고 했지) 위에 있던 모처(某處)의 외딴집을 묘사한다. 마을 어귀로 통하던 길, 마을 맨 끝집(마을로 진입하는 방향에 따라서 첫 집일 수도 있지)으로 통하던 길도 그려 보자. 가족들의 보호도 마다하고 큰길을 걸어 유혹의 도시로 들어가, 그토록 무서워하던 그 골목으로 쳐들어가는 한 꼬마 소개민(疏開民)을.

그 골목길은 그 마을 골목패 아이들이 모이던 곳이었다. 모두 지저분하고 시끄러운 촌아이들이었다. 그런 아이들에게 견주면 나는 지나치게 도시화되어 있었다. 따라서 그런 아이들과는 멀찍이 떨어진 채 지내야 했다. 하지만 광장으로 나가려면, 신문 가판대나 문방구점에 가려면, 운하 옆을 지나지 않으면 안 되었다. 둘러 가는 길이 있기는 했지만, 그 길은 지구를 반 바퀴 도는 것만큼이나 멀었다. 게다가 나는 일부로 놈들을 피해 가고 싶지 않았다. 그러나 골목패 아이들은, 운하패에 비하면 꼬마 신사들이었다. 운하패가 진치고 있는 운하는, 옛 이름이 운하일 뿐 사실은 도시의 빈민굴로 통하는 하수도였다. 운하패 아이들은 빈민굴 아이들로 난폭하기 그지없었다.

골목패 아이들은 운하패 아이들이 노는 지역으로 갈 수 없었다. 갔다가는 얻어맞고 돌아오기가 일쑤였다. 처음에 나는 내가 골목패에 속한다는 사실을 알지 못했다. 그곳에 도착한 지 얼마 되지도 않은 시점이었으나 이미 운하패 아이들은 나를 골목패 아이, 즉 그들의 적으로 정해 버렸다. 나는 어린이 잡지로 얼굴을 가리다시피 한 채 잡지를 읽으며 운하패 아이들 지역을 지나고 있었다. 운하패 아이들은 곧 나를 발견했다. 나는 도망쳤다. 아이들은 나를 뒤쫓으면서 돌멩이를 던졌다. 돌멩이 하나가, 그때까지도 내가 얼굴을 가리고 있던 잡지에 맞았다. 나는, 체면을 잃지 않으려고 잰걸음으로 도망치면서도 내내 잡지를 읽는 척하고 있었던 것이다. 무사히 도망치기는 했지만 집에 와서 보니 잡지가 없었다. 다음 날 나는 골목패에 가입하기로 결심했다.

골목패 산헤드린[1]에 출두했다. 아이들은 야유로 나를 맞았다. 당시 나는 머리숱이 많았다. 그 많은 머리카락이 머리 위로 뻿뻿하게 일어서 있어서, 헤어스타일은 자

1 이스라엘의 의회 겸 법원인 평의회. 그리스도도 이 평의회에 출두, 재판을 받았다.

연 그대로 벌써 슈트루벨페터[2] 스타일이었다. 당시 크게 유행하던, 영화나 광고에서 자주 볼 수 있던 스타일은 머리에다 기름을 발라 두피에 바싹 붙도록 빗어 넘긴 스타일이었다. 주일 미사가 끝나면 거리를 나돌아 다니는, 어깨가 넓고, 더블 재킷을 입은, 수염 기른 젊은이들은 거의가 이 스타일로 머리를 손질하고 다녔다. 나 역시 그런 매끄러운 머리를 갖고 싶었다. 월요일이면 시장 거리에서 꿀만큼이나 끈적거리는 머릿기름을 사는 데 꽤 많은 돈을 쓰고는 했다. 머릿기름을 사온 뒤로는 머리카락이 반짝반짝 빛날 때까지 공들여 기름을 발라, 가죽 모자인 카마우로[3]를 쓴 것같이 만들고, 다음에는 머리가 일어서지 못하게 그물을 뒤집어쓰는 것이었다. 골목패 아이들은 내가 그물 뒤집어쓴 것을 보고는, 알아들을 수는 있어도 흉내 낼 수는 없는 지독한 사투리로 심하게 나를 놀리고는 했다. 산헤드린에 출두하는 날은 집에서 두 시간 동안 쓰고 있던 그물을 벗고 거울 앞에서 머리카락이 그물에 눌려 두피에 바싹 붙은 것을 확인하고는, 가입 서약을 하기 위해 골목패 산헤드린에 출두했다. 그런데 문제는 내가 거기에 도착할 때 즈음, 머리에 바른 기름이 접착력을 잃기 시작해 머리카락이 천천히 원래의 수직 상태로 돌아가고 있었단 것이다. 나를 둘러싼 골목패 아이들은 신이 나서 나를 놀려 댔다. 나는 가입

2 더벅머리에 긴 손톱을 지닌 캐릭터가 등장하는 동화. 원래 독일의 정신과 의사였던 하인리히 호프만(1809~1894)이 그의 세 살배기 아들을 위해 창작한 동화. 이후 20세기 동안 풍자화로 그려지면서 더욱 유명해졌다.

3 머리와 귀를 덮는 교황모.

신청을 하고 싶다고 말했다.

불행히도 이탈리아어로 말했다. 골목패에 관한 한 표준 이탈리아어는 아웃사이더의 언어였다. 나보다 머리 하나가 큰 골목패 대장 마르티네티가 내게 다가왔다. 맨발이었다. 그는, 가입하려면 엉덩이를 백 번 걷어차여야 한다고 말했다. 내 엉덩이를 걷어참으로써 사신(蛇神) 쿤달리니의 잠이라도 깨우려고 했던 것일까. 나는 그러라고 하고는 벽에 붙어 섰다. 두 녀석이 내 팔을 하나씩 잡았다. 나는 어정쩡하게 벽을 안고 선 채 엉덩이를 백 번이나 걷어차였다. 마르티네티는 요령도 있고 기술도 있었다. 발가락을 다치지 않도록 발의 옆등으로 차는 솜씨는 보통이 아니었다. 골목패의 대원들은 합창대원들처럼 내가 걷어차일 때마다 수를 세었다. 엉덩이 차기가 끝나자 대장은 나를 토끼장에다 가두었다. 나는 반 시간 동안이나 토끼장에 갇혀 있어야 했다. 그동안 아이들은 잡담으로 시간을 죽이면서 기다렸다. 아이들이 나를 토끼장에서 꺼내 준 것은 내 다리의 감각이 거의 마비되고 있을 때였다. 야만족의 신고식을 무사히 통과했다는 것이 그렇게 자랑스러울 수가 없었다. 나는 〈말〉이라는 새 이름을 받았다.

모년(某年) 즈음, 우리가 살던 곳에는 신(新)튜턴 기사단이 주둔해 있었다. 이들의 경계 태세는, 빨치산의 존재가 미미했던 만큼 그다지 튼튼하지 못했다. 43년 말이었던가, 44년 초였던가. 우리의 첫 번째 원정 목표는 창고였다. 우리 동패 하나가, 살라미 소시지와 잼이 든 어마어마하게 큰 샌드위치(우리는 샌드위치의 내용물을 보고 경악했다)를 먹고 있는 랑고바르트인[4] 경비병에게 아양을 떨 동안 창고에 숨어들기로 되어 있었다. 동패가 독일군 병사에게 다가가, 총이 근사하다느니, 옷이 멋있다느니 하면서 바람을 잡을 동안 우리는 창고 뒤쪽의, 유달리 엉성해 보이는 판자를 뜯어내고 안으로 들어가 티엔티 몇 개를 훔쳐 내었다. 마르티네티는 한적한 시골로 들어가 불꽃놀이를 하자고 한 것 같지만, 내가 기억하기로 그걸로 무슨 장난을 한 것 같지는 않다. 당시 우리가 알고 있던 폭죽 제조 기술은 조잡한 것이었던 만큼, 계획을 실행에 옮겼다고 하더라도 성공할 확률은 지극히 낮았을 것이다. 여기에 주둔하고 있던 독일군은 뒷날 데치마 마스의 파시스트 해병대로 바뀌었다. 파시스트 해병대는 강가에 저지선을 구축하는 작업을 했다. 이 강가에는 십자로가 있었는데, 매일 오후 6시면 산타마리아 아우실리아트리체 학교 여학생들이 이 길을 지나고는 했다. 마르티네티는 데치마 마스 해병대원들(해병대원들은 고작해야 열여덟 살이었다)과 짜고는 이 여학생들을 곯려 주기로 했다. 독일군이 미처 다 회수해 가지 못해 기지에 남아 있던 수류탄을 한 다발로 묶은 후 안전핀을 뽑아서 강물 속에다 숨겨 놓고, 여학생이 지나갈 때 터지도록 하자는 것이었다. 마르티네티는, 안전핀이 뽑히고 나서 수류탄이 폭발하기까지의 시간을 계산하는 방법을 알고 있었다. 마르티네티는 열심히 해병대원들을 꼬여 이 장난을 했다. 효과 만점이었다. 수류탄

4 북이탈리아에 정착했던 고대 게르만 토인.

은, 여학생들이 길모퉁이를 돌아가는 순간에 엄청난 폭음과 함께 폭발하면서 물기둥을 올리고는 했다. 여학생들은 기절초풍, 혼비백산했고, 우리 동패와 해병대원들은 그걸 보면서 허리가 끊어져라 웃었다. 그날의 연합전에서 살아남은 우리 동패들은 모두 그 영광의 날을 기억할 터였다. 자크 드 몰레가 화형을 당한 이래로 가장 멋진 날이었던 그 영광의 순간을.

우리 골목패 동패들의 놀이 중 가장 재미있었던 것은 탄피 따위 군수품을 모으는 것이었다. 낡은 철모, 탄창, 배낭, 실탄. 9월 8일 이탈리아가 독일군에 점령된 뒤부터는 주위에 이런 것들이 흔했다. 실탄을 주우면, 먼저 탄피를 꽉 쥐고는 총알을 열쇠 같은 데 끼우고는 비틀어 탄피에서 총알만 뽑아낸다. 탄피에 든 화약(국수 토막 같은 무연 화약이 들어 있는 경우도 있다)은 땅바닥에 쏟되, 뱀이 기어간 자국처럼 꾸불텅꾸불텅하게 쏟고는 여기에다 불을 지른다. 탄피를 많이 모을수록 우리의 군사력은 탄탄해졌고, 총알이 말짱한 탄피는 많을수록 좋았다. 꽤 많이 모은 아이는 이것을 종류, 모양, 색깔, 제조 국가에 따라 분류하고는, 기관단총 및 경기관총 탄피로는 보병 소대를, 1891년형 소총 탄피(미국군이 들어오고부터는 개런드 소총 탄피도 더러 있었다)로는 기사단을 편성했다. 아이들에게 가장 인기가 있었던 것은 역시 중기관총 탄피였다. 중기관총 탄피는 이렇게 편성된 부대의 총사령관 노릇을 했다.

어느 날 밤, 이렇게 평화롭게 탄피나 수집하고 있던 우리에게 마르티네티는 비장하게 결전의 순간이 왔노라면서 운하패에 도전장을 보냈고 운하패가 우리의 도전을 받아들였다고 했다. 결전장은 중립 지대인 역사(驛舍) 뒤의 공터로 결정되었다. 시간은 밤 9시.

여름날의 늦은 오후, 누구든 나른해지는 시각이었다. 우리는 흥분해 있었다. 우리는 공격 무기를 주우러 다녔다. 각자 손에 들기 적당한 몽둥이를 고르고, 탄통과 배낭은 굵기가 다양한 돌멩이로 채웠다. 몇몇은 소총 멜빵으로 채찍을 만들기도 했다. 제대로 휘두르기만 한다면 채찍은 치명적인 공격 무기가 될 수 있었다. 날이 어두워지기까지 우리는 무슨 영웅이나 된 것처럼 들떠 있었다. 그중에서도 가장 들떠 있었던 것은 내가 아니었나 싶다. 그날 우리를 지배한 것은, 공격 직전의 짜릿한 흥분, 바로 그것이었다. 가슴 저리고, 고통스럽고, 그러면서도 황홀한 순간. 엄마, 안녕, 나 요코하마로 떠나요. 내가 간다고 그쪽에 알려요. 요컨대 우리는 조국을 위하여 청춘을 바치고 있었다. 9월 8일까지 학교에서 선생님들이, 사나이란 모름지기 그래야 한다고 가르쳤듯이.

마르티네티의 작전은 치밀했다. 우리는 북쪽에 있는 철둑을 넘어 후방에서 기습 공격을 감행함으로써 초반에 승세를 굳히기로 했다. 그런 뒤에는 무자비하게 공격하면 될 터였다.

어두워질 무렵 우리는 몽둥이와 돌멩이로 무장하고는 경사로와 도랑을 건너 둑으로 향했다. 철둑에 오르자, 역사 화장실 뒤편에 누워 있는 적군이 보였다. 그러나 적군도 우리를 봤다. 우리가 뒤에서 기습 공격을 감행할 것을 알고는 뒤쪽을 살피고 있었던 것이다. 우리가 택할 수 있는 유일한 방법은 우리의 뻔한 수법에 적군이 반응할 틈조차 주지 않고 바로 공격을 하는 것이었다.

공격 개시 전에(여느 군인들처럼) 그랍파를 들이켠 것도 아닌데 우리는 술 취한 사람처럼 고함을 지르며 공격해 들어갔다. 그러나 역사에서 1백 미터쯤 되는 곳까지 진격하고서야 우리는 공수(攻守)가 뒤바뀐 것을 알았다. 그 언저리부터 그 동네의 주거지가 시작되고 있었던 것이다. 집은 몇 채 되지 않았지만 그 사이로 좁은 골목길이 거미줄처럼 뻗어 나가고 있었다. 아군 중에서 담이 센 아이들은 겁 없이 적진으로 뛰어들었다. 나를 비롯한 담이 세지 못한 아이들(그러나 이건 행운이었다)은 슬슬 공격의 고삐를 늦추다가, 바야흐로 시작될 건곤일척의 한판 싸움을 멀리서 지켜볼 요량으로 슬며시 남의 집 담 그늘로 숨어들었다.

마르티네티가 전위와 후위를 따로 편성했더라면 우리도 우리의 의무를 다했을 것이다. 그러나 전위와 후위가 따로 없었고, 단지 순간적인 결정에 따라 담이 센 아이들과 겁이 많은 아이들로 찢어진 것뿐이었다. 결국 우리는 숨어서 전투가 시작되기를 기다렸다. 내가 숨어 있는 곳이 전장에서 가장 멀었다. 그러나 전투는 시작되지 않았다.

몇 미터 거리까지 접근하자 두 패는 서로 으르렁거리기만 했다. 두 패의 두목들이 나서서 회담을 벌였다. 얄타 회담이었다. 두 두목은, 서로의 관할 지역을 나누되, 필요하다고 인정되면, 성지에서 기독교도들과 이슬람교도들이 서로 안전 통행을 허용하듯이, 때때로 서로의 관할 지역을 무사히 통과할 수 있게끔 하기로 합의했다. 두 기사단 간의 연대가 전투의 불가피성을 짓누른 셈이었다. 양쪽 진영의 병사들은 서로 상대의 용기를 확인하고는 서로 반대 방향에 있던 각자의 본부를 향해 여전히 적이지만 평화롭게 갈라섰다.

지금의 나는 내가 그때 전투에 가담하지 않았던 이유는 상황 자체가 우스웠기 때문이라고 생각한다. 하지만 당시에는 그렇게 생각하지 않았다. 당시의 나는 내가 겁쟁이라고 생각할 수밖에 없었다.

그때보다 훨씬 더 겁이 많아진 오늘날, 나는 나 자신에게 이런 말을 하고는 한다. 그때 다른 아이들과 함께 공격군의 전위에 가담했더라면 결국 어떤 피해도 입지 않은 채 무사히 살아남았을 것이고, 그 덕에 지금 훨씬 나은 인간이 되어 있을 것이라고. 나는 내 나이 열두 살에 맞은 최초의 기회를 놓친 셈이다. 첫 경험 때 발기가 되지 않는다면 평생을 불구로 보내기 마련이다.

한 달 뒤, 어느 편에선가 약속을 깨는 바람에 골목패와 운하패는 또 한 번 맞붙었다. 양 진영 사이의 공터에서는 흙덩이가 날고 흙먼지가 일었다. 예전의 전투가 평화롭게 해결된 데서 용기를 얻었던 것인지, 아니면 순교자가 되고 싶었던 건지 모르겠지만 나는 두 번째 전투에서는 죽기를 무릅쓰고 선봉에 나섰다. 그러다 속에 돌멩이가 든 흙덩이에 맞아 입술이 터졌다. 나는 울면서 집으로 돌아왔다. 어머니는 화장대에서 족집게를 꺼내어, 터진 내 입술에서 흙덩어리를 끄집어냈다. 내 오른쪽 송곳니 아래에는 이때 생긴 살덩어리 흉터가 남아 있다.

지금도 혀로 이 부근을 문지르면 전율이 인다.

그러나 이 흉터는 나를 구원하지 못한다. 용기가 있었기 때문에 생긴 흉터가 아니라 무모해서 얻은 흉터이기 때문이다. 혀끝으로 이 흉터를 건드리면서 내가 할 수 있는 일이라곤 글을 쓰는 것뿐이다. 그러나 조잡한 문학 역시 나를 구원하지는 못할 것이다.

시위행진이 있고 난 뒤로, 근 1년 동안이나 벨보를 만날 수 없었다. 내가 암파루와 사랑에 빠진 나머지 술집 필라데에 발을 끊었기 때문이었다. 아니다. 몇 번 들른 적이 있었으니까 아주 발을 끊었던 것은 아니다. 들를 때마다 벨보는 술집에 와 있지 않았다. 게다가 암파루는 그 술집을 좋아하지 않았다. 암파루의 도덕적, 정치적 기준(기품 혹은 더할 나위 없이 강한 자존심에 어울릴 만큼 엄격한)으로 보아 술집 필라데의 자유주의적인 멋이나, 암파루의 표현에 따르면 방만한 댄디즘은, 자본주의자들의 음모가 써낸 정교한 시나리오 같은 것이었다. 나에게 그해는 내 책임에 충실하며 진지하게, 그리고 황홀하게 보낸 한 해였다. 나는 논문을 쓰는 일도 즐겁게, 그리고 침착하게 해낼 수 있었다.

그러던 어느 날, 가라몬드 출판사에서 그리 멀지 않은 운하 주위에서 벨보를 만났다. 그는 유쾌해 보였다. 「사랑하는 성전 기사 아니신가! 이거 얼마 만인가! 귀하디귀한 술 한 병 선물로 받아 뒀다네. 옛날 옛적에 빚어진 불사주 한 병을. 사무실에 들르지그래? 내게는 종이컵도, 텅 빈 오후도 있다네.」

「액어법이로군요. 〈있다〉가 〈종이컵〉에도 걸리고 〈텅 빈 오후〉에도 걸리니까 조금 이상한데요.」

「버번이야. 알라모 요새가 함락되기 전에 병입(甁入)한 술이라, 이 말일세.」

벨보를 따라 가라몬드 출판사로 들어갔다. 겨우 한 모금씩 하는 참인데 구드룬이 들어와 벨보에게, 한 신사분이 찾아왔다고 했다. 벨보는 자기 이마를 찰싹 소리가 나게 때렸다. 중요한 약속을 잊고 있었던 것이었다. 하지만 우연은 음모 꾸미기를 좋아하는 법이지. 벨보가 중얼거렸다. 그는, 자기 기억으로는 찾아온 남자가 성전 기사단에 대한 원고를 보여 주겠다고 한 사람이라고 했다.「금방 쫓아 버리겠네. 대신 자네가 날카로운 지적을 좀 해줘야겠어.」

분명 우연이었을 것이다. 하지만 그렇게 해서 나는 결국 그물에 걸려들고 말았다.

17

이렇게 해서 성전 기사단은 비밀을 간직한 채 사라졌고, 세속 도시에 대한 그들의 고상한 열망도 사라진 듯했다. 그러나 그들이 남긴 이상을 계승하려는 정신만은 살아서, 우리가 이를 수 없는 미지의 땅에서 면면히 그 숨결을 이어 가고 있다. 성전 기사단의 열망은, 인류 역사상 여러 번에 걸쳐, 이를 받아들일 준비가 되어 있는 사람들의 가슴을 뜨겁게 한 적이 있다.
— 빅토르 에밀 미슐레, 『기사단의 비밀』, 1930, 2

그는 1940년대의 얼굴을 하고 있었다. 우리 집 지하실에서 우연히 발견한 낡은 잡지들로 추정컨대, 1940년대 사람들은 모두 그런 얼굴을 하고 있었다. 전시였기 때문에 그랬을 테지만 1940년대 사람들의 뺨은 하나같이 푹 꺼져 있고, 눈빛은 유난히 불안해 보였다. 어느 진영의 병사든 간에 총살 집행 부대에 소속된 병사라면 누구나 그런 얼굴을 하고 있는데, 나는 그런 병사들 사진을 봐온 까닭에 그 표정과 면면에 익숙해져 있었다. 그즈음에는 같은 얼굴을 한 사람들이 서로를 쏘아 죽이고 죽고 했던 것이다.

우리가 만난 사람은 하얀 셔츠와 파란 양복 차림에 회색 넥타이를 매고 있었다. 얼굴 때문에 당연히 그를 병사로 생각한 나는, 그가 사복(私服)하고 있는 까닭이 궁금했다. 물기름을 먹여 곱게 두 갈래로 빗어 넘긴, 유달리 까만 머리카락은 이마를 중심으로 약간 오므라든 V자를 그리고 있었다. 살짝 벗겨진 이마 위로 전화 줄 동여매듯이 단정하게 빗어 넘긴 머리 매무새, 적당하게 그을린 얼굴은 풍상을 겪은 듯한 흔적을 담고 있었다. 식민지 관리풍의 주름살 때문만은 아니었다.

입가에서 귀까지 난 왼쪽 뺨의 희미한 흉터는 아돌프 멘주식으로 가늘게 기른 까만 수염에 반쯤 가려져 있었다. 피부가 1밀리미터 안팎으로 찢어진 것을 꿰맨 흉터 같았다. 펜싱을 하다 다친 것일까? 아니면 탄알에 스쳐 생긴 흉터일까?

자신을 아르덴티 대령이라고 소개한 그는 벨보에게는 손을 내밀면서도 내게는 고개만 한 번 까닥하고 말았다. 벨보가 나를 자기 조수라고 소개했기 때문일 것이다. 그는 자리에 앉자마자 다리를 꼬고서는 무릎 부분의 바지를 잡아당겼다. 바짓가랑이가 올라가자 복사뼈까지 올라오는 밤색 양말이 눈에 들어왔다.

벨보가 물었다.「대령이시라는데…… 현역이신가요?」

아르덴티 대령은 꽤 고급인 듯한 의치를 드러내면서 대답했다.「퇴역했습니다. 예비역이라고 생각하셔도 좋고요. 젊어 보일 테지만 실제로는 나이를 좀 먹었답니다.」

「나이를 잡수신 것 같지 않은데요?」

「전쟁을 네 차례나 치렀는데도요?」

「첫 번째는 가리발디 장군과 함께 싸우셨겠군요?」

「아니요. 에티오피아 전쟁에 지원했습니다. 그때가 중위. 스페인 전쟁에도 지원했지요. 그때가 대위. 아프리카로 다시 갔을 때가 소령. 우리가 식민지를 포기할 때까지 아프리카에서 근무했지요. 은성 무공 훈장을 달고. 43년에는, 지는 편에서 싸웠습니다. 몽땅 잃었지요, 명예만 빼고. 하지만 용기라고 할까, 그런 게 좀 있었어요. 그래서 처음부터 다시 시작했지요. 외인부대에 들어가 밑바닥부터 시작했어요. 특수전 학교도 나오고. 46년에는 상사, 58년에는 마수에서 대령을 달았습니다. 나는 역시 지는 편에서 싸울 팔자를 타고난 모양이더군요. 드골의 좌파가 우세해졌을 때는 은퇴해서 프랑스에 살러 갔지요. 알제리에서는 썩 좋은 친구들도 사귀었어요. 덕분에 마르세유에서 수출입 회사를 하나 차릴 수도 있었고요. 다행히도 이 싸움만은 이기는 편에 가담한 모양입니다. 수입도 썩 괜찮아서 하고 싶어 하던 일도 할 수 있을 만큼 여유가 있으니까요. 최근 몇 년간 나는 그동안 연구해 오던 것으로 책을 한 권 썼습니다. 그 원고가 바로 이겁니다…….」 그는 가죽 가방에서 두툼한 서류철을 꺼냈다. 내 눈에는 그 가방이 붉게 보였다.

벨보가 물었다. 「성전 기사에 관한 원고입니까?」

대령이 고개를 끄덕이고는 대답했다. 「그렇습니다. 소싯적부터 정열을 쏟았었지요. 성전 기사들은 많은 재산을 소유했던 군인들로, 영광을 찾아 지중해를 건너갔었죠..」

「여기에 있는 이 카소봉 씨가 오랫동안 성전 기사단 연구를 해왔습니다. 따라서 이 문제에 관한 한 저보다 카소봉 씨가 더 잘 알 것입니다. 내용을 좀 들려주시겠습니까?」

「나는 오래전부터 성전 기사단에 관심을 가져왔습니다. 트리폴리 이쪽저쪽의 야만인들에게 유럽 문명을 전한, 참으로 관대한 군인들이었지요.」

「성전 기사의 적이 반드시 야만인이었던 것은 아니지요.」 내가 끼어들어 토를 달았다.

「마그레브에서 적도(敵徒)들의 포로가 되어 보았소?」 아니꼽다는 듯한 말투였다.

「없습니다만.」 내가 대답하자 그는 나를 노려보았다. 그가 지휘하는 부대에 근무해 보지 않은 나는 운이 좋은 사람이었다. 그가 벨보에게 말했다. 「나와 이 젊은이는 세대가 다릅니다.」 그러고는 내 쪽을 보면서 말을 이었다. 「이거, 나를 재판하는 자리는 아닐 테지요.」

벨보가 그의 말허리를 잘랐다. 「대령님, 우리는 지금 대령님의 작품 이야기를 하고 있습니다. 그 작품 이야기를 좀 들려주시지요.」

대령은 한 손으로 서류철을 잡은 채 말했다. 「한 가지를 분명히 짚고 넘어갑시다. 나는 이 책의 제작비를 댈 준비가 되어 있습니다. 따라서 귀 출판사가 내 책으로 손해 보는 일은 일어나지 않습니다. 학술적인 평가가 필요하다면 그것도 내가 주선하지요. 두 시간 전에 나는, 나를 만나러 파리에서 여기까지 온, 이 분야의 전문가를 만났습니다. 그분이라면 내 책에다 아주 권위 있는 서문을 써줄 것입니다.」 그는 벨보의 질문을 지레짐작한 듯 손짓을 해 파리에서 온 사람의 이름은 지금으로선 밝히지 않는 편이 좋을 것 같다는 시늉을 했다.

「벨보 박사. 내 원고에는 아주 흥미진진한 이야기가 갖춰야 할 요소가 모두 들어 있습니다. 이 이야기는 실화일 뿐 아니라 굉장한 독특한 이야기이죠. 미국의 그 어떤 스릴러 작가가 쓴 소설보다 더 스릴 있는 이야기라는 편이 어울리겠군요. 나는 이 글을 쓰면서 중요한, 아주 중요한 사실을 한 가지 알아내었습니다만 이것은 시작에 지나지 않습니다. 나는 세상을 향해, 내가 알고 있는 것을 말하고 싶은 겁니다. 그러면 나머지 수수께끼를 풀어 줄 누군가가 나타나겠지요. 누군가가, 내 책을 읽고 나서겠지요. 요컨대 이 책의 출판은 일종의 낚시질 같은 것입니다. 그런데 시간, 이 낚시질에서 가장 중요한 것은 시간입니다. 내가 알고 있는 사실을 알게 된 사람 중 하나는 이미 죽음을 당했는지도 모릅니다. 비밀을 누설할 것을 두려워하는 자들 손에요. 그러나 내가 알고 있는 이 사실을 책으로 엮어 내고, 이로써 2천 명쯤의 독자가 생긴 뒤에는 나를 죽이는 것은 의미가 없어집니다.」 그는 잠깐 말을 끊었다가 이렇게 덧붙여 물었다. 「두 분 중에, 성전 기사들이 체포된 사건을 아시는 분이 있습니까?」

「여기에 있는 카소봉 씨가 최근에 내게 그 이야기를 해주더군요. 나는 기사들이 저항하지 않고 순순히 체포당했다는 사실, 체포당할 것은 전혀 예상 못 했다는 사실을 알고는 약간 충격을 받았습니다만.」

대령은 (학생의 부족한 의견을 받아들이는 교수처럼) 너그럽게 미소를 지었다. 「사실입니다. 하지만, 프랑스 국왕을 위협할 수 있을 정도로 막강하던 무리가, 몇몇 소인 간신배들이 왕을 꼬드기고 있었고, 왕은 또 교황을 꼬드기고 있었는데 이걸 모르고 있었으리라는 건 어불성설입니다. 이게 뭘 말합니까? 성전 기사단에게는 계획이 있었다는 뜻이지요. 무시무시한 계획이. 이들이 세계를 정복할 계획을 세우고 있었고, 또 어마어마한 힘의 원천에 대한 비밀을 간직하고 있었다고 가정해 봅시다. 그 힘의 원천에 대한 성전 기사단의 비밀은, 파리에 있던 성전 기사단 사령부, 스페인, 포르투갈, 이탈리아 등지에 산재해 있던 수많은 기사단, 성지에 있던 성채, 수도원 재산 등, 모든 것을 희생시켜 가면서라도 지킬 가치가 있는 비밀이었다고 가정해 보는 겁니다. 미남왕 필리프는 바로 이 부분을 의심했던 것이지요. 그렇지 않았다면 프랑스 국왕 필리프가, 프랑스 기사도의 꽃으로 불리던 성전 기사단을 불신했을 턱이 없지요. 성전 기사단에서는, 국왕이 저희들을 의심하기 시작했고, 따라서 조만간 철퇴가 날아오리라는 것도 알고 있었어요. 맞받아칠 수 없다는 것까지요. 왜냐, 성전 기사들에게는 원대한 계획이 있었거든요. 성사시키는 데 세월을 요하는 원대한 계획이오. 이들은 보물(그게 정확히 무엇인지는 모르겠으나)을 찾아내거나 그 보물을 오랜 시간에 걸쳐 사용해야 했던 것이죠. 하여튼 성전 기사단의 추밀 요원(樞密要員)들 말인데…… 오늘날에야 이 요원들의 존재가 공공연한 사실이 되어 있습니다만.」

「공공연한 사실이라고요?」

「그렇고말고요. 추밀 요원들 없이 그토록 막강하던 조직이 그렇게 오랫동안 명맥을 유지할 수 있었다는 건 상상할 수 없는 일이니까요.」

「완벽한 추론이로군요.」 벨보는 나를 힐끔 쳐다보며 맞장구를 쳤다.

대령이 말을 이었다. 「사령관 역시 이 추밀 요원에 속합니다. 그런데도 사령관은 국외자들을 기만하기 위해 외부적으로만 위장 활동을 했을 겁니다. 『기사단과, 기사단의 밀사(密史)』에서 고티에 발테르는, 세계 정복을 겨냥하던 성전 기사단의 계획은 서기 2000년에 가서야 밝혀질 것이라고 했어요. 성전 기사단은 지하로 들어가기로 결정했다는 것입니다. 그래서 뿌리가 잘린 것처럼 보이도록 위장했다는 겁니다. 말하자면 성전 기사단은 성전 기사단을 희생시킵니다. 지금까지 이들이 해온 게 바로 이거예요. 사령관들도 그랬고요. 성전 기사들 중 일부는 자진해서 죽음을 당합니다. 어쩌면 제비를 뽑아 순번을 정했는지도 모르는 일이지요. 박해를 받을 때, 이들은 평범한 시민들 속으로 섞여 들고 맙니다. 하급 관리, 수련 수사, 목수, 유리 장수들이 어떻게 했습니까? 이들이 모여 프리메이슨을 결성하고, 이 비밀 결사를 온 세상에 침투시켰다는 것은 세상이 다 아는 이야기가 아닙니까? 그러나 영국에서는 사정이 달랐어요. 영국의 국왕은 교황이 뭐라고 하건 성전 기사들에게 연금을 주고 퇴직을 시켰어요. 성전 기사들은, 교단의 으리으리한 본부에서 옛말 하면서 아주 양순하게 살았다고 하지요. 양순하게…… 이걸 믿어요? 나는 안 믿습니다. 스페인에서는, 성전 기사단은 그 이름을 몬테사 수도회로 바꾸었습니다. 신사들이었지요. 국왕의 버르장머리를 고칠 수 있을 만큼 막강한 신사들이었어요. 어떻게요? 이들에게는 국왕이 발행한 약속 어음이 한 아름 있었답니다. 그래서 마음만 먹으면 일주일 안에 국왕을 파산시킬 수도 있었답니다. 포르투갈의 경우, 국왕이 성전 기사단에게 뭐라고 한지 아십니까? 여보게들, 이렇게 하세, 이제 성전 기사단 그만하고 그리스도 기사단으로 이름을 바꾸어 주게, 그러면 나 다리 좀 뻗고 자겠네. 독일에서는, 성전 기사단은 핍박을 거의 받지 않았어요. 공식적으로는 성전 기사단이라는 교단이 문을 닫기는 했지만요. 그런데 독일에는 성전 기사단의 형제뻘 되는 교단이 있었답니다. 튜턴 기사단이었지요. 이들은 국가 안에 있는 국가 정도가 아니라 바로 국가 그 자체였어요. 이들은 국가를 상대로, 지금은 러시아 치하에 있는 지역과 크기가 맞먹는 지역을 요구했어요. 실제로 이들은 15세기, 그러니까 몽골족이 쳐들어오기 직전까지 저희 지역을 확장시켜 왔고요. 하지만 그건 또 다른 이야기입니다. 몽골족은 지금도 우리 문 앞을 지키고 있으니까요. 아니, 이야기가 옆길로 새면 안 되는데.」

「맞습니다. 옆길로 새지 않게 합시다.」 벨보가 말했다.

「그래요. 널리 알려져 있다시피, 필리프 왕이 성전 기사들에 대한 구금 영장을 집행하기 한 달 전, 그리고 영장을 발부하기 이틀 전에, 황소가 끄는 건초 수레 한 대가 성전 기사단 건물을 나서서 어딘가로 갑니다. 노스트라다무스는 저서 『제세기(諸世紀)』에서 이걸 이렇게 노래하고 있어요.」 대령은 원고를 펼치고 인용문을 읽었다.

Souz la pasture d'animaux ruminant
par eux conduits au ventre herbipolique
soldats cachés, les armes bruit menant……
(반추 동물의 먹이가 될 풀 속에서
초식 동물에 끌려
추밀 요원과 군대가 소리도 없이…….)

나는 가만히 있을 수가 없었다. 「건초 수레 운운하는 것은 전설입니다. 노스트라다무스가 역사적인 사실에 관심을 가진 사람이라고 보기도 어렵고요.」

「카소봉 씨, 당신보다 나이가 많은 사람들은 노스트라다무스의 예언을 믿어 왔습니다. 나는 건초 수레라는 말을 글자 그대로 믿을 만큼 순진한 사람도 아닙니다. 그건 상징이에요. 자크 드 몰레가, 조만간 체포당할 것을 알고 수도회의 지휘권과 밀지(密旨)를 자신의 조카인 보주 백작에게 넘겨줌으로써 비밀 결사인 성전 기사단의 사령관직을 계승시킨 구체적인 사실을 상징한다는 말입니다.」

「그런 것을 확증할 만한 문서가 있습니까?」

대령은 심술궂게 웃으면서 대답했다. 「정사(正史)라는 것은 항상 승리자의 손에서 쓰입니다. 정사에 우리 같은 사람이 존재하지 않는 것은 그것 때문입니다. 그래요. 이 건초 수레 이야기 뒤에는 뭔가가 있었어요. 성전 기사단의 핵심이라고 할 수 있는 추밀 요원들은 피비린내 나는 박해의 폭풍이 몰아치지 않는 곳으로 도피합니다. 그곳에서 지하 조직을 확산시키기 위해서요. 몇 년 동안이나 (심지어는 전쟁 전에도) 나는 나 자신에게 이런 질문을 던져 보았답니다. 이 영웅주의적인 친구들은 어디로 갔는가. 전역하고 사생활을 되찾는 대로 나는 그 뒤를 추적해 보기로 결심했어요. 건초 수레가 출발한 곳은 프랑스입니다. 그래서 나는 프랑스야말로 이 비밀 결사들의 추밀 요원들이 모여 있었던 곳을 찾아볼 만한 곳이라고 생각했어요. 하지만 그 넓은 프랑스 어디에서 말이지요?」

그에게는 무대 배우의 기질이 있었다. 벨보와 나는 그의 이야기에 정신없이 빠져 들었다. 우리는 〈그래서 어딥니까?〉라고 되물을 수밖에 없었다.

「말씀드리리다. 성전 기사들은 어디로 숨었을까요? 위그 드 팽이 어디 출신이던가요? 트루아에서 가까운 샹파뉴 출신입니다. 성전 기사단이 결성될 무렵 이 샹파뉴를 지배하고 있던 사람은 위그 드 샹파뉴인데, 이 사람은 그로부터 몇 년 뒤에 예루살렘에서 성전 기사단에 합류합니다. 이 사람은, 귀국한 뒤에도 시토 수도원장과 접촉하고, 바로 이 원장을 지원해서 수도원에서 히브리 텍스트를 공부하게 하고 번역하게 한 장본인입니다. 생각해 보세요. 성 베르나르의 베네딕트 수도원은 부르고뉴에 있던 유대교의 랍비들을 시토로 불러, 위그 드 샹파뉴가 팔레스타인에서 가져온 텍스트를 연구하게 합니다. 위그 드 샹파뉴는, 심지어는 성 베르나르 수도회에다 바르쉬로브 삼림을 기증하기까지 합니다. 후일 이 숲에 클레르보 수도원이 서게 되지요. 그럼 성 베르나르는 무엇을 했을까요?」

「성전 기사단의 사령관이 되었지요.」

「왜요? 성 베르나르가 성전 기사단을 베네딕트 수도회 이상으로 막강하게 키워 놓았다는 것은 알고 있겠지요? 그는 베네딕트 수도원에 대해서는 토지나 저택을 기부받는 것을 엄금하면서 그런 토지나 저택은 성전 기사단에 기부하게 했어요. 트루아 근처의 *Forêt d'Orient*(동방의 숲)을 본 적이 있나요? 숲이 온통 거대한 성채로 뒤덮여 있어요. 그동안 팔레스타인에 있던 성전 기사들이 전투를 벌이고 이슬람교도를 죽이는 대신 성채에 죽치고 앉아서 이슬람교도 친구들을 사귀고 있었다는 걸 아십니까? 그즈음의 성전 기사들은, 요컨대, 이슬람교 신비주의에 경도되어 있었던 겁니다. 다른 말로 하자면, 성 베르나르는 위그 드 샹파뉴 백작의 재정적인 지원을 얻어 성지에다 수도원을 설립했는데 이 수도회는 성지에서 아랍 및 유대의 밀교와 접촉하고 있었던 겁니다. 이것은 또 다른 말로 하자면, 눈에 보이지 않는 추밀 요원들이 교단을 유지하기 위해 십자군 원정을 지휘했다는 겁니다. 그 반대가 아니라고요. 그러니까 이 추밀 요원들은 왕정이 미치지 못하는 곳에서 권력의 조직을 키워 나가고 있었던 겁니다. 나는 행동하는 사람이지 과학 하는 사람이 아닙니다. 그래서 근거도 없는 낭설로 더하기 빼기를 하는 대신에, 난다 긴다 하는 학자들도 감히 해내지 못하는 일을 해내었습니다. 나는 성전 기사단의 근거지, 근 두 세기 동안이나 이들이 본바닥으로 삼던 곳, 이들이 물속의 물고기처럼 놀던 곳을 일일이 답사한 것입니다…….」

「마오쩌둥 주석은, 물고기가 물에서 놀듯이 혁명가는 인민 사이에서 놀아야 한다고 했습니다.」 내가 한마디 거들었다.

「주석 좋아하지 마시오. 성전 기사단은 선생의 그 변발한 공산주의자들보다 훨씬 위대한 혁명을 준비하고 있었답니다.」

「중국인들도 이제 변발은 하지 않습니다.」

「안 해요? 그것 참 안됐구먼. 앞에서도 말했지만, 성전 기사들은 샹파뉴 지방을 피신처로 삼았을 겁니다. 어딜까요? 팽? 트루아? 동방의 숲? 천만에요. 당시의 팽은 조그만 마을이었고, 지금도 마찬가집니다. 당시에는 겨우 성이 하나 있었던가? 트루아는 도시였어요. 왕당파가 너무 많은 도시. 성전 기사단 소유로 되어 있던 동방의 숲? 사단이 나자 왕의 근위병들이 맨 먼저 수색한 곳이 바로 이 동방의 숲이었어요. 따라서 단언하거니와 이 세 곳은 아닙니다. 그러면 어딜까요? 그럴 만한 곳은 프로뱅뿐입니다.」

18

만일에 우리의 안광(眼光)으로 땅덩어리를 철(綴)해서, 남극에서도 북극을 바라볼 수 있고, 우리가 서 있는 곳에서 지구의 반대쪽을 바라볼 수 있다면, 우리는 우리 눈에 보이는 무시무시하게 뒤엉킨 열구(裂溝)와 동혈(洞穴)에 경악하지 않을 수 없을 것이다.

— 토머스 버넷, 『지구 신성론』, 암스테르담, 볼터스, 1694, p. 38

「왜 하필이면 프로뱅입니까?」

「프로뱅에 가보셨소? 참으로 불가사의한 곳이오. 오늘날에도 그걸 느낄 수 있어요. 가보세요. 아직도 비밀의 냄새가 물씬물씬 풍기는 불가사의한 곳이랍니다. 11세기의 프로뱅은 상파뉴 백작의 근거지이자, 중앙 정부의 권력이 미치지 못하던 자유령이었어요. 말하자면 중앙 정부도 이곳의 일이라면 감 놓아라 배 놓아라 할 수 없었던 곳이었지요. 성전 기사단은 이곳에 터를 잡았어요. 그래서 지금도 이곳에는 성전 기사단을 상기시키는 지명이 있고, 교회도 있고, 고궁도 있고, 평원을 내려다볼 수 있는 성채도 있어요. 게다가 돈도 많고, 장사하는 상인들도 많고, 거래도 많고, 그러다 보니 지방 전체가 난장 형국이었어요. 딴 데의 낯선 사람들이 드나들어도 모를 그런 곳이었지요. 하지만 이 지방의 명물 중의 명물은 역시 선사 시대부터 있어 온, 바로 동굴이었지요. 벌집 같은 동굴 망이 산속에 좌악 퍼져 있는 겁니다. 카타콤이 따로 없어요. 동굴 중에서 오늘날에는 일반에 공개되는 동굴도 있답니다. 그러니까 이런 동굴은, 사람들의 은밀한 밀회소, 적이 쳐들어오면 순식간에 잠적할 수 있는 좋은 은신처가 되었던 겁니다. 적은 아마 이곳 사람들이 허공으로 증발해 버린 줄 알았을 거예요. 내부를 잘 아는 사람은 한쪽 동굴로 들어가 반대편에 있는 동굴의 입구를 찾아 나갈 수도 있었어요. 고양이처럼 아무도 모르게 감쪽같이 말이지요. 침략자가 동굴로 들어온다면 어둠 속을 헤치고 살금살금 다가가 목을 쓰윽 도려 버릴 수도 있었던 것이지요. 따라서 이 동굴은 특공 유격대원들에게는 그렇게 요긴할 수가 없었어요. 이 동굴의 내부를 잘 아는 유격대원이, 입에는 칼을 물고 양손에는 수류탄을 하나씩 들고 나다니면 침입자는 그저 고양이 앞의 쥐 신세가 되는 겁니다.」

이야기를 계속하는 그의 눈은 번쩍번쩍 빛나고 있었다.

「프로뱅이, 숨어 살기에 얼마나 좋은 곳이었는가를 먼저 염두에 두어야 합니다. 성전 기사단의 추밀 요원들은 아무도 모르게 지하에서 회합을 가질 수도 있었어요. 원래 그 땅에 터를 잡고 살던 주민들은, 추밀 요원들이 회동하는 광경을 보았다고 하더라도 절대로 보았다는 말을 입 밖으로 내지 않았어요. 미남왕 필리프의 군대가 이 프로뱅을 뒤진 것은 말할 필요도 없겠지요. 국왕의 군대는 프로뱅을 뒤지고, 눈에 띄는, 그러니까 노출되어 있는 성전 기사들을 잡아 파리로 압송했지요. 레노 드 프로뱅도 이렇게 압송되어 간 성전 기사 중의 하나였어요. 레노 드 프로뱅은 파리에서 모진 고문을 당합니다. 그러나 아무 말도 하지 않습니다. 이 사람은, 모르기는 하지만, 어떤 계획에 따라 짐짓 체포되었을 겁니다. 국왕에게, 프로뱅에 있던 기사들 역시 소탕되었다는 인상을 주기 위해 그렇게 총대를 메었을 것이라는 뜻입니다. 레노 드 프로뱅은 모진 고문을 당하면서도 끝내 입을 다물어 버림으로써 나머지 기사들에게 어떤 밀지를 전하고 있었는지도 모릅니다. 프로뱅은 절대로 항복하지 않는다, 성전 기사단의 새로운 삶터인 프로뱅은 절대로 굴복하지 않는다, 그러니까 프로뱅에 있는 전우들이여 절대로 항복해서는 안 된다, 뭐 이런 밀지를 전하고 있었는지도 모릅니다. 프로뱅의 동굴 중에는 건물과 건물을 한 줄로 연결시키는 동굴도 있습니다. 말하자면 곡물 창고로 들어가 교회로 나오게 하는 동굴 같은 것 말입니다. 어떤 동굴의 내부에는 기둥도 있고 들보도 있고, 사람이 만든 둥근 천장도 있습디다. 오늘날에도 프로뱅 고지대의 집에 들어가 보면 천장이 맞보로 되어 있는 지하실을 볼 수 있어요. 볼 수 있는 정도가 아니고 합하면 수백 개는 실히 될 겁니다. 이런 지하실은 대개 동굴과 통해 있지요.」

「억측이군요.」 나는 가만히 있을 수가 없었다.

「천만에요, 젊은이. 사실이오. 당신은 프로뱅의 동굴을 보지 못했으니까 그러는 겁니다. 땅속 깊은 곳에 있는 동굴 방의 벽이라는 벽은 모두 고대의 낙서 천지예요. 동굴 낙서가 가장 많이 남은 방이, 동굴학자들이 측실(側室)이라고 부르는 방입니다. 로마인들이 들어오기 전에 그려진 듯한 드루이드풍의 상형 문자를 상상해 보세요. 카이사르가 땅 위로 지나갈 동안 사람들은 땅 밑에서 저항의 칼을 갈고 있었던 겁니다. 여기에는 카타리파의 상징도 있어요. 물론 지금이야 프로뱅의 카타리파는 소탕당한 지 오래지만 당시에는 프로뱅뿐만 아니라 상파뉴에서도 카타리파 이교도 잔당들이 카타콤에서 비밀 집회를 열고 있었어요. 땅 위에서 183명의 카타리 이교도들이 화형을 당하고 있을 동안에도 땅 밑에서는 카타리파 비밀 집회가 열리고 있었던 겁니다. 역사가들은 이들을 〈부그르와 마니교도〉라고 부르고 있지요. 〈부그르〉가 뭡니까? 바로 〈보고밀파〉,[1] 즉 불가리아의 카타리파가 아닙니까? 그런데 프랑스어 〈부그르〉에서 뭔가 짚이는 게 없어요? 원래 이 말은 〈남색(男色)〉이라는 뜻입니다. 불가리아의 카타리파 이단자들이 이렇게 불린 것은, 이들에게 남색하는 약점이 있었기 때문이라는 겁니다.」 대령은 신경질적으로 웃고는 말을 이었다.「남색의 혐의를 받은 집단이 또 있어요. 바로 성전 기사단입니다. 공교로운 일 아닙니까?」

「일부 공통점이 있는 것뿐이죠. 그즈음에는 이단자를 처단할 때마다 손쉽게 끌어다 붙이는 죄목이 바로 남색이었어요.」

「그건 옳아요. 그러나 그렇다고 해서 내가, 성전 기사들이 정말 남색꾼들이었다고 믿는 줄 알면 안 됩니다. 성전 기사들은 군인들이었어요. 그리고 우리 같은 직업 군인들은 아름다운 여자들을 좋아합니다. 성전 기사들은 정결의 서원을 세웠지만, 서원을 세웠든 안 세웠든 남자라는 건 어디 안 갑니다. 남자는 남자지요. 내가 남색 이야기를 한 까닭은, 카타리파 이단자들이 성전 기사단의 근거지를 피난처로 삼은 것은 우연의 일치가 아니지 않겠느냐고 생각하기 때문입니다. 어쨌든 성전 기사들이 이 카타리 이단자들로부터 동굴을 이용하는 방법을 배운 것은 사실입니다.」

1 10세기 파울리키아누스파의 영향을 받고 사제 보고밀이 불가리아에서 창설한 기독교의 이단적인 일파. 정신과 물질의 이원성을 주장한다. 이 교리에 따르면 정신적 현실은 하느님이 창조한 것이고, 물질적 현실은 악마가 창조한 것이다. 뒷날 오스만 튀르크의 박해를 받다가 이슬람교로 개종했다.

「하지만 이건 결국 가설에 불과하죠.」 벨보가 물었다.

「가설에서 출발한 건 맞습니다. 난 단지 내가 왜 프로뱅에 갔느냐, 그걸 설명한 겁니다. 이제 본격적으로 얘기를 시작하죠. 프로뱅 중심에는 〈그랑조딤〉이라고 불리는 꽤 규모가 큰 고딕식 건물이 있어요. 〈십일조 곡창〉이라는 뜻이랍니다. 성전 기사단의 재정 수입 중 가장 중요한 수입원이 지역 백성들로부터 거두어들이는 십일조라는 거, 알고 있었겠지요? 성전 기사단은 이렇게 거두어들인 십일조를 국가에 한 푼도 들여놓지 않고 독립 채산으로 저희 살림을 꾸렸지요. 각설하고, 다른 건물의 지하도 그랬지만 이 건물의 지하 역시 동굴망과 연결되어 있었어요. 오늘날에는 상태가 아주 나쁘기는 합니다만 분명히 동굴망과 연결되어 있는 것은 사실입니다. 프로뱅의 고문서 관리국을 뒤지던 나는, 어느 날 1894년에 발행된 프로뱅 지방 신문 한 장을 찾아냈어요. 그 신문에는, 신문이 발행되기 얼마 전에 그 곡창의 지하를 조사한 용감한 두 용기병(龍騎兵)에 관한 기사가 실려 있었어요. 두 용기병 중 한 사람은 투르 출신인 카미유 라포르주, 또 한 사람은 페테르부르크 출신의 에두아르 앵골프였습니다(나는 〈페테르부르크〉라는 말을 분명히 확인했어요). 이 두 용기병은 관리인의 안내를 받아 지하로, 정확하게는 지하 2층으로 내려갔어요. 관리인은 그 지하 2층 밑에도 다른 지하실이 있다는 걸 보여 주느라고 발로 바닥을 쾅쾅 굴러 보였던 모양입니다. 울리는 소리가 분명히 들리더랍니다. 이 신문의 기자는 이 용감한 두 용기병을 찬양하고 있습니다. 두 용기병은 관리인을 지상으로 보내어 등잔과 밧줄을 가져오게 한 뒤, 탄광 속으로 들어가는 아이들처럼 그 밧줄을 타고 내려가 신비스러운 지하 갱도로 기어 들어갑니다. 신문 기사에 따르면 이 두 사람은 오래지 않아 아주 넓은 방에 이릅니다. 이 방에는 아주 잘 만들어진 난로도 있고, 중앙에는 마르기는 했어도 샘도 있더랍니다. 두 사람은 밧줄을 끌어다 끝에다 돌을 매단 다음 샘의 깊이를 재어 보았는데, 자그마치 11미터나 되더랍니다. 일단 지상으로 올라온 이들은 일주일 뒤에 보다 튼튼한 밧줄을 준비하고는 다시 내려갔어요. 두 번째 탐험에는 두 용기병 말고도 한 사람이 더 따라 내려간 모양입니다. 두 사람은 앵골프 용기병의 몸에 밧줄을 묶고는 샘 속으로 내려 보냅니다. 샘 바닥으로 내려간 앵골프는 여기에서 또 하나의 방을 찾아냅니다. 가로세로가 각각 10미터, 높이가 5미터나 되는 방을요. 나머지 두 사람도 앵골프를 따라 내려갑니다. 그렇게 세 사람은 지표에서 근 30미터나 내려가 지하 3층에 이르게 됩니다. 이들이 이 지하 3층에서 무엇을 보았는지, 무슨 짓을 했는지 우리로서는 알 수 없습니다. 신문의 기자는, 용기병들이 내려가는 것을 분명히 목격했다고 쓰고 있습니다. 자기도 따라 들어가고 싶었지만 그런 용기가 없었다는 것도 고백하고 있었고요. 나는 이 이야기를 읽는 순간 몹시 흥분하고 말았어요. 꼭 한번 들어가 보고 싶었는데, 지난 세기 말에 동굴의 천장이 모두 내려앉고 말았다더군요. 샘이 있었다는 건 확인된 셈이지만, 그걸 찾아낼 방법은 이제 없어지고 만 겁니다.

문득, 용기병들이 거기에서 빈손으로 나오지는 않았을 거라는 생각이 들더군요. 마침 그즈음은 렌르샤토의 비밀에 관한 책을 읽은 참이었어요. 역시 성전 기사단의 비밀을 다룬 이 책은 신도가 겨우 2백 명인 조그만 시골 교회의 가난한 목사 이야깁니다. 이 목사가 어느 날 교회 바닥을 뜯어내다가 아주 오래된 문서가 든 상자를 하나 발견합니다. 문서뿐이었겠습니까만, 그다음 이야기는 이 책에 자세하게 나와 있지 않아서 분명치 않습니다. 하지만 이때부터 목사는 돈을 물 쓰듯이 하게 됩니다. 얼마나 뿌려 대었던지 뒷날에는 속권(俗權)의 재판까지 받을 정도로 타락하게 되었다는 겁니다. 자, 두 용기병 중 한 사람에게, 혹은 두 사람 모두에게, 이와 비슷한 일이 일어날 수 있을 법한 거 아닙니까? 먼저 내려간 사람은 앵골프입니다. 가령 지하로 내려간 앵골프는 작은 귀금속, 옷 속에 숨길 수 있을 정도로 작은 귀중품을 한 점 건집니다. 그러고는 올라온 뒤에도 동료에게는 아무 말도 않습니다. 난 아주 끈질긴 사람입니다. 하기야 어지간히 끈질긴 사람이 아니라면 나처럼 파란만장한 생을 살 수도 없겠지요.」

대령은 이러면서 처음에는 얼굴의 흉터, 다음에는 관자놀이, 마지막으로는 목 뒤를 쓰다듬었다. 목이 제자리에 붙어 있는지 그걸 확인하려는 듯이.

「나는 파리의 중앙 전화국으로 가서, 앵골프라는 이름을 가진 사람이 프랑스에 있는지 없는지 알아본답시고 온 나라 전화번호부를 다 뒤졌어요. 아, 그랬더니, 딱 한 사람 있더군요. 오세르에 사는 앵골프. 나는 아마추어 고고학자라고 나 자신을 소개하고는 한번 만나고 싶다는 간곡한 내용의 편지를 보냈어요. 2주 뒤에 답장이 왔습디다. 신문에 났던 문제의 앵골프 용기병의 딸이라면서요. 아주 나이가 많은 부인입디다. 부인은 내가 자기 선친에게 관심을 가지고 있는 것에 놀라면서 오히려 내게서 뭘 좀 알아내고 싶은 모양입디다. 내게서 오히려 자기 선친 이야기를 듣고 싶어 한다, 여기에 뭔가가 있겠구나. 이런 감이 잡힙디다. 서둘러 오세르로 갔지요. 마드무아젤 앵골프는 담쟁이덩굴에 푹 파묻힌 조그만 집에 살고 있더군요. 나무 문에 끈을 연결하고 그 끈을 못에 둘둘 감아 문을 닫아 두었더군요. 앵골프 여사는 체구가 작고 친절합디다. 교육을 그다지 많이 받은 것 같지 않았고요. 여사는 나를 만나자마자, 자기 선친에 대해 뭘 알고 있느냐고 물었어요. 나는, 프로뱅의 동굴 이야기를 들려주면서, 그 지역에 관한 역사 논문을 쓰는 중이라고 했어요. 여사는 몹시 놀라는 눈칩디다만, 선친이 프로뱅에 갔었다는 사실은 모르고 있었어요. 앵골프는 용기병이었지만 이 딸이 태어나기 전인 1895년에 제대했으니까 모르는 것도 당연하지요. 제대한 그는 오세르에서 그 집을 사고, 자기 소유의 재산이 있던 그 지방 여자와 결혼한 것으로 되어 있어요. 그러나 앵골프 여사가 다섯 살 때인 1915년 앵골프 부인은 세상을 떠납니다. 그리고 20년 뒤인 1935년에는 앵골프가 실종됩니다. 글자 그대로 사라져 버린 겁니다. 그즈음 앵골프는 파리에 1년에 두 번꼴로 출입하고 있었는데, 실종 사건도 이런 여행 중에 일어난 것입니다. 지방 경찰이 파리 경찰에 앵골프의 행방을 조회하고 탐문합니다만 앵골프는 그야말로 증발이라도 한 것처럼 깨끗이 실종되어 버리고 맙니다. 결국 지방 경찰은 사망으로 추정하고 수사를 종결합니다. 홀로 남은 딸 앵골프 여사는 유산도 별로 없고 해서, 어릴 때부터 혼자서 생계를 꾸립니다. 남편감은 찾지 못한 듯하더군요. 한숨 쉬는 걸로 봐서는 거기에도 꽤 기구한 사연이 있는 것 같았어요. 노파에게 있어 유일한 이야깃거리일 테지만 끝이 좋지 않았나 봅디다. 노파는 내게 이럽디다. 〈므슈 아르덴티, 나는 불쌍한 우리 아버지의 소식도 모르고 사는 게 그렇게 죄스럽고 분할 수가 없어요. 산소라도 있으면, 있으면 어디에 있는지 그것만이라도 알았으면 원이 없겠어요.〉 노파는 자기 아버지 이야기를 그렇게 하고 싶어 하더군요. 성격이 조용조용하고, 다정다감하고, 젊은 날을 공부로 보낸 아주 교양이 있고, 성격에 빈틈이 없는 그런 분이었다, 이따금씩은 정원 일도 해가면서, 역시 지금은 작고하신 약사와 얘기 나누는 걸 그렇게 좋아할 수가 없었다, 틈나면 사업차 파리에도 자주 드나들었는데 올 때는 책을 한 보따리씩 가지고 오고는 했다고. 아닌 게 아니라 서재에는 책이 아주 많았어요. 앵골프 여사는 자기 아버지 서재를 보여주고 싶어 하면서 2층 서재로 안내까지 해줍디다.

깨끗하게 정돈된 조그만 방이었지요. 여사는, 세상을 떠났을 터인 선친을 위해서 할 수 있는 게 그것밖에 없다면서 일주일에 한 번씩 치운다고 하더군요. 여사는 그 방을 선친의 생전 모양 그대로 관리하고 싶어 했어요. 공부를 많이 해서 선친의 책을 읽어 보는 게 소원이기는 하지만, 그게 하고 싶다고 아무나 할 수 있는 겁니까? 고대 프랑스어, 라틴어, 독일어, 심지어는 러시아어로 된 책도 있었는데. 앵골프 씨는 러시아 태생이라고 합디다. 아버지는 프랑스 대사관 관리를 지냈다지요, 아마. 어쨌든 그 서재에는 백여 권의 책이 있었는데 대부분이 성전 기사단 재판과 관련이 있는 것들입디다. 1813년에 출판된, 레누아르의 『성전 기사단의 처형과 관련된 역사적 유물』 같은 희귀본도 있었어요. 암호 작성법과 암호 해독법 총서, 고문서에 관한 책, 외교사에 관한 책도 더러 보입디다. 그런데 낡은 금전 출납부를 뒤적거리던 나는 그중의 한 적요란(摘要欄)을 읽고는 몹시 놀라고 말았어요. 〈상자를 판 돈〉이라는 언급이 있을 뿐, 다른 설명은 전혀 없는 적요가 기록되어 있는 겁니다. 구매자의 이름은 물론이고, 거래가도 없었어요. 1895년의 기록이었지요. 그런데 다른 항목의 기록은 그렇게 꼼꼼할 수가 없었어요. 다른 항목은 그렇게 기록하는 위인, 좁쌀에 홈을 팔 정도의 위인이 금전 출납부의 적요를 그런 식으로 썼다는 게 믿어지지 않습디다. 그런데 그 아래에는 파리의 고서점에서 책을 몇 권 샀다는 기록이 나옵디다. 아하, 그래서 그랬구나, 싶더군요.

앵골프는, 프로뱅의 미로 같은 동굴에서 보석이 박힌 금제 보석 상자를 하나 찾아냈을 겁니다. 모르기는 하지만 앵골프는 별생각 없이 이걸 주머니에 넣었다가, 동료 용기병에게는 아무 말도 하지 못하고 그냥 집으로 왔을 겁니다. 집으로 돌아온 그는 상자 안에 든 양피지 조각을 발견합니다. 그 정도는 증거 없이도 충분히 알 수 있지요. 그래서 파리로 가서 골동품 전문가(초심자의 피나 빨아먹는 악덕 전문가)와 접촉하고는 그 상자를 팔았을 겁니다. 상자 하나 팔아서 금방 부자가 된 것은 아니었겠지만 약간의 여유는 생겼겠지요. 제대한 그는 고향으로 돌아와 고문서와 고서를 사들이는 한편 그 양피지에 남은 기록을 연구하기 시작합니다. 처음부터 앵골프는 어쩌면 보물찾기를 하고 있었는지도 모르지요. 그가 프로뱅의 동굴을 뒤지게 된 것도 그 때문이었는지도 모릅니다. 그는 교육도 많이 받은 사람입니다. 그 지식을 밑천으로 앵골프는 조용히, 그러나 열심히 30여 년 동안 양피지의 글귀를 연구합니다. 대단한 외곬이지요. 자기의 연구 결과를 혹 다른 사람들에게 발설했을까요? 그거야 모르는 일이지요. 어쨌든 1935년을 전후해서는 연구에 상당한 진척을 보았다고, 혹은 더 이상 수가 없다고 생각한 모양입니다. 그래서 연구 결과를 다른 사람에게 넘겨주거나, 아니면 적어도 자기가 필요로 하는 정보를 알려 줄 사람을 찾았을 것입니다. 그런데 그가 알아낸 내용이 너무 엄청난 비밀이었기에 그가 조언을 구하려고 찾아간 사람이 그를 살해한 겁니다.

하지만 이야기를 이 사람이 남긴 고서로 돌려 봅시다. 나는 앵골프가 혹 무슨 단서를 남기지 않았을까 해서 앵골프 여사에게, 선친의 고서를 좀 더 살펴보게 해달라고 했어요. 고서를 뒤져 보면 앵골프가 프로뱅에서 무엇을 발견했는지 알 수 있을 것 같고, 그렇게 되면 내 논문에서도 앵골프의 공을 분명히 밝히겠다고 했죠. 앵골프 여사는 선친의 일에 관한 한 아주 열성적이어서, 내게 그날 오후 내내 선친의 서재에서 고서를 살펴보아도 좋은 것은 물론이고 필요하면 다음날 다시 찾아와도 좋다는 말까지 했어요. 뿐만 아니라 서재의 불도 밝혀 주고, 커피도 끓여다 주고, 방해하고 싶지 않다면서 서재를 비워 주기까지 하는 겁니다. 벽이 하얀 그 방은 찬장도 선반도 없고, 물건을 숨길 만한 후미진 곳이나 벽 틈 같은 것도 없었어요. 나는 두어 점밖에 안 되는 가구지만 아래위, 안팎을 샅샅이 뒤졌습니다. 옷가지가 서너 점 걸려 있는, 좀약 냄새가 나는 옷장도 뒤지고, 풍경화 액자 뒤까지 살펴보았어요. 자세한 이야기는 생략합시다. 요컨대 나는 최선을 다했습니다. 가령, 안락의자가 있다고 칩시다. 나는 그저 겉을 만져 보는 것만으로는 만족하지 못합니다. 바늘 같은 것으로 쑤셔 보고, 그 안에 아무것도 들어 있지 않다는 걸 확인해야 직성이 풀리는 성미지요…….」

나는 그제야, 대령이라는 사람이 전쟁터만 누빈 위인이 아니라는 것을 알았다.

「그러고 나서는 고서로 신경을 돌렸죠. 앵골프가 남긴 책의 서명 목록도 모두 작성하고, 그가 그은 밑줄, 난외의 낙서 같은 것도 일일이 점검했습니다. 하찮은 낙서라도 대단히 암시적인 의미를 지닌 낙서일 수 있으니까요. 이 지루한 작업 중에, 꽤 두꺼운 책을 한 권 무심결에 집어 들었다가 어찌나 무거웠는지 나도 모르는 사이에 떨어뜨리고 말았어요. 그런데 여기에서 메모가 적힌 종이가 한 장 떨어지는 겁니다. 뭔가가 쓰여 있더군요. 지질이나 잉크의 색깔로 봐서 그렇게 오래된 기록은 아닌 것 같더군요. 앵골프가 말년에 쓴 것이기가 쉬울 겁니다. 대수롭지 않게 여기고 치우려는데 문득, 〈1894년 프로뱅〉이라는 글씨가 눈에 들어오는 게 아니겠어요? 내가 얼마나 흥분했는지 두 분은 모를 겁니다. 피가 머리로 확 솟구치는 것 같았지요. 그제야 뭔가 짚이는 게 있습디다. 앵골프는 양피지 원본을 파리로 가져가면서 그 내용을 메모해 놓았던 것입니다. 앵골프 여사는 수십 년 동안이나 선친의 서재를 손질하면서도 그 메모는 못 보았던 거지요. 봤다면 내게 그 이야기를 하지 않았을 리가 없지요. 오냐, 기왕에 몰랐을 테니 끝내 모르게 하자. 이 세상에는 이기는 사람도 있고 지는 사람도 있다. 지는 거라면 지긋지긋하게 했으니까 이번에는 한번 이겨 보자, 그럴 때도 되었다. 나는 이런 생각을 하면서 종이를 접어 주머니에 넣었어요. 서재에서 나온 나는 앵골프 여사에게 작별 인사를 하면서, 흥미로운 자료는 찾지 못했지만 곧 논문을 쓰게 되면 선친의 이름을 반드시 언급하겠노라는 말을 남기고 그 집을 나왔어요. 여사는, 복 받으실 거예요, 그러더군요. 야심과 정열을 불태우면서, 나같이 적극적으로 행동하는 인간이, 이미 운명이 정해져 있는 할마시에게 양심의 가책 같은 것을 느껴서는 큰일을 못하는 법이지요.」

「기왕지사 그렇게 된 것, 변명 제(除)하시고 나머지 말씀이나 계속하시지요.」 벨보가 채근했다.

「이제 두 분께 그 메모를 보여 드리겠습니다. 복사본인 걸 이해해 주세요. 믿지 못해서가 아닙니다. 원본이 닳는 게 싫어서 그런 것뿐이니까.」

「앵골프의 메모도 원본은 아니잖습니까. 원본은 양피지였으니까요.」 내가 싫은 소리를 했다.

「카소봉 씨, 원본이 존재하지 않을 때에는 마지막 남은 복사본이 바로 원본인 거요.」

「하지만 앵골프가 오독(誤讀)했는지도 모르잖습니까?」

「제대로 읽었는지도 모르잖소? 하지만 나는 알아요. 앵골프가 제대로 해독했다는 걸 나만은 알아요. 왜냐? 달리 해석할 수는 없으니까. 따라서 앵골프의 복사본은 바로 원본이오. 자, 이쯤 해서 내 말을 믿겠소, 아니면 말장난을 이 잡듯이 한번 샅샅이 해보겠소?」

「그럴 필요 없어요. 그 원본 복사본이라는 걸 좀 봅시다.」 벨보가 명쾌하게 말했다.

19

보주 백작 이래로 〈교단〉은 단 한 번도 이 땅에서 사라진 적이 없다. 그리고 오몽 사건 이후 오늘날에 이르기까지 우리 기사단의 사령관 직위는 한 번도 대가 끊기는 일이 없이 면면히 계승되어 왔다. 진정한 사령관이라는 이름과 자리, 우리 교단을 다스리고 우리 교단의 엄숙한 과업을 선도하는 진정한 큰 머슴이, 몇몇 눈 밝은 사람에게나 보이는 불가해의 신비로 남아 있게 된 것은, 아직 우리 교단의 시대가 오지 않았음이요, 때가 아직 익지 않았음이라…….

— G. A. 시프만이 1760년에 쓴 원고, 『18세기 중엽의 프리메이슨 결사에서 기사단의 위계와 그 기원에 대하여』, 라이프치히, 체헬, 1882, pp. 178~190

막연하게나마 우리가 그 〈계획〉과 접한 것은 이때가 처음이었다. 그날 벨보의 사무실에 있지 않았더라면, 그래서 이 일에 말려들지 않았더라면 나는 지금 다른 곳에 있을 터이다. 사마르칸트에서 깨를 팔고 있을지, 브라유 점자 총서(點字叢書)를 편집하고 있을지, 북극해의 제믈랴프란차이오시파제도의 퍼스트 내셔널 뱅크의 지점장을 하고 있을지 누가 알겠는가. 전제 조건이 애당초 위(僞)여서 사실과 반대되는 가정의 결과는 항상 참이다. 그러나 그날 나는 거기에 있었다. 그래서 오늘 내가 여기에 있는 것이다.

대령은 잔뜩 바람을 잡아 가면서 주머니에서 종이 한 장을 꺼내어 우리 앞에 내밀었다. 그 복사지는 아직도 내 책상 위 서류와 뒤섞인 채 플라스틱 서류함 안에 들어 있다. 당시에 쓰이던 감열지(感熱紙)에다 복사한 것이어서 이 복사지만 유난히 누렇게 변색해 있다. 여기에는 두 가지가 기록되어 있다. 하나는, 종이의 지면을 반쯤 차지하는 첫 번째 기록, 그리고 나머지는, 산문으로 된 두 번째 기록이다. 산문 기록에는 군데군데 탈자가 있다.

첫 번째 기록은 셈어로 장난을 친, 미치광이의 주문 같다.

Kuabris Defrabax Rexulon Ukkazaal Ukzaab Urpaefel Taculbain Habrak Hacoruin Maquafel Tebrain Hmcatuin Rokasor Himesor Argaabil Kaquaan Docrabax Reisaz Reisabrax Decaiquan Oiquaquil Zaitabor Qaxaop Dugraq Xaelobran Disaeda Magisuan Raitak Huidal Uscolda Arabaom Zipreus Mecrim Cosmae Duquifas Rocarbis.

「별로 명료하진 않은데요?」 벨보가 고개를 가로저었다.

대령이 약간 능청스러운 얼굴을 한 채 고개를 끄덕였다. 「당연하지요. 어느 날 우연히 고본 노점(古本露店)에서 트리테미우스[1]의 책을 한 권 사지 않았더라면 나는 아직도 이 암호를 해독하느라고 진땀을 빼고 있을 터인데, 처음 보고 뭐가 뭔지 모르겠다고 하는 게 당연하지요. 나는 이 책에서 이런 암호 밀지를 보았어요. 〈*Pamersiel Oshurmy Delmuson Thafloyn*…….〉 나는 이것을 실마리로 삼고 용맹 정진했지요. 사실 나는 트리테미우스에 대해서는 사전 지식이 별로 없었어요. 그런데 우연히, 1606년 프랑크푸르트에서 발행된 그 책, 『스테가노그라피아, 호크 에스트 아르스 페르 오쿨탐 스

1 본명은 요하네스 폰 하이델베르크. 16세기 독일의 베네딕트 수도회 수도원장을 지냈다. 역사가인 그의 저서 『암호학』은, 암호 조립 방법과 해독 방법을 비롯, 카발라에서 착상한 당시의 수비학(數秘學) 연구 업적을 망라하고 있다.

크립투람 아니미 수이 볼룬타템 압센티부스 아페리엔디 케르타』를 구할 수 있었답니다. 『암호 문자를 사용해서 멀리 있는 사람에게 진의를 전하는 기술에 관한 서(書)』라는 뜻입니다. 이 트리테미우스라는 양반, 참 굉장합디다. 15세기 말에서 16세기 초까지 슈판하임의 베네딕트 수도원장을 지낸 이 양반은 히브리어와 칼데아어, 심지어는 타타르어 같은 동방어까지 통달한 학자였어요. 뿐만 아니라 수많은 신학자, 카발라 학자, 연금술사들과도 교분을 가지고 있었더군요. 네테스하임의 코르넬리우스 아그리파 같은 사람과도 친교한 게 확실해 보이고 파라켈수스와도 그랬을 가능성이 있습니다. 이 트리테미우스는 암호 편지 쓰는 비법을 전수할 때도 일종의 마법의 안개를 사용해 진실을 가려 놓았습니다. 예컨대 그는 조금 전에 인용한 것과 같은 암호 밀지를 추천합니다. 이런 편지를 받는 사람은 그 안에서 진의를 해독하느라고 〈파메르시엘〉, 〈파디엘〉, 〈도로티엘〉 같은 천사에게 호소하겠지요. 그러나 그가 이 책에서 예로 제시하는 암호 편지는 사실 대개가 군사 문서였습니다. 실제로 왕권 백작(王權伯爵)이자 바이에른 공작이었던 필리프에게 헌정된 이 책은 암호문 체계를 연구하는 데 필요한, 상당히 진지한 단서를 제공하고 있습니다.」

「내가 잘못 알고 있는 건지 모르겠지만 조금 전에 대령께서는 트리테미우스가 이런 책을 쓴 것은, 우리가 논의하던 문제의 암호 원고가 쓰이고 백 년도 더 지난 후대가 아닙니까?」 내가 물었다.

「트리테미우스는, 철학, 천문학, 피타고라스 수학에까지 전념하던 〈소달리타스 켈티카(켈트 동우회)〉에 소속되어 있던 사람입니다. 이것이 무슨 뜻인지 아시겠지요? 성전 기사단은, 당시에 널리 알려져 있던 고대 켈트족의 문화유산으로부터 입문식의 틀을 빌려 쓰던 교단입니다. 그런데 트리테미우스 역시, 성전 기사단에서 쓰던 암호 체계를 알고 있었다는 겁니다.」

「놀랍군요. 암호문 문제로 돌아가시죠, 이게 대체 무슨 뜻입니까?」 벨보가 물었다.

「여러분, 진정하세요. 트리테미우스는 앞서 말한 책에서 40가지의 대암호 체계와 10가지의 소암호 체계를 제시하고 있습니다. 나는 운이 좋은 사람이었습니다. 그게 아니라면 프로뱅 성전 기사들이 머리를 별로 쓰지 않았던 것이겠죠. 프로뱅의 성전 기사들은 어차피 이 암호 체계에 도전할 자가 없을 것으로 알고 아주 느슨하게 짜는 데 만족했던 걸지도 몰라요. 나는 먼저 이 암호를 대암호 체계 중 하나에 속하는 것으로 보고 각 단어의 두문자(頭文字)만을 문제 삼아 보았지요.」

벨보는 암호문을 들여다보면서 중얼거렸다. 「두문자요? 두문자만 읽어 봐도 여전히 미치광이 잠꼬대 같은데요. *kdruuuth*……, 이게 대체 뭡니까?」

대령이 의기양양하게 말했다. 「모르는 게 당연하지요. 성전 기사들이 머리를 별로 쓰지 않았다는 것은 사실입니다만 그렇다고 해서 마냥 놀고 있었던 것만은 아니지요. 두문자만 모은 것 자체가 또 하나의 암호랍니다. 나는 10가지의 소암호 체계를 동원해 가면서 해석을 시도해 보았습니다. 두 번째 암호 체계의 경우, 트리테미우스는 암호 해독반(暗號解讀盤)을 활용했습니다. 보세요, 여기에 첫 번째 암호(두문자만 모은 암호)를 해석할 바퀴꼴의 해독반이 있어요.」

대령은 또 한 장의 복사지를 꺼내어 탁자에 놓고 의자를 끌어당기고서는 우리에게 집중해서 보라면서 만년필로 그림을 짚어 나가기 시작했다.

「이건 간단한 겁니다. 바깥쪽 테를 보세요. 암호문을 쓰기 위해서는 원래 쓰려던 글자의 앞 글자를 쓰면 됩니다. 가령 〈A〉를 쓰고 싶으면 그 앞 자인 〈Z〉를, 〈B〉를 쓰고 싶으면 그 앞 자인 〈A〉를 쓰는 식입니다. 요즘 아이들의 첩보원 놀이에 등장할 법한 지극히 유치한 암호 체계입니다만 당시로서는 거의 마법에 가까운 것이었지요. 해독할 때는 역순으로, 해당 글자의 다음 글자를 읽으면 됩니다. 나는 이런 식으로 일단 글자를 읽고 한 자씩 써보았어요. 단번에 알아냈으니까, 나는 역시 운이 좋은 사람이지요? 한 자씩 읽어서 모으면 다음과 같은 글귀가 됩니다. *Les 36 inuisibles separez en six bandes.* 무슨 뜻이냐 하면 〈여섯 무리로 나뉜, 서른여섯 명의 보이지 않는 자들〉이라는 뜻이지요.」

「그러니까 이게 무슨 뜻이냐는 겁니다.」

「언뜻 보면 아무 의미도 없는 것 같아요. 무슨 단체가 결성되었다는 사실을 보도한 신문의 헤드라인 같지요? 그러나 제의적인 이유에서 은어로 쓰였다는 데 유념해야 합니다. 그러니까 우리의 성전 기사단은 저희들의 밀지를 신성불가침의 성문(聖文)으로 바꾸는 것으로 충분하다고 본 것이죠. 그렇기에 원문은 14세기의 프랑스어로 쓴 것이지요. 자, 두 번째 기록을 볼까요?」

a la... Saint Jean

36 p charrete de fein

6... entiers avec saiel

p... les blancs mantiax

r... s... chevaliers de Pruins pour la... j.nc.

6 foiz 6 en 6 places

chascune foiz 20 a... 120 a...

iceste est l'ordonation

al donjon li premiers

it li secunz joste iceus qui... pans

it al refuge

it a Nostre Dame de l'altre part de l'iau

it a l'ostel des popelicans

it a la pierre

3 foiz 6 avant la feste... la Grant Pute.

「이게 해독된 암호문이라는 겁니까?」 벨보가 물었다. 실망한 기색, 어이없어하는 눈치가 역력했다.

「점으로 된 부분은 앵골프가 원본에서도 읽을 수 없었던 부분인 거죠. 양피지가 삭아서 읽을 수 없었던 걸 수도 있고요. 그러나 나는, 내 양심에 걸고 감히 말하거니와, 어느 누구도 흉내 낼 수 없는 추리력으로 이를 완벽하게 재구성, 번역까지 했습니다. 말하자면 나는 고전의 빛나는 옛 모습을 되찾은 것입니다.」

흡사 마술쟁이 같은 몸짓으로 복사지를 뒤집어 뒷면에 적힌, 대문자만으로 된 자신의 메모를 보여 주었다.

성 요한의 (밤)
건초 수레 사건으로부터 36(년 되는 해)
봉인으로 밀봉된 6(가지 밀지)
흰 망토(를 두른 성전 기사들을 위하여)
(복)수하기 위한 프로뱅의 (공술 번복자들)
6개소에 6 곱하기 6
각회 20(년)씩 120(년)
계획은 이러하다
제1진은 성으로
(120년 뒤) 제2진은 빵(가진 사람들과) 합류할 것
다시 은신처로
다시 강가에 있는 노트르담으로
다시 포펠리칸이 묵는 곳으로
다시 돌이 있는 곳으로
위대한 창부(의) 잔치 전에 3 곱하기 [즉, 666]

「오리무중이군요.」 벨보의 말이었다.

「당연하지요. 아직 해석이 남아 있으니까. 그러나 앵골프도 나처럼 완벽에 가깝게 해석했을 것이오. 성전 기사단의 역사를 알고 나면 생각만큼은 오리무중이 아니니까요.」

잠시 침묵. 그는 물을 한 잔 청해 마시고는 다시 해석해 들어가기 시작했다.

「자, 다시 해봅시다. 성 요한의 밤, 건초 수레 사건 이후 36년째 되는 해. 1307년 9월 밀지를 통해 성전 기사단의 운명을 짊어지게 된 성전 기사들이 건초 수레를 타고는 일제 검거령을 피해 탈출합니다. 당시에는 부활절부터 다음 부활절까지를 1년으로 쳤어요. 그러니까 1307년이 끝나는 것은 우리가 1308년으로 계산하는 부활절의 끝 무렵이 됩니다. 1307년의 끝, 그러니까 1308년의 부활절로부터 만 36년이 되는 날은 1344년의 부활절이 됩니다. 따라서 이 밀지가 예고하고 있는 36년 뒤는, 지금 우리가 쓰는 달력으로는 1344년이 되는 것입니다. 그런데 이 밀지는 암호문으로 바뀌어 아주 귀중한 상자에 담긴 채, 그것도 지하의 납골당 같은 데 보관되어 있었다는 데 유념해야 합니다. 따라서 이 밀지는, 이 밀교단이 결성되고부터 36년째 되는 해의 성 요한절 전날 밤에 어떤 사건이 있었음을 증언하는 셈이지요. 그게 언제냐 하면 1344년 6월 23일이 되는 것입니다.」

「왜 하필이면 1344년입니까?」

「이건 내 생각인데요, 1307년에서 1344년 사이의 어떤 시점에, 이 밀교단은 양피지에 기록되어 있는 어떤 계획을 실행할 목적으로 재조직된 것이 아닐까 합니다. 그러니까, 이들은 세론(世論)이 좀 진정되고, 5~6개국에 흩어져 있던 성전 기사들 간에 연락이 될 때까지 기다려야 했던 것이죠. 만일에 성전 기사단이, 35년도 아니고 37년도 아닌, 36년을 기다려야 했다면, 암호문이 말하고 있듯이 36이라는 숫자가 이들에게 특별한 의미가 있었기 때문이었을 것입니다. 36 숫자를 구성하는 3과 6의 합은 9입니다. 이 9라는 숫자가 상징적으로 지니는 심오한 의미 같은 것은 다시 설명할 필요도 없을 테지요.」

「방해해서 미안합니다.」 프로뱅의 성전 기사처럼 기척도 없이 불쑥 나타난 디오탈레비가 우리들 이야기에 끼어들었다.

「자네가 좋아할 얘기라네.」 벨보가 이렇게 말하고는 디오탈레비를 대령에게 소개했다. 대령은, 디오탈레비의 염려와는 달리 방해를 받기는커녕 듣는 사람이 늘어난 것을 다행으로 여기는 듯했다. 대령이 설명을 계속하자 디오탈레비는 숫자가 많이 나오는 화제라서 신이 난 나머지 침을 다 흘릴 지경이었다. 순수한 게마트리아의 세계를 즐기고 있음에 분명했다.

「이제 봉인에 대한 이야기를 좀 하지요. 봉인된 여섯 건의 밀지. 이게 과연 무엇을 말하는 것일까요? 앵골프는 봉인된 상자 하나를 발견합니다. 그런데 이 상자는 도대체 누구를 위해 봉인된 것일까요? 물론 흰 망토를 걸친 자들의 무리인 〈백의단(白衣團)〉, 즉 성전 기사단을 위해섭니다. 그다음 줄을 보면 〈r〉가 나오고, 이어서 몇 자가 인멸된 뒤에 〈s〉가 나옵니다. 나는 이것을 〈공술 번복자*relapsi*〉로 읽습니다. 왜냐? 다 아시겠지만 이 공술 번복자들은 일단 죄상을 자백했다가 그 자백을 다시 번복했던 이들로 성전 기사단 재판에서 아주 결정적인 역할을 하는 사람들이지요. 프로뱅의 성전 기사들은 스스로 공술 번복자가 되는 것을 자랑으로 여겼습니다. 공술을 번복함으로써 재판이라는 이름의 사악한 코미디의 출연을 거부한 장본인들이기 때문입니다. 자, 그런데 이들이 뭔가를 준비한다는 겁니다. 뭘까요? 그것은 우리가 해독했다시피 〈복수〉입니다. 복수를 준비한다는 겁니다.」

「뭘 복수한다는 거지요?」

「참 답답들 하십니다. 재판이 시작되고 나서부터 이 성전 기사단이라는 밀교단은 오로지 한 가지 목적에만 매달렸어요. 무엇이냐? 그들의 목적이란 자크 드 몰레의 복수를 하는 것에 집약됩니다. 나는, 프리메이슨의 의식은, 성전 기사단 의식의 부르주아적 캐리커처에 지나지 않는다고 생각하기에 별로 중요하지 않다고 생각하는 편입니다만, 그럼에도 분명한 것은, 프리메이슨 의식은 비록 희미하기는 해도 성전 기사단 전통을 반영하고 있다는 겁니다. 스코틀랜드 프리메이슨 단체에서는 특정 계급을 카도슈 기사라고 하지요. 〈복수의 기사〉라는 뜻입니다.」

「좋습니다. 성전 기사들은 복수를 준비하고 있었다고 칩시다. 다음이 궁금하군요?」

「문제는 복수의 시기입니다. 암호 밀지를 보면, 여섯 명의 기사가 여섯 번 나타난다는 내용이 있지요? 36명이 6개 기사단으로 나뉜 것이지요. 그런데 바로 다음에 〈각 회 20〉이라는 말이 나오지요. 그다음은 불분명한데, 앵골프는 이 글씨를 〈a〉로 쓴 것 같아요. 그렇다면 〈년*ans*〉으로 해석할 수 있습니다. 그렇다면 20년마다 한 번씩이 되겠지요. 그래서 나는, 20년에 한 번씩 6회면 120년이 될 거라고 해석했습니다. 이 밀지의 후반부를 보면 6처, 혹은 이들이 결행해야 할 6가지 과업을 암시하는 대목이 나옵니다. 그리고 그다음에는 계획 또는 절차를 뜻하는 〈오르도나시옹〉이라는 말이 나옵니다. 뿐만 아니라, 제1진은 성, 혹은 지하 감옥으로, 제2진은 또 어디로, 제3진은 또 어디로. 이런 식으로 각 기사단의 행선지까지 밝혀져 있습니다. 그런 뒤에는 비밀문서가 이것뿐만이 아니라 6개가 6개소에 분산 보관되어 있다는 말이 있지요. 내가 해석하기로는 그 봉인된 문서들은 순서대로 개봉되어야 하고, 각 문서는 120년에 하나씩 개봉되어야 한다는 뜻 같습니다.」

「그렇다면 〈각 회 20년〉이라는 건 무슨 뜻입니까?」

「이 복수의 기사들은 120년마다 특정 지역에서 임무를 수행하게 되어 있습니다. 말하자면 계주 같은 것이지요. 따라서 1344년 6월 23일 밤에는 36명씩 6개 부대로 편성된 성전 기사단이 각기 계획에 밝혀져 있는 여섯 지역 중 하나인 목적지를 향해 떠났을 겁니다. 그러나 첫 번째 봉인을 뜯은 기사가 120년 동안 살아서 임무를 수행할 수는 없는 일이 아닙니까. 그러니까 각 봉인을 개봉한 추밀 요원은 20년 동안 지휘관으로 재직하고 이걸 다음 세대에 물려주었을 것입니다. 20년이라면 사실 꽤 합리적인 기간이기도 하지요. 봉인 한 개에 딸린 여섯 기사가 20년씩 봉직하면 도합 120년이 되지 않습니까? 그러다 이 120년이 지나 버리면 어떻게 될까요? 그러면 마지막으로 봉인을 관리한 기사가 밀지를 읽고는 다음 봉인을 열고 이를 관리할 선두 주자에게 넘깁니다. 어떻습니까? 이 밀지에 나오는 동사가 복수 동사로 되어 있는 것도 바로 이 때문일 것입니다. 제1번 봉인의 개봉자는 이리로, 제

2번 봉인 개봉자는 저리로, 하는 식이지요. 각 기사단의 근거지는, 120년 동안 각기 20년씩 봉직하는 6명의 기사들로부터 감시 감독을 받습니다. 그러면 어디 한번 계산해 볼까요? 기사들이 6회에 걸쳐 출동한다고 했지요? 120년마다 한 번씩 모두 6회 출동하려면 얼마나 걸릴까요? 여러분도 아시겠지만 첫 번째 출동이 시작되고 나서 출동이 끝나기까지는 120년이라는 세월이 5번 되풀이됩니다. 따라서 120 곱하기 5는 600…… 1344년에 출동이 시작되니까 1344 더하기 600은 1944년…… 마지막 줄에서 우리는 출동이 끝나는 해가 1944년이라는 걸 확인할 수 있게 됩니다. 일목요연하지 않습니까?」

「무엇이 일목요연하다는 겁니까?」

「마지막 줄을 보세요. 〈위대한 창부(의) 잔치 전에 3 곱하기 6(666).〉 이것 역시 숫자 놀이입니다. 1944를 구성하는 수의 합계는 18입니다. 즉 3의 6배수이지요. 그런데 이 기묘한 수적 우연의 일치가 지극히 미묘한 성전 기사단 수수께끼를 암시합니다. 1944년은 성전 기사단 계획의 마지막 해입니다. 그러나 여기에는 또 하나의 목표에 대한 암시가 들어 있습니다. 성전 기사단은 2천년기(千年紀) 즉 2천년대를 염두에 두고 있었던 것이죠. 성전 기사들은, 2천년기에는 저희들의 예루살렘, 세속의 예루살렘, 반(反)예루살렘의 도래를 볼 수 있을 것이라고 믿었어요. 성전 기사단은 이단으로 처단되지 않았습니까? 그래서 교회를 증오한 나머지 스스로를 적그리스도와 동일시하게 된 겁니다. 이들은 신비주의 전통에서 666이라는 수가 짐승을 상징한다는 것을 잘 알고 있었어요. 보세요, 1344년부터 666번째로 맞게 되는 해가 몇 년인가요? 서기 2000년 아닌가요? 성전 기사들은 바로 이해에 복수를 완료한다고 믿은 듯합니다. 반예루살렘은 신생하는 바빌론입니다. 1944년이 〈요한의 묵시록〉에 나오는 바빌론의 라 그랑 피트, 즉 위대한 창부가 승리하는 해인 까닭이 여기에 있습니다. 그러므로 666이라는 숫자는 투사들의 사기를 북돋우기 위한 일종의 자극제, 사기 진작용 같은 겁니다. 요즘 말로 하자면 저항의 봉화 같은 거라고 할까요. 굉장한 이야기라고 생각하지 않습니까?」

우리의 표정을 읽는 그의 눈은 젖어 있었다. 입술과 수염도 젖어 있었다. 그는 우리를 바라보면서 가방을 툭툭 두드렸다. 굉장한 자신감의 표현이었다.

「좋습니다. 추밀 요원들의 밀지라는 것이 계획과 관련된 시간표라고 칩시다. 그렇다면 계획이라는 건 뭡니까?」 벨보가 물었다.

「질문, 또 질문. 질문이 너무 많으시군요. 내가 그걸 다 안다면 미끼를 던질 필요도 없게요? 그러나 나도 한 가지만은 확실하게 압니다. 이 글을 읽어 보고 나서 나는, 중간에 뭔가가 잘못되었다, 그래서 그 계획은 실행으로 옮겨지지 못했다, 이런 걸 알게 되었어요. 그렇지 않다면 우린 그 계획에 대해 알게 됐을 테니까요. 나는 계획이 실행되지 못한 까닭도 압니다. 1944년은 그런 일을 벌일 만한 해가 아니었던 겁니다. 1344년의 성전 기사들은 저 무서운 세계 대전이 일어나리라고는 예상도 못한 것입니다.」

디오탈레비가 끼어들었다. 「말을 끊어서 미안합니다만, 제가 제대로 이해했다면 첫 번째 봉인은 개봉되었고, 봉인 관리자의 대물림은 여전히 계속되고 있습니다. 끝난 게 아니라는 얘기죠. 이런 대물림은 마지막 봉인이 열릴 때까지, 이 교단의 대표들이 한자리에 회동할 때까지 계속됩니다. 한 세기마다, 정확하게 말하자면 120년마다 각처에는 6명의 봉인 관리자가, 도합 36명의 관리자가 있게 되는 셈이군요.」

「그렇지요.」

「36명의 기사들이 여섯 군데에 있으니까 도합 216이 되는 셈입니다. 이 수를 구성하는 숫자의 합은 〈9〉가 되는군요. 성전 기사단 이래 6세기가 흘렀지요? 216 곱하기 6…… 1296이 됩니다. 1296이라는 수를 구성하는 숫자의 합은 18, 혹은 3 곱하기 6, 혹은 666이 되는군요.」 벨보가, 장난이 심한 아들을 흘기는 듯한 어머니의 눈을 하지 않았더라면 디오탈레비는 전 세계를 숫자 놀이로 재구(再構)했을 터였다. 그러나 대령은 그 말을 듣고는 디오탈레비야말로 머리가 깬 사람으로 본 모양이었다.

「대단하군요, 교수님! 계시의 섬광이 번뜩인 것 같군요. 그런데 혹시, 예루살렘에다 성전을 지은 기사들 수가 9명이었다는 것을 아시는지요?」

「테트라그라마톤에 나타난 거룩한 하느님의 이름은 72자랍니다. 이 72를 구성하는 두 개의 숫자를 더하면 7 더하기 2는 9. 괜찮으시다면 계속하지요. 유대 밀교에서 보존하고 있는(혹은 유대 밀교에 영감을 받은) 피타고라스학파의 전통에 따르면 1부터 7까지의 홀수의 합은 16이고, 2부터 8까지의 짝수의 합은 20, 이 둘을 더하면 36이 됩니다. 알고 계셨는지요?」

「놀랍습니다, 교수님! 전 이렇게 될 줄 알았어요! 교수님 덕에 연구를 계속해도 되겠단 용기가 생기네요. 진리에 접근하고 있는 게 확실해졌으니까요.」

디오탈레비는 산수를 종교로, 혹은 종교를 산수로 환원시키고 있었던 것일까? 어쩌면 산수를 종교로 환원시키는 동시에 종교를 산수로 환원시키고 있었는지도 모른다. 아니, 어쩌면 디오탈레비는 천국의 찬란함을 가지고 장난치는 무신론자였는지도 모른다. 룰렛을 했으면 명수가 되었을 텐데도 (그 편이 훨씬 나았을지도 모르는데도) 불구하고, 그는 자칭 믿음이 없는 랍비였다.

정확한 경위는 기억나지 않지만, 어쨌든 벨보가 불쑥 끼어들어 피에몬테식 재치로 이 해괴한 화제를 거기에서 중단시켰던 듯하다. 아르덴티 대령에게는 해석해야 할 밀지가 몇 줄 더 있었고, 나와 벨보는 그 내용이 궁금해서 견딜 수 없었다. 6시였다. 오후 6시……. 18시로군, 이라고 나는 생각했다.

벨보가 말을 매듭지었다. 「한 세기에 36명씩. 기사들은 차근차근 〈돌이 있는 곳〉에 모일 준비를 합니다. 그런데 이 〈돌〉이라는 게 대체 뭡니까?」

「그걸 왜 모르십니까! 돌이라는 게 성배(聖杯)지 뭐겠어요.」 아르덴티 대령이 대답했다.

20

중세는 그라알[聖杯][1]의 영웅을 기다리는 동시에, 신성 로마 제국의 우두머리가 〈세계의 제왕〉을 상징하는 존재이자 그 화신이기를 기대했다……. 보이지 않는 황제는 보이는 황제여야 했고, 〈중세〉는 〈중간〉이자 〈중심〉, 불가시, 불가침인 〈중심〉이어야 하며, 군주이자 영웅인 자는 잠에서 깨어 복수와 복권을 성취해야 한다. 이것은 낭만적으로 회고하는 사멸한 과거의 환상이 아니라, 오늘을 살고 있다고 당당하게 주장할 수 있는 자들의 소박한 진실이었다.
— 율리우스 에볼라, 『성배의 신비』, 로마, 에디치오니 메디테라네, 1983, 제23장 및 에필로그

「그렇다면, 여기에는 성배도 관련되어 있다는 것입니까?」 벨보가 물었다.

「당연하지요. 이런 말을 하는 사람이 나뿐인 것은 아닙니다. 여러분은 다 공부를 많이 한 분들이니 성배 전설을 여기에서 되풀이해 설명할 필요는 없겠지요. 원탁의 기사, 그리스도의 피를 받은 술잔으로 믿어지는, 따라서 기적을 일으키는 이 물건을 찾아 떠나는 신비스러운 수탐(搜探)의 모험. 이 성배는 아리마태아 사람 요셉이 프랑스로 가져간 것으로 전해

1 중세의 전설에 따르면, 로마의 백인대장이 십자가에 달린 그리스도의 옆구리를 창으로 찔렀을 때, 산헤드린(유대 공의회)의 일원이었던 아리마태아 사람 요셉은, 그리스도가 최후의 만찬 때 쓰던 술잔으로 그리스도의 상처에서 흘러내리는 피를 받는다. 뒷날 요셉은 이 술잔을 가지고 유럽으로 간다. 성배의 전설은 이렇게 시작된다. 성배 찾기 모티프의 가장 두드러지는 본보기는 아서 왕 휘하의 원탁 기사들에서 꽃핀다. 원탁 기사들의 운명을 다룬 작품으로는 크레티앙 드 트루아, 로베르 드 보롱, 볼프람 폰 에센바흐의 서사시가 있고 바그너의 오페라가 있다.

집니다. 그러나 사람들 중에는, 성배가 술잔이 아닌 마력이 깃든 돌이라고 주장하는 사람도 있습니다. 성배는 눈부신 섬광으로 묘사될 때가 많습니다. 무한한 에너지의 원천이자 불가사의한 권능을 상징하는 것이지요. 성배는 주린 자는 먹이고 병든 자는 고치고, 눈먼 자는 뜨게 하고, 죽은 자는 살립니다. 혹자는 이것을, 연금술사들이 말하는 〈철인(哲人)의 돌〉과 동일시합니다만, 그렇다 하더라도 〈철인의 돌〉이라는 것이 우주적 에너지의 상징이 아니라면 대체 무엇이겠습니까? 이 신비스러운 돌을 소재로 삼았던 문학 작품을 꼽자면 한이 없습니다만, 선생 같은 분은, 그 상징적인 의미가 별것이 아닌 경우와 반박이 불가능한 경우를 쉬이 알아볼 수 있습니다. 예컨대 볼프람 폰 에셴바흐의 『파르치팔』에 따르면 성배는 성전 기사단의 성에 보관되어 있다는 어처구니없는 얘기가 있어요. 에셴바흐는 아무도 모르는 비밀을 알고 있던 걸까요? 알지도 못하면서 이러쿵저러쿵 멋대로 떠벌린 경솔한 인간이었을까요? 뿐만 아닙니다. 그는 성배를 *lapis exillis*, 즉 하늘에서 떨어진 돌로 그리고 있습니다. 그러나 이 *lapis exillis*라는 말이 〈*ex coelis*(하늘에서) 떨어진 돌〉이라는 뜻인지, 아니면 *exilium*, 즉 〈바빌론 귀양지〉의 돌을 뜻하는지는 분명하지 않습니다. 그러나 어떤 의미를 지니건, 굉장히 먼 곳에서 온 돌이라는 것은 분명합니다. 이것을 두고 유성이었을 거라고 하는 사람도 없지 않습니다. 어쨌든 우리에게 중요한 건 성배가 분명 돌이라는 사실입니다. 성배의 정체가 무엇이었든지 간에, 성전 기사들에게는 목적, 혹은 계획의 궁극을 상징하는 것이었고요.」

「잠깐만 실례합니다. 밀지에 따르면 기사들이 여섯 번째로 만나는 곳은 돌에서 가까운 곳, 혹은 돌 위로 되어 있는데요? 돌을 찾으라는 뜻은 아니지 않을까요?」 나는 그의 장광설에 제동을 걸었다.

「또 하나의 다의적인 표현, 말하자면 또 하나의 눈부실 정도로 신비스러운 아날로지올시다. 그래요. 여섯 번째 집회는 돌 가까이서 열리게 되어 있어요. 그것이 어디에 있는 돌인지는 곧 드러나게 되어 있어요. 바로 이 돌 옆에서 계획의 인수인계가 이루어지고 밀지의 봉인이 개봉되어야 기사들은 비로소 그 〈돌〉의 소재를 알게 됩니다. 신약 성서에 나오는 동음이의(同音異義)의 말장난 같은 거지요. 그리스도는 베드로에게, 〈베드로[盤石]야, 나는 이 반석 위에다 교회를 세우겠다〉고 하지요? 요컨대 돌 위에서 〈돌〉의 소재를 알게 된다는 겁니다.」

「굳이 설명하시지 않아도 알 만한 얘기죠. 계속하시지요. 여보게, 카소봉, 말씀하시는 도중에 툭툭 불거지지 말게. 나머지 말씀이 궁금해서 죽겠는데 당신 도대체 왜 그래?」 벨보가 나를 나무랐다.

대령은 말을 이었다. 「계속하지요. 나는 오랫동안 성배의 정체를 두고, 기사들이 어마어마한 보물로 여기고 그토록 찾아다닌 성배는 혹시 외계에서 날아온, 방사능을 띤 물질이 아니겠는가, 이런 생각을 했어요. 가령 말이지요, 암포르타스 왕의 전설에 나오는, 낫지 않는 상처를 한번 생각해 보세요. 이 전설에 따르면 암포르타스의 상처는, 방사선에 장시간 피폭된 사람의 증상과 흡사합니다. 그 상처에 접촉하는 것은 금물입니다. 왜 접촉하면 안 되었을까요? 사해변(死海邊)에 이르렀을 때 성전 기사들이, 소금의 농도가 높아서 들어간 사람의 몸이 코르크 마개처럼 둥둥 뜨는 것을 보고 얼마나 흥분했을 것인지 한번 상상해 보세요. 그런데 이 물에는 치료 효과도 있습니다. 어쩌면 성전 기사들이 팔레스타인에서 라듐이나 우라늄의 광상(鑛床)을 발견했을지도 모르는 일 아니겠어요? 당시 팔레스타인에서는 발견되어 봐야 별 볼일이 없는 광상이겠지만요.

성배, 성전 기사단, 그리고 카타리파의 관계가 한 용감한 독일군 장교에 의해 과학적으로 검토된 적이 있습니다. 나는 지금, 유럽과 아리안족 성배 전설의 본질에 대한 엄밀하고 학술적인 연구에 평생을 바친 독일군 친위대의 오버슈투름반퓌러(무장친위대 중령) 오토 란 이야기를 하고 있습니다. 이 양반은 1939년에 죽었는데 이 양반이 죽게 된 까닭과 경위는 생략하도록 하죠. 몇몇 학자들의 주장에 따르면…… 맙시다. 하지만 앵골프에게 있었던 일은 잊어버릴 수가 없군요. 아무튼 오토 란은 아르고나우타이[2]가 찾으려 했던 금양모피와 성배 사이에 분명히 어떤 관계가 있음을 시사하고 있습니다. 따라서 성배 전설과 철인의 돌과, 히틀러의 추종자들이 개전 초부터 종전 막바지까지 그토록 찾아 헤매던 무한한 에너지원(源)이 무관하지 않은 것만은 분명합니다. 한 아르고나우타이 이야기 판본에 따르면, 아르고나우타이는 〈빛의 나무〉가 있는 〈세계의 산〉에 술잔이 하나 떠 있는 것을 목격합니다. 술잔이라는 것에 유념하세요. 이 아르고나우타이가 금양모피를 발견하는 순간 이들이 탄 배 아르고 호는 불가사의하게도 남쪽 하늘의 은하수 속으로 날아갑니다. 남쪽 하늘이라면

2 쾌속선 아르고호를 타고 금양모피(金羊毛皮)를 찾아 콜키스까지 원정했던 그리스 시대의 영웅호걸들. 단수는 〈아르고나우테스〉, 복수는 〈아르고나우타이〉.

영원한 하느님의 빛나는 본질이 남십자성, 삼각좌, 제단성(祭壇星)으로 현현하는 방위가 아닙니까? 잘 아시다시피 삼각형은 〈성 삼위일체〉를, 십자는 〈사랑의 희생〉을, 제단은 〈부활의 술잔〉이 놓여 있던 최후의 만찬상(晩餐床)을 상징합니다. 이러한 상징이 켈트족과 아리안족의 신화에서 비롯됐다는 것은 굳이 설명할 필요도 없겠지요.」

대령은, 오버슈투름운트드랑인지 뭔지, 여하튼 그 독일군으로 하여금 장엄한 희생을 하게 한 영웅적 자아도취에 그 자신도 빠져 버린 나머지 당장 하늘에라도 오를 것 같았다. 따라서 누군가가 대령의 다리를 잡아 지상으로 끌어내릴 필요가 있었다.

「대체 요지가 뭡니까?」 내가 물었다.

「시뇨르 카소봉, 그걸 모르겠단 말입니까? 성배는 〈루키페로스[魔王]의 돌〉이라고도 불렸는데, 루키페로스는 뭡니까? 바포메트 아닙니까? 성배는 힘의 근원이고, 성전 기사들은 신비에 싸인 에너지원의 수호자들입니다. 그래서 성전 기사들은 에너지원을 수호할 계획을 수립합니다. 자, 성전 기사단의 지부가 어디에 세워지겠습니까? 어디겠어요, 여러분…….」 아르덴티 대령은 우리가 공모자이기라도 한 듯이 의미심장한 미소를 지어 보이면서 말을 이었다. 「내게는 그걸 추적해 볼 만한 단서가 있었어요. 잘못 짚은 것으로 드러나기는 했지만 헛수고는 아니었지요. 1797년, 모종의 밀지에 접근한 것임에 분명한 샤를 루이 카데 드 가시쿠르는 『자크 드 몰레의 무덤: 전지전능을 바라는 자들과 결탁한 음모가들의 비밀』이라는 책을 썼습니다. 재미있는 우연의 일치에 불과하겠지만 이 양반의 책이 바로 저 앵골프의 서재에 있었어요. 이 양반은, 몰레가 죽기 전에 파리, 스코틀랜드, 스톡홀름, 나폴리에다 네 개의 비밀 지부를 설립했었다고 주장합니다. 왕권을 요절내고 교황권을 도륙하기 위해서 설립했다는 거지요. 가시쿠르라는 사람이 괴짜라는 건 부인 못 하지만 어쨌든 나는 이 사람의 착상을, 성전 기사단의 비밀 지부 추적의 실마리로 삼았습니다. 이런 실마리도 없이 밀지의 수수께끼를 풀 수는 없는 것이지요. 나는 여러 가지 근거 자료를 토대로, 성전 기사단의 정신이 켈트적·드루이드[3]적 연원에서 출발한다는 확신을 갖기에 이르렀습니다. 그렇다면 이 정신은 북방 아리아니즘의 정신입니다. 북방 아리아니즘은 북극 지방의 전설적인 문화의 터전인 아발론 섬과 전통적으로 깊은 관계가 있습니다. 여러분도 아시겠지만 많은 역사가들이 이 아발론 섬을, 〈헤스페리데스의 낙원〉,[4] 혹은 〈울티마 툴레〉,[5] 또는 금양 모피가 있는 콜키스와 동일시하고 있습니다. 역사상 그 규모가 가장 컸던 기사단이 〈라 투아송 도르〉, 즉 〈금양 모피 기사단〉인 것은 우연일 수 없습니다. 바로 이런 맥락에서 밀지가 〈성(城)〉이라고 지칭한 것의 정체가 분명해집니다. 이 성은 다름 아닌 〈히페르보레이아〉, 즉 극북(極北)에 있는 성입니다. 그러니까 성전 기사들은 바로 이 성에다 성배, 혹은 신화적인 몬살바트를 감추어 두고 있다는 겁니다.」

그는, 우리가 자기 말에 얼마나 집중하고 있는지 보려는

3 고대 켈트족의 이단자 드루이드가 창시한 종파. 영혼의 불멸과 윤회와 전생(轉生)을 믿었으며 사신(死神)이야말로 세계의 주재자라고 믿었다.

4 황금 사과 나무가 있다는 그리스 신화 속의 낙원. 거인 아틀라스는 이 낙원의 수호자로 믿어진다.

5 〈머나먼 툴레〉를 뜻하는 라틴어. 고대의 뱃사람들이 영국의 최북방에 있을 것으로 상상했던 섬. 〈세계의 북단〉을 뜻하기도 한다.

듯 잠시 뜸을 들였다. 우리는 군말 없이 귀 기울이고 있었다.

「그러면 이 밀지에 나오는, 두 번째 봉인을 관리할 추밀 요원 문제로 되돌아갑시다. 그 봉인의 수호자는 빵과 관련된 곳으로 가야 하는데, 이 지시 사항만큼은 그 의미가 분명합니다. 성배가 그리스도의 피를 담은 술잔이라면 빵은 그리스도의 살이 아니겠어요? 빵과 관련된 곳은, 최후의 만찬 현장입니다. 그게 어딥니까? 예루살렘이지요. 성전 기사단은, 사라센이 예루살렘을 수복한 뒤에도 은거지는 계속해서 유지했던 것으로 보입니다. 그러지 않았다는 게 불가능하니까요. 그런데 나는 아리안 신화가 깊이 개입되어 있는 이 계획에 이런 유대적 요소가 갑자기 등장한 데 적잖이 당황했습니다만, 오래지 않아 수수께끼를 풀 수 있었지요. 우리는, 로마 교회가 항용 그렇게 주장해 왔기 때문에 예수 그리스도를 유대 종교에서 나온 이라고 생각합니다. 그러나 성전 기사들은 예수의 신화가 사실은 켈트 신화에서 유래했다는 것을 알고 있었습니다. 복음서에 나오는 이야기는 난해한 연금술적 알레고리[寓意]인데 이걸 쉽게 풀어 버리면 결국 대지의 품속에서의 소멸과 부활 이야기인 겁니다. 그러니까 예수 그리스도는 연금술사들의 불로불사약에 지나지 않는 것이죠. 삼위일체가 아리안족의 개념이라는 걸 모르는 사람은 없습니다. 바로 이런 이유에서 드루이드교도였던 성 베르나르가 초안한 성전 기사단 종규는 〈3〉이라는 숫자에 그렇게 강한 집착을 보였던 겁니다.」

대령은 물을 한 모금 마셨다. 그의 목소리는 벌써 끝이 갈라져 있었다.「이제 세 번째 행선지, 즉 세 번째 은거지가 문제로 떠오릅니다. 세 번째 은거지는 티베트입니다.」

「어째서 티베트입니까?」

「왜냐? 첫째, 에센바흐에 따르면 성전 기사단은 유럽을 떠나면서 성배를 가지고 인도로 갑니다. 인도는 아리안족의 요람이지요. 성전 기사들의 은거지는 아가르타입니다. 여러분도 아가르타 이야기를 들어 보셨겠지요? 아가르타는 〈세계를 다스리는 왕의 보좌〉, 〈세계의 지배자〉들이 인류 역사를 관리하고 그 나아갈 길을 인도하는 지하 도시입니다. 그래서 성전 기사들은 저희들 영성의 근원인 아가르타에다 비밀 본부를 세운 것입니다. 이 아가르타와 시나키[寡頭體制]의 관계를 아시겠지요?」

「솔직히 말씀드려서, 나는 모릅니다.」 벨보가 대답했다.

「그 편이 낫습니다. 어떤 비밀은 알아 봤자 목숨만 잃게 되니까요. 역시 이야기가 옆길로 새고 말았군요. 아무튼 아가르타는 지금부터 6천 년 전, 그러니까 칼리 유가[6]의 초기에 성립된 것입니다. 우리가 살고 있는 이 시대도 칼리 유가에 속해 있지요. 대부분의 기사단들은 이 아가르타와 관계를 유지하는 것을 임무로 하고 있었습니다. 아가르타는 동방의 지혜와 서양의 지혜를 잇는, 살아 있는 고리니까요. 그렇다면 이제 네 번째 회동이 이루어지는 곳은 명백해진 셈입니다. 어딜까요? 드루이드교의 성지, 그리고 성처녀의 도시에 있는 샤

6 힌두교 시간관(時間觀)의 단위. 힌두교에 따르면 이 세상에서 흐르는 세월은 네 유가로 나뉜다. 첫 번째 유가는 황금의 시대(크리타 유가)로 1,728,000년 동안 계속되고, 두 번째 유가는 박명의 시대(트레타 유가)로 1,296,000년 동안 계속되며, 세 번째 유가는 박암(薄暗)의 시대(드라파라 유가)로 864,000년 동안 계속되고, 네 번째 유가는 암흑의 시대(칼리 유가)로, 기원전 3102년부터 시작되어 432,000년 동안 계속된다. 네 유가를 합친 것을 대유가(마하 유가)라고 한다.

르트르 대성당입니다. 프로뱅에서 보면 샤르트르 대성당은 일 드 프랑스를 흐르는 가장 큰 강, 즉 센강 맞은편에 위치합니다.」

우리는 모두 어안이 벙벙했다. 나는 묻지 않을 수 없었다.
「잠깐만요. 아니, 샤르트르 대성당이 켈트족이나 드루이드교와 무슨 관계가 있다는 겁니까?」

「성모의 관념이 어디에서 유래했다고 생각하시오? 유럽에 맨 처음 등장하는 성모는 켈트족의 흑성모(黑聖母)올시다. 소싯적에 성 베르나르는 생 부아를 교회에서 흑성모상 앞에 무릎을 꿇게 됩니다. 그러자 흑성모는 젖을 세 방울 짜서 미래에 성전 기사단을 창설할 인물의 입에 떨어뜨립니다. 성배 전설은 바로 이 사건을 계기로 생겨납니다. 십자군의 원래 임무는 성배를 찾는 것이었는데, 성배 전설이 생겨남으로써 십자군의 임무에는 베일이 드리워지게 되는 것입니다. 성 베르나르의 베네딕트 수도회가 드루이드교의 유산이라는 것은 세상이 다 아는 얘깁니다.」

「그러면 흑성모들은 지금 어디에 있습니까?」

「흑성모들은, 북방 신화와 켈트족의 전승을 와해시키고 나사렛의 마리아 신화를 유포함으로써 이를 지중해적 종교로 변용시키고 싶어 하는 사람들 손에 파괴되고 말았지요. 아니면, 지금까지도 일반의 광신적인 의례에 등장하는 수많은 흑성모로 변형되거나 왜곡되거나 했겠지요. 위대한 풀카넬리가 그랬듯이, 지금이라도 성당에 있는 성상을 주의 깊게 관찰해 보세요. 그러면 이 이야기를 눈으로 직접 확인할 수 있을뿐더러, 켈트족의 흑성모와 성전 기사단으로부터 비롯된 연금술의 전통 사이의 연관성을 똑똑히 알 수 있습니다. 흑성모는 영웅들이 철인의 돌을 찾는 데 사용하는 프리마 마테리아(제1질료)를 상징합니다. 연금술사들은 바로 이 프리마 마테리아를 통하여 철인의 돌에 이르고자 하는 것이지요. 그런데 이 철인의 돌은 아까 말했듯이 우리가 찾는 그 성배입니다. 드루이드교에 입문했던 또 하나의 위대한 인물인 마호메트는 이른바 메카의 검은 돌을 신성한 것으로 여기고 섬기는데, 그가 어디에서 영감을 받고 이러한 상징을 조작하게 되었는가는 굳이 설명할 필요도 없겠지요. 샤르트르 대성당에는 지하 납골당이 있는데, 이 납골당을 따라가면 진짜 이교 신상이 지금까지도 서 있는 지하 방이 나옵니다. 누군가 벽을 쌓아 납골당에서 지하의 다른 방으로 내려가는 계단 문을 막아 버려 직접 볼 수는 없죠. 하지만 성당의 다른 성상들을 잘 살펴보면 그중에서도 흑성모를 찾을 수 있습니다. 바로 오딘[7]을 섬기는 자들이 조각한 노트르담뒤필리에입니다. 이 흑성모는 오른손에는 오딘교 고위 여사제의 주술적인 원통, 왼손에는 주술적인 달력을 들고 있는데, 이 달력에 새겨져 있던 상징은 이제 우리 눈으로 볼 수가 없습니다. 왜냐하면, 오딘교의 성수(聖獸)들이었던 개, 독수리, 사자, 백곰, 낭인(狼人)의 그림이 새겨져 있던 그 달력이 불행하게도 그리스 정교회에 의해 인멸되었기 때문입니다. 그러나 고딕 시대의 비사를 연구하는 학자치고, 샤르트르 대성당을 보면서 술잔, 즉 성배를 든 여신상을 눈여겨보지 않은 학자가 없습니다. 샤르트르 성당은, 관광 가이드가 소개하는 대로 보면 안 됩니다. 관광 가이드야 샤르트르 대성당을 두고, 로마적이다, 가톨릭적이다,

7 전쟁, 죽음, 시, 마법, 지혜를 총괄하는 북유럽의 최고신. 〈보단〉 혹은 〈보탄〉으로 불리기도 한다.

사도적(使徒的)이다 할 테지요. 그러나 그렇게 보면 안 됩니다. 제대로 종교 전승을 보는 눈으로 보아야 합니다. 그러면 아발론 섬에 있는 에리크의 바위가 스스로 입을 열고 하는 이야기를 알아들을 수 있게 됩니다.」

「드디어 〈포펠리칸〉이 등장하게 되는데, 이들은 대체 누굽니까?」

「카타리파 이단자들이지요. 〈포펠리칸〉 혹은 〈포펠리칸트〉라는 것은 기독교도들이 붙인 이교도의 많은 별칭 중 하납니다. 프로방스의 카타리파는 철저히 토벌되고 맙니다. 나는 그들이 여전히 몽세귀르의 폐허 위에서 회동하는 모습을 상상할 만큼 순진한 사람이 아닙니다. 카타리파는 철저하게 토벌되고 말았지요. 그러나 이단의 종파 자체가 없어진 것은 아닙니다. 지하로 들어간 카타리파의 근거지라면 그 위치까지도 나와 있습니다. 바로 이 카타리즘이 단테와 〈돌체 스틸 누오보[淸身派]〉 시인들, 그리고 비밀 결사 〈페델리 다모레(사랑의 신봉자)〉를 탄생시키지 않았습니까? 따라서 다섯 번째의 회동 장소는 북이탈리아 아니면 남프랑스일 것입니다.」

「마지막 회동 장소는요?」

「켈트족의 문화가 남긴 돌의 문화유산이 있는 곳 중에서 가장 유서 깊고, 가장 신성하고, 가장 오래 남은 유산이 있는 곳이 어딥니까? 마지막 밀지의 실천을 앞두고 회동한 프로뱅 성전 기사단 후계자들이 그때까지 일곱 봉인에 의해 가려져 있던 비밀을 한눈에 내려다볼 수 있는 곳으로 선택할 만한 태양신의 성지가 어디겠습니까? 마침내 성배를 손에 넣은 이들이 그 무한한 권력을 어떻게 행사할 것인지 알게 되는 곳이 어디겠습니까? 당연히 잉글랜드지요. 스톤헨지의 석주 환열(石柱環列)! 여기 아니면 어디겠어요?」

「*O basta là!*」 벨보가 중얼거렸다. 피에몬테 토박이가 아니면 공손하게 자기 놀라움을 나타내는 이 말의 뜻을 알아들을 수 없다. 다른 나라 말이나 사투리로 바꾸면 〈논 미 디카〉, 〈디 동〉, 〈아 유 키딩〉, 혹은 〈말도 안 돼〉가 될 테지만, 이런 표현으로써는 화자에 대해 확고하게 드러내는 극단적인 무관심과 체념의 분위기를 전할 수 없다. 벨보는 화자를, 경조부박하기 짝이 없는 조물주의, 구제가 불가능한 자식이라고 야유하고 있는 것이었다.

그러나 대령은 피에몬테 사람이 아니었다. 그는 벨보가 자기 말에 맞장구를 친 것이거니 여기고 말을 이었다.

「아무렴요, 그렇습니다. 이렇게 놀랍도록 단순하고, 놀랍도록 앞뒤가 한결같은 계획입니다. 그러나 이로써 끝나는 것이 아닙니다. 유럽과 아시아 지도를 꺼내어, 이 계획이 시작된 북유럽의 성에서 예루살렘, 예루살렘에서 아가르타, 아가르타에서 샤르트르, 샤르트르에서 지중해 해변, 그리고 지중해 해변에서 스톤헨지를 선으로 이어 보세요. 그러면 다음과 같은 북유럽의 고대 룬 문자 꼴이 될 겁니다.

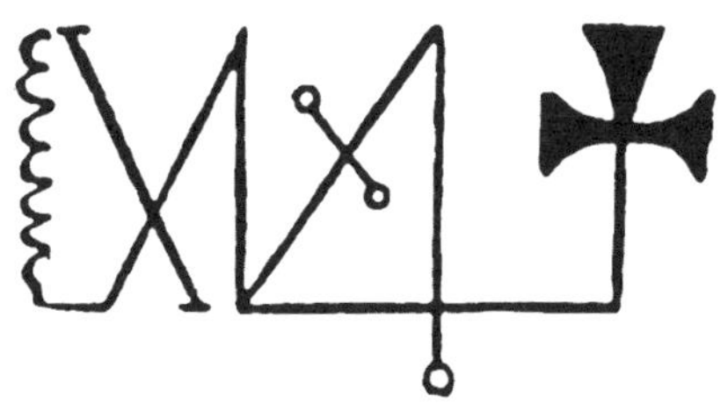

「그래서요?」 벨보가 물었다.

「이 룬 문자 꼴의 문장이 공교롭게도 성전 기사단이라는 밀교단의 중요한 근거지를 지날 겁니다. 다시 말하자면 아미앵, 성 베르나르의 본거지였던 동방의 숲 가장자리의 트루아, 랭스, 샤르트르, 렌르샤토 그리고 고대 드루이드교의 중심지였던 몽생미셸을 지나는 겁니다. 이 룬 문자 꼴은 처녀좌(處女座) 같기도 하고요.」

디오탈레비가 조심스럽게 끼어들었다.「천문이면 나도 좀 관심을 가져 봤는데요, 처녀좌의 모양은 이것과 좀 다른 것으로 아는데요? 처녀좌에는 별이 열한 개가 있지 않습니까?」

대령은 크게 생색을 내듯이 웃었다.「줄을 어떻게 긋느냐에 따라 달라질 수 있다는 건 나도 알고 여러분도 압니다. 선을 긋는 데 따라 수레 모양을 그릴 수도 있고 곰 모양을 그릴 수도 있는 거지요. 우리가 알고 있는 별이 확실하게 그 성좌에 속하는지 속하지 않는지 그것도 분명하게는 말할 수 없는 법이고요. 처녀좌를 다시 한번 보세요. 처녀좌의 일등성인 스피카 성을 맨 아래쪽으로 가도록 하고 이걸 프로방스 해변이라고 생각하며 나머지 별 다섯 개를 보세요. 그러면 이 룬 문자 꼴 그림과 아주 비슷한 데 놀랄 테니까요.」

「어떤 별은 빼고 어떤 별은 넣고 그래야 한다는 겁니까?」 벨보가 물었다.

「바로 그렇습니다.」

「그런데 회동이 이미 계획대로 이루어졌을 가능성, 그래서 기사단이 지금 이 순간 세계를 정복하려 하고 있을 가능성을 어떻게 배제할 수 있는 겁니까?」

「그런 징후를 어디에서도 볼 수 없으니까요. 매우 유감스러운 일입니다. 계획은 분명 도중에 방해를 받았어요. 밀지의 대단원을 마무리하기로 되어 있는 기사들은 더 이상 존재하지 않는지도 모르지요. 36명의 기사들이 세계적인 참사에 휘말려 분산되고 말았는지도 모릅니다. 그러나 그 정신을 계승한 다른 무리, 필요한 정보를 습득한 무리가 이 밀지의 실마리를 이어갈 수 있을지도 모릅니다. 그 계획이 무엇이든, 분명 아직까지 존재합니다. 그래서 나는 적당한 사람들을 찾고 있는 겁니다. 그래서 책을 출판하려고 하는 것입니다. 나를 도와줄 사람, 나로 하여금 전승 연구의 미로 속에서 이 수수께끼에 대한 답을 찾도록 도와줄 사람과 접촉하고 싶은 것입니다. 그런데 나는 바로 오늘, 이 방면의 전문가를 만났습니다. 그러나 그 역시 선각자임에는 분명하나, 내게 도움말을 들려주기에는 역부족이더군요. 내가 쓰는 이야기에 관심을 표명하고 내 책의 서문은 기꺼이 써주겠다고 합디다만…….」

벨보가 물었다.「미안합니다만, 대령께서 그 신사분을 믿고 원고의 내용을 설명해 버린 것은 현명하지 못한 처사가 아닐까요? 오늘 대령께서는 앵골프의 실책이 무엇이었는지 우리에게 들려주셨습니다만…….」

「그만합시다. 앵골프는 하수였어요. 내가 지금 접촉하고 있는 분은 의심할 여지가 없는 대학잡니다. 그분 같으면 섣부른 결론은 내리지 않지요. 그분은 나에게, 원고를 출판사 관계자에게 읽히는 걸 자제해 달라고 하더군요. 논쟁의 여지가 있는 부분들을 다시 검토한 뒤에 보이라는 것이지요. 그러나 나는 그분에게 더 이상 심려를 끼치고 싶지 않아서, 오늘 여기에 온다는 말은 하지 않았습니다. 여러분은 이해하실 겁니다, 내가 이렇게 서두르는 까닭을요. 그 신사분……. 그래요,

나는 더 이상 그분의 이름을 숨기지 않겠습니다. 근거 없이 빼기고 있다는 인상을 주긴 싫으니까요. 그분은 바로 라코스키입니다.」

그는 잠시 말을 끊고 우리의 반응을 살폈다.

「라코스키가 누구지요?」 벨보가 그에게 실망을 안겨 주었다.

「라코스키. 그 유명한 라코스키 박사를 모르십니까? 전승 연구의 권위자랍니다. 『비학 수첩(秘學手帖)』의 편집인을 지내신 분입니다.」

「아, 그 라코스키였군요. 알지요, 알고말고요.」

「원고를 최종 정서할 때는 그분의 충고를 들을 생각입니다만 지금은 서둘 필요가 있습니다. 서둘러 선생들의 출판사와 계약을 체결하고 싶은 겁니다. 조금 전에도 말씀드렸다시피 나는 독자들의 반응이 궁금해서 견딜 수 없는 겁니다. 새로운 정보도 더 모아들여야 하고요. 아는 사람은 많습니다만 아무도 나서서 입을 열려고 하지 않습니다. ……1944년을 전후해서, 히틀러는 전세를 만회할 가능성이 없다는 것을 알고부터, 전세를 한꺼번에 역전시킬 수 있는 결정적인 무기 이야기를 자주 했습니다. 사람들은 히틀러를 미친놈이라고 했지요. 그러나 만일에 히틀러가 미친놈이 아니었으면요? 내 말 무슨 뜻인지 아시겠지요…….」 그의 이마에는 땀방울이 맺혀 있었다. 수염은 고양이 수염처럼 곤두서 있었다. 「어떻게 되든 미끼를 던져 보는 겁니다. 누가 이 미끼를 무는지는 두고 봐야 알 일이고요.」

그때까지 내가 보아 왔고 생각해 온 가늠으로, 나는 벨보가 점잖은 말로 대령을 내보낼 것이라고 생각했다. 그러나 그는 대령을 내보내지 않았다. 그는 대령에게 이렇게 말했다. 「우리 출판사와 계약하시든 다른 출판사로 가지고 가시든, 이 원고 자체가 대단히 흥미로운 것만은 분명합니다. 10분 정도만 시간을 더 내어 주시겠습니까?」 그러고는 나에게 말했다. 「카소봉, 늦었네. 당신을 너무 늦게까지 잡아 둔 것 같군. 내일 만날까?」

나는 쫓겨나고 있는 셈이었다. 디오탈레비가 내 어깨를 치면서, 같이 가자고 말했다. 작별 인사를 나누었다. 대령은, 디오탈레비와는 악수를 나누면서도 내게는 냉담한 미소와 함께 눈인사만 했다.

계단을 내려오면서 디오탈레비가 설명했다. 「벨보가 왜 자네를 먼저 내보내는지 그 이유가 궁금할 거야. 자네를 박대해서 그러는 게 아니야. 벨보는 대령에게 한 가지 제안을 하려는 것이야. 아주 미묘한 사안이지. 왜 미묘하냐 하면, 시뇨르 가라몬드의 경영 지침을 따라야 하는 것이라서 미묘한 것이야. 우리가 거기에 있어 봐야 벨보의 짐밖에 될 것이 없어.」

뒤에 알게 되었지만, 벨보는 대령을 마누치오 출판사의 게걸스러운 입속으로 처넣으려 했던 것이었다.

디오탈레비를 좇라 술집 필라데로 갔다. 나는 캄파리를, 디오탈레비는 알코올 성분이 없는 루트 비어를 마셨다. 루트 비어에서는 어쩐지 수도원같이 고리타분하고 고색창연한 맛, 결국은 성전 기사단 맛이 난단 말이야. 디오탈레비가 중얼거렸다.

나는 그에게 대령을 어떻게 생각하느냐고 물어보았다.

「일찍 오느냐 늦게 오느냐가 문제지, 이 세상의 얼간이들은 어차피 한 번씩은 출판사를 찾아오게 되어 있지. 그렇지만 이 세상의 얼간이들 중에는 최고신의 지성을 번뜩이는 얼간이도 있는 법이야. 그래서 현자들도 얼간이들 앞에서 더러 겸손을 떨어 대는 법이지.」 머뭇머뭇하다가 그가 미안해하면서 말을 이었다. 「이만 가볼까? 오늘 밤에는 모임이 있거든.」

「파티인가요?」

나의 경솔한 질문이 당혹스러웠던 모양이었다. 그가 모임의 내용을 설명해 주었다. 「『조하르』, 즉 『광휘의 서(書)』 독회인데, 문제는 〈*Lekh Lekha*〉야. 야훼가 아브라함에게 전한 메시지인데 오독되는 구절이 수두룩해.」

21

성배는…… 참으로 무거우니, 죄에 매여 있는 사람은 이것을 있던 자리에서 옮기지 못한다.
— 볼프람 폰 에셴바흐, 『파르치팔』, IX, 477

대령이라는 인물은 마음에 들지 않아도 그가 하는 이야기만은 내 흥미를 자극하기에 넉넉했다. 청개구리도 한참 관찰하다 보면 재미가 나는 법. 나는 우리 모두를 파멸시킬 독물을 이미 한 방울 맛보고 있던 셈이다.

이튿날 오후 나는 벨보를 만나러 사무실로 갔다. 우리는 전날 만났던 아르덴티 대령에 대해 이런저런 이야기를 나누었다. 벨보는 대령이 어쩐지 황당무계한 과대망상증 환자 같더라면서 이런 말을 했다. 「라코스키인지 로스트로포비치인지 하는 사람의 말을 인용하는 대령의 태도를 봤지? 무슨 칸트라도 되는 것처럼 인용하더라고.」

「하지만 누가 하든 똑같이 그렇고 그런 옛날이야기 아닙니까? 앵골프는 그런 이야기를 믿는 미치광이였고, 아르덴티 대령은 앵골프를 믿는 미치광이인 거지요.」

「어제는 앵골프를 믿었는지 모르지만 오늘은 또 다른 사람을 믿고 있을지도 모르지. 그 양반, 우리 사무실을 나서기 전에 내가 다른 출판사를 소개해 주고 그쪽 사람과 만날 시각까지 약속해 주었네. 출판물 선택하는 데 우리처럼 까다롭지도 않고, 특히 자비 출판이면 뭐든지 찍어 주는 인심 좋은 출판사를. 그 양반 되게 좋아하더군. 하지만 조금 전에 알았어. 그 출판사에 나타나지 않았다는 거라. 게다가 그 밀지 복사물도 안 가져갔어. 성전 기사단 밀지의 핵심이라는 걸 이렇게 아무 데나 내박쳐도 되는 건가. 그렇게 중요한 것이라면서? 황당무계한 몽상가들이라는 게 원체…….」

그때 전화벨이 울렸다. 벨보가 수화기를 들었다. 「안녕하십니까? 가라몬드 출판사의 벨보올습니다. 무엇을 도와드릴까요……. 네, 어제 오후에 다녀갔었죠. 책을 내겠다면서요……. 미안합니다. 그건 대외비가 되어 놔서요. 실례지만…….」

한동안 전화통에 귀를 기울이고 있던 그가 낯빛을 잃고 나를 내려다보면서 중얼거렸다. 「대령이 살해당했다는군……. 내 말은 죽었다는 걸세…….」 그러다 다시 전화기에 대고 말을 이었다. 「죄송합니다. 어제 대령과 얘기를 나눌 때 동석했던 우리 출판사 상담역 시뇨르 카소봉과 잠깐 이야기를 나누었습니다……. 네, 아르덴티 대령은 우리 사무실로 와서 책을 출판하고 싶다고 하더군요. 성전 기사단의 보물에 관한 것이었던 듯한데, 내용이 다소 황당무계합디다만…… 성전 기사단요? 아, 중세의 기사단의 이름인데…….」

벨보는 〈성전 기사단〉을 말할 때는 본능적으로 송화기를 손으로 가렸다가 내가 옆에 있다는 데 생각이 미쳤던지 손을 치웠다. 그는 머뭇거리면서 천천히 대답했다. 「아닙니다, 데 안젤리스 경위님. 대령은 자기가 쓰려는 책 얘기를 하더군요. 딱 부러지게 어떤 책이 될 것이라고 짐작하기는 어렵더군요……. 우리 둘 다 말인가요? 지금요? 알았습니다. 주소를 일러 주시겠습니까?」

벨보는 전화를 끊고 나서, 한동안 손가락으로 책상을 톡톡 두드리고 있다가 내게로 시선을 돌렸다. 「미안하네, 카소봉. 당신을 엉뚱한 일에다 끌어들인 것 같구먼. 하지만 뭘 생각하고 자시고 할 시간이 없었네. 데 안젤리스라는 경찰일세. 대령은 호텔에 있었던 모양인데, 누군가가 어젯밤에 대령이 죽어 있는 걸 보았다고 주장했다는군…….」

「주장해요? 그럼 경위라는 사람은 대령이 죽었는지 살아 있는지 모른다는 말인가요?」

「이상하게 들리겠지만 모른다는군. 대령의 메모지에서 내 이름과 어제의 약속 시간의 메모를 보고 전화를 한 모양이네. 단서가 될 만한 건 그것밖에 없다는데. 내가 무슨 말을 더하겠나. 함께 좀 가보세.」

우리는 택시를 잡았다. 택시 안에서 벨보는 내 팔을 잡고 이런 말을 했다. 「카소봉, 잘 듣게. 이건 무슨 우연의 일치 같은 것에 지나지 않을 거야. 내가 쓸데없는 생각을 너무 많이 하는 바람에 생긴 일이거나. 어쨌든 내 고향에는, 〈무슨 짓을 어떻게 하고 돌아다니든 남의 이름은 입에 올리지 말라〉는 말이 있네. 어린 시절에는 곧잘 우리 고향 사투리로 공연되는 그리스도의 강탄극(降誕劇)을 보고는 했는데, 분위기가 엄숙하면서도 재미도 만만찮은 소극(笑劇)이었지. 그런데 이 극에 베들레헴의 목자로 나오는 녀석이 엉뚱한 실수를 했지. 극중의 자기가 있는 곳이 베들레헴인지, 타나로 강둑인지, 포 강둑인지 그만 깜빡한 것이네. 동방박사들이 나타나 이 목자 소년에게, 주인 이름이 무엇이냐고 물으니까 이 멍청한 녀석이, 〈젤린도 어른〉이라고 대답한 거라. 이렇게 되자 객석에서 진짜 젤린도가 뛰어나와 목자를 무대에서 끌어내리면서 왈,

〈이 자식아, 남의 이름을 입에 올리지 말랬잖아!〉 자네가 괜찮다면 대령은 앵골프라든지, 프로뱅의 밀지 같은 것에 대해서는 전혀 언급한 것이 없는 거네.」

「앵골프처럼 실종되고 싶지 않으면 말이지요?」 미소를 지으려 노력하며 내가 말했다.

「조금 전에도 말했지만 다 헛소리야. 하지만 공연히 끼어들지 않는 게 좋은 판도 있는 법이지.」

나는 그런 문제에 관한 한 벨보의 의견을 좇겠다고 대답했다. 그러나 신경이 날카로워지는 것은 어쩔 수 없었다. 목하의 사안은 그것이 아니지만 나는 어떻게 되었던 시위 전력이 있는 학생 신분이었다. 경찰이 거북살스러워지는 것은 어쩔 수 없었다. 얼마 후 우리는 외진 곳에 위치한 호텔에 이르렀다. 고급 호텔은 아니었다. 밖에 있던 경찰관 중 하나가 우리를 이른바 대령의 방으로 안내했다. 계단에도 경찰이 깔려 있었다. 27호였다. 2 더하기 7은 9. 나는 이런 생각을 하면서 방으로 들어섰다. 조그만 탁자가 놓인 현관, 좁은 주방, 샤워 시설이 되어 있는 욕실. 샤워실에는 커튼이 없었다. 문이 반쯤 열려 있었다. 틈으로 욕실을 들여다보았다. 그런 곳에 묵은 손님들의 최소한의 요구 사항이었을 터인 비데가 보이지 않았다. 우중충한 가구에 개인 소지품이랄 것은 별로 없었다. 하지만 그나마 얼마 있는 소지품은 잔뜩 어질러져 있었다. 누군가가 서랍과 옷장을 뒤진 모양이었다. 경찰이 그랬을 수도 있었다. 사복을 포함해서 십여 명의 경찰관이 그 방에 있었다.

제법 젊어 보이는 장발의 젊은 사복이 우리에게 다가왔다.

「내가 데 안젤리스입니다. 벨보 박사와 카소봉 박사지요?」

「저는 박사가 아닙니다. 아직 학위 논문을 준비하고 있을

뿐입니다.」

「좋지요. 부지런히 하시오. 학위가 없으면 경찰 시험 보기도 힘들거든요. 그럼 큰 손해를 보는 셈이죠.」 신경질이 나 있는 것 같았다. 「요식 행위부터 끝냅시다. 이게 이 방에 투숙한 사람의 여권입니다. 아르덴티 대령이라는 이름으로 들었는데요, 이 사람 맞습니까?」

벨보가 대답했다. 「아르덴티 맞습니다. 하지만 먼저 어떤 상황인지 말씀해 주시겠습니까? 전화 통화 내용만으로는 뭐가 뭔지 알 수가 있어야지요. 아르덴티 씨는 죽은 겁니까, 살아 있는 겁니까?」

데 안젤리스 경위가 눈살을 찌푸리면서 대답했다. 「그걸 가르쳐 드릴 수 있으면 오죽이나 좋겠습니까? 하여튼 좋습니다. 조금 더 자세히 설명드리죠. 시뇨르 아르덴티, 혹은 아르덴티 대령은 나흘 전부터 이 호텔에 투숙했습니다. 보셨으니까 아시겠지만, 고급 호텔은 못 됩니다. 프런트 직원은 11시에 잠자리에 듭니다. 투숙객에게 정문 출입구 열쇠가 있으니까요. 호텔에는, 아침에 출근해서 투숙객의 잠자리를 치우는 여직원이 둘 있고, 알코올 중독자인 노인 짐꾼이 하나 있습니다. 투숙객들이 벨을 누르면 술심부름을 하기도 하죠. 노인은 알코올 중독 증세뿐만 아니라 동맥경화증 증세도 보입니다. 말다운 말을 끄집어내기가 굉장히 어려웠죠. 프런트 직원에 따르면, 노인은 이따금씩 허깨비를 보았다고 난리를 치는 바람에 투숙객들을 더러 귀찮게 하기도 한답니다. 프런트 직원은, 대령이 어젯밤 10시를 전후해서 두 사나이와 함께 호텔로 들어와 자기 방으로 올라가는 것을 목격했습니다. 이 호텔은 투숙객이 한 소대쯤 되는 변태 성욕자들을 몰고

방으로 올라가도 누구 하나 눈 깜짝하지 않는 곳이지요. 프런트의 책임자 말로는, 아르덴티와 함께 들어온 사람들은 억양이 이곳 사람들과 다소 달랐을 뿐, 별로 이상하게는 보이지 않더랍니다. 10시 30분, 아르덴티는 알코올 중독자 노인을 불러 위스키 한 병과 광천수 한 병, 술잔 세 개를 가져오게 합니다. 그러고 나서 1시와 1시 30분 사이에, 노인은 27호에서 누군가 계속해서 전화를 걸어 댔다고 합니다. 아침에 증언할 때의 모습으로 보아 노인은 어젯밤에도 싸구려 술을 몇 잔 한 것 같습디다. 그러니 전화가 왔을 때쯤엔 제정신이 아니었겠죠. 아무튼 노인은 2층으로 올라가 문을 두드립니다. 묵묵부답. 그래서 노인은 자기가 보관하고 있던 열쇠로 문을 땁니다. 방은, 지금 여러분이 보시는 것과 같이 잔뜩 어질러져 있고 대령은 침대 위에 쓰러져 있습니다. 전선에 목이 졸려 죽은 채 말이지요. 눈은 뜨고 있더랍니다. 노인은 기겁을 하고 1층으로 내려와 프런트 직원을 깨웁니다. 그러나 이 두 사람은 바로 2층으로 올라가지는 못합니다. 겁이 났던 거지요. 두 사람은 전화를 걸려고 했지만 전화선이 잘린 것 같더라고 하는군요. 오늘 아침에는 감쪽같이 통화가 가능하게 되었습니다만, 일단 두 사람의 말을 믿기로 해야지요. 프런트 직원은 길모퉁이에 있는 공중전화로 달려가 경찰에 신고하고 노인은 길 건너편에 있는 병원으로 의사를 부르러 갑니다. 긴 이야기 짧게 하지요. 이들은 약 20분 동안 현장을 비운 셈입니다. 그런데 호텔로 돌아온 뒤에도 두 사람은 무서워서 2층으로 올라가지 못하고 아래층에서 기다립니다. 경찰과 의사는 같은 시각에 도착해서 2층으로 함께 올라갑니다. 그러나 침대 위에는 아무도 없습니다.」

「무슨 뜻입니까? 아무도 없다니요?」

「시체가 없어졌다는 뜻입니다. 의사는 하릴없이 병원으로 돌아가고 경찰은 보시다시피 이 꼴이 된 방에 이렇게 남아 있습니다. 지금까지 내가 두 분께 한 이야기는 문제의 알코올 중독자 노인과 프런트 직원에게 들은 걸 그대로 옮긴 겁니다. 자, 10시를 전후해서 아르덴티와 함께 들어온 두 사람은 어떻게 되었을까요? 이들은 11시에서 1시 사이 어느 때에고 방을 떠났을 수 있지만 그렇다고 이들을 본 사람도 없겠죠. 노인이 들어왔을 때 이들이 이 방에 있었던 것일까요? 그것도 모릅니다. 노인이 이 방에 머문 시간은 불과 1분도 안 됩니다. 물론 주방과 욕실을 들여다볼 마음의 여유도 없는 상태였지요. 그러면 이 두 사내는, 프런트와 노인이 각각 경찰서와 병원에 연락하러 간 동안에 사라진 것일까요? 시체를 둘러메고 사라진 것일까요? 불가능한 일은 아닙니다. 이 호텔에는, 마당으로 통하는 바깥 계단이 있습니다. 이 마당에서, 거리 쪽으로 난 문을 통과하는 것은 어려운 일이 아닙니다.

그러나 이보다 중요한 것은 침대 위에 정말 시체가 있었느냐, 없었느냐 하는 겁니다. 대령은 자정 무렵에 두 사내를 따라 나가고 없는데 노인이 헛것을 본 게 아니냐는 겁니다. 직원의 말에 따르면, 노인이 헛것을 본 건 한두 번이 아닙니다. 몇 년 전에는 발가벗은 채 목을 매고 죽은 여자를 보았다고 난리를 피웠는데, 반 시간 뒤에 그 여자가 팔팔 날아갈 듯이 차려 입고 외출했다가 돌아오더랍니다. 직원은 이 일이 있은 뒤 노인의 방에서 사도마조히즘 잡지 나부랭이가 나뒹구는 걸 보았다고 하더군요. 그러니까 모르는 일이라는 겁니다. 노인이, 열쇠 구멍으로 방 안을 들여다보다가 어둠 속에서 엉뚱한 것을 보고 시체라고 우기는 것인지도 모른다는 겁니다. 우리가 자신 있게 말할 수 있는 것은, 이 방에는 아르덴티가 없다는 겁니다.

말을 너무 많이 했군요, 벨보 박사. 이제 박사의 차롑니다. 우리가 여기에서 발견한 것이라고는 저 조그만 탁자 위에 놓여 있던 메모지뿐입니다. 〈오후 2시, 라코스키. 호텔 프린치페 에 사보이아. 오후 4시, 가라몬드 출판사의 벨보 박사.〉 이게 전붑니다. 박사께서는 대령이 박사를 만나러 왔더라고 했습니다. 그때의 정황을 들려주십시오.」

22

성배 기사들은 더 이상의 심문을 받고 싶어 하지 않았다.
— 볼프람 폰 에센바흐, 『파르치팔』, XVI, 819

벨보의 증언은 간단했다. 그는 전화를 통해 경위에게 말한 바 있는 증언만 되풀이했다. 대령은 프랑스에서 발견한 어떤 문서에서 읽었다면서, 어디어디에 굉장한 보물이 묻혀 있다는, 다소 뜬구름 잡는 소리를 했다, 그 보물 자체에 관해서는 별로 많은 말을 하지 않았다. 그러나 분위기로 짐작하건대 그 비밀을 안다는 것 자체 때문에 그의 신상은 위험할 수도 있는 것 같았다. 그래서 그랬겠지만 그는 그 비밀을 공개함으로써, 다시 말해서 그 비밀을 다른 사람들과 나누어 공유함으로써 그 위험 부담을 나누려 하는 것 같았다. 그는 자기에 앞서 그 비밀을 접한 사람들 중에는 종적을 감춘 사람도 있다는 이야기도 했다. 그는 출판을 약속하면 원고를 보여 주겠다고 했지만 우리는 원고를 보기 전에는 출판 약속을 할 수 없었다. 우리는 다시 만나자는 막연한 약속만 하고는 헤어졌다. 대령은 라코스키라는 사람을 만났다는 말을 한 적이 있다. 그의 말에 따르면 라코스키는 『비학 수첩』의 편집자라고 했다. 대령은 라코스키에게, 원고를 출판할 경우 서문을 써달라고 부탁한 것 같고, 라코스키는 대령에게 출판을 연기할 것을 권했던 것 같다. 대령은 이 라코스키에게, 우리 가라몬드 출판사 관계자를 만난다는 말은 하지 않았다. 벨보의 증언은 이것이 전부였다.

데 안젤리스 경위가 고개를 끄덕였다.「알겠습니다. 그런데 그 사람, 박사님께 어떤 인상을 주던가요?」

「괴짜 같다는 인상을 받았습니다. 과거 이야기를 하는데 전혀 거리낌 없이, 그러니까 뉘우침의 기색 없이 이야길 하더군요. 외인부대에도 소속되어 있었다고 했어요.」

「그는 박사님께 진실을 말했을 겁니다. 진실의 전부가 아니라는 데 문제가 있기는 하지만요. 우리는 사실, 벌써 상당한 기간 동안 이 사람을 감시하고 있었습니다. 우리는 이런 상황을 아주 많이 접합니다. 먼저, 아르덴티라는 이름인데, 이건 이 사람의 본명이 아닙니다. 그러나 이 사람에게는 합법적인 프랑스 여권이 있습니다. 그 여권으로 몇 년 전부터 이따금씩 이탈리아에 나타나는데, 우리가 알기로 이자는, 1945년의 궐석 재판에서 사형을 선고받은 아르코베지 대위입니다. 나치 친위대에 부역한 혐의지요. 이자는 몇 사람인가를 실제로 다하우 수용소로 보낸 이력이 있습니다. 프랑스에서도 이자는 요시찰 인물로 찍혀 있지요. 프랑스 국내에서 사기 혐의로 기소되자 국외로 튄 것으로 알려져 있습니다. 우리는 아르덴티가 어떤 경우에는 〈파소티〉라는 이름을 쓰는 것으로 짐작하고 있습니다. 물론 아직은 짐작에 지나지 않습니다만, 작년에 페스키에라 보로메오의 한 중소 기업가가 사직 당국에 고발할 때의 이름이 파소티입니다. 이 파소티, 또는 아르덴티는 이 중소 기업가에게, 전설적인 파시스트 부자인 동고의 보물이 아직 코모호(湖) 바닥에 가라앉아 있을 뿐만 아니라 자기는 그 위치까지 안다고 사기를 치고는, 그 중소 기업가로부터 잠수부 둘을 고용하고 동력선을 빌리는 데 필요하다면서 수천만 리라를 갈취한 뒤에 자취를 감춘 자입니다. 따라서 이자가 보물에 미쳐 있는 사람 같아 보이더라는 박사의 증언은 일리가 있는 것입니다.」

「그럼 라코스키라는 사람은요?」

「이 사람에 관해서도 알고 있습니다. 프랑스 여권을 가진 블라디미르 라코스키라는 사람이 프린치페 에 사보이아 호텔에 묵고 있더군요. 아주 점잖은 신사라는 게 호텔 쪽의 말입니다. 이 호텔의 데스크 직원이 우리에게 한 증언과도 일치합니다. 알리탈리아 항공사에 조회해 보았더니, 이런 이름을 쓰는 승객이 오늘 아침 첫 비행기로 파리로 갔다는군요. 그래서 인터폴에도 연락을 취해 두었습니다. 아눈치아타, 파리에서 연락 온 거 없는가?」

「없습니다, 경위님.」

「그게 다입니다. 파소티가 되었건 아르덴티 대령이 되었건, 이 사람은 나흘 전에 밀라노로 왔습니다. 처음 사흘간 무엇을 했는지 우리로서는 모를 일입니다. 그러나 나흘째 되는 날, 그러니까 어제가 됩니다만, 호텔에서 라코스키를 만났습니다. 라코스키에게는 박사님을 만난다는 말을 하지 않았다는 대목이 흥미롭군요. 아르덴티는 어젯밤에 라코스키로 보이는 사람과 또 하나의 정체불명의 사내를 대동하고 이 호텔로 들어왔습니다. 그다음에 무슨 일이 있었는지는 알 길이 없고요. 그 사람이 아르덴티를 죽이지 않았는지는 모르겠지만 방을 뒤진 것만은 확실합니다. 무엇을 찾으려 했을까요? 대령이 밖으로 나갔다면, 혹은 끌려 나갔다면 분명히 셔츠 바람이었을 겁니다. 왜냐, 여권이 든 윗도리는 이 방에 있거든요. 있어 봐야 무슨 뾰족 수가 생기는 것은 아니지만, 노인은 대령이 윗도리를 입은 채로 침대 위에 쓰러져 있더라고 했으니까요. 다른 윗도리가 또 있었을까요? 이거, 뭐가 뭔지 모르겠구먼. 어디까지 얘기했던가요? 그렇지, 그 윗도리까지 했지요. 윗도리 주머니에는 돈이 들어 있더군요. 너무나 엄청나게 많은 돈이 말입니다. 따라서 그자들이 노린 것은 돈이 아니었던 겁니다. 그런데 두 분은 나에게 다른 단서를 주시는군요. 분명히 대령은 문서가 있다고 하던가요? 어떤 문서던가요?」

「갈색 서류 가방을 가지고 다니더군요.」 벨보가 대답했다.

「빨간 가방 같습디다만.」 내가 다른 의견을 말했다.

「갈색일걸. 하지만 내가 잘못 보았을 수도 있지.」

「갈색이든 빨간색이든 중요한 건 그게 아닙니다. 어젯밤에 대령과 함께 들어온 자들이 그걸 가져갔을 겁니다. 이젠 그 가방을 찾는 데 주력해야겠군요. 제 생각을 얘기하자면, 아르덴티에게는 출판 의사 같은 것은 처음부터 없었습니다. 그에게, 뭔가 라코스키를 협박할 꼬투리가 있었던 모양입니다. 그러니까 출판 계약 어쩌고 하는 것은 라코스키에 대한 압력 수단이 될 수 있었던 것이죠. 이자의 스타일이 늘 그랬거든요. 따라서 몇 가지 추리가 가능합니다. 두 사람은 아르덴티를 협박한 뒤 호텔을 나갔고, 겁에 질려 있던 아르덴티는 옷가방을 남겨 둔 채 서류 가방만 들고 밤을 도와 도망쳤을 것입니다. 도망치면서, 어떤 이유에서, 노인의 눈을 속일 필요가 있다고 생각했을 겁니다. 죽은 것처럼 생각하도록 말이지요. 소설에서나 일어날 일 같기는 하죠. 방이 이렇게 어질러진 이유도 설명이 안 되고요. 그게 아니고 두 사람이 정말 아르덴티를 죽이고 서류 가방을 빼앗아 갔다면 뭣하러 시체를 가져갔겠느냐는 겁니다. 미안합니다만 두 분의 신분증 좀 보여 주시겠습니까?」

그는 내 학생증을 앞뒤로 살펴보고는 중얼거렸다.「철학과 학생이시군.」

「저 외에도 아주 많습니다.」

「너무 많지. 성전 기사단 공부를 하신다고? 성전 기사단의 배경을 좀 공부하려면 무슨 책을 읽어야 하오?」

나는, 상당히 널리 읽히기는 하지만 꽤 진지한 책 두 권을 소개해 주고는, 다른 자료는 억측의 산물에 불과하고 믿을 만한 것은 재판 기록 이전까지일 뿐이라는 말을 보탰다.

「억측의 산물이라…… 성전 기사단도 그렇다는 말이군요. 아직 그런 분파는 맞닥뜨리지 못했지만.」

아눈치아타라고 불리던 경찰이 다가와 데 안젤리스 경위 앞에 전보용지를 내밀었다.「파리에서 온 회신입니다, 경위님.」

데 안젤리스 경위는 전문을 읽었다.「저런. 파리에는 라코스키라는 사람이 없답니다. 여권은 2년 전에 분실된 것이고요. 도무지 일이 풀리질 않는군요. 므슈 라코스키는 이 세상에 존재하지 않는 사람이다. 무슨 잡지의 편집자를 지냈다고요? 그 잡지 이름이 뭐라고 하셨지요?」벨보가 잡지 이름을 말하자 경위는 받아 적고는 말을 이었다.「조사는 해보겠습니다만 이런 잡지는 처음부터 없었거나 있었다고 하더라도 오래전에 폐간되었을 겁니다. 두 분, 도와주셔서 고맙습니다. 뒤에 다시 번거롭게 해드릴지도 모르겠습니다. 가만, 마지막으로 한 가지만 더 여쭙지요. 아르덴티가 혹시 무슨 정치 조직과 끈이라도 닿는 것같이 굴던가요?」

「아니요, 보물 때문에 정치는 버린 사람 같았소.」

「신용 사기 때문이기도 하겠죠.」 경위는 이러면서 내게 물었다. 「당신은 그 사람을 별로 좋아하지 않은 것 같던데?」

「스타일이 달라서요. 그러나 별로 안 좋아했다고 해도, 전깃줄 같은 것으로 목을 조를 생각은 미처 하지 못했을 겁니다. 상상으로라면 몰라도요.」

「당연하지. 여간 어려운 일이 아니니까. 걱정 마시게, 시뇨르 카소봉. 나는 학생은 무조건 나쁜 놈이라고 생각하는 경찰은 아니야. 행운을 비네, 자네와 자네가 쓰고 있는 논문에 두루.」

「실례지만 경위님은 살인 사건 전문 수사관입니까, 아니면 정치 사건 전문입니까?」 벨보가 물었다.

「좋은 질문입니다. 어젯밤엔 살인 사건 전문인 제 동료가 여기에 있었습니다. 그러나 아르덴티의 기록에서 여죄(餘罪)가 자꾸 나오니까 내 동료는 이 사건을 내게 떠넘긴 겁니다. 그렇습니다, 저는 정치 담당입니다. 그러나 제가 정치 담당으로 적절한지는 잘 모르겠습니다. 인생은 간단하지 않더군요. 탐정 소설이 아니라서요.」

「그런 것 같아요.」 벨보가 고개를 가로저으면서 대답했다.

우리는 호텔을 나섰다. 속이 찜찜했다. 데 안젤리스가 마음에 걸렸던 것은 아니다. 그는 호감이 가는 사람이었다. 마음이 찜찜했던 것은, 난생 처음으로 찜찜한 사건에 연루되었다는 느낌 때문이었다. 게다가 나나 벨보는 경위 앞에서 위증을 한 셈이었다.

벨보와는 가라몬드 출판사 앞에서 헤어졌다. 그 역시 마음이 무거웠던 모양이었다.

변명처럼 그가 말했다. 「우리는 나쁜 짓을 한 게 아닐세. 경찰에게 앵골프니 카타리니 미주알고주알 주워섬겨 봐야 달라질 게 없네. 어차피 말도 안 되는 소리였으니까. 아르덴티는 사라질 이유가 있어서 사라졌겠지. 이유야 수천 가지도 있을 수 있고 라코스키는 묵은 죄를 처단하는 이스라엘의 비밀 정보부 요원인지도 모르는 일이고, 어쩌면 대령이 배신한 어떤 거물이 보낸 자객, 이것도 아니면 아르덴티가 원한 살 짓을 했던 외인부대 전우였는지도 모르지. 이것도 저것도 아니라면 알제리 암살단원인지도 모르는 일이고. 성전 기사단 운운한 것은, 대령이 벌인 사기 행각 중에서 정말 하찮은 것인지도 몰라. 그러니까 잊어버리세. 갈색 가방이 되었건 빨간 가방이 되었건 가방은 사라졌네. 당신이 나와 다른 증언을 한 것은 좋았어. 가방을 아주 잠깐 본 것에 불과하다는 인상을 준 셈이니까.」

나는 대꾸하지 않았다. 벨보는 말을 어떻게 맺어야 할지 몰라 난처해하는 듯했다.

「당신 내가 또 도망친다고 생각하겠지. 시위가 있던 날 라르가가(街)에서 도망쳤듯이.」

「천만에요. 우린 옳게 행동했어요. 나중에 뵐게요.」

공연히 벨보에게 미안했다. 그는 자신을 겁쟁이로 생각하는 모양이었다. 그러나 나는 내 자신을 그렇게 생각하지 않았다. 나는 학교에서, 경찰과 마주 설 때는 거짓말만 해야 한다는 걸 배운 사람이었다. 그것은 원칙이었다. 그러나 죄의식이 우정을 해칠 수 있다는 게 마음에 걸렸다.

그 뒤로 나는 오랫동안 벨보를 만나지 않았다. 나는 그에게 죄의식을 느꼈고, 그 역시 나에게 양심의 가책 같은 것을 느꼈던 모양이다.

나는 한 해를 더 공부하고, 성전 기사단 재판에 관해 타자 용지 250장 분량의 논문을 썼다. 나는 그때 가서야 대학원생은 학부 학생보다 당국의 감시를 훨씬 적게 받는다는 사실을 알았다. 논문을 쓴다는 것은 나라에 대한 상당한 충성심을 가진 증거로 받아들여지던 시절이었다. 그러니까 나는 논문을 쓸 동안 부지런한 조국 건설의 역군 대접을 받고 있었던 셈이다.

그로부터 몇 달 뒤부터 학생들은 총을 사용하기 시작했다. 옥외에서의 군중 시위 시대는 종막을 고하고 있었다.

나는 이상주의자가 못 되었다. 그러나 이 문제에 관한 한 나에게는 알리바이가 있었다. 나는 제3세계를 상대로 그러듯이 암파루에 대한 사랑에 빠져 들었다. 암파루는 브라질 국적을 가진 마르크스주의자로 대단히 아름답고 열정적이면서도 환상에 사로잡혀 있지 않은 여자였다. 혼혈 미녀 암파루는 당시 우리 학교에 와 있던 연구원이었다.

파티 장에서 만난 바로 그날 나는 내 충동에 충실했다. 「미안하지만 당신을 갖고 싶은데요.」

「더러운 남성 우위론자로군요.」

「방금 한 말은 잊어버리세요.」

「절대 그럴 수 없죠. 나는 더러운 페미니스트니까.」

암파루가 브라질로 돌아가야 할 때가 왔다. 암파루를 잃고 싶지 않았다. 암파루는, 마침 이탈리아어 강사 하나를 찾고 있던 리우 대학교와 접촉할 수 있도록 나를 도와주었다. 리우 대학교는 갱신한다는 약정을 묶어 2년 계약을 제안해 왔다. 이탈리아에 정을 붙일 수 없던 나는 그 제안을 받아들였다.

나는 자신에게 이렇게 다짐했다. 신세계에서는 성전 기사단 같은 것들과는 놀지 말자.

박물관의 전망경실에 웅크리고 있던 그 토요일 밤 내가 내린 결론은, 놀지 말자고 다짐을 했는데도 불구하고 결과적으로는 같이 놀게 된 꼴이 되고 말았다는 것이었다. 가라몬드 출판사 편집실 계단을 오르던 바로 그 순간에 나는 성전 기사단 본부에 들어서 버린 셈이었다. 디오탈레비의 말이 떠올랐다. 〈비나(지성)〉는, 하느님이 시원(始原)의 한 점에서 확산해 나가실 동안 형성되는 〈호흐마(지혜)〉의 궁전이다. 호흐마가 수원이라면 비나는 거기에서 흘러나온 강의 흐름이고, 이 흐름은 이어 수많은 지류를 이루다가 마지막 세피라의 거대한 바다로 흘러든다. 그러나 만물의 형상은 비나 안에서 이미 완성돼 있다.

헤세드

23

대립하는 아날로지[類推]는 빛과 어둠, 절정과 나락, 충만과 공허의 관계와 같다. 모든 도그마의 교의인 알레고리는 인장(印章)을 봉인(封印)으로 현실을 환영으로 바꾼다. 말하자면 진(眞)의 위(僞)요, 위의 진이다.
— 엘리파스 레비, 『고등 마술의 도그마』, 파리, 발리에르, 1856, XXII, 22

나는 암파루가 좋아서 브라질로 갔다가, 그 브라질이 좋아서 거기에 주저앉았다. 나는, 인디오와 수단계(系)와 통혼한 네덜란드계 헤시피 정착민의 자손이고, 얼굴은 자메이카 사람 같고 교양은 파리 사람 같은 암파루에게 스페인어 이름이 붙은 내력을 이해할 수 없었다. 하기야, 나에게 브라질인들의 이름은 여전한 수수께끼이다. 이들의 이름은 어떤 인명사전에서도 찾아볼 수 없으며 오로지 브라질에만 존재한다. 오로지 브라질에만 있다.

우리 고향에서 개수대에 물을 부으면 물은 시계 방향으로 소용돌이 모양을 그리면서 하수구로 빠져나간다. 그러나 암파루의 말에 따르면, 브라질이 있는 지구의 남반구에서는 물이 시계 반대 방향으로 소용돌이 모양을 그리면서 하수구로 빠져나간다. 아니, 그 반대였는지도 모르겠다. 브라질에서는 시계 방향이고 이탈리아에서는 시계 반대 방향. 하지만 이 진위 여부를 확인하는 데 성공한 적은 없다. 사실 우리 북반구 사람 중에 이걸 실제로 실험해 본 사람이 몇이나 될까. 나는 브라질에서는 이걸 여러 차례 실험해 보았다. 그러나 이렇다

저렇다 말하기는 여전히 어렵다. 이유로는, 첫째, 하수구 구멍으로 빠져 나가는 물의 속도가 어찌나 빠른지 눈으로 확인하기 어려웠기 때문이고, 둘째 소용돌이가 도는 방향은 물줄기의 속도와 각도와 개수대 모양에 크게 영향을 받는 것 같았기 때문이다. 하지만 위의 주장이 사실이라고 하자. 그렇다면 적도에서는 어떻게 될까? 수직으로 좌악 빠져나가고 소용돌이가 전혀 생기지 않거나, 물이 전혀 빠져나가지 않아야 하지 않겠는가.

물이 어디로 어떻게 빠져나가든, 브라질에서는 하나도 문제될 것이 없었다. 그러나 전망경실에 있던 그 토요일 밤, 나는 지구의 자전 방향 때문에 이런 현상이 생긴다는 것, 그리고 푸코의 진자가 이 모든 비밀을 안고 있다는 것을 깨달았다.

암파루는 믿음에 관한 한 요지부동이었다. 그래서 종종 이런 말을 하고는 했다.「경험적인 특정 사건은 문제되지 않아. 결국은 이상적인 원리이고 따라서 이상적인 조건하에서만 검증될 수 있어. 결국 검증될 수 없다는 거지. 그래도 여전히 참은 참이야.」

밀라노에서 암파루의 환멸에 가까운 객관적 지성은 그녀의 가장 큰 매력 중 하나였다. 그러나 브라질에서는 달랐다. 조국의 강산성(強酸性) 토질로부터 자극을 받기라도 한 듯이 암파루는 내가 이해하기 어려운 존재로 변해 갔다. 암파루는 어찌나 공상 지향적인지 지하적(地下的)인 요소까지도 합리적으로 설명할 수 있을 것 같았다. 자기 내부에 잠들어 있던 고대의 정서에 눈뜨면서도 그것을 필사적으로 억누르고 그 유혹을 거부하고자 노력했지만, 암파루의 그런 금욕주의는 별로 설득력 있지 않았다.

동료들과 격렬한 논쟁을 벌이는 것을 볼 때마다 나는 암파루의 이러한 모순되는 일면을 접할 수 있었다. 그들의 모임은 대개, 몇 장의 포스터, 민속 공예품, 레닌의 초상 및 아메리카 인디언의 주물(呪物), 브라질 북동부의 무법자들이었던 캉가세이루의 테라코타 인형 따위가 주렁주렁 걸린 조그만 오두막에서 열리고는 했다. 브라질이 정치적 혼란을 겪고 있던 시기에 그곳에 간 나는, 이탈리아에서의 경험을 생각해 이데올로기와는 최대한 거리를 두려고 했다. 브라질이라는 낯선 환경에서는 그것이 현명할 것 같았다. 나는 그곳의 이데올로기를 잘 알지 못했는데, 암파루 동아리의 사고방식이나 표현 방식은 나를 더욱 혼란스럽게 했다. 하지만 동시에 내 호기심을 자극하기도 했다. 그들 모두는 말할 것도 없이 마르크스주의자들이었는데, 이들의 이야기 방식은 유럽의 마르크스주의자들과 다를 것이 없어 보였다. 하지만 이들이 다루는 주제만큼은 사뭇 달랐다. 이들은 계급 투쟁을 두고 설전을 벌이다가도 느닷없이 브라질 원주민의 식인 풍습이나, 혁명에서의 아프리카계 종교의 역할을 언급하고는 했다.

이들로부터, 다른 것은 몰라도 잡종 종교 이야기를 들을 때만은 남반구의 경우 이념이라는 물이 북반구에서와는 반대 방향의 소용돌이를 일으키고 있다는 것을 확인할 수 있었다. 이들은 자주 나라 안을 끊임없이 옮겨 다니는 이주민에 관한 파노라마를 그려 보이고는 했다. 이들의 말에 따르면, 북쪽의 무산 계급은 산업 지대인 남쪽으로 내려와 스모그가 자욱한 대도시의 떠돌이 프롤레타리아가 되었다가 절망을 안고 다시 북쪽으로 이주하지만, 오래지 않아 다시 남하하고야 마는 악순환을 되풀이한다는 것이었다. 이 이주민들 중 상당수는 악순환의 과정 중에 대열을 이탈, 지나치게 비대한 토착 혼교(混交) 종교에 흡수되어, 신령에 경도되거나 아프리카 신들에게 의지하는 현상이 논의의 대상이 될 때도 있었다. 이러한 문제에 관한 한 암파루의 동패들도 여러 갈래로 나뉘었다. 동패 중에는 이러한 현상을, 백인 세계에 저항하는, 뿌리 되는 문화로의 회귀 현상으로 보는 사람들이 있는가 하면 이러한 종교 집단은 통치 계급에 이용됨으로써, 잠재 혁명 세력을 다스리는 데 유용한 아편 노릇을 한다고 주장하는 사람도 있고, 이러한 종교야말로 백인과 인디언과 흑인을 하나로 어우러지게 하는 데 필요한 훌륭한 잡탕 냄비 노릇을 한다고 주장하는 사람도 있었다. 그러나 그 잡탕 냄비의 궁극적인 목적이 무엇이냐는 문제에 대해서는 좋은 답변이 나오지 않았다. 암파루는 의견이 분명했다. 암파루에게, 종교라고 하는 것은 언제나 인민의 아편이었고, 브라질의 가짜 민속 종교는 아편보다도 더 위험한 것이었다. 그러나 이스콜라스 지 삼바 축제에서, 사람을 견딜 수 없게 하는 타악기 리듬을 따라 춤을 추며 암파루의 허리를 껴안았을 때, 나는 암파루가 여전히 배와 가슴과 머리와 콧구멍 등, 머리부터 발끝까지 자신이 거부하려 하는 그 세계와 연결되어 있음을 확인할 수 있었다. 하지만 막상 축제가 끝나고 나면, 암파루는 카니발에 사람들이 기울이는 종교적 열정을 비판하고, 그 종교적 열정이 지니는, 주신제(酒神祭)를 방불케 하는 혼음 난교의 성격을 냉소적으로 혹은 격렬하게 분석하고 비판하는 데 앞장서고는 했다. 축제에 열광하는 이들은, 축구장에서 반대편 팀이 무참히 패배하기를 바라며 온갖 신들에게 기도를 올리고 온갖 미신과 부적에 호소하면서, 그들이 현실에 눈뜨지 못하게끔 이런 분위기를 조장하는 통치 계급의 존재는 전혀 의식하지 못하는 사람들과 다를 바가 없다는 것이었다. 그러면서 축구도 축제도, 무산자들의 전투적 에너지와 저항 정신을 무디게 하는 주술사의 놀음판 같은 종족적 푸닥거리에 지나지 않는다는 자못 혁명 전사에게 어울리는 경멸을 실어 이러한 현상을 비판했다.

나는 브라질에서 모순을 자각하는 능력을 나날이 상실해 갔다. 그것은 이 유서 깊은 잡종의 천국에 사는 잡다한 종족을 구분해 보려던 시도를 포기한 것과 비슷한 과정이었다. 나는 역사의 진보와 혁명이 어떻게 이루어질 수 있을 것인지, 또는 암파루의 동패들이 자주 언급하던 이른바 자본주의의 음모가 무엇인지 알아내려는 노력을 포기했다. 브라질 극좌 세력의 희망이 노르데스치[北東部] 지역의 한 주교에게 달려 있다는 것을 안 뒤로 내가 어떻게 유럽인으로서의 사고를 계속할 수 있었겠는가? 그 주교가 어떤 위인이던가? 소싯적 나치에 부역한 혐의를 받고 있던 인물, 그럼에도 이제는 믿음에 의지하여 겁 없이 혁명의 기치를 높이 올림으로써 바티칸을 진노케 하고, 조심성이 많기로 소문난 월가의 탐식가 바라쿠다 무리들을 혼란에 빠뜨린 장본인, 일곱 가지 고뇌에 잠긴 채 고통받는 인민을 내려다보던 아름다운 성모의 기치를 높임으로써 신비주의에 빠진 프롤레타리아 계급을 끌어모아 놓고는 이들의 무신론의 불길에 기름을 끼얹은 장본인이다.

어느 날 오전, 나는 암파루와, 부랑 노동자층의 계급 구조에 관한 세미나에 참석한 뒤 자동차로 해변을 달리고 있었다. 우리 눈에, 해변에 간소하게 차려진 제물이 보였다. 촛불, 하얀 화환 같은 것들이었다. 암파루의 말에 따르면, 물의 여신 예만자에게 드리는 제물이었다. 우리는 자동차를 세웠다. 암파루는 자동차 밖으로 나가 가만가만 모래밭을 걷더니 걸음을 멈추고 한동안 말없이 서 있었다. 나는 암파루에게 그 여신을 믿느냐고 물어보았다. 「어떻게 그런 생각을 할 수 있지?」 암파루는 화를 발칵 내고는 말을 이었다. 「우리 할머니는 이따금씩 나를 이 해변으로 데리고 나와 여신에게 기도했어. 내가 예쁘고 착하게 자라도록 해달라고, 행복하게 살도록 해달라고. 검은 고양이와 산홋빛 뿔 이야기를 한 이탈리아 철학자가 누구였지? 그 사람은, 〈이것은 참이 아니다. 그러나 나는 이것을 믿는다〉고 했지? 나는 이 여신을 믿지 않아. 그러나 이것은 참이야.」 바로 이날 나는 돈을 절약해서 바이아로 여행 떠날 결심을 했다.

내가 유사 연상(類似聯想), 말하자면 만물은 신비스럽게도 다른 것과 관계를 맺음으로써 상호 유추를 가능케 한다는 느낌에 나 자신을 맡겨 버리기로 결심한 것도 바로 이날이었다.

뒷날 유럽으로 돌아가면서 나는 이 모호한 형이상학적 개념을 하나의 역학적인 줄거리로 바꾸었는데, 내가 이렇듯이 올무에 걸려 있는 것도 다 그 때문이다. 브라질에 있을 당시의 나는, 모든 사물의 윤곽이 희미하게 보이고 모든 구분과 차이가 무의미한 듯한 일종의 황혼 지대에 살고 있었다. 나는 인종주의자라도 된 것처럼 강자는, 타인의 믿음이란 저희들의 무해한 백일몽에 불과한 것이라 생각할 수 있다고 믿었다.

나는 거기에서 몸과 마음을 비우는 삼바의 리듬을 배웠다. 전망경실에 있던 날 밤, 나는 마비되어 가는 내 사지의 감각을 유지하려고 브라질에서 아고구를 두드리듯이 사지를 흔들면서 나 자신에게 타일렀다. 이것 보라고. 미지의 권능으로부터 빠져나가려면, 그것을 믿지 않는다는 것을 보여 주려면, 그 권능이 행사하는 마법을 받아들여야 하는 거야. 밤에 악마를 맞닥뜨린, 서원을 세운 무신론자의 경우와 똑같은 것이다. 그 무신론자는 악마는 존재하지 않는다는 것을 알기에 악마가 보이는 것은 환상일 뿐이라고 생각한다. 소화 불량 때문에 헛것이 보이는 걸지도 모른다. 그런데도 불구하고 악마는, 저 자신이 존재한다고 확신한다. 악마는 자신의 거꾸로 뒤집어진 신학을 믿는다. 그런 것을 믿고 있는 악마라면 무엇을 두려워할까? 고민 끝에 무신론자는 성호를 긋고, 악마는 불길을 뿜으며 사라진다.

당시 나에게 일어났던 일은 오랜 세월 식인 풍습을 연구해 온 현학적인 인종학자에게도 일어날 법한 일이다. 인종학자는 식인 풍습을 깔보는 백인들의 오만함에 도전하기 위해, 실제로 사람의 살은 참 맛있다는 주장을 편다. 그런데 어느 날 이를 의심하는 사람들은 이 학자를 대상으로 학자 자신의 주장이 옳은지 그른지 확인해 보려고 한다. 학자는 토막 나서 이들에게 먹힌다. 그러나 학자는 누구의 주장이 옳은지 아직은 알지 못한다. 그래서 먹히면서도 자기 고기가 맛있기를 바란다. 그래야 식인종들의 제의적 인육 식속(人肉食俗)과 자기 죽음의 정당성이 증명될 것이기 때문이다. 전망경실에 있던 날 밤, 나는 그 〈계획〉을 실재하는 것으로 믿어야 했다. 실재하지 않는다면 나는 지난 2년간 사악한 악몽을 내 손으로 창조해 온 셈이 될 터이기 때문이다. 꿈보다는 현실이라고 믿는 편이 낫다. 실재하는 것이라면 그것은 실재하는 현실이므로 내 책임이 아니니까.

24

Sauvez la faible Aischa des vertiges de Nahash, sauvez la plaintive Héva des mirages de la sensibilité, et que les Khérubs me gardent.[1]
— 조제팽 펠라당, 『요정이 되는 법』, 파리, 샤뮈엘, 1893, p. XIII

유사 연상의 숲으로 빠져 들어가고 있던 즈음 벨보로부터 한 장의 편지가 날아왔다.

친애하는 카소봉

당신이 브라질에 가 있는 줄은 정말 몰랐네. 연락이 끊기는 바람에 나는 당신이 졸업한 것도 몰랐다네(늦게나마 졸업을 축하하네). 필라데에 갔더니 당신 친구 중 하나가 주소를 가르쳐 주더군. 그래서, 저 재수 없는 아르덴티 대령 사건의 최근 상황을 당신에게 전할 필요가 있을 것 같아서 이렇게 편지를 쓰네. 벌써 2년이나 된 일이네만, 내 다시 한번 당신에게 사과하네. 나에게 악의가 있었던 것은 아니네만 어쨌든 당신을 이 일에 엮어 들게 한 것은 바로 내가 아니던가.

최근까지 그때 일을 거의 잊은 채로 살았네. 그런데 두 주일 전에 자동차를 몰고 몬테펠트로 지역을 지나다 산레

1 〈연약한 아이샤를 나하슈의 현기증으로부터, 그리고 근심 어린 에바를 환각으로부터 구하소서. 지품천사(智品天使) 케루빔이시여, 나를 지켜 주소서.〉

오 요새에 잠깐 들르게 되었네. 이 요새는, 교황 치하에 있을 때인 18세기 교황이 칼리오스트로[2]를 여기에다 연금시킨 것으로 유명한 요새일세. 문은 아예 있지도 않았고(천장에 뚫린 구멍으로 내려가면 그게 마지막이었다네), 창이라고는 마을의 교회 두 개가 바라다 보이는 조그만 환기창 하나밖에 없더군. 나는, 칼리오스트로가 잠을 잤고, 마침내 누워서 숨을 거둔 침상 위에 장미가 한 다발 놓인 것을 보았네. 관리자는 수많은 사람들이 그의 순교를 기려 그곳을 순례한다고 했네. 칼리오스트로의 유적을 순례하는 신도들 중 가장 열렬한 신도들이 누군고 하니, 바로 밀라노 대학생들의 은비주의(隱秘主義) 연구 단체인 피카트릭스 회원들이라네. 이 단체는 『피카트릭스』[3]라는 이름의 잡지도 발간하고 있다고 하네. 제목을 보니 상상력이 풍부한 단체는 아닌 듯하네.

내게, 이런 동아리가 벌이는 짓거리를 퍽 궁금하게 여기는 버릇이 있다는 것은 당신도 잘 알 것이네. 그래서 밀라노로 돌아가는 즉시 『피카트릭스』를 한 권 구해 보았네. 잡지에는 마침, 며칠 뒤에 칼리오스트로의 초혼제가 열린다는 기사가 나와 있더군. 날짜를 맞추어 달려가 보았네.

초혼제 현장의 벽면에는 카발리즘의 상징, 온갖 종류의

2 본명은 주세페 발사모. 18세기에 이름을 떨쳤던 이탈리아 사기꾼. 알렉상드르 뒤마의 작품 중에 동명의 소설이 있다.

3 원래 이 제목은, 헤르메스 트리메기스투스의 저작으로 알려진 그리스어판 『연금술 대전』을 라틴어로 번역한 르네상스 시대의 철학자 마르실리오 피치노의 아랍 천문학 논문의 제목이다. 추측컨대, 에코가 피치노의 논문 제목을 밀라노 은비학(隱秘學) 연구 단체의 잡지 제목으로 쓴 까닭은 이 단체의 성격이 연금술적임을 암시하기 위한 것으로 보인다.

올빼미, 이집트인들이 신성시하던 투구풍뎅이와 섭금류(涉禽類)의 새들, 족보가 불분명한 동방의 신들이 잡다하게 그려진 깃발이 빽빽하게 걸려 있었네. 뒷벽에는 강단, 통나무에 묶은 횃불을 가지런히 세운 무대가 마련되어 있었고 그 뒤로는 삼각 제구(三脚祭具)와 이시스[4]와 오시리스[5]의 소상(小像)이 놓여 있었네. 아누비스[6]의 소상이 즐비한 제실(祭室)에는 칼리오스트로의 초상이 걸려 있었네(그것이 칼리오스트로의 모습이 아니라면 도대체 누구의 모습일 수가 있겠는가). 이 방에는 이 밖에도 금박을 입힌 이집트 쿠푸 왕의 미라, 5지(枝) 촉대 두 개, 곧추선 두 마리의 뱀의 조상 사이에 걸린 징이 있었지. 또 열주(列柱)의 기단 위에는 상형 문자 무늬의 사라사 천에 덮인 독경대(讀經臺)와 두 개의 왕관, 두 개의 삼각 제구, 운반이 가능한 소형 석관, 보좌, 모조품임에 분명한 17세기 의자, 노팅엄 집정 장관들의 잔치에나 어울릴 듯한, 견줄 데 없이 호화스럽지만 짝이 맞지 않는 의자 네 개, 신령스럽게 번쩍거리는 큰 촉대와 작은 촉대, 서원을 세울 때 쓰이는 물그릇도 보였네.

묘사가 길어졌네만 내친걸음이니 계속하겠네. 먼저 빨간 제의를 입고 손에 횃불을 든 일곱 제동(祭童)이 들어왔고, 이어서 분홍빛과 올리브색의 제의를 입은, 피카트릭스회 회장인 듯한 제관(이 제관을 〈브람빌라〉라고 했네)이

4 고대 이집트의 풍요의 여신.

5 고대 이집트의 이시스 여신의 지아비에 해당하는 저승신.

6 고대 이집트의 저승사자. 몸은 사람의 몸이나 머리는 개의 형상을 하고 있다.

들어왔네. 이 제관 뒤로는 수련자, 또는 영매와 시인들이 말하는 신의 인풀라를 쓴, 빙 크로스비를 닮은 백의의 수습 제관 여섯 명이 따라 들어왔지.

브람빌라는, 반달이 그려진 삼중관을 쓴 채, 제검(祭劍)을 집어 들고는 강단에다 이상한 상징적 무늬를 그리더니 이윽고 천상에 있는 신령들의 이름을 부르기 시작했네. 재미있게도 이름이 모두 〈엘*el*〉로 끝나더군. 이 신령들의 이름을 듣는 순간 앵골프가 보여 주었던, 셈어로 쓰인 것처럼 보이던 엉터리 메모가 생각났네. 그러나 그런 생각을 하는 것도 잠깐이었고 이어서 벌어진 광경은 참으로 어이없는 것이었네. 강단에 설치된 확성기는 튜너에 연결되어 있었는데, 아마도 우주에서 전달된 전파를 이 튜너로 잡아내려 했던 모양이네. 그런데 이 튜너를 다루는 사람이 실수를 했는지 처음에는 격렬한 디스코 음악이 울려 나오더니 곧 〈라디오 모스크바〉로 바뀌었네. 브람빌라는 석관을 열고 경문을 꺼내 들더니, 향로를 흔들면서, 〈주여, 주의 왕국이 가까이 왔나이다〉 하고 소리를 치더군. 그러니까 정말 브람빌라의 말대로 주의 왕국이 가까이 왔는지 〈라디오 모스크바〉의 소리가 뚝 그치는 거라. 정말 짧지만 극적인 순간이더군. 그런데 갑자기 라디오 소리가 다시 나오면서 이번에는 술 취한 카자크가 부르는 듯한 노랫소리가 흘러나왔네. 왜 카자크인들이 발로 땅을 박차고 엉덩이를 들썩거리면서 부르는 노래 있잖은가. 브람빌라는 〈클라비쿨라 살로모니스(솔로몬의 열쇠)〉 주문을 윈 다음 삼각 제구에다 양피지를 태우고는 카르나크 신전의 신들을 불러, 감히 자신을 「출애굽기」에 나오는 〈예소드의 입방석〉으로 인도하기를 기도한 다음 〈보호령(保護靈) 39〉를 불렀네. 브람빌라가 보호령을 부르는 순간 제사 마당이 들썩거리는 걸 보면 그 제사의 참례자들 대부분은 이 보호령과 친교하고 있는 것 같았네. 그러고는 망아 탈혼(忘我脫魂)이 된 듯한 여자 하나가 눈을 까뒤집고 흰 자위만을 번득거리며 달려 나왔네. 사람들은 의사를 부르려 했지만 브람빌라는 〈펜타쿨룸[五芒星]의 권세〉를 불렀네. 그러자 17세기풍의 가짜 골동품 의자에 앉아 있던 수련 사제들이 몸을 비틀면서 신음하기 시작했네. 브람빌라는 여자에게 다가가 몇 가지 질문을 던지더군. 하지만 여자에게 던졌다기보다는 〈보호령 39〉에게 던졌던 것일세. 그제야 나는 그 〈보호령 39〉가 곧 칼리오스트로라는 것을 깨달았네.

나는 걱정이 되기 시작했네. 여자는 심한 고통을 받고 있는 듯했거든. 여자는 몸을 부들부들 떨면서 비명을 질러 대는가 하면, 땀을 뻘뻘 쏟으면서, 혀가 꼬부라진 목소리로, 신전을 열고 문을 열어야 한다고 고함을 질러 대었네. 불길이 인 만큼, 거기에 있는 참례자 모두가 그 불길의 소용돌이를 타고 피라미드가 있는 곳으로 가야 한다고 고함을 질러 대었네. 그러자 강단에 서 있던 브람빌라도 흥분하기 시작하더군. 흥분한 브람빌라는 징을 치면서 큰 소리로 이시스 여신을 불렀네. 나는 이 야릇한 난장판을 아주 재미있게 보고 있었는데, 여자가 문득 한숨을 쉬면서 여섯 개의 봉인, 120년간의 기다림, 36명의 보이지 않는 기사, 이런 말을 하는 것이 아니겠나? 의심할 여지없이 여자는 프로뱅 성전 기사단의 밀지 이야기를 하고 있었던 것일세. 더 들어 보고 싶어서 기다렸네만, 여자는 푹 꼬꾸라지더니 그대로 정신을 잃고 마는 거라. 브람빌라는 이 여자의 이마를 쓰다듬고는 향로를 흔들어 참례한 대중을 축복한 뒤 파제(罷祭)를 선언했네.

약간 무섭기도 했네만, 궁금해서 견딜 수가 있어야지. 그래서 나는 여자에게 다가가려고 했네. 여자는 정신을 차리고 외투를 꿰어 입고는 뒷문을 통해 나가고 있더군. 내가 달려가 여자의 어깨를 낚아채려고 하는 순간, 누군가가 내 어깨를 잡는 거라. 돌아다보았더니, 놀랍게도 데 안젤리스 경위더군. 데 안젤리스 경위는 나에게, 여자를 보내 주라고 했네. 어디에 사는지 자기가 알고 있다는 거라. 그러면서 커피나 한잔 하자고 하더군. 따라갔네. 못된 짓을 하다가 들킨 심정이었네만 사실 그런 셈이기도 했지. 경위는 나에게, 거기에서 뭘 하고 있었고, 여자에게는 왜 접근했느냐, 이런 걸 묻는데, 기분이 언짢더군. 그래서 그랬어. 여긴 독재 국가가 아니지 않느냐, 내게는 누구에게든 접근할 자유가 있다. 경위는 기분을 상하게 해서 미안하다면서 아르덴티 사건의 진전을 간략하게 설명해 주었네. 수사에는 별 진전이 없고, 경찰은 아르덴티가 가라몬드 출판사에 오기 전에, 라코스키를 만나기 전에 밀라노에서 이틀 동안 무엇을 했는지, 그걸 조사하고 있노라고. 경위의 설명에 따르면, 아르덴티가 종적을 감추고 나서 1년 뒤 어떤 사람이 우연한 기회에, 좀 전의 그 여자와 피카트릭스회 사무실을 나오는 아르덴티를 보았다는 걸세. 그러면서 경위는, 자기가 이 여자에게 관심을 가지는 것은 이 여자가 바로 마약계에서는 이름만 대어도 따르르하게 알 만한 사람과 동거하고 있기 때문이라고 했네.

나는 경위에게, 초혼제 현장에는 우연히 들른 것이지만 여자로부터 여섯 봉인 어쩌고 하는 말을 들었을 때는 대령으로부터도 그런 말을 들은 적이 있던 터라 적잖게 놀랐다고 했네. 그랬더니 경위는 내가, 2년 전에 아르덴티로부터 들은 말을 그토록 선명하게 기억하고 있는 것도 이상하고, 경위를 만났을 당시에는 성전 기사단 보물 이야기는 거의 입 밖으로 내지 않았던 것도 자기에게는 이상하게 보인다고 했네. 어쩌겠는가? 나는 대령으로부터 여섯 개의 봉인이 붙은 보물 이야기를 듣기는 했어도, 보물의 전설에는 으레 6중 봉인이니 7중 봉인이니, 황금충이나 하는 것이 등장하는 만큼 건성으로 들었노라고 할 수밖에. 경위는, 보물 전설이라는 게 다 그렇고 그렇다면 여자의 말이 왜 내 귀에 예사롭지 않게 들리겠느냐고 물었네. 내가, 사람을 그렇게 용의자 다루듯 하면 안 된다고 했더니 경위는 웃으면서 화제를 바꾸더군. 경위는 이런 말을 했네. 「여자가 그런 흰소리를 하는 것은, 적어도 내가 보기에는 이상할 게 하나도 없습니다. 아르덴티와 접촉했다면 아르덴티는 틀림없이 여자에게 그 이야기를 했을 겁니다. 아르덴티는 분명히 그 여자를, 이 동아리 말마따나, 영교(靈交)로 이용하려고 했을 테니까요. 그런데 영매란 스펀지 같은 것, 무의식의 사진 건판(寫眞乾板) 같은 겁니다. 피카트릭스 동아리들은 오랫동안 이 여자를 세뇌시켰을 겁니다. 이 여자는 광신자인 데다 대단히 솔직하고 정신까지 살짝 이상합니다. 이런 여자는 탈혼 망아 상태에 아주 쉽게 이릅니다. 말하자면 이 여자는 탈혼 망아 상태에서, 아르덴티에 의해 무의식에 새겨져 있던 걸 발설한 셈이지요.」

그로부터 이틀 뒤 경위는 내 사무실에 들러 이상한 이야기를 했네. 초혼제 다음 날 여자를 찾아가 보았더니, 없더라는 것일세. 초혼제가 끝나고 나서부터 이 여자를 본 사람도 없더라는 것이네. 경위가 이 여자의 아파트로 쳐들어가 보았더니, 이불과 구겨진 신문은 바닥에 아무렇게나 뒹굴고 있고, 서랍이라는 서랍은 죄다 텅 비어 있었다네, 종적을 감춘 것이지. 동거하던 자와 함께.

경위는 내게, 여자에 대해 알고 있는 것이 있으면 모두 털어놓으라고 했네. 내 신상에 이로울 거라면서. 「여자가 잠적한 경위가 내게는 미심쩍군요. 나는 여자가 잠적한 까닭을 두 가지로 생각해 봅니다. 첫째, 여자가 누군가로부터 내가 접근하고 있다는 귀띔을 받고는 잠적했을 가능성, 둘째는 벨보 박사가 접근하려 했기 때문에 잠적했을 가능성. 그날 여자가 접신 상태에서 한 말은 이 사건 해결에 아주 중요한 단서가 될지도 모릅니다.」 경위는, 아르덴티 실종 사건의 배후가 누구인지는 모르지만 이들은 성전 기사단 관련 사실이 세상에 알려지는 것을 꺼렸고, 막상 여자의 입을 통해 일부가 알려지자 여자에게까지 손을 썼을 것이라면서, 이런 말을 덧붙였네. 「제 동료 중 하나가 박사가 여자를 살해했을 것이다, 이렇게 의심하면 어떻게 되는 거지요? 그러니 우리는 한 배를 탄 셈이라고요.」 골이 나더군. 자네도 알다시피 나는 자주 골을 내는 사람이 아니잖은가? 「집에 없다고 해서 살해되었을 것이라고 추측하는 건 무리가 있지요.」 「대령 사건을 보고도 모르시겠습니까?」 「여자가 납치당했든 살해당했든 나와는 상관이 없습니다. 나는 그날 밤에 경위와 함께 있지 않았습니까?」 「우리가 함께 있었던 것은 사실이나 그건 자정까지만 그렇습니다. 그 뒷일이야 아무도 모르지요.」「아니, 진정으로 하시는 말씀이오?」「탐정 소설도 못 읽어 보셨습니까? 히로시마에서 터진 원자 폭탄만큼이나 환한 알리바이가 없는 사람은 모두 용의자가 될 수 있는 겁니다. 박사가 만일에 새벽 1시부터 다음 날 아침까지의 알리바이를 만들어 낼 수 있다면 내 머리를 장기 은행(臟器銀行)에 기증하지요.」

카소봉, 이러는데 내가 어쩌겠나? 대령이 우리에게 한 말을 미주알고주알 경위에게 했어야 했을까? 하지만 우리 피에몬테 사람은 내친걸음은 되돌리지 않네.

내가 당신 주소를 안 이상 데 안젤리스도 조만간 알아낼 것 같아서 이렇게 편지를 쓰네. 그 사람과 연락이 닿더라도 내 방침을 알고 따라 주었으면 하네만, 내 방침이라는 게 지금 갈팡질팡이니, 원한다면 전부 다 얘기해도 좋네. 참 부끄럽고 미안하네. 진짜 공범자가 되어 버린 기분이군. 노력을 하기는 하네만, 내 행동을 정당화할 멋진 핑계는 도무지 떠오르질 않는군. 촌놈이기 때문이겠지. 우리 고향 사람들, 지독한 촌놈들이거든.

만사가 독일 말마따나 *unheimlich*(으스스)하네.

몸조심하시게
야코포 벨보

25

이 밀지의 비의를 전수한 자들은 대담한 음모를 획책하면서 도당 짓기를 계속하면서 나날이 팽창해 왔다. 예수회 교리, 자기설(磁氣說), 마르탱주의, 철인의 돌[化金石], 몽중 유행(夢中遊行), 어정쩡한 에클렉티시즘[折衷主義]…… 이 모든 것은 이로써 생겨난 것들이다.

— C. L. 카데가시쿠르, 『자크 드 몰레의 무덤』, 파리, 드센, 1797, p. 91

편지 때문에 한동안 언짢았다. 데 안젤리스는 북반구에, 나는 남반구에 있었던 만큼 꼬리를 밟히는 게 두려워서 그랬던 것은 아니다. 내가 언짢았던 것은 그보다 훨씬 복잡한 이유에서였다. 당시 나는, 뒤에 남겨 두고 온 세계가 내 뒤로 몰려오고 있다는 느낌 때문이거니 여겼다. 그러나 아니었다. 나는 요즘 들어서야 그것을 깨닫는다. 나를 괴롭힌 것은 또 하나의 유사 연상, 다시 말해서 이 세상은 몇 개의 유추의 실을 통해 상호 관련된 것이라는 생각이 들었기 때문이다. 비록 편지를 접한 데 불과하지만 벨보를 다시 만나게 되었다는 사실 자체 역시 나를 괴롭혔다. 벨보와 그의 끝없는 죄의식은 늘 짐스러웠다. 나는 암파루에게는 편지 이야기를 하지 않기로 했다.

이틀 뒤 벨보로부터 또 한 통의 편지가 날아들었다. 이 두 번째 편지는 내 마음을 편하게 해주었다.

벨보는, 영매 건이 아주 그럴듯하게 끝났다고 쓰고 있었다. 당시 경찰이 정보원으로부터 수집한 정보에 따르면 여자의 애인은 마약을 선적하는 일에 관계되어 있었는데 이자가 마약을, 약값을 지불한 사람에게 넘기지 않고 소매(小賣)하고 말았다. 마약 밀매자들의 세계에서 이것은 대역죄였다. 따라서 여자의 애인은 살기 위해서라도 종적을 감추지 않으면 안 되었고, 종적을 감추면서 여자를 데려간 것이었다. 이들이 살던 아파트의 신문 더미에서 데 안젤리스 경위는 피카트릭스회의 정기 간행물을 찾아냈는데, 일련의 기사에는 붉은 줄까지 그어져 있었다. 붉은 줄이 그어진 기사 중에는 성전 기사단의 보물 이야기도 있었고, 보이지 않는 36기사를 자칭하면서 *post CXX annos patebo*(나는 120년 뒤에 소생하리니)라는 현판까지 건 채 은거하는 비밀 결사 장미 십자단 이야기도 있었다. 데 안젤리스는 이로써 진상을 추리할 수 있었다. 그러니까 이 영매도 대령과 비슷한 종류의 기록이나 문서 읽기를 즐겼는데, 초혼제에서 탈혼 망아의 접신 상태에 이르면서 그 정보가 의식의 표면으로 떠올랐고, 그래서 자기도 모르는 사이에 지껄인 것이었다. 데 안젤리스가 맡았던 그 사건은 그 대목에서 마약 수사반으로 넘어갔다.

벨보의 편지는 안도감으로 가득 차 있었다. 데 안젤리스의 설명은 가능한 설명 중에서 가장 경제적이었다.

전망경실에 웅크리고 있던 날 밤, 나는 사건의 진상은 실제와 전혀 다를 수 있을 것이라는 생각을 했다. 만일에 그 영매가 아르덴티로부터 들은 것을 인용해서 지껄인 것이라고 해도, 그 내용은 잡지는 물론 그 누구도 언급하지 않았고 아무도 알아서는 안 될 비밀이었던 것이다. 뿐만 아니라, 피카트릭스회의 일원이 만일 대령을 제거했다면, 바로 이 일원은, 벨보가 이 여자에게 접근하는 것으로 판단하고 여자를 제거

했을 수도 있었다. 여기에다 여자의 애인까지 제거하고는 경찰 정보원에게 여자와 애인이 도망쳤다는 정보를 흘렸다고 해도 수사는 종결되었을 터였다.

계획이 존재한다면 이렇게 일이 진행되었을 가능성도 높다. 그러나 계획된 일이었을 까닭이 없다. 〈계획〉은 우리가 창조한 것이니까. 우리가 만들어 낸 허구를 현실이 뒤쫓아 온 것은 한참 뒤의 일이었다. 나중에 현실은 허구를 뒤쫓아 오는 것은 물론, 결국은 선행하게 되었다. 아니, 선행했다기보다는 일부러 앞장서 나가서 허구가 불러일으킬 재난을 보상하려 했다는 편이 맞겠다.

이런 것은, 브라질에서 벨보의 두 번째 편지를 받았을 당시에 했던 생각은 아니다. 내가 당시에 했던 생각은 첫 번째 편지를 받았을 때 그랬듯이, 이 사건이 다른 무엇과 유사하게 느껴진다는 것이었다. 나는 바이아로 여행을 가봐야겠다는 생각으로, 그전까지는 본 척도 하지 않던 책방이나 주물(呪物) 가게를 기웃거리면서 오후를 보냈다. 그날 오후 나는 잡신의 조상과 우상이 가득 쌓인 가게로 들어가 예만자 신의 향수와 신비주의적 의미를 지닌 선향, 향료, 〈예수의 거룩한 심장〉이라는 딱지가 붙은 방향 스프레이, 싸구려 액막이 같은 것을 샀다. 책방에는 사교(邪敎) 신도들을 위한 책, 연구자들을 위한 책, 『수정 구슬을 이용한 점술』 같은 구마(驅魔) 안내서, 문화 인류학 입문서 등도 있었다. 그리고 장미 십자단에 관한 전공 논문집이 있었다.

문득 모든 것의 의미가 분명해진 듯했다. 예루살렘 성전의 무어적 흑마술, 아프리카계 브라질인 프롤레타리아를 위한 아프리카식 무의(巫儀), 120년이라는 세월이 중요한 의미를 지니는 프로뱅의 밀지, 그리고 장미 십자단의 120년.

갖가지 술을 섞어 마시는 재주나 가진 인간 교반기(人間攪拌機)가 된 기분이었다. 아득한 옛날에 꼬여 버린, 색색의 가느다란 전선 다발로 흐르는 전류를 일거에 단락시키고 있는 기분이었다. 더 있다가는 아르덴티 대령과 세뇌당한 그 영매 같은 사람을 수십 명쯤 만날 것 같아서 나는 장미 십자단 관련 책자 한 권만 사 들고 가게를 나왔다.

집으로 돌아온 나는 암파루에게 꽤나 사무적인 말투로, 이 세상에는 정신이 이상한 사람들이 너무 많다고 말했다. 암파루가 나를 위로해 주어 그날은 무난하게 보낼 수 있었다.

그게 1975년 말이었다. 나는 유사 연상은 접어 두고 공부만 하기로 했다. 나는 이탈리아어를 가르치러 와 있던 것이지 장미 십자단을 가르치려고 브라질에 와 있던 것은 아니었다.

나는 르네상스 철학자들을 집중적으로 공부하면서, 중세의 암흑기를 벗어난 세속적이고 근대적인 당시 사람들에게, 마음을 기울여 섬길 만한 것 중에는 카발리즘이나 주술 이상 가는 것도 없었다는 사실을 깨달았다.

자신들만의 *formula*(주술)를 외워 가며 자연을 꼬드겨 자연으로서는 전혀 할 의사가 없는 일을 시키려 드는 신플라톤주의자들(인문주의자들)과 2년을 보냈을 때 나는 이탈리아로부터 소식을 들었다. 옛날의 내 급우들(전부는 아니었지만 그들 중 몇몇이)이 저희들 의견에 동조하지 않는 사람들에게, 그들에게는 할 의사가 조금도 없는 짓을 시키려고 총을 쏜다는 소식이었다.

이해할 수가 없었다. 나는 이제 제3세계의 일원이었고, 그래서 바이아로 떠나기로 했다. 나는 오랫동안 한 번도 펼쳐 보지도 않은 채 서가 위에다 올려 두었던 장미 십자단 연구서와 르네상스 문화사 서적을 꾸려 바이아로 떠났다.

26

이 땅의 모든 전승은, 처음부터 죄인인 인간과 그의 첫배 자식에게 위임된, 최초의 근원적인 전승에서 비롯된 것으로 보아야 한다.

— 루이클로드 드 생마르탱, 『사상(事象)의 본질』, 파리, 라랑, 1800, II, 「보편적인 전통의 본질」.

나는 살바도르를 보았다. 정확하게 말하자면, 365개의 교회를 거느린, 〈검은 로마〉라고도 할 수 있는 *Salvador da Bahia de Todos os Santos*(萬聖灣의 구세주). 아프리카의 만신(萬神)들이 모셔진 교회는 만에 면한 일련의 구릉, 혹은 둥우리에 나란히 서 있었다.

암파루는, 커다란 목판에다 중세의 세밀화 같은 구약과 「요한의 묵시록」의 상징적 이미지, 고대 이집트의 콥트와 비잔티움의 요소를 복잡하게 어우러지게 그리는 그 지방 화가 한 사람을 알고 있었다. 마르크스주의자인 그는 우리에게, 입으로는 다가올 혁명의 시대 이야기를 했다. 그러나 그는 노수 세뇨르 두 봄핑 성당의 성물실(聖物室)에서 백일몽에 잠긴 몽상가에 지나지 않았다. 성물실은 *horror vacui*(공백에 대한 공포)에 완전히 점령당한 곳이었다. 성물실 천장과 벽에는 무수한 봉물(俸物)이 걸려 있었고, 그 외에도 은으로 교묘하게 만든 심장, 나무로 깎은 팔다리, 인간이 기기묘묘한 폭풍과 소용돌이와 해일로부터 구조를 받는 장면을 그린 그림들로 가득 차 있었다. 그는 우리에게, 야카란다 나무로 만든 가구가 빽빽하게 들어차 있는 다른 교회의 성물실도 구경시켜 주었다. 「누구를 그린 것이죠? 아일랜드의 수호성인 성 게오르기우스 아닌가요?」 암파루가 성물실 벽에 걸려 있는 그림을 가리키면서 물었다.

성물실 관리인은 의미심장해 보이는 미소를 지으면서 대답했다. 「다들 성 게오르기우스라고 합니다. 그렇게 안 부르면 사제님에게 혼나거든요. 하지만 저 양반은 오쇼시Oxossi 님이랍니다.」

이틀 동안 그 화가는 우리를, 교회 뒤쪽에 딸린 수많은 방과 복도로 안내했다. 방 앞에 붙어 있는 은판은 까맣게 변색되어 있었다. 우리가 방방을 돌아다닐 때면 주름살투성이의 절름발이 관리인들이 반드시 우리를 배행했다. 성물실들은 모두 금, 백랍, 무거운 보물 상자이며 값비싼 그림들로 그득했다. 벽면에는 유리 상자가 즐비하게 서 있었다. 유리 상자에는 등신대(等身大)의 성인 상이 안치되어 있었다. 성인들이 이승에서 얻은 상처에서는 피가 뚝뚝 듣고 있었다. 고통스러운 표정으로, 피에 젖은 사지를 비틀고 있는 수많은 그리스도들. 나는 후기 바로크 시대 금 세공법으로 빚은 듯한 에트루리아풍의 천사들, 로마풍의 괴물, 기둥머리에서 우리를 노려보는 동방의 세이렌을 보았다.

나는 고풍스러운 거리를 걸으면서 거리들의 이름을 되뇌어 보았다. 가만히 발음해 보면 하나같이 노래 같았다. 〈후아 다 아고니아〉, 〈아베니다 두스 아모레스〉, 〈트라베사 지 시쿠지아부〉.[1] 우리가 살바도르를 찾은 것은 마침 지방 정부, 혹은 정부라는 이름으로 행세하던 누군가가 고(古) 시가지를 중건하려 하던 즈음이었다. 따라서 만만한 유곽이 집중적으로 폐쇄의 변을 당하고 있을 때이기도 했다. 하지만 중건 계획은 아직 진행 과정 한가운데에 있었다. 그래서인지, 악마 냄새가 풍기는 수많은 골목길이 부끄러워 텅텅 비어 버린 교회들 앞에는 열다섯 살배기 창부들이 여전히 들끓고 있었다. 길 양옆으로는 부인네들이 냄비를 걸어 놓고 김이 무럭무럭 나는 아프리카 요리를 팔고 있었다. 뚜쟁이로 보이는 젊은 것들은 근처 술집에서 흘러나오는 트랜지스터 소리에 맞추어 춤을 추고 있었다. 글씨 해독이 어려운 문장(紋章)이 걸린 포르투갈 식민주의자들의 고택이 사창가로 변해 있었던 것이었다.

사흘째 되는 날 화가 안내인은 우리를 그 도시의 고지대쪽, 그러니까 중건이 끝난 곳으로 우리를 안내했다. 거리 양옆으로는 골동품상이 즐비했다. 그 화가 안내인은 그날, 그림을 사겠다는 한 이탈리아 신사를 만나기로 되어 있었다. 악마 군대와 싸우는 천사 장수를 그린 자그마치 가로세로가 각각 3미터, 2미터나 되는 그림을, 그나마 화가가 부른 값에서 한 푼도 깎지 않겠다고 했다니 대단한 신사일 터였다.

우리는 이렇게 해서 시뇨르 알리에를 만났다. 그는 그 더위에도 줄무늬 더블 양복을 단정하게 입고 금테 안경까지 끼고 있었다. 머리카락은 은발, 살갗은 장밋빛이었다. 그는, 숙녀에게 정중하게 인사하는 법으로는 손등에 입을 맞추는 것밖에 모른다는 듯이 암파루와는 그렇게 인사를 마치고는 샴

1 고통의 길, 사랑의 가로수 길, 악마 시코의 거리.

페인을 주문했다. 화가가 먼저 자리를 떠야 할 계제가 되자 알리에 씨는 여행자 수표를 한 뭉텅이 쥐여 주면서 그림은 자기가 묵고 있는 호텔로 보내 달라고 했다. 우리는 거기에서 한동안 더 이야기를 나누었다. 알리에 씨는 포르투갈어를 정확하게 했는데 어쩐지 리스본에서 배운 포르투갈어같이 들렸다. 그의 정확한 포르투갈어 억양을 듣고 있자니 그가 아득히 흘러간 옛날의 신사라는 인상이 더욱 강해졌다. 그는 우리의 내력을 궁금하게 여겼다. 내 이름을 들었을 때는 제네바[2]와 관계가 있느냐고 했다. 암파루의 집안 내력도 궁금해 했는데, 신기하게도 그는 암파루가 헤시피 출신일 것이라고 처음부터 생각하고 있었다고 했다. 그러나 자기 집안의 내력에 관해서는 자세한 이야기를 하지 않았다. 「이 땅에 사는 많은 사람들처럼 내 핏줄에는 수많은 종족의 피가 흐릅니다. 이름은 이탈리아 이름이지요. 선조 중 한 분이 위로부터 영지로 받았던 땅 이름에서 연유한 듯합니다. 귀족이었던 모양이지만, 요즘 누가 그런 걸 따집니까? 나는 호기심 때문에 브라질로 온 사람입니다. 나는 어떤 형태의 전통에든 관심이 아주 많지요.」

2 〈카소봉〉이라는 이름은, 『문제집』이라는 책을 쓴 17세기 제네바 사람 이자크 카소봉을 연상시킨다. 카소봉의 『문제집』은 『연금술 대전』의 저자를 헤르메스 트리메기스투스로 추정하는 데 무리가 있다는 주장을 편 책이다. 따라서 17세기의 카소봉과 이 소설의 주인공 카소봉의 성격은 무관하지 않다. 『피카트릭스』라는 잡지의 이름이 그렇듯이 에코의 이 소설에 나오는 많은 고유명사는 다른 문화 유산(텍스트)과 연관성을 지닌다. 이러한 상호 연관성은 〈인터텍스추얼리티*intertextuality*〉라고 불린다. 〈상호 텍스트성〉이라고 번역되는 이 용어는 사실 〈상호 전거성(相互典據性)〉으로 번역하면 좋을 듯하다. 한 원전과 다른 원전이 서로 출처를 문헌상으로 전거하기 때문이다.

그는 우리에게, 몇 년 전부터 밀라노에서 살고 있는데, 밀라노의 자기 집 서재에는 종교학 책이 꽤 있다면서 이렇게 덧붙였다. 「귀국하거든 한번 놀러 오시오. 아프리카풍의 브라질 종교 제의에서부터 로마 제국 시대의 이시스교에 이르기까지 재미있는 자료가 꽤 되지요.」

「이시스교의 의식…… 저, 그거 재미있어 해요. 자료가 많으니까 굉장히 많이 아시겠죠?」 암파루는, 자신이 있는 여자들이 흔히 그러듯이 부러 멍청한 여자인 척했다.

알리에가 겸손한 어조로 대답했다. 「이시스 의식, 구경은 했지만 많이는 못 봐서요.」

「하지만 2천 년 전의 의식인데, 그걸 어떻게 보셨다는 거지요?」

「나는 두 분같이 젊지 못하답니다.」 알리에는 미소 지었다.

내가 그에게 농담을 던졌다. 「그렇다고 해서 연세가 칼리오스트로만큼 되시는 것도 아니지요. 칼리오스트로였지요? 십자가 옆을 지나면서 자기 시종에게, 〈내가 그 유대인 녀석한테 조심하라고 그날 저녁에 그렇게 일렀건만 도무지 내 말을 듣질 않았네〉 이런 소리를 했다는 사람이?」

알리에의 표정이 굳어졌다. 나는 내 농담에 기분이 상한 거라 생각하고 사과하려고 했다. 그러나 그는 푸짐한 웃음으로 손을 내저었다. 「칼리오스트로는 사기꾼이었어요. 그 양반이 언제 어디서 태어났는지는 누구나 다 아는 사실인 데다가 그리 오래 살지도 못했죠. 그저 허풍쟁이였던 거요.」

「저도 그랬으리라고 생각합니다.」

「칼리오스트로는 허풍을 한번 쳐본 겁니다. 그러나 여러 대를 사는 신선 같은 사람이 영 없었던 것은 아니지요. 지금도 있고요. 현대 과학도 노화 현상의 비밀에 대해서는 별로 알아낸 게 없어요. 인간이 때가 되면 죽는 것은 무지 탓일 가능성도 적지 않아요. 칼리오스트로는 허풍쟁이였지만 생제르맹 백작은 아닙니다. 생제르맹 백작이, 연금술에 대한 자신의 지식 중 일부를 고대 이집트인들에게서 얻었다고 주장했던 건 자랑하기 위해서가 아니었을 겁니다. 하지만 아무도 믿지 않는 눈치라 그 양반은 사람들을 무렴하게 만들지 않으려고 농담이었던 척한 거지요.」

「선생님 말씀이 진실이라는 것을 우리가 믿게끔 하려고 선생님도 농담하시는 척하시는 거고요.」 암파루가 정면으로 치고 들어갔다.

「미모에다 날카로운 통찰력까지, 놀랍습니다. 하지만 당부드리거니와, 나를 믿지 마세요. 내가 여러 세기를 산 고색창연한 사람이라는 게 확인되면 아가씨의 그 아름다움도 빛을 잃습니다. 나는 그렇게 하는 나를 용서할 수 없을 겁니다.」

암파루는 그의 말에 홀딱 반하고 만 것 같았다. 질투심이 나지 않을 수 없었다. 나는 화제를 교회 이야기로, 얼마 전에 보았던 성 게오르기우스 또는 오쇼시 쪽으로 틀었다. 알리에는 칸돔블레 의식을 구경해야 한다면서 이런 말을 했다. 「돈을 요구하는 칸돔블레 판은 안 됩니다. 제대로 된 칸돔블레 판은 입장료를 받지 않고 제대로 된 것을 보여 줍니다. 신자가 될 필요도 없어요. 그러나 삼가는 마음으로 참례해야 합니다. 두 분 같은 불신자를 받아들이는 참례자들은 너그러운 사람들이지요. 여러분도 믿음에 대한 같은 정도의 관용을 그들에게 베풀어야 합니다. 언뜻 보면 『톰 아저씨의 오두막집』에 나오는 사람들 같지만 사실은 바티칸의 신학자들 이상으로 종교 문화가 무엇인지를 아는 사람들이랍니다.」

「구경하게 해주세요. 아주 오래전에 움반다를 본 적이 있지만 다 기억은 못해요. 엄청난 격동의 경험밖에는.」 암파루는 이러면서 알리에의 손을 덥석 잡았다.

알리에는 이 물리적인 접촉에 당혹해하는 것 같았지만 손을 뽑지는 않았다. 그는 한 손을 주머니에 넣었다가 조그만 상자를 꺼냈다. 나중에 안 사실이지만, 그가 생각에 잠길 때면 자주 하는 행동이었다. 금은으로 세공한 상자의 뚜껑은 마노로 되어 있었다. 코담뱃갑 아니면 약상자 같았다. 탁자 위에는 촛불이 있었는데 알리에는 무심하게 그러는 것처럼 상자를 촛불 가까이 가져갔다. 불 가까이 가자 마노 뚜껑에서는 마노의 색깔이 사라지면서 아주 정교하게 그려진 조그만 그림이 나타났다. 초록과 노랑과 푸른 선으로 그려진, 꽃바구니를 든 목녀(牧女)였다. 알리에는 묵주 신경(默珠信經)이라도 외는 사람 모양으로 아주 심각한 얼굴을 하고는 그 상자를 만지작거리다가 내가 주의 깊게 바라보고 있다는 걸 알고는 멋쩍게 웃으면서 그 물건을 다시 집어넣었다.

「격동의 경험이라고 했나요, 아가씨? 바라건대, 아가씨가 통찰력은 뛰어나지만 지나칠 정도로 감수성이 풍부하지는 않았으면 합니다. 감수성이란, 기품과 지성과 함께 갖췄을 경우에는 훌륭한 자질임이 분명하나, 그 감수성을 가진 이가 무엇을 보게 될는지도 모르고, 무엇을 보고 싶어 하는지도 모르는 채 특정한 장소를 기웃거리는 것은 대단히 위험할 수 있어요. 게다가 움반다와 칸돔블레를 혼동하면 안 됩니다. 진짜 칸돔블레는 전적으로 토속적인 것이에요. 소위 아프리카풍의 브라질적인 것이라고 부르죠. 하지만 움반다는 훨씬 나중에 생겨난 것으로, 토속적인 것에다 유럽 문화의 이단적인 요소가 끼어들고, 여기에 또 성전 기사단풍의 신비주의가 습합되면서…….」

나는 거기에서 또 성전 기사단을 만난 것이었다. 나는 알리에에게, 성전 기사단을 공부했었다고 말했다. 그는 흥미로운 표정으로 나를 보며 이렇게 말했다. 「기연(奇緣)이군요. 남십자성 밑에서 젊은 성전 기사를 만나다니 묘한 인연입니다.」

「성전 기사단의 광신도로 여기지 말아 주셨으면 합니다만—」

「시뇨르 카소봉, 이 분야가 얼마나 황당한 분야인지 알고는 있을 테지요?」

「알고 있습니다.」

「좋아요, 조만간 우리 다시 한번 만납시다.」 우리는 다음 날 만나기로 약속했고, 만나면 항구에 면한 시장 구경을 함께 하기로 했다.

다음 날 우리는 시장에서 만났다. 그곳은 어시장이자 일종의 아랍의 수크[回敎市場], 갑작스럽게, 그리고 거의 통제 불가능하게 판이 커져 버린 성일 잔치와 같았다. 악령과 돌팔이와 술사(術士)와, 손바닥의 성흔(聖痕)도 선명한 카푸친 수도승들이 나란히 전을 벌린 루르드의 시장을 방불케 했다. 기도문을 자수한 돈지갑, 귀금속으로 조각한, 가운뎃손가락만 세운 손의 조상(彫像), 산호로 만든 나팔, 십자가상, 다윗의 별, 원시 유대교의 성적인 상징물, 해먹, 융단, 지갑, 스핑크스, 성심(聖心), 보로로족의 화살통, 조개껍질로 만든 목걸이. 유럽인 정복자들의 타락한 신비주의는 노예들의 오컬티즘(미술과 점성학)에 빚을 지고 있었다. 잊힌 계보와 복잡한 혈통의 잔재를 지나다니는 사람들의 피부색에서 읽어 낼 수 있듯이 말이다. 알리에가 설명했다.

「어때요? 민족학 교과서가 브라질의 〈싱크레티즘[混交主義]〉이라고 부르는 게 바로 이겁니다. 다분히 관료주의적인 용어지요. 그러나 이 용어의 고상한 면을 드러내어 말한다면 싱크레티즘은 모든 종교, 모든 지식, 모든 철학에는 단 하나의 전통이 밑바탕이 되어 자양으로 작용한다는 점을 인정합니다. 지혜로운 자는 차별하지 않습니다. 지혜로운 자는 어디서 기원했는지는 따지지 않고 오로지 빛의 조각들을 모으는 데에만 집중하지요. 그렇기에 나는 브라질에 살고 있는 노예의 자식들이 소르본의 민족학자들보다 더 똑똑하다고 생각합니다. 아름다운 아가씨는 내 말을 이해할 겁니다. 어때요, 아름다운 아가씨?」

「마음은 이해하지 못하지만 자궁은 이해해요. 죄송합니다. 이런 표현을 써서요. 생제르맹 백작은 이런 표현을 쓴 적이 절대 없었겠죠. 무슨 뜻이냐 하면, 나는 이 땅에서 태어났고 그래서인지 이 땅에서 일어나는 일 중에 제가 이해하지 못하는 일도 제게 어느 순간 말을 걸어요. 여기로요.」 암파루는 가슴을 가리켰다.

「〈아, 저 갈보리 산 위에서 죽을 수 있다면…….〉 람베르티니 추기경이, 뭉클한 젖무덤 위로 다이아몬드 십자가를 건 귀부인에게 한 말이랍니다. 마찬가지로 저도 아가씨의 가슴에서 들리는 그 소리에 귀 기울여 보고 싶군요! 하지만 이번에는 내가 두 분께 사죄해야 할 차례군요. 나는 아름다움을 예찬하면 그 값으로 저주를 받아야 하는 시대 사람이랍니다. 두 분만 계시고 싶겠지요. 자주 연락합시다.」

암파루의 손을 잡아 노점상 쪽으로 끌면서 내가 나무랐다.

「저 양반, 당신 아버지뻘이야.」

「고조부뻘일 수도 있어. 이야기를 들어 보니 천 살은 먹은 것 같은데, 당신 파라오의 미라를 놓고 질투하는 거야?」

「당신 머리에 불이 번쩍번쩍 들어오게 하는 상대면 누구든 질투한다.」

「브라보, 사랑이라는 게 원래 그런 거라고.」

27

어느 날 생제르맹 백작은, 예루살렘에서 본디오 빌라도 총독과 교우했다면서 총독 관저를 자세하게 묘사하는가 하면 그 집의 만찬에 나왔던 요리 이름을 하나하나 열거하기까지 했다. 상대가 헛소리를 하는 모양이라고 생각한 로앙 추기경은 생제르맹 백작을 모시는, 백발이 성성하고 외모가 정직해 보이는 늙은 시종 쪽으로 고개를 돌리고는 물었다. 「여보게, 자네 주인이 우리에게 하는 이야기, 도무지 사실일 성싶지 않군. 복화술사라거나 연금술사라는 건 인정한다고 치세. 하지만 나이 2천 살에, 빌라도 총독과 교우했다니, 너무 심하지 않은가? 설마 자네가 그때 그 총독 관저에 함께 있었던 것은 아닐 테지?」 그러자 그 시종이 찬찬히 대답했다. 「웬걸요, 추기경님. 제가 백작 어른을 모신 지는 겨우 4백 년밖에 안 되는걸요.」

— 콜랭 드 플랑시, 『지옥 사전』, 파리, 멜리에, 1844, p. 434

그 뒤로도 상당 기간 나는 살바도르에 빠진 채로 나날을 보냈다. 호텔에서 보낸 시간은 따라서 얼마 되지 않지만 장미십자단 관련 서적의 색인을 뒤적거리다가 우연히도 생제르맹 백작에 대한 언급을 발견했다. 나는 무릎을 쳤다. *Tout se tient*(질긴 인연이군).

볼테르는 생제르맹 백작에 대해 이렇게 쓰고 있다. 〈절대로 죽지 않는 인물. 이 세상에 모르는 것이 없는 인물.〉 그러나 프리드리히 대왕의 생각은 다르다. 〈농담하려고 태어난 백작이다.〉 호러스 월폴은 백작을, 멕시코에서 한밑천 잡았지만 홀랑 날리고 아내의 금붙이를 빼돌려 콘스탄티노플로 튄 이탈리아인이거나 스페인인 아니면 폴란드인이라고 했다. 백작에 대한 가장 신빙성이 있어 보이는 자료는 퐁파두르 백작 부인의 시녀였던 마담 오세의 회고록에 실려 있다(남의 말을 잘 믿지 않는 암파루는 시녀의 말을 어떻게 믿느냐고 반박했다). 오세 부인의 회고록에 따르면 백작에게는 여러 가지 이름이 있다. 브뤼셀에서는 〈쉬르몽〉, 라이프치히에서는 〈웰던〉이라는 이름을 썼다. 이 밖에도 에마르 후작, 베드마르 혹은 벨마르 후작, 솔티코프 백작으로 불리기도 한다. 1745년에는 런던에서 체포되었으나, 살롱을 전전하면서 바이올린과 하프시코드를 연주하는 음악가로 이름을 날리기도 했다. 3년 뒤 파리에서는 염색 전문가로 변신, 루이 15세를 섬기면서 샹보르 성에서 기거했다. 루이 15세로부터 외교 특사 임명을 받고 네덜란드로 간 그는 거기에서도 모종의 사건에 연루되면서 다시 런던으로 달아났다. 1762년에는 러시아에, 그다음 해에는 벨기에에 나타난 것으로 되어 있다. 백작이 카사노바를 만난 것은 벨기에에 있을 때이다. 카사노바는 백작이, 동전으로 금화를 만들어 내더라는 기록을 남기고 있다. 1776년에 다시 프리드리히 대왕의 궁전에 나타난 백작은 대왕에게 화학과 관련된 모종의 제안을 한 것으로 되어 있다. 그는 8년 뒤, 슐레스비히에 있는 헤세 백작의 영지에서 세상을 떠났다. 그가 슐레스비히에서 염료 공장을 건설하고 있을 때의 일이었다.

별로 놀라울 것도 없는, 18세기의 전형적인 모험가의 편력에 지나지 않았다. 그에게는 카사노바 같은 사랑도 없고, 사기 행각도 칼리오스트로에 견주면 보잘것없다. 몇 가지 자질구레한 가십거리를 남기기는 했지만 그는, 공업 쪽으로 살짝 기울어진 연금술적 기적을 약속함으로써 몇몇 명망가들로부터는 신임을 누리기도 했다. 한 가지 희귀한 것이 있다면 그가 불사를 누리고 있었다는 소문인데, 이 역시 그가 만들어

퍼뜨린 것이었기가 쉽다. 귀족의 살롱에서 그는 먼 옛날의 일들을 마치 자기 눈으로 본 듯이 전하고는 했을 것이고 이러면서 자기에 관한 전설을 암암리에 아주 그럴듯하게 키워 나갔기가 쉽다.

이 책은 조반니 파피니의 『고그』에서 한 구절을 인용하고 있었다. 이에 따르면 소설의 주인공 고그는 어느 날 밤 대서양을 건너는 객선의 갑판에서 생제르맹 백작을 만난다. 파피니의 묘사에 따르면 천 년이라는 세월과, 뇌리에서 소용돌이치는 무수한 기억에 짓눌린 그의 어조는 흡사 보르헤스의 단편 「기억의 대가 푸네스」에 등장하는 푸네스를 연상시킨다. 하지만 파피니가 『고그』를 쓴 것은 1930년의 일이다. 백작은 고그에게 이렇게 말한 것으로 되어 있다. 〈우리의 운명을 선망의 대상일 것이라고 여겨서는 안 된다. 두 세기만 살아 봐라. 그러면 치유 불가능한 권태가 불사의 운명을 타고난 비참한 우리를 견딜 수 없게 한다. 세상은 단조롭기 그지없고, 인간은 아무것도 배우지 않고, 오직 그전 세대의 오류와 악몽을 되풀이한다. 사건은, 되풀이되는 것은 아니라고 하더라도 그것이 그것같이 모두 엇비슷하다……. 신기한 일도 없고 놀라운 일도 없고, 새롭게 드러나는 일도 없다. 비로소 고백하거니와 우리에게 귀를 기울이는 것은 홍해(紅海)뿐이다. 이 영생불사가 지루해서 견딜 수 없다. 이 땅에 내가 캐내어야 할 비밀은 이제 없다. 인간에 대한 희망도 이제는 남은 것이 없다.〉

「묘한 인물이군. 우리의 친구 알리에는 백작 흉내를 내고 있는 게 분명하다. 쓸 돈 있겠다, 여행할 수 있는 시간 얼마든지 있겠다, 그래서 초자연적인 것에 맛을 들인, 머리가 살짝 이상해진 노신사.」

내 말에 암파루가 맞장구를 쳤다. 「퇴폐주의에 빠질 배짱을 갖춘, 시종일관 시대에 역행하는 반동분자. 하지만 부르주아 민주주의자보다는 이런 영감이 좋아.」

「(페미니스트들의) 자매애라는 거, 그거 굉장하지. 하지만 남자가 손등에 키스하는 순간 자매애는 잊고 사랑에 빠져 버리다니.」

「오랜 세월을 당신네 남성들이 여성을 그렇게 길들여 왔으니까. 여성 해방도 점진적으로 이루어지게 놔두라고. 하지만 그 할아버지에게 시집가고 싶다고는 안 했어.」

「그거 잘됐군.」

그다음 주에 알리에가 나에게 전화를 걸었다. 바로 그날 밤에 칸돔블레 현장으로 우리를 안내하겠다는 것이었다. 제니(祭尼) 얄로리샤가 관광객을 의심하기 때문에 우리는 본제(本祭)에는 참례할 수 없지만, 우리가 가면 얄로리샤가 직접 우리를 접대하고, 서제(序祭) 정도는 보여 주겠다고 한 모양이었다.

알리에는 우리를 자동차에 싣고 언덕 너머 있는 빈민가를 지났다. 자동차는 차고 같은 초라한 건물 앞에 멎었다. 문 앞에 서 있던 흑인은, 재계(齋戒)랍시고 우리 몸을 연기에 쏘였다. 안으로 들어갔더니, 아무런 장식이 없는 안뜰에는 종려나무 잎으로 만든 바구니가 무수히 놓여 있었다. 바구니 속에는 설탕을 쏟아 붓다시피 해서 만든 음식인 제물 〈코미다스 지 산투〉가 들어 있었다.

우리는 넓은 방으로 들어갔다. 벽에는 갖가지 그림, 참례자들이 바친 공물, 아프리카의 가면이 무수히 걸려 있었다.

알리에는 방 안의 가구 배치 상황을 설명해 주었다. 그의 설명에 따르면 뒤쪽의 긴 의자는 입회하지 않은 사람들을 위한 것이고, 연단의 긴 의자는 연주자용이며, 나머지 의자는 〈오강〉을 위한 것이라고 했다.

「〈오강〉이라고 불리는 사람들은, 신자는 아닙니다만 이 의식을 존중하는, 아주 점잖고 존경받는 사람들이지요. 여기 바이아에는 조르지 아마두[1]가 오강으로서 제당(祭堂)을 주장하는 곳도 있답니다. 조르지 아마두는 전쟁과 바람의 여신인 얀상의 간택을 입은 오강이랍니다.」

「오늘 제사를 흠향하는 신들은 내력이 어떻게 되는 신들입니까?」 내가 물었다.

「꽤 복잡해요. 첫째, 노예 제도 초창기에 이곳 북부에서 득세했던 수단 분파가 있어요. 오리샤들의 칸돔블레, 다시 말해서 아프리카 신들은 모두 수단 분파에서 유래합니다. 남부에서는 반투 분파를 볼 수 있는데, 이 양자가 뒤섞이면서 아주 복잡해지는 것이지요. 북부 분파들은 아프리카 종교에 충실한 채로 남아 있는데 견주어 남부에서는 원시적인 마쿰바가 움반다로 발전하고, 여기에 가톨릭, 카르데시즘, 유럽의 신비주의가 가세합니다…….」

「오늘 밤의 의식은 그럼 성전 기사단과는 무관한 겁니까?」

「내가 성전 기사단 얘기를 한 것은 은유의 수단이었어요. 성전 기사단이라니, 오늘 밤에는 그런 거 없어요. 하지만 제파(諸派)의 통합 과정은 아주 미묘합니다. 제물로 차려 놓은 코미다스 지 산투 근처에서, 쇠스랑을 든 악마의 철제 조상

1 브라질의 소설가(1912~2001). 작품으로는, 영화화된 『도나 플로르와 두 남편』, 『카니발의 나라』, 『사해(死海)』 등이 있다.

보셨소? 발치에 제물이 차려져 있지 않습디까? 그게 바로 〈에슈〉라고 불리는 신인데, 움반다에서는 아주 막강한 존재이지만 칸돔블레에서는 그렇지 못해요. 칸돔블레에서도 일종의 타락한 메르쿠리우스(헤르메스)로 섬기기는 하지만. 움반다에서는 이따금씩 사람들이 에슈에 접신하는 일이 있어도 이 칸돔블레에서는, 에슈에게 호의적이기는 하지만 그 정도까지는 아니랍니다. 칸돔블레가 에슈에게 호의적인 까닭은 나도 잘 모르겠어요. 그것은 그렇고, 저기 저 벽 쪽을 좀 보세요.」 알리에는 갈색인 인디오 나신상과, 흰옷을 입고 앉아 담배를 피우고 있는 흑인 노예상을 가리키면서 말을 이었다. 「〈카보클루[銅人]〉와 〈프레투 벨류[黑老]〉라고 불리는 것으로 망자의 혼령들입니다. 움반다 의식에서는 중요한 존재들이지만 여기에서는 그저 제물을 흠향하는 데 그칩니다. 칸돔블레가 오로지 아프리카 신들만을 섬기기 때문에 여기에서 알뜰살뜰한 대접은 받지 못하지만 그렇다고 해서 아주 없애 버리지도 않는 걸 보면 재미있지요.」

「여러 분파에 공통되는 점은 없나요?」

「글쎄요. 아프리카계 브라질 분파의 경우 공통되는 점이 있다면 의식 도중에 참례자들이 접신한다는 것 정도이겠지요. 하지만 칸돔블레의 경우는 오리샤들이고 움반다의 경우는 망자의 혼령이라는 뜻에서 서로 달라져요.」

「내 나라 내 겨레를 잊어도 너무 잊고 있었군요. 한 줌도 안 되는 유럽, 한 줌도 안 되는 사적 유물론에 빠져, 내 겨레의 모든 것, 심지어는 할머니로부터 들었던 이야기까지도 잊고 있었군요.」 암파루가 탄식하듯이 말했다.

알리에는 웃었다. 「사적 유물론이라. 어디서 많이 들은 소리로군. 독일의 트리어[2] 지방에서 횡행하는 묵시록적 종파 같은데, 내 말 맞소?」

「걱정 마, 적은 우리를 무너뜨릴 수 없으니까」 나는 암파루의 어깨를 껴안았다.

「심했어.」 암파루가 중얼거렸다.

알리에는 속닥거리는 우리를 가만히 바라보고 있다가 입을 열었다. 「제파 혼교주의의 힘은 막강합니다. 같은 이야기를 정치적으로 풀어서 설명해 줄까요? 법적으로는, 노예들이 19세기에 해방되었지요? 그러나 노예 제도의 오명을 씻는 작업에서, 노예 매매와 관련된 공문서가 깡그리 소각되고 말았지요. 그래서 노예들은 형식적으로는 자유를 얻게 된 셈이지만 자유를 얻는 순간 과거는 송두리째 소각당하고 만 것이오. 이들은 어떤 종족적 정체성도 획득하지 못한 가운데 집단적인 과거를 복원하려고 애를 썼지요. 당신네 젊은 사람들이 말하는, 제도권 문화에 저항하는 한 방법으로 말이오.」

「하지만 유럽의 종파 역시 혼교주의의 일부를 이룬다고 하시지 않았습니까?」

「순수함만을 고집하는 것도 사치였으니까요. 노예들은 손에 닿는 대로 갖는 수밖에 없었다고요. 대신 복수를 통해 한을 풀었지요. 아마 두 분이 생각하는 것보다 훨씬 많은 백인을 사로잡았을 겁니다. 원래의 아프리카 종파에는 약점이 있었어요. 지역 지향적·종족 지향적인 근시안적인 시각이 바로 그 약점이었지요. 그러나 정복자들의 신화를 만나면서 해방된 노예들은 고대의 기적을 재생해 냅니다. 말하자면 쇠락

2 카를 마르크스(1818~1883)가 태어난 곳.

해 가는 로마 제국이, 페르시아, 이집트, 원시 유대교 시절의 팔레스타인에서 유래한 광기의 도가니 앞에 노출되고 있던 2~3세기 즈음에 지중해 근방에서 발호했던 밀교적인 종파에 새 생명을 불어넣은 겁니다. 로마 제국의 말기에, 아프리카는 온갖 지중해 종교의 영향을 흡수하고 이것을 응축시켜서 휴대가 간편하게 포장해 버리지요. 이로써 유럽은 기독교를 국교로 삼으면서 타락의 길을 걷게 되지만, 아프리카는 이집트 시대부터 그러했듯이 이 지식의 보고를 보존, 전파할 수 있었던 것이오. 당시에 아프리카가 이 지식의 보고를 그리스에게 넘겨주는 바람에 그리스인들에 의해 엉망진창이 되기는 했지만.」

28

세계 만물을 포용하는 *corpus*[一體]가 있다. 그것을 순환하는 형상으로 그려 보라. 무릇 온전한 〈전일성(全一性)〉이란 원의 형상을 하고 있음이라……. 그다음으로 이 일체 아래에 36인의 행성주(行星主) 장로들이 있다고 가정하라. 이 행성주들은 전체의 원과 황도(黃道) 12궁의 원 사이에서 두 원을 갈라놓으면서, 말하자면 12궁의 경계를 그으면서 12궁을 따라 행성과 함께 이동한다……. 왕의 자리 바꿈도, 내란도, 기근도, 역질도, 해수(海水)의 역류도, 지진도, 이 장로들 모르게는 일어나지 않는다…….

— 『연금술 대전』, 스토바이우스, 초록(抄錄) VI

「지식의 보고라니요?」

「그리스도 이후 2~3세기가 얼마나 위대한 시절이었는지 아시오? 저무는 제국의 장려함 때문에 위대했던 것이 아니라 당시 지중해 유역에서 싹트고 있던 사상 때문에 위대했던 것이오. 로마에서 황실 근위대가 황제들의 목을 차례로 자르고 있을 동안, 지중해에서는 아풀레이우스의 시대가 오고 이시스의 비의(秘儀)가 들어오고, 저 신(新)플라톤주의나 그노시스파의 위대한 정신이 부활하는 축복의 시대를 맞고 있었던 것이오. 이 시대는, 기독교인들이 권력을 휘두르면서 이교도들을 마구잡이로 학살하기 직전의 행복한 시대였지요. *nous*(예지)가 살아 있던 찬란한 시절, 접신이 다반사로 이루어지던 황홀한 시절, 초자연적인 존재와 마귀와 천사 군단이 사람들과 나란히 살던 시대였지요. 내가 말하는 〈지식〉이라는 것은 아득한 예로부터 하나로 통합되지 않고 난만하게 유포되어 있던 지식이오. 그 기원으로 말하자면 피타고라스를 넘어 인도의 바라문교, 히브리인의 종교, 조로아스터교, 인도의 나수자(裸修者)의 종교, 심지어는 아득히 먼 북방의 이민족 종교인 갈리아나 브리타니아 제도의 드루이드교보다도 더 오래된 것이오. 그리스인들이 이방인들을 〈야만인〉[1]이라고 부른 것은, 지나치게 교육을 많이 받은 그리스인들 귀에는 그들의 언어가 개 짖는 소리처럼 들렸고, 그래서 그리스인들은 그들에게는 저희 생각을 표현할 능력이 없을 것이라고 추측했기 때문이오. 그러나 이 야만인들이야말로, 저희 언어가 그리스인들에게 이해될 수 없었기 때문에 당시의 그리스인들보다는 훨씬 많은 것을 알고 있었고 또 그것을 보존할 수 있었던 것이오. 오늘 밤의 이 제사에서 무희(舞姬)들은 노래를 부르고 주문을 욀 터인데, 당신은 무희들이 이 노래의 의미, 주문의 의미, 수많은 신명(神名)의 의미를 알 것이라고 생각하오? 다행히도 그들은 알지 못하오. 알지 못하기 때문에 이 노래와 주문의 한 마디 한 마디, 하나하나의 이름이 일종의 호흡 훈련과 같은 밀교적인 발성법이 되는 것이오.

저 안토니우스 황제, 아우렐리우스 황제, 콤모두스 황제로 이어지던 시대…… 그 시대는, 이 세상의 만물이 서로 얽히고설키되 경이로운 연관성과 정치(精緻)한 유사성으로 충일한 시대였어요. 이 연관성과 유사성을 꿰뚫어 보기 위해서는 꿈이나 탁선(託宣)이나 주술에 의지하지 않으면 안 되었소. 오로지 꿈이나 탁선이나 주술만이 우리를 자연 그대로의 모습

1 〈야만인*barbaroi*〉을 뜻하는 그리스어의 어원은 〈*barbaros*〉로 알려져 있다. 이 말은 〈알아듣지 못하게 구시렁거린다〉는 뜻이다. 따라서 그리스인들은, 저희들에게는 해독 불가능한 언어를 쓰는 민족은 모두 〈구시렁거리는 족속〉, 곧 〈야만인〉으로 불렀다.

으로 자연과 그 자연의 힘에 다가갈 수 있게 해주었어요. 이런 것들에 견주면 지식이라고 하는 것은 참으로 모호하고 덧없고 측정 불가능한 것이오. 그 시대를 위압했던 신이 헤르메스였던 까닭이 여기에 있소. 헤르메스가 누구던가요? 권모술수의 발명가, 갈림길을 지키는 나그네의 수호신이자 도둑들의 수호신이기도 하오. 뿐인가요, 헤르메스 신은 글쓰기를 가르침으로써 교묘한 구실 끌어다 붙이기와 위장하기를 가르친 신이자, 항해술을 가르침으로써 인간을, 지평선이나 수평선의 끝, 이 세상의 만물이 혼연일체로 녹아 있는 경계의 한계까지 인간을 데려다 놓은 신이기도 하오. 경계의 한계가 어디던가요? 기중기가 땅에서 돌을 들어올리는 곳, 무기가 산 자를 죽은 자로 둔갑하게 하는 곳, 양수 펌프가 무거운 물체를 허공으로 부양시키는 곳이오. 헤르메스는 또 혹세무민과 곡학아세의 원흉인 철학을 만든 신이기도 하오……. 그런 헤르메스가 지금 어디에 있는지 아시오? 바로 여기에 있소. 이곳으로 들어오면서 두 분은 헤르메스 옆을 지나왔소. 〈에슈〉라는 이름의, 신들의 사자, 중매인이자 상인인 신이오. 에슈의 세계에는 선과 악의 구분이 존재하지 않소.」

그는 우리를 반신반의하는 듯한 표정으로 웃으며 말을 이었다.「두 분은 내가, 장사꾼의 신 헤르메스가 물건 이름 읊어대듯이 신들의 이름을 거침없이 주워섬기고 있다고 생각할 테지요. 하지만 이 책을 좀 봐요. 오늘 아침에 펠로리뉴의 한 자그마한 서점에서 산 거랍니다. 성 키프리아누스의 마술과 비의에 관한 것인데요, 여기에는 사랑을 얻을 때 외는 주문, 원수를 해코지하는 주문, 천사나 여신에게 가호를 비는 주문 같은 게 실려 있어요. 살갗이 검은 사람들의 비의에는 반드시 필요한 대중 문학 같은 거랍니다. 내가 여기에서 말하는 성 키프리아누스는 안티오키아의 성 키프리아누스, 바로 그분인데, 이분에 관해서는 은(銀)의 시대까지 거슬러 올라가는 방대한 문헌이 있어요. 그의 부모는 아들을 멀고먼 나라로 보내어 땅과 하늘과 바다의 만물을 배우고, 이 세상에 존재하는 비전(秘典)이라는 비전은 모두 접하게 했소. 키프리아누스는 약초가 자라고 시드는 까닭, 이 세상의 동식물이 간직하고 있는 치유 능력의 정체, 즉 자연계의 역사를 배운 게 아니라 아득한 옛날의 전승의 바닥에 잠든, 점성술, 마술, 연금술 등의 은비 과학을 습득했소. 키프리아누스는 델포이에 있는 아폴론 신전에 몸 붙이고 뱀을 이용한 점술, 심지어는 미트라[2] 비의를 습득하게 되고, 약관 열다섯 살 때는, 올림포스 산정에서 열다섯 대신관(大神官)의 안내를 받아 〈세계의 제왕〉을 초혼하는 의식에 참가함으로써 〈세계의 제왕〉이 바라는 바를 이해하게 됩니다. 뿐만 아니라 아르고스에서는 헤라의 비의를 전수받았고, 프리기아에서는 양의 간장으로 점을 치는 기술을 익힘으로써, 마침내 땅과 바다와 하늘을 무불통지하게 되지요. 말하자면 환각은 물론 지식의 대상까지, 모든 종류의 비책까지, 심지어는 마법을 써서 기왕에 쓴 것의 내용을 바꾸는 기술에까지 무불통달하게 되는 겁니다. 멤피스의 지하 신전에서는 마귀들이 어떻게 지상의 만물과 연락을 주고받는지, 그 마귀들이 호불호(好不好)하는 것이 무엇인지, 그 마귀들이 어떻게 어둠에서 사는지, 지상의 지배에 어떻게 반격하는지, 무슨 수를 써서 영혼과 육체를 손에 넣는지, 이들이 어

2 페르시아 신화에 나오는 빛과 진리의 신. 뒤에 태양의 신이 되기에 이른다.

떻게 해서 최고의 지식과 기억과 공포와 환각의 효과와, 어떻게 지상의 감정적 흐름을 창조함으로써 지하의 흐름에 영향을 주는 기술을 획득하게 되었는가 하는 것까지 배운 것이오……. 아, 그런데 그 키프리아누스가 기독교로 개종해 버렸소. 그러나 그가 익힌 지식의 일부는 다행히도 후대로 전해졌으니, 두 분은 우상 숭배자들이라고 할 터인, 누더기 차림의 제니들 입을 통해서 마음을 통해서, 지금 우리가 보고 있는 것이 그것이오. 아가씨는 나를, 혁명으로 작위를 박탈당한 한심한 구닥다리 귀족을 보는 눈으로 나를 보았소. 과거를 사는 한심한 늙은이 보는 눈으로 나를 보았소. 하지만 우리 중 누가 과거를 살고 있는지 볼까요? 이 나라에 격동하는 산업 시대의 쓰레기들을 안기는 당신들일까요, 아니면 우리의 가엾은 유럽도 하루빨리, 이 노예의 자손들이 지니고 있는 소박한 믿음을 회복하기를 소망하는 나일까요?」

「아시잖아요? 종교도 사람들을 다루기 위한 수단에 지나지 않다는 걸요?」 암파루가 불편한 표정을 하고는 먹은 것을 토해 내듯이 내뱉었다.

「그렇지만은 않소. 이 사람들은 기대할 줄을 알거든. 기대하지 않는 자에게 낙원은 없다는 건 바로 당신네 유럽인이 우리에게 가르쳤던 것 아닌가요?」

「아니, 제가 유럽인이라는 말씀이신가요?」

「중요한 것은 피부색이 아니라 전통에 대한 믿음이지요. 이 노예의 자손들이, 번영으로 아주 마비되어 버린 서구인들에게 무언가를 기대할 줄 아는 마음가짐을 되돌려 줌으로써 혹독한 값을 치러야 하는 건 사실이오. 어쩌면 고통을 받기도 하겠지만 그래도 아직 이들은 자연의 뭇 정령들의, 대기의,

바람의 말을 알아들을 줄 압니다.」

「당신들 또 우리를 등쳐 먹으려 하는군요.」

「또?」

「그래요. 1789년의 프랑스 대혁명으로부터 교훈을 얻었을 텐데요? 어느 순간 우리도 충분히 당했단 생각이 들면 그때는…….」 암파루는 웃음은 천사같이 웃으면서도 그 아름다운 손을 목에 갖다 대고는 수평으로 가차 없이 자르는 시늉을 했다. 나에게는, 암파루의 치아까지도 욕망을 불러일으켰다.

「드라마틱한 손짓이군.」 주머니에서 코담뱃갑을 꺼내 손가락으로 어루만지면서 알리에가 말을 이었다. 「아가씨는 내가 누군지 알아낸 거로군요. 그러나 1789년에 수많은 모가지가 굴러 떨어지게 한 것은 노예들이 아니라, 당신이 지긋지긋하게 싫어할 터인 신흥 부르주아 계급이었답니다. 뿐인가요? 생제르맹 백작은 수세기를 살면서 수많은 모가지가 굴러 떨어지는 것도 보았고, 그 모가지들이 다시 제자리에 덜커덕 올라 붙는 것도 보았답니다. 잠깐, *mãe-de-santo*[祭主] 얄로리샤가 오는군요.」

그날의 제주 노릇을 하게 되어 있는 제니(祭尼) 얄로리샤와 우리의 만남은 차분하고 정중하고 품위 있고 그리고 무엇보다도 지극히 민속적이었다. 제주는 눈부시게 웃을 줄 아는 덩치가 큰 흑인 여자였다. 처음에는 가정주부 같았지만, 그녀와 이야기를 나누면서 나는 어떻게 그런 여자들이 살바도르의 문화를 지배하는가를 알았다.

「〈오리샤〉라고 하는 것은 인간입니까, 아니면 어떤 권능 같은 것입니까?」 내가 얄로리샤에게 물었다. 얄로리샤는, 오리샤는 물, 바람, 나뭇잎, 무지개 같은 것의 권능이라고 분명하게 대답했다. 「그렇다면 여느 사람은 그 권능이라는 것을 전사(戰士)나 특정한 여인이나 가톨릭 성자로 인식하려고 할 텐데, 어떻게 이런 일은 일어나지 않는 것인지요?」 「유럽인들도 특정한 우주적인 권능을 동정녀 마리아 형태로 섬기고 있지 않은가요?」 얄로리샤의 대답이었다. 중요한 것은 그 권능을 공경하는 것이고, 권능의 모습은 특정한 인간의 이해 능력에 알맞은 형식을 취하는 것뿐이라고 그녀는 덧붙여 말했다.

얄로리샤는 의식이 시작되기 전에 뜰에 있는 사당으로 우리를 안내했다. 뜰에는 오리샤들의 사당(祠堂)이 있었다. 바이아 민속 의상으로 차려입은 한 무리 흑인 처녀들이 제사 준비를 마무리하고 있었다.

여러 기(基)에 이르는 오리샤들의 사당은, 성구(聖丘)의 교회당처럼, 뜰 가장자리로 둘러 가면서 나란히 배치되어 있었다. 각 사당 밖에는 그 사당의 임자에 해당하는 오리샤의 얼굴이 참배객에게 잘 보이도록 놓여 있었다. 사당 안에서는 거기에 바쳐진 꽃들의 화려한 빛깔이, 오리샤의 조상(彫像) 및 제물로 바친 음식의 빛깔과 심한 부조화를 이루고 있었다. 〈오샬라〉에게는 흰 꽃, 〈예만자〉에게는 푸른 꽃과 분홍 꽃, 〈샹구〉에게는 홍백 꽃, 〈오군〉에게는 노란 꽃…… 하여튼 꽃이 많았다. 참배객들은 무릎을 꿇고, 이마와 귀 뒤쪽에 손을 대며 사당 문턱에 입을 맞추었다.

나는 궁금해서 견딜 수 없었다. 「〈예만자〉는 수태(受胎)를 고지받은 성모 마리아인가요, 아닌가요? 샹구는 성 히에로니무스인가요, 아닌가요?」

「난처한 질문은 하지 마시오.」 알리에가 우리 둘 사이를 막고 나섰다. 「움반다는 이것보다 훨씬 복잡하니까. 성 안토니우스와 성 코스마스와 성 다미아누스는 〈오샬라〉에 속하오. 세이렌, 수정(水精), 바다와 강의 카보클루, 뱃사람, 뱃길 인도하는 별은 〈예만자〉. 〈오리엔트〉가 관장하는 것은 힌두교도, 의사, 과학자, 아라비아인, 모로코인, 일본인, 중국인, 몽고인, 이집트인, 아스텍인, 잉카인, 카리브인, 로마인이오. 〈오쇼시〉가 관장하는 것은 태양, 달, 그리고 폭포의 카보클루, 그리고 흑인의 카보클루…… 〈오군〉이 관장하는 것은 오군 베이라 마르, 롬페마투, 야라, 메제, 나루에가 관장하는 것과 겹치기도 하지요. 한마디로는 말할 수 없는 것이라오.」

「아이고, 예수님.」 암파루가 한숨을 쉬면서 중얼거렸다.

「예수님이 아니고 오샬라겠지. 진정해. 적에게 무너지진 않을 테니까.」 나는 귀에다 입술을 갖다 대면서 암파루를 위로해 주었다.

얄로리샤는 입문자들이 사원으로 가져오고 있는 일련의 가면을 우리에게 보여 주었다. 짚으로 만든 커다란 도미노 가면으로, 가면이라기보다는 영매가 접신하고 신들의 포로가 될 때 쓴다는 두건 같은 것이었다. 얄로리샤는, 가면을 쓰는 것은 겸손함의 표시라고 했다. 얄로리샤의 말에 따르면, 지역에 따라서 간혹 간택을 입은 영매가 머리에 아무것도 쓰지 않은 맨얼굴로 춤을 춤으로써 저희들의 격정을 참례자들에게 남김없이 보여 주는 수도 있다고 했다. 그러나 그 지역에서는, 접신의 환희와 은총을 골고루 이해하지 못하는 사람들로부터 영매를 보호하기 위해서라도 가면을 쓰게 한다고 했다. 얄로리샤는, 칸돔블레가 국외자를 선뜻 받아들이지 않는 것도 그 때문이라고 했다. 「하지만 혹 알아요? 우리가 언젠가 다시 이곳에서 만나게 될지.」 얄로리샤의 말이었다.

얄로리샤는 우리에게 제물을 맛보고 가라고 했다. 그렇다고 해서 제상에 차려진 코미다스 지 산투를 맛보라는 것이 아니었다. 주방으로 가서 시식해 보라는 것이었다. 우리는 얄로리샤를 따라 사당 뒤로 갔다. 얄로리샤의 주방에서는 아프리카 향신료의 야릇한 향기와 열대 특유의 들큼한 냄새가 풍겨 나왔다. 피멘토 열매, 야자, 아멘도임, 젠지브리, 모케카지 시리 몰리, 바타파, 에포, 카루루, 파로파를 곁들여 검은 콩으로 만든 진수성찬이었다. 우리는 그 음식이 고대 수단의 신들의 신식(神食)이라는 것을 알기에 정중하게 그 음식을 맛보았다. 「당연히 들어 보셔야지요. 우리는 모두, 알든 모르든 오리샤의 자손이니까요. 사실 어느 오리샤의 자손인지를 알아볼 수 있는 때도 더러 있답니다.」 얄로리샤가 말했다. 「그럼 나는 누구의 자손인 것 같습니까?」 내가 물었다. 얄로리샤는 처음에는 확실히 알 수 있는 게 아니라며 선뜻 답하지 않다가 내가 고집을 부리자 손금을 봐주겠다고 했다. 그러고는 내 눈을 바라보며 말했다. 「오샬라의 자손이군요.」

듣고 보니 썩 자랑스러웠다. 다시 진정을 되찾은 암파루는, 알리에가 누구의 자손인지 알아보자고 했다. 그러나 알리에는, 모르는 편이 낫다고 했다.

집으로 돌아왔을 때 암파루가 이런 말을 했다. 「알리에의 손금 봤어? 생명선 대신에 뚝뚝 끊어진 선이 여러 개 있었어. 바위에 걸려 몇 줄기로 나뉘었다가 합류하고는 하는 냇물처럼. 그건 분명히 여러 번 죽었던 사람의 손금이라고.」

「윤회 릴레이의 세계 챔피언이로군.」

「적에게 무너지진 않겠어.」 암파루가 웃었다.

29

이름을 바꾸고, 나이를 제대로 밝히지 않고, 그들이 자인하듯 은밀하게 잠행한다고 해서 그들의 존재를 부인해도 좋다는 논리는 없다.
— 하인리히 노이하우스, 『장미 십자 우애단(薔薇十字友愛團) 최후의 경고. 그들 이름이 〈존재 여부〉와 〈정체〉에서 유래하는 것은 분명하다』, 단치히, 슈미틀린, 1618: 프랑스판, 1623, p. 5

디오탈레비는, 헤세드는 자비와 사랑, 하얀 불꽃과 남풍의 세피라라고 했다. 전망경실의 어둠 속에 숨어 있던 날 밤, 나는 암파루와 바이아에서 함께 보낸 나날은 바로 헤세드에 속하던 나날이었던 모양이라고 생각했다.

어둠 속에서 몇 시간을 지내다 보면 별별 일들이 다 생각나는 법이다. 나는 그 전망경실 어둠 속에서, 암파루와 마지막으로 보낸 나날 중 하루 저녁을 떠올렸다. 우리는 발이 아파 올 때까지 수많은 골목길과 광장을 걸었다. 그래서 호텔로 가서는 일찍 잠자리에 들었다. 그러나 자고 싶은 기분이 아니었다. 암파루는 베개를 괴고 흡사 태아 같은 모양으로 웅크린 채, 내 책 중에서 움반다에 관한 소책자 하나를 무릎 위에 올려 놓고 건성으로 읽고 있었다. 그러다 심심해지면 등을 바닥에 대고 벌렁 드러눕고는 책은 배 위에 올려 놓은 채로 내가 장미 십자단 관련 책자 읽는 소리에 귀를 기울이고는 했다. 나는 암파루의 관심을 장미 십자단 쪽으로 끌어들이고 싶었다. 나는 장미 십자단 관련 책자에서 재미있는 것을 속속 찾아내고 있었던 참이었다. 아름다운 밤이었다. 글쓰기에 지친 벨보가 문서 파일에다 썼듯이, 바람의 한숨 소리밖에는 아무 소리도 들려오지 않는 밤이었다. 우리는 허세를 좀 부려 고급 호텔에 든 참이었다. 창밖에는 바다가 있었고, 조명이 은은한 주방에 놓인, 우리가 그날 새벽 4시에 샀던 과일 바구니는 안락한 분위기를 연출하고 있었다.

「이 책에 따르면 1614년 독일에서 저자 불명 책이 한 권 발견되는데 들어 볼래? 부제까지 합하면 제목이 아주 길군그래. 『알게마이네 운트 게네랄 레포르마치온(보편적 총체적 세계 개혁)을 위해, 경애하는 장미 십자단의 〈우애단의 명성〉을 받들어 유럽의 학식 있는 사람들과 뭇 군주들에게 호소하다가 예수회 일파에 의해 투옥당했고, 그 뒤에는 족쇄를 찬 채 노예선까지 탔던 하젤마이어 님의 간략한 항소 이유를, 이제 여기에 이렇게 인쇄하여 지성인들에게 알리고자 카셀의 빌헬름 베셀 출판사를 통해 출판함』.」

「꽤 기네.」

「17세기에는 대부분의 제목이 이 모양이었던 모양이야. 리나 베르트뮬러의 영화 제목 같잖아? 어쨌든 이건 트라이아노 보칼리니의 『파르나소스 정보』를 베껴 쓴 듯한, 인류의 보편적 개혁에 대한 풍자적인 동화라고 할 수 있겠어. 하지만 이 책에는 약 12쪽짜리 선언서 비슷한 〈우애단의 명성〉이 들어 있는데, 이 문서는 1년 뒤 라틴어로 된 또 하나의 선언서 『유럽의 지성인들에게 보내는 장미 십자 우애단의 신조』와 함께 단독으로 재출판되고 있어. 두 선언서가 이구동성으로 장미 십자단의 존재를 소개하고, 그 창시자인 불가사의한 인물 〈C. R.〉의 행적을 다루고 있어. 그런데 다른 문서를 통해 이 〈C. R.〉는 〈크리스티안 로젠크로이츠〉라는 사람 이름의 두문자라는 게 추정되기에 이르지.」

「어째서 이름을 제대로 안 쓰고 약자로 쓴 거지?」

「약자 천지야. 장미 십자단과 관련된 문서는 단원의 이름을 제대로 안 써. 단원들은 대개 〈G. G. M. P. I.〉로 불리는데 그중에는 〈P. D.〉 같은 애칭도 있더군. 어쨌든 선언문에는 〈C. R.〉가 언급되고 있는데, 문서에 따르면 로젠크로이츠는 처음에는 그리스도의 성묘(聖墓)를 찾아 예루살렘으로 갔고, 다음에는 다마스쿠스로 갔다가 이집트로 옮겨 가고, 이집트에서는 페즈로 간 것으로 되어 있어. 페즈라면? 당시 이슬람 종교 문화의 성역 가운데 하나였던 도시 아냐? 그전에 이미 그리스어와 라틴어를 알고 있던 로젠크로이츠는 동방의 모든 언어, 물리학, 수학, 자연 과학을 습득하는 한편 아라비아와 아프리카에서는 고대로부터 전해져 내려오는 온갖 카발리즘 자료와 마술의 자료를 그러모으는 데 그치지 않고 신비스러운 책 『M의 서(書)』를 라틴어로 번역까지 함으로써 대우주와 소우주의 온갖 비밀을 꿰뚫어 공부했대. 이미 두 세기 전부터 동방의 것이면, 특히 불가사의하면 불가사의할수록 유럽에서 대유행하고 있었거든.」

「하여간 불가사의한 거엔 사족을 못 쓴다니깐. 배가 고플 때도, 좌절감에 빠졌을 때도, 착취당했을 때도 결국 신비한 칵테일[1]만을 찾는다고. 자, 여기 있어…….」 암파루가 내게 마리화나 담배를 건넸다. 「질이 좋은데.」

「그것 봐. 당신도 자신을 망각하고 싶어 하잖아.」

「나는 달라. 화학 반응이라는 것 정도는 알고 있으니까. 따

1 〈칵테일〉은 미국 속어로 〈마리화나 담배〉를 뜻한다.

라서 신비스러울 건덕지가 없는 거지. 히브리어를 몰라도 오를 건 다 오르니까. 이리 와봐.」

「잠깐. 로젠크로이츠는 여기에서 스페인으로 간다. 스페인에서 은비학(隱秘學)이라는 은비학, 신지학이라는 신지학은 다 흡수한 로젠크로이츠는 마침내 자기야말로 지식의 핵심에 다가가고 있노라고 주장한다. 당대의 지성에게는 일종의 전지전능의 수행 과정이었을 이 일련의 여행을 통해 로젠크로이츠는, 유럽에 필요한 것은 통치자들을 지혜와 선의 길로 인도할 조합의 설립이라는 걸 깨닫게 된다.」

「아주 독창적이로군. 역시 그동안 공부 헛한 게 아니었어. 하지만 나는 차가운 마마이아가 먹고 싶은데.」

「냉장고에 있어. 나 좀 봐주는 셈 치고 당신이 가서 찾아 먹어. 나는 일하고 있잖아.」

「일만 하면 그건 개민데. 착한 개미는 먹을 것도 잘 마련해 준다더라.」

「마마이아 먹는 거, 그건 쾌락이다. 그러니까 베짱이가 가야지. 아니면 내가 가고 당신이 읽을래?」

「싫어요. 백인 문화는 질색이야. 차라리 내가 가고 말지.」

암파루는 호텔에 딸린 조그만 주방으로 갔다. 나는 등불을 등지고 선 암파루의 모습을 바라보았다. 각설하고 독일로 돌아온 로젠크로이츠는 그동안 모아들인 방대한 지식으로 화금석을 만드는 대신 영혼의 개혁에 전념하기로 결심했다. 그는 단체를 설립하고, 장차 올 형제들이 대물림 할 지혜의 기반이 될 마법의 언어와 서법(書法)을 고안했다.

「아니, 그러면 책에 쏟을 거야. 내 입에 넣어 줘. 옳지, 옳지. 장난하지 말고, 바보같이. 옳지, 그렇게……고마워. 맛있어.

역시 마마이아야. 장미 십자단, 어디로 갔어? 그렇지. 로젠크로이츠가 설립한 장미 십자단원들이 처음 몇 년 동안 쓴 것만 해도 세계를 계몽하고도 남음이 있었다는 거야.」

「그게 무슨 뜻이야? 도대체 뭘 썼기에?」

「그게 문제야. 선언서에는 언급이 없거든. 군침만 돌게 만들고는 끝. 중요한, 너무나 중요한 것이니까 비밀로 해두자.」

「놀고들 있네.」

「이봐, 뭐하는 거야! 어쨌든, 수가 늘어남에 따라 장미 십자단원들은 세계의 구석구석으로 조직을 확장시키기에 이른다. 치료비도 안 받고 병을 고치고, 옷을 입되 현지 사람들과 똑같은 옷을 입고(정체가 드러날 만한 옷은 절대 입지 않고), 일 년에 한 번씩 만나되, 백 년 동안은 절대 비밀을 지키기로 서원까지 세운다.」

「뭘 개혁하자는 건데? 그때 이미 한 번 개혁이 있었잖아. 루터는 완전히 무시한 거야? 이미 한물갔다고?」

「틀렸어. 종교 개혁 훨씬 전의 얘기야. 여기에 실린 각주에 따르면, 『명성』과 『신조』를 주의 깊게 읽으면 그것을 밝혀 줄 것인 바…….」

「밝혀 준다?」

「〈보여 주다〉, 〈증거하다〉. 장난 그만 쳐. 나는 지금 장미 십자단 이야기를 하고 있어. 심각한 거라고.」

「밝혀 주는 얘기라니 어련하겠어.」

「로젠크로이츠는 1378년에 태어나 1484년에, 106세의 고령으로 세상을 떠났다. 그러니까 이 비밀 결사가, 1615년에 백 주년을 기념한 종교 개혁에 상당한 기여를 했을 것임은 짐작하기 어렵지 않지. 실제로 루터의 문장(紋章)에는 장미 하나와 십자가 하나가 들어 있거든.」

「다들 상상력은 없었나 보네?」

「그럼 루터가 불타는 기린이나 축 늘어진 시계[2]를 문장에다 그려 넣었을 거라 기대했어? 우리는 모두 우리 시대의 자식들이야. 내가 누구의 자식인지를 실증한 이상 계속 읽을 테니까 입 다물고 들어 줘. 1604년 장미 십자단은 저희들의 궁전 혹은 비궁(秘宮)을 개축하다가 큼지막한 못이 쾅쾅 박힌 명판(銘板)을 발견하게 돼. 못을 뽑자 명판이 박혀 있던 벽의 일부가 허물어지면서 문이 하나 나타나지. 문에는 큼지막한 글씨로 이렇게 쓰여 있고. *POST CXX ANNOS PATEBO*(나는 120년 뒤에 소생하리니), 세상에…….」

나는 벨보의 편지를 통해 이것을 알고 있었지만 나도 모르는 사이에 탄성을 지르지 않을 수 없었다.

「그게 뭔데?」

「이건 성전 기사단 밀지와 같아. 당신한테는 한 적이 없는 얘긴데, 어떤 대령이…….」

「그게 뭐 놀랄 일인가? 성전 기사단이 장미 십자단 문구를 베낀 것이겠지, 뭐.」

「하지만 성전 기사단이 먼전데…….」

「그럼 장미 십자단이 성전 기사단을 베꼈거나.」

「당신 없었으면 어쨌을까 몰라.」

「알리에가 당신을 조져 놓은 거야. 천계(天啓) 찾아다니는 병에 걸린 거라고.」

「내가? 나는 뭘 찾아다니는 사람이 아니야.」

2 초현실주의 화가 살바도르 달리의 작품 「불타는 기린」과 「기억의 고집」을 염두에 두고 하는 말.

「안심이군. 인민의 아편을 조심할지어다.」

「*El pueblo unido jamás será vencido*(단결한 인민은 패배하지 않으리).」

「웃어. 계속 웃으라고. 그것은 그렇고, 그다음엔 어떻게 되었어? 그 얼간이들은 어떻게 되었다고 쓰고 있어?」

「이 얼간이들의 지식? 몽땅 아프리카에서 습득한 것이라고. 알리에의 얘기 안 들었어?」

「그러니까 그 얼간이들이 아프리카에서 우리 흑인을 포장해서 이리로 보낸 거군.」

「천만다행이지. 안 그랬더라면 당신은 어쩌면 남아프리카 공화국의 프레토리아에서 태어났을지도 모르니까. 그런데 그 문을 열고 보니, 인공조명을 받고 있는 7면 7각의 무덤이 있더라는 거야. 중앙에는 원형 제단이 있고, 이 제단에는 각양각색의 비명(碑銘)과 장식이 있었고…… 가령 〈NEQUAQUAM VACUUM〉 같은…….」

「꽥꽥거리다니 누가? 도널드 덕인가요?」

「그게 아니라 라틴어야. 〈공허는 존재하지 않는다〉는 뜻이지.」

「그렇다니 한시름 놓아도 되겠군요. 그 말이 아니었다면 다들 공포에 떨며 살았을 텐데.」

「*Animula vagula blandula*(방황하는 작은 영혼이여),[3] 봐주는 셈 치고 선풍기나 좀 틀어 줘.」

「겨울인데?」

「엉뚱한 반구(半球)에 사는 당신네들에게나 겨울이지. 내

3 하드리아누스 황제(76~138)의 마지막 말.

게는 7월이야. 선풍기 좀 틀어 줘. 당신이 여자라서 시키는 게 아니야, 가까이 있으니까 시키는 거지. 고마워. 어쨌거나 이 얼간이들은 제단 밑에서 원상태로 보존된 로젠크로이츠의 시신을 발견했어. 로젠크로이츠의 손에는 어마어마한 지식의 보고인 『제1서』가 들어 있더라나. 하지만 유감스럽게도 세상은 그 책을 읽을 수 없어(선언서에는 그렇게 나와 있군). 그렇지 않고 세상이 이걸 해독했다면 정말 대단했겠지, 꿀꺽, 와아, 이리 퍽, 저리 퍽…….」

「아이고 아파.」

「선언서는 대우주와 소우주 간의 관계에 관한 무시무시한 계시로 시작되어 어마어마한 보물이 발견될 것이라는 약속과 함께 끝나고 있어. 그런데 이들이 겨우 우리에게 금 만드는 거나 가르쳐 주겠다고 나서는 천박한 연금술사들이라고 생각하면 오산이야. 금 만드는 법이나 가르치는, 가짜 연금술사들과는 달라서 이들의 목표는 높고도 원대했대. 선언서에 따르면 이 『명성』은 다섯 언어로 유포되었고 『신조』 역시 그렇게 배포되었다니까 머지않아 영화를 통해 신판이 공개될지도 모르겠군. 장미 십자단 형제들은 이렇게 『명성』과 『신조』를 배포해 놓고는 세계의 유무식쟁이들로부터 날아올 반응과 비평을 기다렸다는 거지. 우리는 이 비밀을 공개할 수 없지만 편지나 전화를 주세요, 이름을 알려 주세요, 그러면 당신에게 비밀을 공유할 만한 자격이 있는지 알아보고 연락 드리겠습니다. *Sub umbra alarum tuarum Iehova*(야훼여, 당신의 날개 그늘 아래서).

「무슨 뜻인가요?」

「편지 말미에다 쓰는 관용구야. 이만 쓰겠습니다, 이거지. 하여튼 장미 십자단원들은 저희들이 배운 것을 풀어 먹고 싶어서 근질근질한 판이지. 그래서 비밀을 공유할 사람들을 찾아 나섰던 것 같아. 하지만 비밀을 한 자락도 안 드러내는데 누가 찾아와?」

「비행기에서 보았던 광고의 등장인물 같군요. 내게 10달러만 보내 주시면 백만장자가 되는 방법을 일러 드리겠습니다.」

「그건 거짓말이 아니지. 정말 방법을 알고 있는 거니까. 나도 이제 그 비밀을 알았어」

「계속 읽기나 하는 게 좋겠군요. 당신은 꼭 내가 초면인 것처럼 굴어.」

「당신 앞에 앉으면 항상 초면 같은걸.」

「나는 초면인 사람과는 못 어울려요. 하여간에 당신 재산도 이제 어지간한 것 같네요. 성전 기사단, 장미 십자단. 플레하노프는 안 읽어요?」

「안 읽고 기다리고 있는 중이야. 한 120년 뒤에는 그 양반 무덤이 발견될지도 모르니까. 스탈린이 트랙터로 밀어 버리지 않았다면.」

「멍청이. 나 목욕이나 하겠어요.」

30

그로부터 심지어는 오늘날까지도, 저 유명한 장미 십자 우애단은 온 우주에 미치광이의 예언이 횡행하고 있다고 공언한다. 비록 『명성』과 『신조』는 그런 예언이 하릴없는 사람들이 만들어 낸 것임을 입증하고 있지만 실제로 이 소문의 유령은 나타나는 순간부터 우주적인 개혁에 대한 희망을 부추기면서, 다소 우스꽝스럽고 불합리하고, 그래서 도저히 믿어지지 않는 사건을 일으켜 왔다. 세계 각처의 정의롭고 정직한 사람들은 이들 형제들을 공개적으로 지원하고, 그 형제들에게, 〈솔로몬의 거울〉 같은 은비적인 방법으로 저희들을 드러내는 일이라면 능멸당하거나 조롱당하는 것도 마다하지 않았다.

— 크리스토프 폰 베졸트(?)가 부록(附錄)한, 토마소 캄파넬라의 『스페인 군주제에 관하여』, 1623

이야기는 후반부가 재미있는 법이다. 나는 목욕하고 나온 암파루에게 이 놀라운 사건의 맛보기를 보여 줄 수 있었다. 「도무지 믿어지지가 않는 얘기야. 이 두 선언서는, 그런 종류의 인쇄물이 쏟아져 나올 당시에 나왔다. 모든 사람들이 개혁과 황금시대와 정신의 카케인[桃源境]을 부르짖던 시대에. 이 시대에는 마술서에 빠진 사람들, 금속을 녹여 금으로 정련하려던 사람들이 있었는가 하면 마음대로 운성(運星)을 조종하려는 사람, 비문(秘文)과 만국 공통어를 만들어 내려는 사람들도 있었다. 프라하에서는 루돌프 2세가 궁전을 아예 연금술 실험실로 개조해 놓고는, 코메니우스와, 당시에 『우의화(寓意畵)의 세계』라는 제목의 몇 쪽 되지도 않는 책을 써서 우주의 비밀을 모두 밝혔노라던 영국 왕실의 점성가인 존 디를 초청했다. 당신 내 말 듣고 있었어?」

「이 세상 끝날 때까지.」

「루돌프 왕의 전의(典醫) 이름은 미하엘 마이어인데, 이 양반은 나중에 시각적 상징과 음악적인 표상이 한데 어우러진 『발 빠른 아탈란타』[1]를 펴냈는데, 이 책은 〈철학자의 알〉, 〈제 꼬리를 문 용〉,[2] 〈스핑크스〉의 향연을 방불케 했어. 비밀 암호처럼 매혹적인 것도 없었던 거야. 말하자면 모든 사물은 다른 특정 사물의 상형 문자라는 것이지. 어디 한번 생각해 보라고. 갈릴레오가 피사의 사탑에서 돌멩이를 떨어뜨리고, 리슐리외가 전매특허를 낸 듯이 유럽의 반쪽을 들었다 놓았다 하던 시절이었어. 그런데 이 엉뚱한 자들은 우주의 비밀을 읽어 보겠다고 눈을 까뒤집고 설쳤어. 그것도 더할 나위 없이 진지하게. 세상 만물의 발바닥 밑에는(아니면 위에는) 뭔가가 있다. 우리가 아는 것과는 판이한 무엇인가가. 그게 무엇일까? 뭔지 궁금해? 한마디로 〈아브라카다브라(헛소리)〉지. 토리첼리가 기압계를 발명하고 있을 동안 엉뚱한 것들은 하이델베르크에 있는 선거후(選擧侯)의 뜰에서 춤과 물놀이와 불놀이로 장난질을 치고 있었어. 30년 전쟁의 도화선에 불이 붙은 줄도 모르는 채.」

「억척 어멈[3]들은 되게 재미있었겠군.」

「하지만 이들에게도 그게 놀이와 장난이었던 것만은 아니었어. 1619년에 선거후는 보헤미아의 왕관을 받아 쓰게 되는데, 이건 저 마법의 도시 프라하를 다스려 보고 싶어서 죽을

1 아탈란타는 그리스 신화에 나오는 발 빠른 여자 사냥꾼이다.

2 세계의 순환 구조를 설명하기 위한 상징. 그리스어로는 〈오우로보로스〉라고 한다.

3 브레히트의 희곡 중에 「억척 어멈과 그 자식들」이라는 제목의 희곡이 있다.

지경이었기 때문이었을 거라. 그러다 바로 그다음 해 합스부르크 왕가는 선거후를 프라하 교외의 백산(白山)에다 연금하게 돼. 그동안 프라하에서는 프로테스탄트들이 학살을 당하고, 코메니우스의 집과 서재는 잿더미가 되는 데다 처자식도 살해당하고 말아. 이렇게 되자 코메니우스는 장미 십자단의 사상이 얼마나 희망에 가득 찬 사상인가를 선전하면서 이 궁전 저 궁전을 전전하게 되지.」

「불쌍한 사람이군. 당신 생각에는, 코메니우스가 어떻게 했어야 잘한 건데? 토리첼리의 기압계 발명에 만족하고 있었어야 했어? 잠깐만. 이 가엾은 여자에게 생각할 시간 좀 줘. 선언문은 누가 쓴 거지?」

「그게 바로 문제의 핵심인데, 몰라. 어디 한번 생각해 보자고……. 당신 내 장미 십자 좀 긁어 주겠어? 아니…… 견갑골 사이…… 위로 조금 더 올라가서…… 왼쪽으로…… 거기야, 거기…… 으, 시원하다. 그런데 말이야, 독일이 이런 상황에 처해 있을 때 요상한 사람들이 몇 등장하게 돼. 솔로몬 신전의 측정에 관한 신비스러운 논문인, 『나오메트리아』의 저자 시몬 스투디온, 알레고리로 가득한 『영원한 예지의 원형 극장』의 저자 하인리히 쿤라트가 바로 이런 사람들에 속하는데 특히 히브리 문자와 카발리즘의 미궁(迷宮)을 방불케 하는 쿤라트의 책이 『명성』의 저자들에게 영감을 주지 않았을까 싶어. 『명성』의 저자들은 그리스도의 부활을 믿는, 무수한 꼬마 유토피아 비밀 결사 단원들의 친구였을 테니까. 항간에는 두 선언서의 저자가 요한 발렌틴 안드레아이일 것이라는 소문이 횡행한 일도 있기는 해. 한 해 뒤에 안드레아이가 『크리스티안 로젠크로이츠의 화학적 결혼』이라는 책을 출판했었거든. 사실 이 책은 안드레아이가 소싯적에 써둔 것이었어. 그러니까 장미 십자단의 사상에 상당한 기간 동안 경도되어 있었다는 얘기가 되지. 당시 튀빙겐에는, 〈크리스티아노폴리스 공화국〉을 꿈꿀 정도로 크리스티안 로젠크로이츠에 경도된 광신도들이 있었어. 이들이 모여 앉아 선언서를 쓴 건지도 모르지. 하지만 그렇다 해도 그저 장난삼아 쓴 것에 불과했던 게 분명해. 그러니까 그 선언서의 저자들은 저희들이 복마전의 귀신들을 풀어놓으면서도 전혀 사태의 심각성을 인식하지 못했던 거야. 안드레아이는 두 선언서를 *lusus*(못된 장난), *ludibrium*(장난), 〈어린애 장난〉이라는 말로 매도하고는 자기가 그 선언서를 쓰지 않은 것을 석명(釋明)하는 데 여생을 보내게 되지. 이 일로 인해 자신의 학문적 명예가 더렵혀졌다고 생각한 그는 대로(大怒)한 나머지, 만일에 장미 십자단이라는 게 존재한다면 그 단원들은 모두 사기꾼일 것이라는 극언도 망설이지 않았어. 하지만 별 무효과. 선언서가 등장하자, 사람들은 오래 기다리고 있었던 것처럼 그걸 손에 넣으려고 했으니까. 유럽의 많은 식자들은 장미 십자단으로 글을 보냈어. 보내자면 주소가 있어야 하는데 이게 없으니까 말하자면 공개 서한 형식이나 인쇄물 형식을 빌린 것이지. 같은 해 마이어는 『비밀 중의 비밀』을 출판하는데, 이 책에는 장미 십자단의 정체가 명확하게 밝혀져 있는 것은 아니었어. 그런데도 독자들은 그가 바로 장미 십자단 이야기를 그 책에서 하고 있을 뿐만 아니라, 저자는 그 책에 쓴 것 이상으로 알고 있을 것이라고 확신하기에 이르렀지. 독자 중에는 원고 상태의 『명성』을 보았다고 주장하는 사람도 있을 지경이었어. 그 시절에는 책을 출판하기가 쉽지 않았어. 특히 판화가 들어가는 책은. 하지만 1616년 로버트 플러드(이 사람은 쓰기는 영국에서 쓰고 출판은 네덜란드의 레이던에서 했으니까, 교정쇄가 배를 타고 왔다 갔다 하는 시간을 한번 상상해 보라고)는, 당시 장미 십자단원들이 받고 있던 〈중상모략〉의 의혹으로부터 형제들을 변호하기 위해, 『장미 십자단 우애회에 쏟아지는 의혹과 악명과 악의를 씻고 진실을 드러내기 위한 변명』을 발표하게 돼. 이게 뭘 말하겠어? 보헤미아, 독일, 영국, 네덜란드 등지에서 기마 전령을 통해서든 순회 학자를 통해서든 장미 십자단 논쟁이 격렬하게 오고 갔다는 뜻 아니겠어?」

「그러면 당사자인 장미 십자단의 단원은?」

「쥐 죽은 듯이 가만히 있었지. *Post CXX annos patebo*(120년 뒤에 소생하리니). 오불관언, 진공 상태인 궁전에서 예의 주시할 뿐. 그런데 내가 생각하기로는 말이야, 그들의 이런 침묵이 사람들을 건잡을 수 없이 흥분하게 만든 것 같아. 대응하지 않는 것을, 사람들은 존재하는 증거로 받아들였던 것이지. 1617년 플러드는 『장미 십자 결사를 변호하기 위한 논고(論稿)』를 썼고, 어떤 사람은 1618년에 발표한 『비밀의 정체』라는 책에서 장미 십자단의 비밀이 백일하에 드러나야 한다고 주장하기에 이르지.」

「그래서 백일하에 드러났어?」

「웬걸. 어떤 놈이 1618년에서 장미 십자단이 약속하고 있는 188년을 빼면 1430년이라는 괴상한 계산 결과를 내어 놓는 바람에 훨씬 복잡해지고 말았어. 1430년은 라 투아송 도르, 즉 금양모피 기사단이 창설된 해야.」

「이게 무슨 상관이 있나요?」

「188년이라는 게 나는 이해가 되지 않아. 내가 생각하기에는 120년이 되어야 하는데 왜 188년일까. 하지만 신비주의자들의 더하기 빼기는 우리 생각과는 늘 다르더라고. 그다음은 금양모피 기사단이라는 건데, 이건 다른 게 아니고 바로 아르고나우타이, 다시 말해서 아르고 원정대야. 그런데 믿을 만한 근거에 따르면 이 금양모피 기사단은 분명히 성배 전설과 관련이 있고 따라서 성전 기사단과도 관계가 있어. 그런데 여기에서도 끝나지 않아. 플러드는 바바라 카틀랜드보다 훨씬 다작(多作)이었어. 1617년부터 1619년까지 플러드는 자그마치 네 권의 책을 써내게 되는데, 그중에는 장미와 십자 그림 삽화가 군데군데 넣어지면서 우주에 관한 암시가 기술되고 있는 『양우주사(兩宇宙史)』가 있어. 이렇게 되자 마이어는 있는 힘을 다해 『격동 뒤의 고요』를 써내게 돼. 마이어는 이 책에서 우애단은 실제로 존재하는 것일 뿐만 아니라, 자기는 신분이 미천해서 가입 허가를 받을 수 없을 뿐이지 이 비밀 결사는 금양모피 기사단은 물론 가터 기사단과도 관계가 있다고 주장하게 돼. 유럽 학자들의 반응을 한번 상상해 봐. 장미 십자단이 마이어 같은 사람까지도 받아들이지 않는다면 어마어마한 계급만을 상대하는 배타적인 집단이라는 뜻이 아니겠어? 이렇게 되자 익명의 저자들이 이 익명의 비밀 결사에 가입하려고 무진 애를 쓰게 돼. 다른 말로 하면 모든 사람들이 장미 십자단의 존재를 시인하게 된 셈이지. 그러나 장미 십자단원을 목격했다는 사람은 하나도 나오지 않았어. 하고많은 사람들이 장미 십자단의 모임 비슷한 것을 조직하고 감언이설로 청중을 모아들이려 했을 뿐 막상 〈내가 바로 장미 십자단원이오〉 하고 나선 사람은 하나도 없었던 거지.

혹자는, 자기에게 접근해 오지 않는 걸 보면 그런 비밀 결사는 없는 것임에 분명하다고 주장했고, 혹자는 자기에게 접근해 왔기 때문에 존재한다고 주장했지.」

「그런데도 장미 십자단원은 종무소식이고?」

「쥐새끼처럼 조용했어.」

「아, 해봐요. 마마이아 먹여 줄게.」

「아……. 그동안에 30년 전쟁이 시작되었고, 요한 발렌틴 안드레아이는, 적그리스도의 무리가 그해 안에 패배할 것을 장담하면서 『바벨탑』을 써냈고, 이레네우스 아그노스투스는 『단잠의 방울』을 썼다 — 」

「〈틴티나불룸〉…… 딸랑딸랑딸랑…… 재미있네.」

「— 한 마디도 이해할 수 없는 책이야. 하여튼 바로 이런 시기에 캄파넬라가, 혹은 캄파넬라 행세를 대신하던 사람이 『스페인 군주제에 관하여』에서, 장미 십자단에 관련된 모든 소문은 타락한 인간들의 놀음의 소산이라고 쐐기를 박아 버렸어. 그리고 그걸로 끝. 1621년에서 1623년까지 아무도 입을 열지 않았으니까.」

「끝이야?」

「끝이야. 물려 버렸던 거지. 비틀스 멤버들이 그랬듯이. 하지만 독일에서만 그랬어. 이 독구름은 이번에는 프랑스로 갔지. 1623년의 어느 맑은 아침, 파리의 한 건물 벽에는 장미 십자단의 선언서가 나붙었어. 파리의 선량한 시민에게, 우애단의 본부가 고위 간부들과 함께 파리로 옮겨 와 입회 신청을 받아들일 준비를 시작했노라는 대자보가 나붙은 거지. 일설에 따르면 그 선언서는, 세계 전역에 흩어져 있는, 6명씩 동아리를 지은 36명의 보이지 않는 간부들에 관해서도 언급하고 있었다는군. 이 36명의 간부들에게는 자기네들의 모습을 보이지 않게 하는 능력이 있다는 언급과 함께. 보라고, 또 36이야.」

「36이 뭔데?」

「내가 가지고 있는 성전 기사단 문서에 나오는 숫자.」

「장미 십자단원들, 상상력이 아주 모자라는 사람들이군. 그래서, 어떻게 되었어?」

「집단적인 광기가 분출하지. 장미 십자단을 옹호하는 사람, 관계를 맺고 싶어 하는 사람, 악마주의다, 연금술이다, 이단이다, 해가면서 대놓고 비난하는 사람, 백인 백태(百人百態)의 난장판이 벌어지지. 개중에는 장미 십자단은 아스타르테[4]의 힘을 빌려 돈 있는 자, 힘있는 자와 저희 동아리만을 다른 장소로 전송(轉送)한다고 주장하는 사람도 생겨나는 형편이었어. 요컨대 장안의 화젯거리가 되었던 셈이지.」

「똑똑한 데도 있구먼. 유행의 선두 주자가 되고 싶을 때 파리 진출만큼 좋은 방법도 없으니까.」

「옳아. 다음 이야기가 재미있어. 데카르트가 말이야…… 맞아, 바로 그 철학자. 장미 십자단을 찾아 독일로 간 적이 있대. 전기 작가의 말에 따르면 데카르트는 장미 십자단을 찾는 데 실패하고 말아. 장미 십자단이 교묘하게 위장하고 있었거든. 데카르트는 파리로 돌아왔어. 그러나 그가 돌아온 것은 이미 선언서가 파리에 나타난 뒤였어. 파리로 돌아온 뒤에야 데카르트는, 파리 사람들이 자기를 장미 십자단원으로 알고 있다는 사실을 깨달았지. 당시 분위기로 봐서, 장미 십자단으로

4 고대 셈족의 풍요와 생식의 여신.

몰리는 게 데카르트에게는 치명적일 수도 있었어. 이 일은 데카르트의 가까운 친구 메르센의 입장을 아주 난처하게 만들고 말지. 메르센은 일찍이 장미 십자단을 철면피, 불온 분자, 마법사, 이단의 씨를 뿌리는 마술적인 카발라의 집단으로 매도한 바 있거든. 데카르트는 어떻게 하든지 장미 십자단원이라는 누명을 벗어야 했을 테지. 어떻게 하면 벗을 수 있을까? 그냥 사람들 앞에 자주 나타나면 돼. 사람들이 데카르트의 모습을 보고 싶을 때 볼 수 있으면 데카르트는 장미 십자단원이 아니게 되는 셈이거든. 진짜 단원이라면 사람들 눈에 띄지 않으니까.」

「굉장한 비법이군!」

「물론. 부인해 봐야 부인이 안 되었어. 그때는 말이지, 누가 당신에게, 〈나는 장미 십자단 단원입니다〉 하고 말하는 사람이 있다면 그건 아니라는 뜻이지. 자부심이 강한 장미 십자단 단원이 자신을 단원이라고 내세우는 일은 절대로 없었거든. 진짜 단원은 숨을 거둘 때까지 그걸 부인하는 것으로 알려져 있지.」

「하지만 부인하는 사람은 모두 단원이다, 이렇게 말할 수도 없잖아? 누가 날 보고 묻는다면 나는 부인하겠지. 부인한다고 해서 내가 장미 십자단원이 되는 건 아니잖아?」

「내 말은 부인 자체가 혐의의 대상이 된다는 것이지.」

「엉터리. 자, 여기 장미 십자단원이 하나 있다고 쳐. 그런데 사람들이, 단원이라고 인정하는 사람은 단원으로 믿어 주지 않고, 부인하는 사람만 의심한다는 걸 이 단원이 알았다고 해봐. 그러면 이 단원은 어떻게 하겠어? 사람들의 눈을 속이기 위해 자기는 단원이라고 할 테지. 자, 그런다고 해서 이 사람이 단원이 아닌가?」

「이런 젠장. 그러니까 자기가 단원이라고 하는 사람들은 거짓말을 한 셈이니 결국 진짜 단원이란 거잖아! 아니야, 우리가 이러면 안 돼, 암파루. 놈들이 파놓은 논리의 함정에 빠져서는 안 돼. 놈들의 밀정은 도처에 있어. 이 침대 밑에도 있을 거야. 그래서 놈들은 우리가 저희들 정체를 알고 있다는 것도 알고 있어. 그래서 우리를 만나면 절대로 아니라고 할 거야.」

「당신 지금 날 겁주고 있네.」

「걱정 마. 내가 여기에 있으니까. 나는 단순해. 만일에 단원이면서도 아니라고 하는 놈이 있다면 내가 가면을 확 벗겨 버리겠어. 가면이 벗겨진 단원은 별것 아니야. 신문지를 말아 훅 불어 버리면 창밖으로 날아가 버릴 거야.」

「알리에는 어떨까. 알리에는 우리가 자기를 생제르맹 백작으로 알아주기를 바라는데, 이건 그럼 생제르맹 백작이 아니라고 생각하도록 이러는 걸까? 그렇다면 알리에도 단원이네. 아닌가?」

「암파루, 잠이나 좀 자두자.」

「싫어. 나머지를 듣고 싶은걸.」

「나머지는 뒤죽박죽이야. 단원 아닌 사람이 없게 되니까. 1627년에 프랜시스 베이컨의 『새 아틀란티스』가 출판되었을 때 사람들은 베이컨이 장미 십자단의 나라 이야기를 하고 있는 줄 알았을 정도야. 베이컨이 장미 십자단은 언급조차 하지 않았는데 말이야. 가엾은 요한 발렌틴 안드레아이는, 여기저기 떠돌아다니면서 자기는 장미 십자단원이 아니라고 변명하다가 세상을 떠났어. 만일에 안드레아이가 당당하게 단원이라고 했으면 어떻게 되었을까? 사람들은, 에이, 농담 마세요, 했겠지. 요컨대 장미 십자단원은, 장미 십자단은 존재하지 않는다는 주장의 뒷받침을 받으면서, 도처에 존재하고 있었어.」

「하느님처럼?」

「그 말 잘했군. 어디 한번 보자. 마태오, 마르코, 루가, 요한은 뛰어난 재담꾼들로, 언제 어디에서 만나 한판 붙어 보기로 한다. 한 인물을 설정하고 몇 가지 기본적인 사실에 합의한 다음, 각자 그 합의된 것으로 마음대로 이야기를 꾸미고, 나중에 만나 누가 잘 꾸몄는지 겨루기로 한 것이다. 그런데 이렇게 해서 쓰인 글이 평론가로 행세하는 몇몇 친구들 손아귀로 들어가게 돼. 평론가는 평론하겠지. 마태오는 상당히 사실적이지만 메시아 사업을 지나치게 강조하고 있다. 마르코도 나쁘지는 않지만 다소 감상적이다. 루가가 적당한 품격을 유지하고 있다는 것은 부정할 수 없는 사실이다. 요한은 지나치게 철학적이다. 이런 장단점이 있기는 하지만 이 네 권의 책은 상당히 매력 있는 것이어서 세상을 두루 돌아다니게 된다. 네 저자가 이걸 알았을 때는 때늦은 뒤. 바울은 벌써 다메섹으로 가는 길에 그리스도를 만난 뒤였고, 플리니우스는 근심에 잠긴 황제의 명을 받아 조사를 시작하고, 4인조의 줄거리를 가지고 무수한 위작가(僞作家)들은 아는 체하면서 써대고……. *Toi, apocryphe lecteur, mon semblable, mon frère*(그대 위선적인 독자여, 내 닮은꼴이여, 내 형제여).[5] 그러다 보니 베드로는 유명세에 맛을 들이기 시작하지. 거기에다 요한은 사실을 공개하

5 프랑스 시인 샤를 보들레르의 『악의 꽃』에 나오는 「독자에게」의 마지막 구절.

겠다고 위협하고. 그래서 베드로와 바울은 요한을 꽁꽁 묶어 파트모스 섬으로 보내 버리지. 가엾은 요한은 헛것을 보게 돼. 사람 살려, 메뚜기 떼가 내 침대를 뒤덮고 있어요, 저 나팔소리 좀 멎게 해주. 아니, 이 피는 도대체 어디에서 흐르는 거야? 사람들은 요한이 술에 취했거나 동맥 경화증 말기 증세를 보인다고 했고……. 누가 알아? 정말 이랬던 건지?」

「그랬을 거예요. 당신, 아무래도 그 쓰레기 같은 성전 기사단 책보다는 포이어바흐[6]를 좀 읽는 게 좋겠어요.」

「암파루, 해가 뜨는군.」

「우리 둘 다 돌았나 봐.」

「새벽의 장밋빛 손가락이 부드럽게 파도를 어루만지고…….」

「좋아요, 계속해 봐. 예만자군. 들어 봐. 예만자 여신이 오고 있어.」

「당신의 *ludibria*(장난감)가 필요한데…….」

「오, 〈틴티나불룸〉…… 딸랑딸랑…….」

「당신은 나의 〈발 빠른 아탈란타〉…….」

「당신은 나의 불끈 솟은 *Turris Babel*(바벨탑).」

「지금 내가 바라는 것은 당신의 〈아르카나 아르카니시마〉, 금양모피, *pâle et rose comme un coquillage marin*(바다 조가비와 같이 창백하고 붉은)…….」

「쉿…… *Silentium post clamores*(격동 뒤의 고요).」 암파루가 속삭였다.

6 모든 종교적 표현은 인간의 고민이나 원망의 관념적 반영이라고 주장한 19세기 독일의 철학가.

31

세간에서 장미 십자단으로 받아들였던 단체들은 사실 장미 십자단을 추종하는 단체에 불과했을 가능성이 농후하다……. 이런 단체에 소속돼 있던 사람들은, 그 단체에 소속되어 있었기에 결코 장미 십자단원이 아닌 것이다. 이것은 일견 역설적으로, 상호 모순되게 들릴지 모르겠지만, 그럼에도 불구하고 이것은 단순 명쾌하다.

— 르네 게농, 『입문 의례의 개요』, 파리, 트라디시오넬판, 1981, XXXVIII, p. 241

우리는 리우로 돌아갔다. 나는 일을 계속했다. 어느 날 삽화가 많은 잡지에서, 리우에 〈고대 수도회 및 공인(公認) 장미 십자단〉이라는 단체가 있다는 기사를 읽었다. 나는 암파루에게 한번 가보자고 했다. 암파루는 마지못해 나를 따라왔다.

본부 사무실은 골목길에 있었다. 두꺼운 판유리 전시장에는 석고로 만든 쿠푸 왕, 네페르티티,[1] 스핑크스의 작은 조상이 있었다.

바로 그날 오후에 〈장미 십자단과 움반다〉를 주제로 토론회가 열릴 것이라고 했다. 연사는 유럽 장미 십자단 최고회의 의장이자, 로도스, 몰타, 테살로니카 지구 대수도원 비밀 기사라는 브라만티 교수였다.

우리는 들어가 보기로 했다. 꽤나 누추한 방은 탄트라 밀교풍의 세밀화로 장식되어 있었다. 성전 기사들이 선배의 궁둥이에다 입을 맞춤으로써 그토록 잠을 깨우고자 했던 사신

1 고대 이집트 왕 아멘호테프 4세의 비(妃).

(蛇神) 쿤달리니의 그림들이었다. 나는 그런 것들을 보면서, 그 정도의 신세계를 보려고 대서양을 횡단해 온 것을 후회했다. 그런 것들이라면 밀라노에 있는 피카트릭스회 사무실에서도 구경할 수 있을 터였다.

브라만티 교수는 빨간 상보에 덮인 탁자 뒤에 앉아, 자리를 드문드문 메우고 금방이라도 졸 듯한 청중을 내려다보고 있었다. 그는 어찌나 살이 쪘는지, 체격만 크지 않았다면 흡사 맥(貘)을 바라보고 있는 기분이었을 것이다. 우리가 들어간 것은 강연 도중이었다. 말투는 약간 허풍스럽고 그래서 더 웅변적이었다. 18왕조 아하메스 1세 치하의 장미 십자단에 머물고 있는 것으로 보아 이야기가 오래 진행된 것 같지는 않았다.

그는, 베일에 가려진 네 대성(大聖)이, 테베가 건설되기 2만 5천 년 전에 벌써 사하라 문명을 일으킨 종족의 진화를 지켜 왔다고 주장했다. 그의 말에 따르면, 이집트인들이 지금까지도 태곳적의 지혜를 수호하고 있는 것은 네 대성의 가르침을 받고 아하메스 1세가 창설한 〈태백 우애단〉 덕분이었다. 그는 자기에게는, 역사적으로 카르나크 신전의 현자들과 그 비밀문서로까지 거슬러 올라가는 자료(속인들에게는 당연히 접근 불가능한)를 가지고 있다고 주장했다. 교수는, 장미와 십자의 상징은 일찍이 파라오 아크나톤의 착상으로 시작된 것이고 실제로 이것을 증명할 수 있는 파피루스 고문서가 있기는 하지만 누가 가지고 있는지는 밝힐 수 없노라고 말했다.

태백 우애단은 사람들을 가르치는 절체절명의 사명을 띠고 있었다는데 그 대상이 우리를 놀라게 했다. 이탈리아의 르네상스에 막대한 영향을 끼쳤고 프린스턴 신학교의 그노시스파에도 이에 못지않은 영향을 미친 헤르메스 트리스메기스투스, 서사시인 호메로스, 갈리아의 드루이드 승려들, 솔로몬 대왕, 현자 솔론, 기하학자 피타고라스, 철학자 플로티노스, 에세네 교단의 신학자들, 치유자들*Therapeutae*, 성배를 유럽으로 가져갔던 아리마태아의 요셉, 알퀸, 다고베르트 왕, 성 토마스 아퀴나스, 베이컨, 셰익스피어, 스피노자, 야코프 뵈메, 드뷔시, 아인슈타인. 「네로 황제, 캄브론, 제로니모 추장, 판초 비야, 버스터 키튼만 빠졌잖아.」 암파루가 소근거렸다.

초기 장미 십자단이 기독교에 미친 영향을 언급하는 대목에 이르자 브라만티 교수는, 강연의 분위기에 합류하지 못하고 있는 청중을 위해, 예수 그리스도가 십자가에 달린 것은 우연이 아니라고 주장했다.

그의 주장에 따르면 태백 우애단의 현자들이야말로 일찍이 솔로몬 왕 시절에 최초로 프리메이슨 단의 로지(지방 집회소)를 설립한 장본인들이기도 했다. 작품이 증거하고 있듯이 단테는 장미 십자단 단원이자 프리메이슨 단원인 것은 의심할 나위도 없는 일이고 토마스 아퀴나스도 예외는 아니었다. 그의 주장대로라면 단테 『신곡』의 「천국편」 24시편과 25시편에 등장하는 장미 십자의 왕이 하는 삼중의 키스, 펠리컨과 하얀 두루마기(「요한의 묵시록」의 장로들이 입고 있는 것과 똑같은)가 등장하고, 프리메이슨 교회가 3덕으로 삼는 믿음, 소망, 사랑이 등장하는 것은 우연이 아니다. 실제로 장미 십자단을 상징하는 꽃(30시편과 31시편의 백장미)은 로마 교회에 의해 구세주의 어머니를 상징하는 꽃으로 채택되었고, 그래서 연도(連禱)에 〈로자 미스티카(신비의 장미)〉라는 말이 등장한다는 것이었다.

장미 십자단의 전통이 중세까지도 면면히 이어져 왔던 것은 장미 십자단 사상이 성전 기사단에 침윤한 사실을 통해, 또는 이보다 더 명백한 문서를 통해 충분하게 입증된다는 것이 브라만티 교수의 설명이었다. 브라만티는 19세기에 키제베터라는 사람이 장미 십자단원들이 중세에 작센의 선거후(選擧候)들을 위해서 반 톤에 가까운 금을 만들어 주었다고 주장한 사실을 상기시키면서, 그 분명한 증거를 찾아내기 위해서는 1613년 스트라스부르에서 출판된 『화학 극장』을 들추어 보는 것으로 충분하다고 말했다. 그의 설명에 따르면 빌헬름 텔 전설에서 성전 기사단적 요소의 습합(習合)을 언급한 사람은 거의 없지만 이 전설 역시 성전 기사단적이다. 빌헬름 텔은 겨우살이 나무를 잘라 화살을 만드는데 이 나무는 아리안 신화에 자주 등장하는 나무이고, 빌헬름 텔이 쏘아 맞히는 사과는 사신 쿤달리니가 촉발시키는 제3의 눈이다. 아리안족이 인도에서 왔다는 것을 모르는 사람이 없다. 그런데 인도는, 장미 십자단이 독일을 떠난 뒤에 일시 은거했던 땅이다.

태백 우애단의 후예를 자처하는(대개 유치하게) 집단 중에서 브라만티가 적법하다고 인정하는 유일한 집단은 막스 하인델의 장미 십자 우애단이다. 브라만티가 이 단체를 인정하는 것은 알랭 카르데크가 바로 이 단체 언저리에서 교육을 받았기 때문이다. 브라만티에 따르면 카르데크는 강령설(降靈說)의 아버지인데, 사자(死者)의 영혼과의 접촉을 연구하는 그의 신지학은 위대한 브라질의 영광인 움반다 강신술을 형성한다. 이 카르데크의 신지학에서 움반다의 원형은 〈아움 반다〉인 것으로 보이는데, 이 〈아움 반다〉는 다름 아닌 신성한 원리와 생명의 근원을 가리키는 산스크리트어다. 「또 우리를 속였군. 〈움반다〉라는 말조차 우리 것이 아니라니. 이 단어에서 아프리카적인 것은 그 울림밖에 없다는 건가.」 암파루가 속삭였다.

브라만티가 말을 이었다. 「〈아움 반다〉의 뿌리는 〈아움〉 혹은 〈움〉입니다. 이것은 바로 불교의 〈옴〉이며, 아담의 언어에서는 하느님을 지칭하는 말이기도 합니다. 〈움〉이라는 음절을 제대로 발음하면 진언(眞言)으로 변하는데 이 진언은 〈시아크라〉, 즉 전두부(前頭部)의 신경총(神經叢)을 통해 우리 영혼에다 지극히 유동적인 조화의 흐름을 이루어 냅니다.」

「〈전두부 신경총〉이 뭐야? 불치병인가.」 암파루가 소곤거렸다.

브라만티는 진정한 장미 십자단, 즉 태백 우애단의 진짜 후계 단체이며 당연히 비밀 결사인, 자신이 과분하게도 대표를 맡고 있는 〈고대 수도회 및 공인 장미 십자단〉 같은 진짜 비밀 결사인 장미 십자단과, 그럴 자격도 없이 오로지 사리사욕 때문에 결성된, 이름뿐인 〈장미 십자단〉과는 큰 차이가 있다면서 청중들에게 장미 십자단원의 형제를 자칭하는 장미 십자단을 믿어서는 안 된다고 주장했다. 「그게 그거지 뭘 그래.」 암파루가 내 귀에 속삭였다.

청중 중에서 조금 엉뚱한 사람이 하나 일어나, 브라만티 교수는 어째서 태백 우애단의 묵언계(默言戒)를 어겨 가면서까지 자기 교단의 정통성을 주장할 수 있느냐고 따져 물었다.

그러자 브라만티 교수가 결연히 자리를 박차고 일어나면서 말했다. 「나는 이 자리에 무신론적 유물론자들에게 고용된 앞잡이가 침투해 있다는 걸 몰랐군요. 이런 상황 아래서는 더 할 말이 없습니다.」 그러고는 위엄을 보이며 걸어 나갔다.

그날 밤 알리에한테서 전화가 걸려 왔다. 그는 안부를 묻고는 드디어 우리가 다음 날 열리는 그 의식(儀式)에 초대받게 되었다면서 한잔하지 않겠느냐고 했다. 암파루는 친구들과의 정치적인 모임이 있었다. 나는 혼자 알리에를 만나러 갔다.

32

Valentiniani... nihil magis curant quam occultare quod praedicant: si tamen praedicant, qui occultant... Si bona fides quaeres, concreto vultu, suspenso superalo — altum est — aiunt. Si subtiliter tentes, per ambiguitates bilingues communem fidem affirmant. Si scire te subostendas, negant quid-quid agnoscunt... Habent artificium quo prius persuadeant, quam edoceant.[1]

— 테르툴리아누스, 『발렌티누스파에 대한 논박』

알리에가 나를 데려간 곳은 나이를 짐작할 수 없는 사람들이 전통적인 방법에 따라 토속주 바티다를 양조하는 곳이었다. 카르멘 미란다[2]의 영화에 나오는 문명사회에서 몇 걸음 만에 몇 명의 원주민들이 소시지같이 굵은 엽궐련을 빨아 대는 어두운 방으로 들어간 셈이었다. 담배는, 넓고 투명한 잎사귀를 굵은 밧줄처럼 말고, 이걸 손가락으로 매만진 다음에 기름종이로 싼 것이었다. 담뱃불이 계속 꺼지기는 했지만 월터 롤리 경이 처음으로 담배를 발견했을 때의 기분은 알 만했다.

1 〈발렌티누스파의 관심은 주장하려던 바를 숨기는 일뿐이다. 그런데도 불구하고 주장하는 바가 있으면 그것은 숨기기 위한 것이다. 만일에 당신이 그들에게 선의로 물으면 그들은 표정이 굳고, 눈을 치뜨면서, 〈그것은 비밀이오〉 할 것이다. 만일에 당신이 자세하게 따져 물으면 그들은 공통의 신앙을 확인할 요량으로, 양의적(兩義的)이고 모호한 말을 골라 쓸 것이다. 당신이, 그들이 감추고 있다는 것을 안다고 넌지시 암시하면, 그것을 알면서도 끝까지 부정하려고 할 것이다……. 요컨대 뭔가를 가르치려 하기보다는 설득하는 기술을 익히고 있는 데 지나지 않는다.〉

2 브라질의 가수, 무용가, 배우.

나는 알리에에게 그날 오후에 있었던 일을 얘기했다.

「이번에는 장미 십자단이오? 당신의 지식욕도 어지간하군요. 그런 미치광이들, 이제 그만 모른 척하세요. 어느 누구도 문서를 만들지 않았는데도 불구하고 그자들은 늘 반박의 여지가 없는 문서, 운운하지요. 그 브라만티라는 사람, 나도 알아요. 밀라노 사람이지만 온 세계로 돌아다니면서 자기 복음을 전파하지요. 아직도 키제베터를 믿고 있는 게 흠이기는 하지만 대체로 무해한 사람이오. 자칭 장미 십자단 단원이면 누구나 『화학 극장』에, 키제베터가 주장한 대로 장미 십자단이 연금에 성공했다는 대목이 있다면서 인용해 대지만 실제로 그 책을 보면 — 밀라노의 내 작은 서재에도 그 책이 한 권 있어서 조심스럽게 덧붙여서 말해도 좋다면 — 그 책에 그런 인용문은 없어요.」

「그렇다면 키제베터는 광대였군요.」

「어쨌거나 많이 인용되는 사람이기는 해요. 문제는 말이지요, 19세기의 은비주의자들까지도, 한 사물은 그것이 증명될 수 있을 때만 참이라고 하는, 이른바 실증주의 정신에 희생되고 있었다는 것이오. 『연금술 대전』을 둘러싸고 벌어졌던 논쟁을 생각해 봐요. 15세기 유럽에서 이 문서가 발굴되었을 때 피코 델라 미란돌라, 피치노를 비롯한 당대의 석학들은, 그 문서야말로 고대 이집트, 심지어는 모세 이전까지 거슬러 올라가는, 세계 최고(最古)의 지혜가 담긴 문서일 수밖에 없다는 걸 알았지요. 뒷날 플라톤과 예수에 의해 표현될 사상까지도 아우르고 있었거든요.」

「〈뒷날〉이라뇨? 이건 단테가 프리메이슨이었다는 것을 증명하면서 브라만티 교수가 썼던 논법과 비슷하군요. 『대전』

이 만일에 플라톤이나 예수의 사상을 되풀이하고 있다면 그건 후대에 쓰였다는 반증 아니겠습니까?」

「당신 역시 그러고 있군요. 그게 바로 현대 문헌학자들이 『대전』에서 보여 준 추론 방법이오. 문헌학자들은 『대전』이 2~3세기에 쓰였다는 것을 증명할 생각에서 장황한 언어학적 분석까지 가세시켰어요. 그게 뭡니까? 트로이아의 멸망을 예언했으므로, 카산드라[3]는 호메로스 이후 사람이라고 추론하는 것과 같아요. 시간을 선(線)으로 인식하는 것, A에서 B로 직선으로 이어지는 것이라는 믿음은 현대인의 환상이지요. 사실 시간은 B로부터 A로 흐를 수도 있고, 결과가 원인을 야기할 수도 있는 거랍니다. 〈선행한다〉는 게 무슨 뜻일까요? 〈후속한다〉는 말은 무슨 뜻일까요? 당신의 절세 미녀 암파루는 인종적으로 혼교(混交)된 조상을 선행하나요, 후속하나요? 아버지뻘이 되고도 남을 사람이 담담하게 의견 개진하는 걸 용서한다면 한 말씀 드리겠소만, 암파루는 정말 눈부시게 아름다워요. 그러니까 암파루는 조상을 선행하는 거요. 말하자면 암파루는, 암파루라는 여자를 창조하는 데 쓰인 모든 것의 신비스러운 발생 근원인 것이오.」

「그러나 이 점에 관해서는…….」

「바로 이 〈점〉이라는 사고방식이 잘못된 거요. 점이라는 것은 파르메니데스 이후 과학이 설정한 것으로, 한 곳에서 다른 곳을 향한 사물의 움직임을 정하기 위한 방편에 지나지 않아요. 그러나 실제로 움직이는 것은 아무것도 없어요. 오로지 한 점이 있을 뿐이고 그 점으로부터 모든 점이 동시적으

3 일찍이 트로이아의 멸망을 예언한 트로이의 공주. 예언의 신 아폴론으로부터 예언의 능력을 얻되 설득하는 힘은 빼앗긴 불운한 예언자.

로 생겨나는 것일 뿐이오. 19세기의 은비학자들은, 우리 시대의 은비학자들이 그러고 있듯이, 과학적인 허위를 방편으로 해서 사물의 〈참〉을 증명하려고 애를 썼어요. 대상이 어떤 것이든, 시간의 논리에 따라서 논증할 것이 아니라 〈전통〉의 논리에 따라 논증해야 하는 겁니다. 모든 시간은 각기 다른 시간의 상징이 됩니다. 따라서 장미 십자단의 눈에 보이지 않는 신전은 존재하며 늘 존재해 왔습니다. 더구나 그것은 당신이 말하는 역사의 순리와는 상관없이 독립적인 것으로 존재합니다. 최종적인 계시의 때는 시계로 재어지는 시간이 아니오. 그 시간은, 선후의 문제를 중시하는 과학과는 별 관련이 없고, 과학을 중요하게 여기지도 않는, 〈섬세한 역사〉에 의해 정해지는 시간이랍니다.」

「요컨대 장미 십자단이 영원하다고 주장하는 사람들은 ―」

「과학적인 바보들이지요. 왜냐? 증명하지 않고 알아야 하는 것을 굳이 증명하려 들기 때문이오. 당신은 내일 밤에 한 무리의 신자들을 만나게 될 것이오만, 카르데크가 들려주는 이야기의 진위를 그들이 증명해 낼 수 있을 것 같아요? 못해요. 그들은 그냥 알아 버릴 뿐이오. 어떻게? 알려고 하기 때문이지요. 만일에 우리에게도 은비(隱秘)한 것을 받아들이는 그런 능력이 있다면, 찬란하게 드러나는 것들에 눈이 부셔서 견딜 수가 없을 것이오. 알기를 소원할 것도 없어요. 그저 알려고 하면 그것으로 충분하지요.」

「진부하게 굴어서 죄송합니다만, 결국 장미 십자단 단원은 이 세상에 존재합니까, 존재하지 않습니까?」

「존재한다는 것은 무슨 뜻이지요?」

「여쭸으니까 설명해 주시죠.」

「장미 십자단이라고 불러도 무방하고 성전 기사단의 형태를 일시적으로 취했던 영적 기사단이라고 불러도 무방하지만 일단 태백 우애단이라고 합시다. 태백 우애단은, 영원한 지식의 정수를 보존하기 위해 인류의 온 역사를 관류(貫流)하는 소수의, 극소수 현인들의 집단이오. 역사는 그저 생기는 게 아니에요. 역사는 세계의 이러한 대성(大聖)이 빚는 것이오. 어느 누구도 이들의 뜻을 거스르지 못해요. 세계의 대성들은 당연히 비밀을 통해 스스로를 보호하지요. 바로 이런 이유에서, 대성을 자칭하거나, 장미 십자단원을 자칭하거나 성전 기사단원을 자칭하는 사람들은 거짓말을 하고 있는 것이오. 대성은 그런 사람들 가운데엔 없어요.」

「그럼 그 이야기는 끝도 없이 계속되겠군요.」

「그래요. 대성의 주도면밀함이지요.」

「대성들은 사람들이 뭘 알기를 바랄까요?」

「비밀이 있다는 것만. 사물이 눈에 보이는 그대로라면 사는 게 재미없지 않겠어요?」

「그 비밀은 뭘까요?」

「드러난 종교가 드러낼 수 없는 것. 비밀은 그 너머에 있지요.」

33

하얀 허깨비, 푸른 허깨비, 하얀 허깨비, 연붉은 허깨비. 그러다 이 색깔은 하나로 어우러지면서 촛불의 빛깔이 된다. 그 빛을 보고 전신에 소름이 돋을 정도의 전율을 느낀다면, 그 순간이야말로 그것을 연출한 사람에게 마력을 느끼기 시작하는 순간이다.

— 파퓌스, 『마르틴 드 파스칼리』, 파리, 샤뮈엘, 1895, p. 92

약속된 밤이 왔다. 살바도르에서 그랬듯이 알리에가 자동차로 우리를 데리러 왔다. 의례, 혹은 강신제가 열릴 텐다(천막)가 선 제당(祭堂)은 도시의 중심부에 자리 잡고 있었다. 땅이 혀처럼 굽이치면서 뻗어 나가 구릉을 넘고 이윽고 바다에 이르는 도시에 〈중심〉이라는 게 있다면 말이다. 저녁노을에 물든 도시는, 위에서 내려다보자니 흡사 원형 탈모증으로 정수리의 털이 빠져 버린 머리 같았다.

「오늘 밤의 의례는 칸돔블레가 아니라 움반다라는 걸 잊지 마세요. 따라서 오늘 참례자들이 접신하는 신령은 〈오리샤들〉이 아니라 사자(死者)의 영신인 〈에군〉이랍니다. 바이아에서 에슈 신(神)이야기를 잠깐 한 적이 있지요? 오늘 밤의 참례자들이 접신하는 신은 아프리카의 헤르메스라고 할 수 있는 에슈와 그 반려자인 폼바 지라인 것이지요. 에슈는 요루바족(族)의 신으로 대단히 짓궂고 심술궂은 신령이랍니다. 아메리카 원주민의 신화에도 장난꾸러기 신은 있어요.」

「사자의 영신이라면, 구체적으로 누구를 말하지요?」

「프레투 벨류[黑老]와 카보클루[銅人]지요. 프레투 벨류는 원래 노예 시대에 백성을 이끌던 현자들이었지요. 콩고 왕이나 아고스티뉴 신부와 그 성격이 비슷합니다. 말하자면 노예 제도가 완화된 시대의 추억 같은 존재이지요. 이들을 통해서 흑인들은 처음으로 저희들은 짐승이라는 인식을 벗고 한 식구라든지 백부라든지 할아버지가 되었던 것이지요. 그러나 카보클루는 인디오의 신령, 원시 자연의 순수를 상징하는, 더러움을 모르는 힘입니다. 움반다에서는, 가톨릭 성인들과 완전히 잡탕이 된 아프리카의 오리샤는 뒷전으로 물러나고 오로지 프레투 벨류와 카보클루만이 실체가 됩니다. 이런 실체를 통해 마침내 오리샤들까지도 드러나는 것이지요. 탈혼 망아 상태를 유도해 내는 것도 바로 이 신령들입니다. 춤이 어느 정도 무르익으면 〈카발루(말)〉라고 불리는 영매는 초자연적인 존재에 들리[憑依]면서 자각과 의식을 잃어버립니다. 카발루는, 초자연적인 존재가 떠날 때까지 춤을 추다가 말짱해진 정신으로 깨어납니다. 이렇게 깨어났을 때의 맑아졌다는 느낌, 정화되었다는 느낌은 굉장한 것이지요.」

「영매가 부럽군요.」 암파루가 중얼거렸다.

「부러울 만도 하지요. 어머니 대지와의 만남을 성취한 셈이거든요. 이 의례의 참례자들은 대부분 어머니 대지에서 뿌리 뽑혀, 대도시의 끔찍한 잡탕 냄비 속으로 던져졌던 사람들입니다. 슈펭글러의 말마따나, 위기를 느낀 서구의 장돌뱅이 정신은 결국 대지의 나라로 되돌아오는 겁니다.」

제당이었다. 천막인데도 밖에서 볼 때는 흡사 여느 건물 같았다. 이 제당도 뜰을 지나게 되어 있었다. 바이아의 뜰보다는 좀 규모가 작았다. 일종의 창고 같은 바라캉 문 앞에는 에슈의 조그만 조상이 봉물에 둘러싸여 있었다.

안으로 들어갔을 때 암파루가 나를 한쪽으로 끌었다. 「생각났어. 지난번 강연회에서 맥(貘)같이 생긴 교수가 아리안 시대 이야기하던 거 기억나? 그런데 알리에 이 양반은 서구의 몰락을 이야기하잖아? *Blut und Boden*(피와 대지).[1] 알리에, 이 양반, 이거 순 나치주의자 아닌가?」

「그렇게 간단하지 않아. 대륙이 다르잖아.」

「가르쳐 줘서 고맙군요. 태백 우애단원이라잖아! 당신네들은 저녁 식사로 하느님을 먹는 사람들이잖아.」

「하느님을 먹는 건 가톨릭교도야. 달라도 한참 다르지.」

「다를 게 뭐 있어? 못 들었어? 피타고라스, 단테, 성모 마리아, 프리메이슨. 하나같이 흑인을 속여 온 것들 아닌가? 사랑을 할 게 아니라 움반다를 해야 할 것 같아.」

「당신 역시 잡탕 아닌가? 가서 구경이나 하자고. 이 또한 문화니까.」

「문화는 하나밖에 없어. 마지막 장미 십자단원의 창자로 마지막 가톨릭 신부의 목을 졸라 죽이는 거.」

알리에가 우리에게 들어오라는 시늉을 했다. 바깥은 추레했는데 안에서는 격렬한 색채의 화염이 오르고 있는 것 같았다. 네모반듯한 넓은 방이었다. 구석에는 영매인 〈카발루〉의 춤판이 따로 있다. 방의 한쪽 끝에 있는 제단 앞에는 제단과 회중석을 가르는 울타리가 있고 울타리 뒤로는 아타바케스라고 불리는 큰북 두드리는 연주대 같은 것이 마련되어 있었다. 제단은 비어 있었지만 회중석에는 무수한 사람들이 웅성

1 나치가 독일 민중들을 선동하면서 사용한 구호.

거리고 있었다. 참례자들, 그냥 호기심으로 기웃거리는 사람들, 흑인과 백인이 뒤섞여 있었다. 맨발인 사람들도 있고, 테니스화를 신은 사람들도 있었다. 나는 제단 앞의 조상 쪽으로 다가가 보았다. 다채로운 빛깔의 깃털을 단 프레투 벨류와 카보클루 무리와 엄청나게 크지 않았더라면 과자빵 인형으로 오인하기 알맞았을 성인들이 있었다. 반짝거리는 훈판을 붙이고 붉은 망토를 입은 성 게오르기우스, 성 코스마스와 성 다미아누스, 칼끝에 찔린 성모, 코르코바두 산정에 선 구세주의 거석상처럼 두 팔을 벌리고 선, 지나칠 정도로 사실적인 다채로운 색깔의 그리스도 상. 오리샤의 모습은 보이지 않았다. 그러나 거기 모인 사람들의 얼굴, 사탕수수 냄새와 음식의 들큼한 냄새, 더위와 곧 시작될 강신제의 흥분으로 인한 땀 냄새에서 오리샤를 느낄 수 있었다.

제주가 앞으로 나가 제단 앞에 앉았다. 그 자리에서 제주는 참례자들에게 짙은 담배 연기를 뿜어 냄새가 배게 하고 복을 내리고 성체 배령식(聖體拜領式) 때 그러듯이 술을 한 잔씩 따라 주었다. 나는 무릎을 꿇고 동행들과 술을 마셨다. 캄보네가 든 술병을 보고 나는 그것이 뒤보네라는 것을 알아차렸다. 상관없었다. 나는 영험 있는 불로불사주를 마시듯이 음미해 가면서 천천히 마셨다. 단 위에서는 박력 있는 아타바케스 타격이 시작되고 있었다. 그 소리에 맞추어 참례자들은 일제히 에슈와 폼바 지라의 분노를 삭일 노래를 영창했다. 「*Seu Tranca Ruas é Mojuba! É Mojuba, é Mojuba! Sete Encruzilhadas é Mojuba! É Mojuba, é Mojuba! Seu Maraboe é Mojuba! Seu Tiriri, é Mojuba! Exu Veludo, é Mojuba! A Pomba Gira é Mojuba!*」

제주는 짙은 연기를 뿜는 향로를 흔들어 인디오 향내를 흩뿌리면서 오샬라와 *Nossa Senhora*(성모)에게 바치는 기도문을 읊었다.

아타바케스의 박자가 빨라지자 영매들이 제단 앞 공간으로 몰려 나가 북소리에 취한 듯이 몸을 흔들기 시작했다. 대부분이 여자들이었다. 암파루는, 〈아무래도 여성이 이런 데는 민감하니까〉 이러면서 영매들을 이죽거렸다.

여자들 중에는 유럽 여자들도 더러 있었다. 알리에가 한 유럽 여자를 가리켰다. 몇 년째 움반다 강신제에 참례하는 독일의 심리학자라고 했다. 독일 여자는 그동안 강신을 체험하려고 갖은 노력을 기울였지만 신령으로부터 선택받지 못하는 한 그것은 불가능했다. 독일 여자에게, 탈혼 망아의 접신 상태는 애쓴다고 되는 것이 아니었다. 춤추고 있을 때 유심히 보니 초점이 흐려진 여자의 시선은 허공을 헤매고 있었다. 아타바케스 소리는 그 독일 여자의 신경에도 우리 신경에도 위안을 주지 않았다. 코를 얼얼하게 하는 냄새가 방 안 자욱이 퍼지면서 참례자와 구경꾼들의 정신을 멍멍하게 만들었다. 나를 포함한 모든 사람들이 위장에 이상이 생기기라도 한 것처럼 속이 메슥거리는 눈치였다. 리우의 〈이스콜라스 지 삼바〉에서도 경험한 일이어서 그다지 놀랍지는 않았다. 나는, 디스코텍에서 토요일 밤의 열기를 빚어내는 음악과 소음의 심리학적인 힘을, 체험을 통해 알고 있었다. 독일 여자는 눈을 홉뜨고 있었다. 그의 신경질적인 몸놀림은 차라리 접신을 구걸하는 몸짓에 가까웠다. 다른 신령의 딸들은 황홀경에 들어, 고개를 젖히고 유동체처럼 흐물거리면서 망각의 바다를 유영하고 있었다. 독일 여자는 잔뜩 긴장한 채로 눈물겹게 몸을 뒤틀고 있었다. 오르가슴에 도달하려고 필사적으로 몸을 뒤트는데도 애액(愛液)을 방출하지 못하는 여자의 표정이었다. 자제력을 무너뜨리려고 애를 쓰면서도 번번히 무의식중에 그것을 되찾고 마는 불쌍한 튜턴 여자. 평균율 클라비코드 소리에 너무 익숙해진 나머지 병이 든 것이리라.

선택받은 여자들은 벌써 눈의 초점을 무너뜨리고 뻿뻿한 사지로 진공 상태로 돌입하고 있었다. 시간이 흐를수록 그들의 몸짓은 자동화되어 가는 것 같았다. 그러나 아무렇게나 움직이는 것은 아니었다. 몸놀림이 바로 그들에게 깃든 신령의 영격(靈格)을 반영하기 때문이었다. 선택받은 여자들 중에는 수영하는 것처럼 손바닥을 아래로 하고 천천히 양옆으로 움직이는 여자도 있었고 허리를 구부리고 천천히 앞으로 움직이는 여자들도 있었다. 제니들이 하얀 리넨 보자기를 가지고 나와 접신한 여자들의 몸을 가렸다. 고위(高位)한 신령을 접신했다는 증거였다.

대부분의 영매는 격렬하게 몸을 흔들었다. 그러나 프레토 벨료[黑老]를 접신한 영매들은, 이빨이 빠져 앙상한 턱을 쑥 내밀고 지팡이에 몸을 의지하고 걷는 늙은이처럼 몸을 앞으로 기울인 채 홍홍거렸다. 카보클루[銅人]에 접신한 영매들은 귀청을 찢을 듯한 무사의 기합 소리를 히야호, 히야호 연발했다. 제니들은 영매들 사이로 다니면서 은총의 격렬함을 견디지 못하는 영매들을 부축하고는 했다.

시간이 갈수록 격렬해지는 북소리가 향연으로 무거워진 제당의 공기를 뒤흔들었다. 나는 암파루의 팔을 잡고 있었다. 그런데 이상한 일이 일어났다. 갑자기 암파루의 손에서 땀이 흐르고 몸이 떨리기 시작한 것이었다. 암파루의 입술도 열려 있었다. 「기분이 안 좋아. 가고 싶어.」 암파루가 속삭였다.

알리에가 나를 거들러 왔다. 우리는 암파루를 데리고 밖으로 나왔다. 밤공기를 마시고 암파루는 정신을 차리는 것 같았다. 「괜찮아졌어요. 뭘 잘못 먹었나 봐요. 냄새와 그 열기가…….」

어느새 우리 곁에 와 있던 제주가 암파루에게 말했다. 「아니오. 당신에게는 영매의 자질이 있소. 당신의 몸은 북소리에 일일이 반응하더군요. 주욱 당신을 지켜보고 있었지요.」

「그만두세요.」 암파루는 이렇게 쏘아붙이고는 나로서는 알아들을 수 없는 말을 몇 마디 덧붙였다. 나는 제주의 낯빛이 변하는 걸 보았다. 이로써 나는, 공포에 질리면 흑인들의 낯빛도 잿빛으로 변한다는 모험가들의 보고를 확인한 셈이다. 「이걸로 충분해요. 속이 안 좋았던 것뿐이라고요. 안 먹어야 할 걸 먹은 거예요. 자, 안으로 들어가세요. 나는 밖에서 바람을 좀 더 쐬겠어요. 혼자 있는 게 좋겠어요. 이래 봬도 약골은 아니랍니다.」

우리는 암파루의 말대로 돌아섰다. 그런데 밖에서 맑은 공기를 쐰 우리에게, 제당 안의 냄새와 북소리와 땀 냄새는 오래 금주한 빈속에 단숨에 털어 넣은 한 잔의 술 노릇을 했다. 눈두덩에 손을 대고 있으려니 한 노인이 나에게, 방울이 달린 트라이앵글 같은 타악기와 채를 건네주었다. 「제단으로 올라가서 쳐보시구려. 도움이 될 테니까.」

노인의 충고에는 이열치열의 지혜가 깃들어 있었다. 나는 북소리 박절에 맞추려고 애쓰면서 아고구를 때렸다. 오래지 않아 제장의 열기에 빠져 들고, 그 분위기의 일부가 되어 가는 것 같았다. 그 분위기의 일부가 되고 나니, 나 스스로 분위기를 통제할 수 있었다. 다리와 발을 마음대로 움직이고 있으려니 마음이 편했다. 나는 주위의 분위기로부터 나를 해방시키는 동시에 그 분위기에 도전하고 그 분위기를 얼싸안았다. 내가 이런 것을 체험하지 못했더라면 알리에가 설명한 아는 사람과 경험하는 사람의 차이를 납득하지 못했을 것이다.

영매들이 탈혼 망아의 접신 상태에 빠지자 제니들은 이들을 옆방으로 데리고 들어가 엽궐련과 파이프 담배를 권했다. 접신하는 데 실패한 참례자들은 그들에게 달려가 발치에 무릎을 꿇고 귓속말로 뭔가 속닥거리고, 충고를 듣고 하다가는 위안을 받은 얼굴로 다시 춤판으로 들어가고는 했다. 접신의 문턱에서 오락가락하는 영매도 있었다. 제니가 달려가 뭐라고 부추기면 이들은 한결 긴장이 풀린 얼굴을 하고 다시 춤판 속으로 뛰어들고는 했다.

춤판에는 접신과는 인연이 없는 참례자들이 필사적으로 몸을 흔들고 있었다. 독일 여자 역시 부자연스럽게 몸을 뒤틀면서 강신을 기다리는 것 같았지만 부질없었다. 개중에는 짓궂은 영신 에슈에 들려, 짓궂고, 교활하고, 약아빠진 얼굴을 하고는 경련하는 참례자도 있었다.

내가 암파루를 본 것은 그때였다.

이제 나는 〈헤세드〉가 사랑의 세피라만은 아니라는 것을 이해한다. 디오탈레비의 말마따나 〈헤세드〉는 신성한 물질이 팽창하는 순간이기도 하고 주변을 향하여 무한히 확산되어 가는 것이기도 하다. 그것은 사자(死者)에 대한 살아 있는 사람들의 배려이다. 그러나 사자에 대한 살아 있는 사람의 배려는 살아 있는 사람에 대한 사자의 배려와 다르지 않다는 것을 간파한 사람도 있을 터이다.

음악에 나 자신을 맡긴 채 아고구를 치느라고 나는 주위에서 일어나는 일에는 전혀 신경을 쓰지 않았다. 암파루는 적어도 10분 전에 다시 제당으로 들어와 내가 그보다 조금 전에 한 것과 똑같은 경험을 했을 터였다. 그러나 암파루에게 아고구를 주는 사람은 없었다. 그 순간의 암파루에게는 아고구가 이미 불필요했는지도 모르겠다. 명부(冥府)의 소리에 부름을 받고, 자신의 모든 방어력과 자제력과 의지의 사슬을 일거에 끊어 버린 상태였으니까.

나는 암파루가 춤판으로 뛰어드는 것을 보았다. 비정상적으로 긴장한 얼굴은 위를 향해 있었고 목덜미도 뻣뻣했다. 암파루는 모든 기억을 방기한 상태에서 두 손으로 자기 육신을 송두리째 바치는 시늉을 해보이면서 요염한 사라반드를 추기 시작했다. 「*A Pomba Gira, a Pomba Gira!*」 누군가가 이 기적에 놀라 함성을 질렀다. 그날 밤에 암파루가 연출하는 마녀는 나타난 적이 없었던 것이었다. 참례자들이 한 목소리가 되어 외쳤다. 「*O seu manto é de veludo, rebordado todo em ouro, o seu gallo é de prata, muito grande é seu tesouro... Pomba Gira das Almas, vem torna cho cho...*」

감히 다가갈 수 없었다. 나는 내 여자 암파루, 혹은 암파루가 접신한 토착의 신령과 하나가 되려고 미친 듯이 아고구를 치고 있었을 것이다.

제니들이 암파루에게 다가가 제의(祭衣)를 입히고 기다리다가 암파루가 짧으나 더없이 강렬한 탈혼 망아의 접신 상태에서 깨어나자 가만히 부축해서 의자 있는 곳으로 데리고 갔다. 땀에 젖은 암파루는 숨도 겨우 쉬고 있었다. 참례자들이 신탁을 얻으러 왔지만 암파루는 거부했다. 그러다 울기 시작했다.

강신제는 끝나 가고 있었다. 나는 제단에서 내려와 암파루에게 달려갔다. 알리에가 벌써 달려와 암파루의 관자놀이를 문지르고 있었다.

「이렇게 창피할 수가. 나는 믿지도 않고, 원하지도 않았다고. 내가 어떻게 이럴 수가 있는 거지.」 암파루가 울먹였다.

「그런 일이 더러 있지요, 있고말고요.」 알리에가 부드럽게 말했다.

「이럴 수가 없어요. 이러면 절망적인 거잖아요? 나는 아직도 노예인 셈이잖아요? 가세요.」 그러고는 나를 향해 짜증을 부렸다. 「나는 더러운 깜둥이 여자야. 내게 주인을 하나 모셔다 줘. 노예에게는 주인이 있어야 하니까.」

「금발의 아카이아인에게도 흔히 있던 일이오. 인간이란 원래 그런 거니까…….」 알리에가 암파루를 위로했다.

암파루는 화장실을 물었다. 강신제는 끝나 가고 있었다. 독일 여자는 여전히 텅 빈 춤판 한가운데서 외로이 춤을 추고 있었다. 허세를 부리고 있는 듯했지만 힘이 전 같지 못했다. 독일 여자의 시선은 부러운 듯이 암파루를 좇고 있었다.

제주와 작별을 고하고 있는데 암파루가 돌아왔다. 제주는, 사자의 세계와 우리 사이에 성공적인 접촉이 이루어진 것을 축하한다고 했다.

알리에는 입을 꾹 다문 채 어둠 속으로 자동차를 몰았다.

우리 집 앞에 이르렀을 때 암파루는 나에게, 혼자 올라가고 싶다고 했다. 「당신은 산책이라도 좀 하는 게 어떻겠어요? 내가 잠든 뒤에 올라오세요. 수면제 좀 먹어야겠어요. 미안해요, 두 분 다. 못 먹을 걸 먹었었나 봐요. 오늘 밤 거기에 왔던 여자들이 다 그랬을 거야. 나, 내 나라가 싫어졌어요. 안녕.」

알리에는 불편한 내 심사를 이해했던 모양인지 코파카바나에 철야 술집이 있으니까 함께 가자고 했다.

바에 이르러서도 나는 별로 할 말이 없었다. 알리에는 내가 술을 마시기 시작할 때까지 기다렸다가 침묵을 깨뜨렸다.

「인종은 우리 인류의 무의식 중 일부를 구성하지요. 당신은 문화를 좋아하니까 종족이라는 말 대신에 문화라는 말을 써도 좋겠지요. 그 무의식의 또 다른 부분을 구성하는 것은 〈아키타이프[原型]〉랍니다. 이 아키타이프는 모든 세기의 모든 인류의 공동 유산이지요. 오늘 밤의 그 분위기, 그 열기는 우리의 경각심을 무너뜨렸어요. 이런 일은 우리 모두에게 일어난 일인 만큼 당신도 아마 느꼈을 것이오. 그런데 암파루는 오리샤를 발견했어요. 암파루 자신은 가슴에서 송두리째 뿌리 뽑았다고 생각했지만 사실 암파루의 자궁에는 그게 살아남아 있었던 거예요. 당신은 내가 이걸 긍정적인 조짐으로 본다고 여기면 안 돼요. 기억할 거예요. 나는 당신에게, 우리 주위에서 용솟음치고 있는 초자연적인 에너지 이야기를 한 적이 있어요. 그렇다고 해서 내가 접신 같은 걸 특별히 좋아한다고 생각하면 안 돼요. 비법 전수자와 접신자는 달라요. 비법을 전수하는 과정, 다시 말해서 이성으로써는 설명할 수 없는 것을 직관하고 이해하는 과정은 대단히 심원합니다. 이 과정에서 영혼과 육체 자체가 서서히 변합니다. 이게 변하면 엄청난 권능을 행사하는 수도 있고 불로불사에 이르기도 합니다. 하지만 이 과정은 지극히 은밀하게 진행되지요. 그래서 외면적으로는 드러나지 않아요. 삼가는 사람, 투명한 사람, 해탈한 사람에게만 이런 일이 일어납니다. 비법 전수자들인 〈세계의 대성(大聖)들〉이 신비주의에 빠지지 않는 소이연(所以然)이 여기에 있어요. 대성들에게, 신비주의자는 노예나 다름이 없지요. 대성들에게 신비주의는 신령스러움이 현현하는 마당, 비밀이 그 징조를 드러내는 마당에 지나지 않아요. 비법 전수자들은 신비주의자를 충동질하고 이용합니다. 우리가 장거리 통화를 하기 위해 전화기를 이용하고 화학자가 특정 물질의 작용을 알아내기 위해 리트머스 시험지를 이용하듯이 말이지요. 신비주의자는 유용하오. 눈에 잘 띄거든. 신비주의자는 광고를 하고 다닙니다. 그러나 비법 전수자는 같은 비법 전수자의 눈에만 보여요. 신비주의자들이 체현하는 힘을 조종하는 사람들이 바로 비법 전수자들이에요. 이런 맥락에서 보자면 오늘 영매들이 체현한 접신은 성 테레사 데 아빌라나, 성 후안 델라 크루스가 체험한 법열(法悅)과 다를 것이 없어요. 신비주의는 접신의 타락한 형태인 반면에 비법 전수는 마음과 정신의 기나긴 〈아스케시스[苦行]〉의 열매랍니다. 신비주의는 선동적일 정도로 민주적인 현상이오만, 비법 전수는 귀족주의적인 현상이지요.」

「육체에 견주어지는 정신 같은 것인가요?」

「어떤 의미에서는요. 당신의 암파루는, 정신은 끊임없이 경계하면서도 육체는 경계하지 않았던 것이오. 문외한들은 우리보다 약해요.」

늦도록 마셨다. 알리에는 브라질을 떠날 것이라면서 밀라노의 주소를 주었다.

집으로 돌아왔다. 암파루는 잠들어 있었다. 가만히 암파루 곁에 누웠으나 밤새 잠이 오지 않았다. 내 옆에 미지의 존재가 누워 있는 것 같은 기분이었다.

아침에 암파루는 친구를 만나러 페트로폴리스에 다녀오겠다고 했다. 우리는 어색하게 헤어졌다.

암파루는 캔버스 가방과, 정치 경제학 책 한 권만 옆구리에 끼고 떠났다.

두 달 동안 암파루는 내게 소식을 보내지 않았고 나도 찾을 생각을 하지 않았다. 그러던 어느 날 생각할 시간이 필요하다는, 짤막하고 내용이 모호한 편지가 날아왔다. 나는 답장하지 않았다.

내게는 정열도, 질투도, 그리움도 남아 있지 않았다. 텅 빈 기분이었다. 머리가 깨끗이 빈 그런 기분이었다. 느낌도 없었다. 알루미늄 냄비 같은 상태였다.

떠나야지 떠나야지 하면서 브라질에는 1년을 더 머물렀다. 알리에도, 암파루의 친구들도 만나지 못했다. 나는 기나긴 시간을 해변에서 일광욕을 하며 보냈다.

연을 날렸는데, 브라질 연은 대단히 아름답다.

〈중권에 계속〉

열린책들 세계문학 267 **푸코의 진자 상**

옮긴이 이윤기(1947~2010) 경북 군위에서 태어나 성결교신학대 기독교학과를 수료했다. 1977년 단편소설 「하얀 헬리콥터」가 중앙일보 신춘문예에 당선되었으며, 1991년부터 1996년까지 미국 미시간 주립대학교 종교학 초빙 연구원으로 재직했다. 1998년 중편소설 「숨은 그림 찾기」로 동인문학상을, 2000년 소설집 『두물머리』로 대산문학상을 수상했다. 소설집으로 『하얀 헬리콥터』, 『외길보기 두길보기』, 『나비 넥타이』가 있으며 장편소설로 『하늘의 문』, 『사랑의 종자』, 『나무가 기도하는 집』이 있다. 그 밖에 『어른의 학교』, 『무지개와 프리즘』, 『이윤기의 그리스 로마 신화』, 『꽃아 꽃아 문 열어라』 등의 저서가 있으며, 보리슬라프 페키치의 『기적의 시대』, 움베르토 에코의 『장미의 이름』, 『전날의 섬』을 비롯해 카를 구스타프 융의 『인간과 상징』, 니코스 카잔차키스의 『그리스인 조르바』, 『미할리스 대장』 등 다수의 책을 번역했다.

지은이 움베르트 에코 **옮긴이** 이윤기 **발행인** 홍예빈 · 홍유진
발행처 주식회사 열린책들 **주소** 경기도 파주시 문발로 253 파주출판도시
전화 031-955-4000 **팩스** 031-955-4004 **홈페이지** www.openbooks.co.kr

ISBN 978-89-329-1267-7 04880 **ISBN** 978-89-329-1499-2 (세트)
발행일 1990년 7월 20일 초판 1쇄 1994년 12월 15일 초판 29쇄 1995년 7월 15일 2판 1쇄 2000년 3월 15일 2판 13쇄 2000년 9월 25일 3판 1쇄 2006년 9월 5일 3판 25쇄 2007년 1월 10일 4판 1쇄 2020년 7월 20일 4판 20쇄 2018년 12월 15일 특별판 1쇄 2021년 2월 20일 세계문학판 1쇄 2023년 10월 15일 세계문학판 3쇄